新知 151
文库

XINZHI

The Book of Lost Books:
An incomplete history
of all the great books you will
never read

First published in Great Britain in the English language by Penguin Books Ltd.
under the title The Book of Lost Books: An incomplete history of all the
great books you will never read by Stuart Kelly

Copyright © Stuart Kelly, 2005

All rights reserved.

失落的书

［英］斯图尔特·凯利 著
卢葳 汪梅子 译

生活·讀書·新知 三联书店

Simplified Chinese Copyright © 2022 by SDX Joint Publishing Company.
All Rights Reserved.

本作品简体中文版权由生活·读书·新知三联书店所有。
未经许可，不得翻印。

封底凡无企鹅防伪标识者均属未经授权之非法版本。

图书在版编目（CIP）数据

失落的书／（英）斯图尔特·凯利著；卢葳，汪梅子译．—北京：
生活·读书·新知三联书店，2022.4（2024.7 重印）
（新知文库）
ISBN 978-7-108-07300-6

Ⅰ.①失⋯　Ⅱ.①斯⋯ ②卢⋯ ③汪⋯　Ⅲ.①文学史-研究-世界
Ⅳ.① I109

中国版本图书馆 CIP 数据核字（2021）第 227650 号

责任编辑	刘蓉林
装帧设计	陆智昌　康　健
责任校对	曹秋月
责任印制	李思佳
出版发行	生活·讀書·新知 三联书店
	（北京市东城区美术馆东街 22 号 100010）
网　　址	www.sdxjpc.com
图　　字	01-2020-5346
经　　销	新华书店
印　　刷	北京建宏印刷有限公司
版　　次	2022 年 4 月北京第 1 版
	2024 年 7 月北京第 2 次印刷
开　　本	635 毫米 × 965 毫米　1/16　印张 27
字　　数	330 千字　图 89 幅
印　　数	6,001-7,000 册
定　　价	59.00 元

（印装查询：01064002715；邮购查询：01084010542）

新知文库

出版说明

在今天三联书店的前身——生活书店、读书出版社和新知书店的出版史上，介绍新知识和新观念的图书曾占有很大比重。熟悉三联的读者也都会记得，20世纪80年代后期，我们曾以"新知文库"的名义，出版过一批译介西方现代人文社会科学知识的图书。今年是生活·读书·新知三联书店恢复独立建制20周年，我们再次推出"新知文库"，正是为了接续这一传统。

近半个世纪以来，无论在自然科学方面，还是在人文社会科学方面，知识都在以前所未有的速度更新。涉及自然环境、社会文化等领域的新发现、新探索和新成果层出不穷，并以同样前所未有的深度和广度影响人类的社会和生活。了解这种知识成果的内容，思考其与我们生活的关系，固然是明了社会变迁趋势的必需，但更为重要的，乃是通过知识演进的背景和过程，领悟和体会隐藏其中的理性精神和科学规律。

"新知文库"拟选编一些介绍人文社会科学和自然科学新知识及其如何被发现和传播的图书，陆续出版。希望读者能在愉悦的阅读中获取新知，开阔视野，启迪思维，激发好奇心和想象力。

生活·讀書·新知三联书店
2006年3月

献给山姆，我的伯乐

目 录

鸣谢	1
译者序	2
前言	6
无名氏	1
荷马（Homer）	5
赫西奥德（Hesiod）	16
《摩西五经》的作者们	19
萨福（Sappho）	25
孔子	29
埃斯库罗斯（Aeschylus）	33
索福克勒斯（Sophocles）	45
欧里庇得斯（Euripides）	49
阿加松（Agathon）	53
阿里斯托芬（Aristophanes）	57
谢诺克里斯（Xenocles）及其他	62
米南德（Menander）	65

卡利马科斯（Callimachus）	71
古罗马早期诸帝（The Caesars）	74
加卢斯（Gallus）	78
奥维德（Ovid）	81
朗吉努斯（Longinus）	84
圣保罗（Saint Paul）	87
俄利根（Origen）	91
法尔托尼娅·贝提提亚·普罗帕（Faltonia Betitia Proba）	96
迦梨陀娑（Kālidāsa）	100
福尔根提乌斯（Fulgentius）	104
远游者威德西思（Widsith the Wide-travelled）	107
尊者比德（The Venerable Bede）	110
穆罕默德·伊本·伊萨克（Muhammad Ibn Ishaq）	116
阿曼德·达奇奇（Ahmad ad-Daqiqi）	121
但丁·亚利基利（Dante Alighieri）	124
杰奥弗里·乔叟（Geoffrey Chaucer）	129
弗朗索瓦·维庸（François Villon）	135
约翰·斯歌顿（John Skelton）	138
卡米洛·开尔诺（Camillo Querno）	141
路易斯·瓦斯·德·卡蒙斯（Luis Vaz de Camões 或 Camoens）	143
托奎多·塔索（Torquato Tasso）	147
米盖尔·台·塞万提斯·萨阿维德拉（Miguel de Cervantes Saavedra）	154
埃德蒙·斯宾塞（Edmund Spenser）	160

威廉·莎士比亚（William Shakespeare）	168
约翰·多恩（John Donne）	178
本·琼生（Ben Jonson）	184
约翰·弥尔顿（John Milton）	190
托马斯·厄克特爵士（Sir Thomas Urquhart）	201
亚伯拉罕·考利（Abraham Cowley）	206
莫里哀（Molière）	212
让·拉辛（Jean Racine）	215
井原西鹤	223
戈特弗里德·威廉·冯·莱布尼茨（Gottfried Wilhelm von Leibniz）	225
亚历山大·蒲柏（Alexander Pope）	233
塞缪尔·约翰逊博士（Dr Samuel Johnson）	243
劳伦斯·斯特恩牧师（The Rev. Laurence Sterne）	246
爱德华·吉本（Edward Gibbon）	251
约翰·沃尔夫冈·冯·歌德（Johann Wolfgang von Goethe）	256
罗伯特·费格生（Robert Fergusson）	264
詹姆斯·霍格（James Hogg）	268
沃尔特·司各特爵士（Sir Walter Scott）	273
塞缪尔·泰勒·柯勒律治（Samuel Taylor Coleridge）	277
简·奥斯丁（Jane Austen）	282
乔治·戈登·拜伦爵士（George Gordon, Lord Byron）	289
托马斯·卡莱尔（Thomas Carlyle）	294
海因里希·海涅（Heinrich Heine）	300

小约瑟·斯密（Joseph Smith Jr.）	303
尼古拉·果戈理（Nikolai Gogol）	308
查尔斯·狄更斯（Charles Dickens）	313
赫尔曼·梅尔维尔（Herman Melville）	319
古斯塔夫·福楼拜（Gustave Flaubert）	323
费奥多尔·陀思妥耶夫斯基（Fyodor Dostoyevsky）	329
理查德·伯顿爵士（Sir Richard Burton）	334
阿杰诺·查尔斯·斯温伯恩（Algernon Charles Swinburne）	339
爱弥尔·左拉（Emile Zola）	342
阿瑟·兰波（Arthur Rimbaud）	349
弗兰克·诺里斯（Frank Norris）	352
弗兰茨·卡夫卡（Franz Kafka）	355
埃兹拉·卢米斯·庞德（Ezra Loomis Pound）	360
托马斯·斯特恩斯·艾略特（Thomas Stearns Eliot）	366
托马斯·爱德华·劳伦斯（Thomas Edward Lawrence）	368
布鲁诺·舒尔茨（Bruno Schulz）	371
欧内斯特·海明威（Ernest Hemingway）	375
狄伦·马莱士·托马斯（Dylan Marlais Thomas）	377
威廉·S.巴勒斯（William S. Burroughs）	380
罗伯特·特雷尔·斯彭斯·洛厄尔四世（Robert Traill Spence Lowell IV）	383
西尔维娅·普拉斯（Sylvia Plath）	387
乔治·佩雷克（Georges Perec）	391
后记	395

鸣 谢

许多朋友和同事都忍受了我关于他们特殊领域那没完没了的询问，他们中的很多人甚至还经常给我寄来自己作品中提到的失落的书目。我想特别感谢 Gavin Bowd、Seán Bradley、Peter Burnett、Angnus Calder、Andrew Crumey、Lucy Ellmann、Todd McEwen、Richard Price 和 James Roberston。 而 Peter Straus、Leo Hollis、Kate Barker、David Ebershoff、David Watson 和 Sam Kelly 都在实际写作中给予我耐心的帮助。当然，还要感谢我的父母，感谢他们激发并忍受了我对于阅读的全部热忱。

译者序

当我拿到原书,看完作者前言的第一反应是:巧得很!——我也曾经雄心勃勃地将企鹅版希腊戏剧收入囊中,也曾对着自己书架上的《莎士比亚全集》沾沾自喜,也曾走火入魔般拿着书目清单圈圈点点,也曾为了集齐阿加莎·克里斯蒂的原文小说大费周折——更曾体会过全套克里斯蒂在手却不得不面对各种版本参差拼凑的懊恼。

这本书中所列的作者,大半陪我走过了逃学打混的学生时代。只是我和许多人一样,从来只为自己读过些什么而自狂自乐,却不曾抬眼远眺:还有哪些我们读不到的东西?

这是一本关于书的悲喜剧,书中的作者我们大多都很熟悉,书中的作品我们却极可能永远也没有办法读到。埃斯库罗斯的《女祭司》、莎士比亚的《爱的收获》、简·奥斯丁那部只有"计划"的小说、卡夫卡那些本人坚持要求毁掉的文字……由于意外,由于粗心,也由于作者的刻意隐瞒或官方的刻意销毁,这些吊足了读者胃口的书卷偏偏成了——且可能永远都是——空荡荡的墓室。

斯图尔特·凯利是个书卷气十足的作者,从他的笔端透露出一位身处现代、心怀古典的雅士。放在西方,他会令人想起鹅毛笔、羊皮书、高及天花板的大木书柜、17世纪的油画、文艺复兴的雕塑；放在中国，则会令人想起清茶、香炉、泛黄的线装古卷、满眼的高山流水……

这样一个了解书的人——同时具备了深厚的古典学功底和敏锐的眼光——将自己读书的心得随手记下，于是便有了这本奇特的"书单"：《失落的书》。作者似乎是以某种凭吊的笔触在写，写他仰慕的古代先贤，写那些一度承载着撰写者期待的作品：为祖国，为爱情，为名誉，为艺术，为金钱，为良知，或者为疯狂。

这本书有两个主题：脆弱和永恒——脆弱的书，以及渴望通过书来实现的永恒。

这部悼念亡书的文字使人猛然惊觉，原来从小以为恒远流传的书竟是那么脆弱，像露水一样短暂，像深秋的落叶一样不堪一击。可笑的是，从公元前若干千年开始，人们就试图通过文字和书来实现永生。"被记录"俨然成了天地间最具诱惑力的许诺：记录下来的东西就会恒久，就会流传，就能让人在身体腐烂之后仍然存于世间。据说亚历山大大帝曾高呼羡慕阿喀琉斯，因为有伟大的荷马为他立传，使他永存。管他是英雄、莽夫还是偏执狂，总之他活到了千年后的今天，而且显然还将继续流传下去。当然，同他一起的还有歌颂他的荷马。

现而今，谈论"流芳百世"会遭到摩登人士的讥笑，但是静下心来细想，有谁不希望在自己离开世界后还能留下点儿什么？

曾经有一个朋友对我说：我要打造一个品牌，在我们死后还能屹立一百五十年。当时我淡然一笑，一百五十年也能算雄心壮志吗？再说月圆则亏，水满则溢，既然没落是必然，又何必执着于那种虚幻？然而与那朋友分手后，我又总会回想起她的话：那是每一个人的梦想。就像莎翁所说，当我们枯萎、死去，知道自己的美丽还将在世间继续绽放，那是怎样的安慰！虽然他说这话是为了劝人结婚生子，但将美貌换成美德、事迹、功绩、才情，效果亦然。那位朋友短短的一百五十年都足以让我动心，更何况书籍著作能够许诺的千年万年？

更为有趣的是，那些或天灾或人祸的毁书行为并未使书绝迹。我们清楚地知道失落作品的存在！尽管有时只是个无血无肉的书名。其实，书名已足够。

这些失落书之名为我们的作者搭建了别致的舞台，他不是一个记录者，而是一个评论者。他在讨论失落的书，也在讨论书的失落。这些著作的遗失是好还是坏？像米南德那样——"失落的米南德是个天才，被找到的米南德充满尴尬"。也许失落并不是"灭顶"之灾，也许失落带来的神秘感和想象空间反而促成了作品和作者在读者心目中的理想化，甚至是神化。

那些失落的故事，有的令人惋惜，有的令人发指，有的又荒唐到令人哭笑不得。同时，作者也会在故事的字里行间生发出对文人良知、政局动荡、时代变迁的感慨。我们还能从中看到古典文化在西方的传承：自荷马到斯图尔特·凯利自己，一气呵成，连贯而下。书籍灰飞烟灭，世界沧海桑田，却有一些东西始终没变，像古希腊、古罗马神话的魅力，像书的脆弱，像作者们在前言或后记中总不忘强调的万古流芳。

这世间最脆弱的是书，最持久的也是书。无怪乎有那么多人企望通过书令自己的声名传之久远。但在此，我们更愿同斯图尔特·凯利一道，为那些失落之书的作者燃起一瓣心香，因为诚如他所说，毕竟"有朝一日，我们也会加入他们的行列"。

卢 葳
2007 年仲夏，报国寺

于是，文字面临着彻底失落的危险，那将是永远且根本的遗失。又有谁会知晓那些失落？

　　——雅克·德里达（Jacques Derrida），《柏拉图的药房》（*Plato's Pharmacy*）

前　言

我要烧掉我的书——啊，美俾斯托斐利斯（Mephistophilis）。

——克里斯托弗·马洛（Christopher Marlowe），《浮士德博士》（*Doctor Faustus*）

据我母亲说，一切都是从《先生们》（*Mr Men*）系列儿童读物开始的。伴随着家长唠叨孩子时惯用的手势，她数落起我是如何在得到某位亲戚送的一本罗杰·哈格里夫斯（Roger Hargreaves）故事书后，将每次的假日旅行、周末出游和星期六购物全变成了一根筋的书店搜捕，直到集齐全套才肯罢休。跌撞先生（Mr Bump）需要打听先生（Mr Nosey），痒痒先生（Mr Tickle）离不开长舌先生（Mr Chatterbox）。在第一次收集行动圆满成功后，我马上又被《神秘博士》（*Dr Who*）的小说版吸引（至于什么原因早记不起来了）；随后又有了"奇幻战争"（Fighting Fantasy）骰子和提示书；等到我十几岁的时候，阿加莎·克里斯蒂（Agatha Christie）[①]的平装书正式进入收藏日程。

[①] 英国"侦探小说女王"（1890—1976），据说她的作品销量仅次于《圣经》。塑造了名满天下的比利时侦探波罗（Poirot）和乡间女侦探马普尔小姐（Miss Marple）等角色。本书注释均为译者注。

于是便有了一种模式，一种令人上瘾的模式：只拥有任何系列中的一本或几本是不够的。我就像个没救儿的偏执狂，一心求全，对完整和圆满有种近乎强迫性的需要。我甚至做了一套"书目集"（Book of Lists），以再度确认我真的看过了《神秘博士》系列的每一本书，画出已经买到的，注出尚未改编成小说的。当阿加莎·克里斯蒂的小说全新再版时，拥有不同版本"拼盘"的状况令我感到无法言喻的别扭。我钻进旧书店，从书架背后搜寻任何可能被遗忘的老版本。

在我14岁生日那天，父母眼看着我拆开了一套1982年Chancellor Press出版的《莎士比亚全集》和一套1985年版的W. E. 威廉姆斯（W. E. Williams）编辑、珍妮·考尔德（Jenni Calder）作序的华兹华斯（Wordsworth）选集，那情景一定怪吓人的。我猜他们当时准希望文学——大写的 L[①]——是个广阔到足以让我知难而退的领域。

事实正好相反：文学将我的热忱引向了新的高峰。自我学习希腊语（起初只是作为逃避体育课的小把戏）之日起，心头小痒便演变成了明目张胆的火爆行动。我靠周末打工攒钱，又忍饥挨饿地把午餐费省下来，几个月后，我终于可以对着到手的企鹅（Penguin）古典文学系列之希腊戏剧狂欢了：两本埃斯库罗斯（Aeschylus）、两本索福克勒斯（Sophocles）、三本阿里斯托芬（Aristophanes）、四本欧里庇得斯（Euripides），还有一本米南德（Menander）。然而，当我翻开精美的封面浏览前言时，那自以为秩序井然的收藏体系遭受了第一次打击。我本来得意地以为自己买到了所有的希腊戏剧，可前言和评注都沉重地宣布着一个悲惨的事实：我手头已有他七部戏剧的埃斯库罗斯，实际上写了八部；索福克勒斯的作品应有足足三十六卷，而不是可怜巴巴的两卷；等等。

---

① 即 literature（文学）的首字母。

第二次痛苦的认识来自阿里斯托芬喜剧《特士摩》(*Thesmophoriazusae*)的注释61:"在这部剧完成时,当时最著名的悲剧诗人之一阿加松(Agathon)四十一岁。他的作品全部遗失。"全部?没有一段歌队、一个对话,哪怕半行诗文?简直不可思议。

时年15岁的我毅然决定,我要改变这种局面!我开始为所有失落的书列名录。它很快就取代了我原来的书目集——"星球大战中没有被做成人像的角色""《神秘博士》系列中被BBC剧集漏掉的部分"——甚至还包括一份我应该阅读的书目清单。而这份书单是关于不可能和不知道的,上面的书我将永远不可能找到,更不用说读了。

我很快便明白了"失落书单"的对象不仅限于古希腊,它们的作品毕竟在罗马的粗暴、基督教的漠不关心和哈里发关于图书馆——特别是亚历山大图书馆(Alexandrian Library)——的某些苛刻政策中存活了下来。

从莎士比亚到西尔维娅·普拉斯、从荷马到海明威、从但丁到埃兹拉·庞德,伟大的作家们都曾写过我无法得到的作品。整部文学史也是文学失落的历史。

文学的固有本质是书写,即使原先口耳相传流传下来的作品也只有在被写下时,才真正成为文学。因而所有的文学作品都需要一个载体,不管是蜡板、石块、泥板、纸草、纸张,甚至——就如秘鲁绳结语言奇普(Khipu)那样——绳子。由于被物质承载,文学反过来也就承载了物质的脆弱。所有元素都对它构成威胁:火焰、洪水、干燥的空气、会腐化的土壤。纸张尤其不堪一击,可以被撕碎、扯烂、涂花、揉成团儿扔掉,也可以被从寄生虫和菌类到昆虫和啮齿类动物的数不清的生物啃食,保不齐还会因内部的酸性物质而自燃。

最简单的失落形式就是毁弃。尽管罗马诗人霍拉斯声称:"我建造了一座纪念碑,它比青铜更长久。"他所说的只是他希望的情况,而非事实。19世纪诗人霍普金斯在决定将生命献给上帝之美时烧掉了自己所有的早期作品；乔伊斯一怒之下将《一个青年艺术家的画像》(A Portrait of the Artist as a Young Man)的初稿《英雄史蒂芬》(Stephen Hero)扔进了火堆，但并未阻止他的妻子抢救出可救的部分；流放到哈萨克斯坦的巴赫金用他关于陀思妥耶夫斯基的著作当烟卷抽——那还是在抽完了一整本《圣经》之后。

有些作品已无迹可寻，多半是毁掉了：苏格拉底在狱中等待行刑时曾用诗体重写《伊索寓言》，但没有任何文本存世。我们只能从柏拉图依照记忆和编造写成的《对话录》中寻找蛛丝马迹，以期窥见苏格拉底自己可能写过些什么。无独有偶，亚里士多德的《诗学》(The Poetics)第二卷文献已然失落，就连第一卷都是根据学生笔记整理出来的。相似的命运也发生在几百年后费迪南·德·索绪尔(Ferdinand de Saussure)的《普通语言学教程》(Course in General Linguistics)上：当出版商约翰·考尔德(John Calder)不得不在1962年末紧急搬迁办公室时，许多手稿——包括拉尔斯·劳伦斯(Lars Lawrence)三部曲之三的《播种》(The Sowing)和阿格纳斯·赫瑞(Agnus Heriot)的《剧本作者列传》(The Lives of the Librettists)——被丢在了旧房子里。而旧楼连同所有未曾出版的书稿一起被毁了个稀烂。如果有哪位尚未被发现的文学天才将仅有的手稿寄给了考尔德，那他就永远都不可能被发现了。

还有其他一些由于错放而导致遗失的作品。装有劳瑞(Malcolm Lowry)《群青》(Ultramarine)书稿的手提箱从他出版商的车里被盗，我们只能从劳瑞的垃圾箱里重新拼凑出原有的版本。金斯堡(Allen Ginsberg)回忆说曾听见柯索(Gregory Corso)在一间同性恋酒吧朗诵诗歌结果被揍，可就算翻遍柯索出版的诗集也找不到金斯堡记得的那句："石头的世界向我走来，说肉体将给你一小时的生命。"金斯堡如何知道肉体（Flesh）居然要用大写，是个值得探讨的问题。

另一些作品亡于"不逢时"，他们的作者在作品问世前便已离开人世。中世纪苏格兰诗人威廉·邓巴（William Dunbar）曾为他许多亡故的文学同行写过招魂挽歌，在他提到的二十二个诗人中，有十个都是我们一无所知的。维吉尔死前交代说将《埃涅阿斯》（The Aeneid）烧毁，因为他还没有将其修改至尽善尽美；菲利普·锡德尼爵士（Sir Philip Sidney）曾写过一部《阿卡狄亚》（Arcadia），但他的鸿篇构想终因聚特芬（Zutphen）战场上的一颗子弹而突然终止；霍桑（Nathaniel Hawthorne）的《多利弗浪漫史》（The Dolliver Romance）、罗伯特·路易斯·史蒂文森（Robert Louis Stevenson）的《赫米斯顿的魏尔》（Weir of Hermiston）和萨克雷（William Makepeace Thackeray）的《丹尼斯·杜瓦尔》（Denis Duval）都只能算未完成的经典；罗伯特·穆西尔（Robert Musil）和马塞尔·普鲁斯特（Marcel Proust）从未完成他们的大部头杰作。虽说我们有相当多的理由相信它们是"经典"，但始终有一层疑虑围绕着这些不完整、未完成和戛然而止的小说。

最后一类失落的书籍是那些只有初期构想却从未付诸文字的作品。雅典的立法者梭伦由于忙着引入个人所得税而顾不上将亚特兰蒂斯的故事写成诗体；哲学家波爱修斯（Boethius）始终没能证明柏拉图和亚里士多德的思想完全一致；谢里丹（Sheridan）向所有人宣布《谣言学校》（The School for Scandal）的续篇将是《爱》（Affectation），却懒得动笔；都德的《五日谈》（The Pentameron）和雨果的《甘冈格洛涅》（La Quinquengrogne）至今还是"即将问世"；刘易斯·格拉西克·吉本（Lewis Grassic Gibbon）在一封信里提到的名叫《麦克洛娜·麦克杜恩》（Mclorna Mcdoone）的小说，还没开始就被打断了。而谁又知道柯南·道尔爵士是否计划透露"苏门答腊硕鼠"（Giant Rat of Sumatra）这个故事的真相？书里的华生只在福尔摩斯忙于其他案件时曾草草一提。托马斯·曼的《盖亚》(Gaia)是否会像他以为的那样，还未写出就已可确信为杰作？纳博科夫从没动笔的回忆录《说吧！记忆》(Speak, Memory)续篇《说吧！美国》(Speak, America)是否能告诉我们更多关于《洛丽塔》(Lolita)的创作以及他的蝴蝶收藏？这类作品往往过于雄心勃勃，以至于完工根本就是不可能的：诺瓦利斯(Novalis)的《百科全书》(Encyclopedia)号称将涵盖全部的人类知识，可在他为目录是否也可以当索引的问题一通焦虑后就搁浅了；莱奥帕尔迪(Leopardi)的《无用信息大全》(Encyclopedia of Useless Information)同样亦未能完工，我其实很好奇他会对互联网如何处置。

另有一类作品，虽然存世，却也跟失落了没什么两样。然而出于对未来没来由的乐观，我决定不去讨论它们。诸如线文A、玛雅文和复活节岛铭文(Easter Island Script)等尚未被解读成功的文字，里面有可能记载了整套失落的文学。毕竟像埃及象形文字这样的例子也不是没有：在被认为不可读的千百年后，19世纪罗塞塔石碑(Rosetta Stone)的破译却使这种文字可以被阅读了——至少是试探性的。如果这本书会出现在5005年的量子网络上，我希望我的后人不会遭遇任何文字被删减的困扰。

失落有自身的倾向和喜好。喜剧就是个遗失率极高的书种，同路的还有色情和自传。像菲利普·拉金(Philip Larkin)日记那样集三元素于一身者，其失落简直不可避免。对色情的责难而导致的作品遗失还包括阿拔斯(Abbasid)①宫廷诗人塔希里(Ibn al-Shah al-Tahiri)的《手淫》(Masturbation)——究竟是颂扬、讽刺还是使用手册，已无从得知。除了内容本身，一部作品所处神学和政治环境的复杂性也会导

---

① 指阿拔斯王朝（750—1258）。

致其失落——准确地说这是环境问题，而非本质问题。

从萨沃纳罗拉（Savonarola）到阿亚图拉·霍梅尼（Ayatollah Khomeini），宗教在一次次焚书运动中找到了自我表现的舞台。住在日内瓦的真提利斯（Valentin Gentilis）写下一篇随笔，认为加尔文的三位一体学说无意间为上帝添加了第四种成分。他被监禁了八年，随后公开认错，接着被处死。他领受的惩罚（除了剥夺生命以外）首先是焚毁自己的文稿。对他的审判被认为算轻的。

相比之下，曼德尔斯塔姆（Mandelstam）那篇极尽尖刻讽刺之能事的《斯大林赞歌》能够保存下来简直是奇迹了：他的许多文书、札记和草稿都被烧毁、冲走或丢弃。他的同胞伊萨克·巴别尔（Isaac Babel）就没这么幸运，当他于1939年5月15日被斯大林的秘密警察逮捕时，家中所有的纸张都被查抄一空。

除了作品，有些作者本人也成了历史疑案。这本书中女作者、同性恋作者、欧洲以外及英语以外作者的书目非常有限，一方面是我的过失，另一方面也由于那些刻意将其排除到体系之外的传统。众所周知，弗吉尼亚·伍尔芙曾试图构想莎士比亚的妹妹，然而不可改变的过去杜绝了任何了解失落作者的机会，我们甚至连一个逝去的魅影都捕捉不到。因而，除了其中的一些例外，我将集中在所谓的"正统经典"（Canon）上。这些备受夸耀的西方经典，虽不如奥运圣火那么庄严，也不似成熟的骏马那样迷人，却因自身记录的富足、欢乐和强大而远播海外。它们的存世纯属偶然，就像一个个幸运的崖石，自吞噬万物的巨涛中挺出。流传下的经典同那些面目全非的胸像、满布裂纹的陶器、起气泡的人像、发黄褪色的相片一道，在文明的展厅中摇摇欲坠，散发着忽明忽暗的荣光。它们是我们侥幸到手、险些失落的传统。但那些被时间磨蚀的人和书就没这么幸运了。

失落是否是一本书所能有的最坏结果？失落的书使人有更完美的

愿望,就像一个你从不敢开口邀请她跳舞的姑娘,因得不到而更显迷人,她的完美完全在想象中。

然而如今的我们几乎无法接受失落。在古登堡计划(Project Gutenberg)和查德维克-希利(Chadwyck-Healy)那样的数据库迅速成长并提供着永恒固定的电脑空间文化的同时,我们必须谦卑地认识到:文学不可能自动地死后复生。奖项和赞扬几乎天天都有,但那些获奖的幸运儿,其最终命运并不会比伟大的悲剧诗人阿加松好多少。即使像大英图书馆那样的大全宝库都会偶尔在借书条后勾出一个小格,宣布"下落不明"。同样地,也没有谁能保证不被触及的存在就一定保持不可触及的状态。如果文学是座大房子,《失落的书》就是雷切尔·怀特里德(Rachel Whiteread)①的《屋》(House):一个吸纳的空间,里面满布坟墓和残痕。《失落的书》是部另类的文学史,一个称号,一个提示,一个假设的图书馆,一首唱给本应存在之书的挽歌。

对于本书没有参考书目和注脚的说明

美国民谣作家和黑人活动家佐拉·尼尔·赫斯顿(Zora Neale Hurston)死前留下一本未完成的小说,名叫《大希律王》(Herod the Great)。她对研究的定义是:"规范化的好奇心。"我想这是一个松散的定义。在我看来,为《失落的书》设参考书目是个莫大的讽刺:书里的内容从本质上说已经不存在于任何图书馆或个人收藏。我想我本可以列出一个引导我的线索。比如从罗伯特·菲格尔斯(Robert

---

① 1963年生,英国艺术家,作品《屋》是她的代表作,业内评论说它"参与而又扭曲了'通常'的时空概念"。

Fagles）所译埃斯库罗斯的《俄瑞斯忒亚》(The Oresteia)到吉尔伯特·默雷（Gilbert Murray）的《埃斯库罗斯》(Aeschylus)，再到神学家阿忒纳乌斯（Athenaeus）的作品第十卷；但这样的链条何时是个头呢？可以肯定的是，提供线索的绝不是实际失落的书，而是有关它们存在的轻声耳语。对于这样一本书，注脚无疑只是通向空荡坟墓的路标。

与其引领读者重复我"规范化的好奇心"曾走过的蜿蜒分岔，毋宁让每个人开始自己的探索。有许多显而易见的出发点：任何一个过得去的图书馆都会有哥伦比亚（Columbia）或大不列颠（Britannica）大百科，里面会列出更多可供选择的路径。我还要推荐玛格丽特·德拉布尔（Margaret Drabble）的《牛津英语文学指南》(The Oxford Companion to English Literature)、《剑桥女性文学指南》(The Cambridge Companion to Women's Writing)、《牛津古典文学指南》(The Oxford Companion to Classical Literature)，以及爱德华·布朗（Edward Browne）的《波斯文学史》(A Literary History of Persia)、伊安·汉密尔顿（Ian Hamilton）的《守火人》(Keepers of the Flame)、萝希耶（Rosier）的《百科全书》以及……然而这已经像个书单了。

这部书里提到的大部分作者尚有作品存世，读者也可以从多家编辑版本来选择：Penguin Classic, The World's Classics, Everyman, the Modern Library。可以说失落的书是个无限的话题；有许多——阿卡修斯（Acacius）的《优西比乌斯传》(Life of Eusebius)、优西比乌斯的《潘菲洛斯传》(Life of Pamphilus)以及安娜·博斯科维茨（Anna Boskovic）和丹尼斯·冯维辛（Denis Fonvizin）的作品——由于空间、费解或懒散等原因，没有收入本书。好奇的读者一定还会发现更多且更有意思的例子。他们甚至可能发现目前为止都被以为已经失落的书——苏格兰诗人约翰·曼森（John Manson）最近在苏格兰国家图书馆（National Library of Scotland）的众多文件和各种短命之生物中间发现了几乎完整的现代诗人休·麦克迪尔米德（Hugh MacDiarmid）"遗失的"杰作《成熟艺术》(*Mature Art*)。

拉丁诗人霍拉斯曾说过，写作的功能在于指引和消遣。如果《失落的书》能带给读者足够的刺激和娱乐，使诸位可以开始自己对书海余下领域的漫游，那么我写作的目的也就全部达到了。

无名氏

(约公元前75000年至约公元前2800年)

文学的起源无人知晓。

在现今南非南部海岸的布隆伯斯洞穴(Blombos Cave)出土了一块长赭石,上面规律地交叉刻画着菱形和三角形。该石已有七万七千年历史。无论这些几何图案是否可以被认作符号,也不管其中是否真的具备某种含义,它们为我们提供了一个不争的事实:某位人类先驱有意在某种介质上刻下了标记。此时距离遣词造句和成文信息还有漫长的道路,但他已经迈出了第一步。

四万五千年至三万五千年前的岁月在人类进化史上被称作"旧石器时代晚期革命"(Upper Palaeolithic Revolution),或者换个更振奋的说法——"创造大爆发"(Creative Explosion)。人们制造出更复杂的工具,如鱼钩、扣子、针。最重要的是,装饰纹样已不仅限于单一的点和线:饰有巨角塔尔羊的灯、带有野牛形象的矛尖。同时还出现了没有明确用途的小雕塑,如矮小丰满的女性坐像。试问有弹弓怎会没有歌舞,有箭镞怎能没有故事?

看看拉斯科(Lascaux)、阿尔塔美拉(Altamira)和沙维特(Chavette)洞里的岩画,这些一万八千年前的作品总能激起后人试图解读的冲动。石壁上的画面是否记录着一次成功的狩猎，抑或仅是想象和欲望的表达？它表示的是"昨天我们杀了一头野牛"，还是"很久以前有一头野牛"？位于动物图像上方的波线、折线、棒形纹和盖形纹又代表什么？在我们无法想象的久远年代，偶尔会突然出现一个用颜料勾勒出的人类手迹，这是一个签名吗？我们无法得知。

而书写又是如何开始的呢？每一个早期文明都有一位发明它的神：亚述的纳布（Nabu）、埃及的透特（Thoth）、日本的天神、爱尔兰的欧格玛（Oghma）、希腊的赫耳墨斯（Hermes）。考古提供的解释则枯燥得多：美索不达米亚（Mesopotamia）①的记账员。最早的书面文献用楔形文字写成，内容不外乎买卖记录、仓库存货和财产清单。在草体与安色尔体（uncial）②、哥特文书与如尼字母（runic alphabet）③、象形文字与表意符号之前，我们所拥有的就是计数符号。

然而到了公元前两千纪最初的几百年间，有证据表明文学已经起步，并开始被记录、传播。1872 年，《吉尔伽美什史诗》（*The Epic of Gilgamesh*）的残片在沉埋四千年后重现人间。1839 年，古城尼尼微（Nineveh）的发掘工作由 A. H. 莱亚德（Austen Henry Layard）主持，近两万五千块泥板被运回大英博物馆，解读楔形文字的艰巨工作旋即展开。尼尼微文献并不完整，写作年代为公元前 7 世纪。当时的亚述国王亚述巴尼拔（Assurbanipal）下令军队寻找巴比伦（Babylon）、乌鲁克（Uruk）和尼普尔（Nippur）④的古老智慧，这些通过战争洗劫来的文献被从苏美尔文（Sumerian）翻译成阿卡德语（Akkadian）⑤。

---

① 源自古希腊语，意指"两河之间的地带"，两河即幼发拉底河与底格里斯河。
② 公元 4—8 世纪希腊及拉丁手稿中常用的一种字体。
③ 古代北欧的一种字母体系，也被用于魔法和占卜。
④ 三者均为美索不达米亚的上古名城。
⑤ 两河地区的上古文明先有苏美尔，后有阿卡德。阿卡德语一度成为古代近东的外交通用语，就像今天的英语。

随着尼普尔、乌鲁克以及远至小亚细亚的波格斯凯（Boghazköy）和今以色列米吉多（Megiddo）等地文献的再发现，《吉尔伽美什史诗》日益增补完善。最终，一个集合了赫梯（Hittite）、苏美尔、阿卡德、胡里安（Hurrian）和古巴比伦①版本的《吉尔伽美什史诗》问世，这一版已近乎完整。

谁最先写下这部史诗？我们无从得知。它是否属于一个更广大的神话传说体系？可能，甚至很可信。唯有希望进一步的考古研究能回答这些问题。最后，这部史诗讲的是什么？

吉尔伽美什是乌鲁克的王，骁勇善战。众神为他创造了一个旗鼓相当的搭档叫恩奇都——一个野人，生长于兽群，在性欲的挑逗下进入文明。他俩成了莫逆之交，一同进入森林冒险，杀死了看守雪松的残暴巨人浑巴巴。此举触怒了女神伊什塔，派天牛下凡惩治他们，不想他俩却将天牛杀死、献祭。伊什塔明白伤害吉尔伽美什的唯一方法就是恩奇都的死，于是痛下狠手。失去挚友、悲伤欲绝的吉尔伽美什去往冥间寻求永生，最终在世界的尽头见到了乌特纳皮什提姆。他是唯一逃过大洪水的义人，在迫使吉尔伽美什接受了净化仪式后，送给他一朵名为"返老还童"的奇花。但这朵花最终脱离了吉尔伽美什之手，我们的英雄也离开了人间。

史诗的这一主题在世界文学作品中反复出现。吉尔伽美什与死亡抗争，声称要"令自己的名字与伟人之名同列"。死亡不可抗拒，又无法捉摸。就连巨人浑巴巴也曾为活命而乞求，那一幕任谁看了都会禁不住心生怜悯。在吉尔伽美什的探险中散布着祈祷、挽歌、谜语、梦境和预言，传说中的怪兽与现实世界的男女混杂交织。我们可以从《吉尔伽美什史诗》中读出不同的体裁和样式，这也暗示了之前一定还

---

① 两河历史上有古巴比伦和新巴比伦两个阶段。

曾存在过许多未知的版本。

所有的最早期作家都是无名氏，只有一两个如俄耳甫斯（Orpheus）[1]和塔列森（Taliessin）[2]那样的传说人物充当文学创作可能的源头，这将是一个笼罩在我们文化根源上的谜。匿名在现代也很常见，但多为一种隐藏"内线"的策略，在调查和色情领域均有奇效。因而对于现代人来说，匿名是一种选择；而对于那些失落的上古作者——没有哪怕一行、一个标题或一个名字留下——却是种命定的劫数。他们或许曾写作、斗争、修订、润色，但随着脆弱的纸张消散于时间的迷雾，他们所有的努力也付诸东流。我要将这本书献给所有那些已无迹可寻的作者，因为总有一天，我们也会加入他们的行列。

---

[1] 又译"奥菲斯"，古希腊神话中著名的乐手和诗人，曾为自己的爱人去往冥界。传说他的歌声不仅感动了人世间的生灵，还感动了冥府的恶兽甚至冥王本人。

[2] 英国6世纪晚期一位游吟诗人的名字，有关他的记载很少，唯一可知的只是他曾编写过一部诗集，名为《塔列森之书》(*Book of Taliessin*)。

荷马（Homer）

（约公元前 8 世纪晚期）

荷马是……

动词本身是个问题：是否真的曾经有过荷马其人？

曾经有，或者说曾经被相信有，一个荷马。多疑的亚里士多德和轻信的希罗多德[①]都知道，曾经，隐约，有过，一个，荷马。

"当荷马拨动琴弦……他们知道他偷走了人心；他知道他们知道……"罗德亚德·吉卜林（Rudyard Kipling）如是说。

"但当他考察荷马的每一出处，他发现大自然与荷马其实是一回事。"这是蒲柏的解析。

塞缪尔·巴特勒（Samuel Butler）在《〈奥德赛〉的女作者》（*The Authoress of the Odyssey*，1897）中提出，荷马至少有一半是女性。

瑞奥（E. V. Rieu）则于 1946 年极富爱国心地抱怨道：

> 荷马的《伊利亚特》和《奥德赛》从古到今都为学者们提供了一流的对阵战场。尤其是 19 世纪，德国文学批评家们不厌其烦

[①] 古希腊著名历史作家，被称作"历史学之父"。

地指出，这两部作品不是单凭一个头脑创作出来的，而且每部分都各自是一件杂乱拙劣的拼接品。在这个过程中，荷马消失了。

不朽的荷马开始模糊，嗯——呃——暂停。让我们从我们已知的入手：《伊》和《奥》。两部长诗，《伊利亚特》和《奥德赛》，还有一个被某人称作荷马的某人站在它们中间。

在希腊人眼中，《伊利亚特》和《奥德赛》是他们文学成就的顶峰，以后的时代和国家皆由此而生。埃及纸草文献中①，这两部作品的片段比其他所有文献和作者的总和还要多；它们是许多悲剧故事的来源，被文学评论家、修辞学家和历史学家们心怀崇敬地大量引用。在诗作中寻找诗人的信息是个有趣的尝试，就如托马斯·布莱克维尔（Thomas Blackwell）在《荷马生平及作品探究》（*An Enquiry into the Life and Writings of Homer*，1735）中所做的一样，他在荷马作品和现实世界之间找到了精妙的相似。或者像考古学家兼"文物大盗"谢里曼（Schliemann）那样，在小亚细亚的海岸游荡，寻找与诗文相符的温泉、凉泉。然而荷马——他自己或者她自己，不论哪个——却无可救药地善变。

以服饰为例，《伊利亚特》中青铜兵器无处不在，铁器则十分罕见，由此使人推断史诗描述的是迈锡尼青铜时代的战争。但尸体全部用的是火葬而非土埋，这乃是迈锡尼之后铁器时代的习俗。历史地看，长矛与其效果也对不上号。语言本身更是充满了不统一：在爱奥尼亚方言占主导的同时，又混有伊奥利亚和阿卡德—塞浦路斯的痕迹。这

---

① 埃及文明的晚期曾有过一个希腊化时代，因而今天发现的大量古希腊文献是写在埃及纸草上的。

些碎片是否能拼凑出一个巧舌轻颤、古风犹在的游吟诗人形象，或者多种直线的神话被整合成一个循环体系，就如罗马别墅的石块被重新用于哥特式教堂？从作品是无法推想出作者来的。

对希腊人而言，《伊利亚特》和《奥德赛》不是诗人的作品，而是诗人本身。阿戈斯（Argos）地区的人对于自己的城邦被载于《伊利亚特》感到无比荣幸，甚至为此立了一尊荷马铜像，日日献祭。

七座城市——阿戈斯、雅典、希俄斯（Chios）、科洛封（Colophon）、罗德岛（Rhodes）、萨拉米斯（Salamis）和士麦那（Smyrna）①——均宣称自己是荷马的故乡，尽管值得注意的是，它们全是在荷马死后才这么做的。荷马的出生年代和他的出生地一样引起争议：埃拉托斯特尼（Eratosthenes）将其定为公元前1159年，这样特洛伊战争仍可作为鲜活的记忆；然而晚至公元前685年的理论也大量泛滥。大部分人还是倾向于公元前9世纪末，一种两极之间的方便调和。他的父亲叫作麦庸（Maeon）或美勒斯（Meles）或米南萨格拉斯（Mnesagoras）或代门（Daemon）或塔米拉斯（Thamyras）或美内马库斯（Menemachus），可能是个做买卖的，也可能是军人或者祭司。而他的母亲可能是美提丝（Metis）或克瑞特伊丝（Cretheis）或泰米斯塔（Themista）或欧根涅托（Eugnetho）或——和他父亲一样——美勒斯（Meles）。

还有一种超长族谱将荷马的身世追溯到他的曾曾曾曾曾曾曾曾曾曾曾祖父——太阳神阿波罗（Apollo）。中间经过了神话诗人俄耳甫斯和他的妻子、缪斯②之一的卡利俄配——当然有时她也被说成是他的

---

① 今称伊兹密尔，土耳其西部港口城市。
② 古希腊司文艺的诸女神，为宙斯与记忆女神之女，常被作为文艺创作的灵感来源，因而同太阳神和诗歌的保护神阿波罗联系起来。缪斯有时一人，有时九人。在后来不断发展的神话体系中，九缪斯有着详细的职司和形象，分别执掌历史、抒情诗、喜剧、悲剧、音乐、天文等文艺领域，这里提到的卡利俄配即是史诗女神。

母亲，鉴于身为缪斯的她无疑拥有不死之身，这种关系不是没有可能，尽管想来令人作呕。

哈德良皇帝[①]曾试图理清这些混乱的假设，因而向皮提亚·西比尔（Pythian Sibyl）[②]求取神谕，得到的回答是："伊萨卡（Ithaca）是他的故乡，忒勒马科斯（Telemachus）是他的生父，涅斯托耳（Nestor）之女埃皮卡斯塔（Epicasta）是他的生母，从古至今最有智慧的凡人。"如果她是对的，如果奥德修斯（Odysseus）之子忒勒马科斯真是荷马的父尊，那么《奥德赛》在作为史诗的同时，更成了荷马祖父的传记。

在希俄斯，后来有一批史诗吟诵者称自己为"荷马之子"（Homeridae），他们恭敬地学习、背诵并保存荷马的作品。然而荷马是否有什么确实或象征意义上的继承人呢？柴泽斯（Tzetzes）提到一首相当于特洛伊战争前传的诗歌《塞浦利亚》（The Cypria），为斯塔希努斯（Stasinus）所作，其中大部分是荷马完成的，后作为嫁妆随同钱财一并送给了诗人斯塔希努斯。如此说来荷马应该有一个女儿。然而《塞浦利亚》的作者有时也被认为是特洛赞（Troezen）的赫哥西亚斯（Hegesias）。由于该作品几乎没有传世，因此也无从考证那个推测中的女儿了。

不过，有一点倒是众口一词的：荷马是个瞎子。称士麦那为荷马故乡的论据之一就是当地方言中 homer 的意思是"瞎子"——但《奥德赛》中描述库克洛佩斯（Cyclops）[③]时并非如此。《提洛阿波罗颂诗》[④]（Hymn to Delian Apollo）里有一段历来被看作荷马——或美勒希

[①] 公元 76—138 年，古罗马皇帝，是古罗马历史上为数不多的几个有作为的皇帝之一，尤以艺术的保护者著称。

[②] 有时仅称为皮提亚，是德尔菲（Delphi）阿波罗神庙的女祭司，相当于今天所说的"灵媒"。古希腊人通过她向阿波罗求取神谕。

[③] 古希腊神话中的独眼巨人。

[④] "提洛"指的提洛岛（Delos），系古希腊神话中阿波罗的出生地。

根尼（Melesigenes），这是士麦那人给他冠以"盲人"之前的称呼——的模糊自述：

"谁，姑娘们，是你们心中最甜美的歌手？谁又最能得到你们的芳心？"回答异口同声："他是个目盲之人，住在石头筑建的希俄斯，他的诗歌旷古绝今。"而我，将携着你的声名浪迹四方，让世人都为你的荣耀折服。

看起来，荷马并非生来目盲，而更像是后来变瞎的 ——由线虫感染引起的白内障或糖尿病性青光眼。稍后的诗人斯特西科罗斯（Stesichorus）因诋毁海伦而被众神变瞎，直到他重写作品，坚持称海伦并未私奔，而是魂魄被招到埃及，取代了一个云彩化身的鬼魂，其双目才奇迹般地复明了。斯特西科罗斯将自己短期失明的账全算在了荷马及其叙事诗的头上。据此推测，荷马的失明可能也是由于类似原因触怒了神明。如果他是在写完《伊利亚特》之后变瞎的，那么《奥德赛》中独眼巨人波吕斐摩斯的遭遇很可能就是他个人经历的写照。

谢天谢地！荷马的死亡之地历来没有什么争议——伊俄斯岛。事实上，荷马自己曾被皮提亚·西比尔的神谕告知，他将在听到一群孩童的谜语后死于伊俄斯。她称那个岛是他母亲的故乡——可是涅斯托耳的女儿来自皮洛斯，足足一百五十英里之远！九成九是女祭司搞错了。荷马最终来到伊俄斯，和克里奥菲鲁斯住在一起。这个克里奥菲鲁斯究竟具有怎样的品格和魅力，竟能将游吟诗人吸引到曾被警告为其丧身之地的岛屿，实在是个谜。荷马在海滩上遇到一些捕鱼的孩子。他问他们可曾捕到什么，得到的回答是："我们捕到的一切都留在身后，我们带走的是不曾捕获的。"一头雾水的荷马请他们解释，得知他们所说的乃是身上的跳蚤。他猛然记起那个预言，以及其中对孩童谜

荷马（Homer）

语的不祥警告。自知大限已到的荷马为自己写好了墓志铭，三天后撒手人寰。

至少我们还有文献，两万七千八百零三行"荷马"的诗。但即使这些也难逃出错的可能。不论"荷马之子"们如何努力，作品在流传中还是难免被变动、记错或篡改。亚历山大图书馆的馆员、芝诺多图斯、拜占庭的阿里斯托芬以及阿利斯塔克（Aristarchus），所有这些人都试图将文字确定，以防止作品的遗失。两部史诗被各自分卷，每部二十四卷——希腊字母的个数，没有哪部文字版史诗有如此精妙的数字运用。早先，亚里士多德曾为亚历山大①准备了一份荷马史诗，后者将其放在一个镶嵌着珠宝的金匣里，那是他在阿尔贝拉（Arbela）战役中从波斯王大流士②手中抢夺来的战利品。盒上还刻了铭文："世间只此一物配得上如此华丽的藏处。"然而奢华的金匣和牢固的锁并不能挽救文本错误带来的贬值。在严谨的学者试图拯救《伊利亚特》和《奥德赛》之前，已经有许多二三流的手祸害过这些文献了。

公元前6世纪的雅典僭主庇西特拉图被普遍认为是个开明的人，他改革税制，发展梭伦③的法律体系。他同时也是艺术的热心庇护者、酒神节的创始人；他当然也热衷于为荷马史诗建立起标准版本。为此他找来了一个叫奥诺马克里图斯（Onomacritus）的作家担当重任。

表面看来，奥诺马克里图斯是个理想人选，毕竟那时他已编辑了穆塞俄斯（Musaeus）的诗歌和预言。但是，依希罗多德所说，这个人有着极不专业的一面。赫尔弥奥涅的拉苏斯（Lasus of Hermione），即

---

① 即著名的亚历山大大帝（公元前356—前323年），马其顿国王。
② 指大流士三世，公元前336—前330年在位，波斯帝国的最后一个王。
③ 古雅典城邦的著名改革者和政治家，在立法方面尤有建树，被誉为古希腊"七贤"之一。

抒情诗人品达（Pindar）的老师，曾指责奥诺马克里图斯在编辑穆塞俄斯作品时张冠李戴，甚至有造假行为——恬不知耻地放进了他自己的句子！

奥诺马克里图斯很可能出于政治需要来修改文本。庇西特拉图新近刚打了大胜仗，并成功从麦加拉（Megara）人手中夺下了萨拉米斯港。在该阶段争夺暂停后，斯巴达同意在雅典和麦加拉之间就萨拉米斯的归属问题进行裁决。而雅典提出的"有力"证据就是荷马史诗，特别是第二卷第五百五十八行①，其中提到萨拉米斯传统上即是雅典的属地。愤怒的麦加拉人随后指责雅典人肆意伪造。

像修订作为欧洲文学成就巅峰的荷马史诗这样的任务，竟交由一个职业道德存在问题的人来完成，为的又只是一个僭主关于边境纠纷的既得利益。奥诺马克里图斯会不会为这个使命的神圣性所动，继而本着良心一丝不苟地做事，或者他终是旧习难改，满脑子坑蒙拐骗，对文本进行了改进？是否有部分荷马——哪怕最短的诗行、最小的形容词——是伪造的？评论家佐伊鲁斯（Zoilus）被愤怒的雅典人扔下了山崖，原因是他们实在无法接受这个人对神圣荷马的挑剔批评，尤其是对小词和形象吹毛求疵的指摘。但如果他们仔细考察过奥诺马克里图斯的措辞排句，还会不会如此冲动而暴力？

除了《伊利亚特》《奥德赛》《塞浦利亚》残篇和所谓的《荷马颂诗》（Homeric Hymns）外，还有其他史诗被认为是荷马所作或与之相关。在伪希罗多德的《荷马传》（Life of Homer）中，我们得知有一首题为《安菲阿勒斯远征记》（The Expedition of Amphiarus）的诗，创作于一个制革工的院子。欧斯塔修斯（Eustathius）则提到一首《攻陷俄

---

① 指《伊利亚特》。

卡利亚》(*The Taking of Oechalia*)，是送给克里奥菲鲁斯的，或者就是克里奥菲鲁斯所作。不幸的是，其中有一行与《奥德赛》第十四卷第三百四十三行完全一样。另外还有一首《忒拜纪》(*Thebais*)，讲述俄狄浦斯的命运和七雄攻忒拜的传奇。全诗共七千行，开头是："缪斯啊，歌唱干涸的阿戈斯，那里的国王们……"而其续篇《埃匹戈尼》(*The Epigoni*)则是关于七雄的七个儿子如何继承并实现了父辈的使命。这首诗同样也有七千行，开头是："现在，缪斯们，让我们开始歌唱一代新人的故事。"

不过最引人入胜的还是《马尔吉特斯》(*Margites*)。在《诗的艺术》(*Art of Poetry*)第四章里，亚里士多德写道：

> 荷马是风格严谨的高超诗人……他第一个提出了喜剧应当效法的形式，因为他的《马尔吉特斯》对于喜剧的意义，就像他的《伊利亚特》和《奥德赛》对于悲剧的意义一样。

《马尔吉特斯》被宣布为荷马的首部作品。他还在科洛封当老师的时候就开始创作这首诗了（按照科洛封人的说法）。主人公的名字"马尔吉特斯"来自希腊语 μαργοσ，意为"疯子"。诗人的第一部作品讲述了一个愚人。

从来未能摆脱荷马影响的亚历山大·蒲柏对此做了进一步解释：

> "马尔吉特斯"是他人格的名字，古代文献称他为"第一傻"(Dunce the First)；当然从我们所听说的关于他的事情来看，这个人作为如此繁茂大树和如此昌盛后裔的根祖是再合适不过了。因而颂扬他的诗歌就是无可厚非的《群愚史诗》(*The Dunciad*)。尽管文字本身不幸遗失，但通过上述准确无误的征兆，其本质已彰

显无遗。于是我们深信不疑地发现，第一部《群愚史诗》就是第一部史诗，系荷马亲手所作，甚至比《伊利亚特》和《奥德赛》还要古老。

这些理由已足够蒲柏来创作自己的《群愚史诗》，这段文字就摘自该书的前言。

我们能否从标题判断出书的内容？疯狂的定义从不固定，而是随所处文化及"正常""理性"和"自明"等概念的变化而变化。一个理智且具备科学头脑的公元前5世纪的希腊人，可能认为当一个女人流鼻血时就说明她月经失调了，或者太阳从粪便中生育了蛆，又或者极北之地住着一群叫阿里玛斯匹（Arimaspi）的独眼部落。疯狂包括了有谋杀倾向的愤怒、不合体统的轻浮多变、过度的恐惧或过度的无所畏惧、一言不发或唠唠叨叨。这个名称可以套用于几乎任何现象。

荷马这部喜剧史诗只留下寥寥数行，散见于其他作品。注释者在写到埃斯基涅斯（Aeschines）时给出了一段和他可怜的名字颇为相符的简短描述："马尔吉特斯……一个虽已长成，却闹不清他父母是否曾生下他的男人，他不肯与妻子同床共枕，因为他担心这女人会在他母亲面前唠叨他的不是。"在这点上，《马尔吉特斯》和尼采关于残酷戏剧的描述倒不谋而合，比如《幸灾乐祸》（Schadenfreude）。我们开怀大笑，因为我们知道自己比可怜的马尔吉特斯强得多，在他眼里鸟儿和蜜蜂都是个谜呢。

柏拉图和亚里士多德都曾引用过这首诗的片段。从柏拉图的残篇《阿尔西比亚德》（Alcibiades）中我们知道："他知道很多事情，但都知道得很糟。"这个马尔吉特斯是个牛皮大王，是个小丑，还有点弱智。营造喜剧效果的不是他在混乱世界中的天真无邪，而是他那些半生不熟的理论和傻里傻气的主意本身的混乱。亚里士多德在《尼各马科伦理学》(*Nicomachean Ethics*)中提供了另一暗示:"众神既没教会他挖地,也没教会他耕种,他也没有其他技巧;他在所有手艺上都是个失败者。"怪异,怪异至极。亚里士多德的马尔吉特斯是个白痴,他不承担任何职责,也没有社会头脑。他是个多余部分,一个附加物。这个分不清铲子和锄头的家伙只有一丝过错:有点懒惰。

他是个天真汉还是个慌张鬼?是一个扯线木偶、乡下傻小子、离开水的鱼、无辜的外地人,还是村里的远亲?芝诺比乌斯为我们呈现出一幅画面:"狐狸懂得许多诡计,但刺猬只用一招就把它们全解决了。"也有人说这句话的原创是阿尔基洛科斯(Archilochus)。马尔吉特斯是狐狸还是刺猬?从散落的残片中看不出马尔吉特斯是个狡猾的骗子。芝诺比乌斯提出了另一种可能:智慧的小人物。就像卓别林、阿甘、憨第德、好兵帅克、霍默·辛普森(Homer Simpson)。

《马尔吉特斯》并不是喜剧史诗中仅存的一部。米利都的阿克提努斯(Arctinus of Miletus)是失落的《泰坦①战记》(*War of the Titans*)的作者,写过《伊利亚特》的续篇,可能也是《刻尔科佩斯》(*The Cercopes*)的作者。《书达》(*Suda*)②记述说:

> 他们是生活在大地上的一对兄弟,干尽了无赖的勾当。他们因行事狡邪而被称作"刻尔科佩斯",即"猴人";真名一个叫帕撒鲁斯,一个叫阿克蒙。他们的母亲是门农③之女,看到他们的狡诈后便警告他们不要靠近Blak-bottom,即赫剌克勒斯(Heracles)④。这对猴头土匪为泰伊亚和海神所生,据说因妄图欺

---

① 泰坦即希腊传说中的巨人族。
② 一部公元10世纪的希腊词典,约有三万词条,里面大量引用了已经失落的古典著作。
③ 埃塞俄比亚国王,在特洛伊战争中为阿喀琉斯所杀,后被宙斯赐予永生。
④ 宙斯之子,蛮荒时代的第一英雄,也是古希腊神话体系中半神的代表。

骗宙斯而被双双变成了石像。这两个谎话连篇、油头滑脑、无可救药的无赖，他们在茫茫大地上游荡，继续欺骗世人。

这种形式的喜剧似乎与马尔吉特斯有一点不同：这是两个诡计多端的恶棍，我们知道他们的下场绝好不了。一个建筑部件上雕刻的是这两个无赖被赫刺克勒斯缚住脚踝倒吊起来的情景。

从《刻尔科佩斯》中读者可以得到双重享受：既能欣赏他们无耻的恶作剧和恼人的滑稽动作，又能在他们恶有恶报时发出心满意足的欢呼。相比之下，《马尔吉特斯》给予的移情空间就显得晦暗不明。《伊利亚特》和《奥德赛》里的英雄们都远算不得完美：阿喀琉斯脾气暴躁，不近人情；奥德修斯不足信任且有仇必报。然而有缺陷的英雄仍然可以是个真实的英雄——而一个充满缺陷的蠢货，说实话，却有些不可思议。如果《马尔吉特斯》未曾遗失，我们将得到怎样的答案？古希腊人会对他大笑不已，还是完全持另一种感情？他们是否会出于对根深蒂固的繁冗教养的反叛而同情起这个跌跌撞撞的傻瓜？他们会嘲笑受苦的人，还是会嘲笑做作的人？

在所有失落的书中，《马尔吉特斯》是最难解读的，因而也是最引人入胜的。它的作者被认为无与伦比，而它在他的著作中又是那么特殊。但也许——只是也许——它的失落并不是件太需要惋惜的事情。失去的就要重新找回。没有了有史以来最伟大诗人的喜剧，后代作者便可自由创作出各类喜剧：尖刻讽刺的、感人抒情的、异想天开的、严肃的、黑色文雅的、下流诙谐的以及闹剧、谜语等。新形式的层出不穷及至大爆发，应该抵得上一部作品的丧失了吧。

赫西奥德（Hesiod）

（公元前 7 世纪）

荷马隐藏在作品的字里行间，皮奥夏（Boeotian）的赫西奥德却在他两部代表作之一的《神谱》（*Theogony*）开篇即已主动现身。尽管这部作品大部分都在叙述复杂的诸神谱系，其开头却是一幅生动的画面：赫利孔山上，缪斯如何教会牧羊人赫西奥德歌唱。人称很快转为诗人自己，"她们赐予我一个开满月桂的手杖"，然后向他耳中"吹入了神圣的声音"。

最早的学者们就已经在怀疑：被称作赫西奥德作品的诗歌中，究竟有多少确为他本人所写？朗吉努斯（Longinus）被一行诋毁烦恼女神（Trouble）的句子激怒，认定赫西奥德绝不会是此句出处——遗失的《赫剌克勒斯之盾》（*Shield of Herakles*）——的作者。在保存至今的两部诗歌《神谱》和《工作与时日》（*Works and Days*）中，多数当代学者都同意至少有一部是赫西奥德本人所写。

如此说来，《神谱》开篇赫西奥德的出场应有几分可信之处。但基于这部作品风格、措辞以及语言有时笨拙乏味的事实，译者和评论家多不愿相信它的作者和《工作与时日》的作者是同一个人。不管怎样，古希腊人承认他们出自同一作者之手，我们接下来的讨论也姑且如此认为吧。

《工作与时日》和《神谱》的差别实在太大。前者是以两个人类起源时代的神话开始的。首先是潘多拉的魔盒与病痛、烦恼的释放、降临；随后是宙斯创造的五个时代：黄金、白银、青铜、英雄、铁器。赫西奥德悲哀地感叹自己属于铁器一代，因此他宁愿马上死掉或尚未出生。

接下来的部分大多是农作箴言，间或有一些自传性插曲。整部作品采用书信形式，写给他那不老实的兄弟珀耳塞斯——他正需要简单朴实的劝诫。任谁都会接受"穿暖和些以防起鸡皮疙瘩"和"请你的朋友而不是你的敌人来共进晚餐"这类忠告，但像"别对着太阳小便"和"别在葬礼后行房事"就属于很特别的禁忌了。

《工作与时日》的作者并不是个只懂自说自话的人，他将自己的聪明才智变成了更容易记忆流传的形式。诗人在作品中说自己曾于安菲达马斯（Amphidamas）王葬礼的诗歌比赛中获胜，并在回家路上把奖品（一个三足器）放到了赫利孔山上——那是他第一次写作的地方。赫西奥德并未在《工作与时日》里透露这部获奖作品的名字。鉴于像《客戎箴言录》(The Precepts of Chiron)、《天文学》(The Astronomy)、《刻宇克斯的婚礼》(The Marriage of Ceyx)、《美兰波狄亚》(Melampodia)、《埃吉缪斯》(Aegimius)、《伊达的达刻提尔》(Idaen Dactyls) 和《女杰谱》(The List of Heroines) 之类的作品都已被证明经不住时间的侵蚀而彻底失落，至少有一位学者从必然性的角度论证，称赫西奥德朗诵的一定是《神谱》。

然而他比赛中的对手又是谁呢？赫西奥德在《工作与时日》开头诠释争斗女神（Strife）的影响时猜测说，一定有两位女神。因为有些形式的争斗，如战争，是恶劣的；而有些，如商人、农民甚至诗人之间的良性竞争，却是相当有益的。古人将此视为赫西奥德（不论他是谁）与剩下唯一的早期伟大诗人荷马（也不论他是谁）之间存在某种联系的暗示。

另有一首叫《荷马与赫西奥德之争》(The Contest of Homer and Hesiod)的诗歌，有时也被认为是赫西奥德所作——不过我们现有的版本比他的时代晚了近一千年。在对比赛的描述中，荷马节节取胜，有一次甚至气得赫西奥德直说胡话。最后一阵是朗读"他们"各自的作品精华：《伊利亚特》和《工作与时日》。评委们最终把奖品（奇呀，奇呀！奖品正是个三足器！）给了赫西奥德，因为宣扬和平的人胜过礼赞战争的人。尽管存在着明显的杜撰痕迹和年代错位，这仍然是个十分有趣的故事——如果它是真的。

《摩西五经》的作者们

（约公元前 6 世纪）

《圣经》常被描述成一座图书馆，而不仅仅是一本书；其实它也是一片作者的墓地。《圣经》为何人所作？教内正统的观点当然是上帝，可就连最坚定的传统捍卫者也不相信"无限"（Infinite）会纡尊降贵来舞弄凡间的文墨。通过预言、启示和偶尔的公开说教，上帝默示，人类书写。上帝也有书——特别是他狂热编辑的那本。正如他对摩西所说："谁得罪我，我就从我的册上涂抹谁的名。"[1] 就我们所知的经文而言，最好还是称它们出自上帝的代理人之手。

对于那些预言的篇目，将预言者本人作为名义上的作者似乎很合理。我们被告诫要"听主的话"，而这些话需通过人间的使者来传递——就像以西结那样，上帝强令他吞下了一整卷含有他意旨的书。先知们有时也会套用上帝这招：耶利米将自己的预言原稿（其中警告了巴比伦征服以色列的浩劫）交托给巴鲁，而后者不得不多番复制，以躲避约雅敬王焚烧一切不祥预言的惯例。

---

[1] 见《出埃及记》第 32 章第 33 节。本书《圣经》经文、人名、地名全部采用和合本翻译（次经除外）。

耶利米对假先知气愤难当，他们预言出了全然相反的结果。毋庸赘言，当巴比伦征服以色列后，假先知们毫无价值的文字被抛弃，耶利米灵验的预言一跃成为神谕和启示的权威。整理预言的书吏们并非个中高手：《以赛亚书》(Book of Isaiah)里既有公元前8世纪先知的话，也有另一个比以赛亚晚了二百年的无名预言家的语句。事后诸葛可是个超乎寻常的好"先知"。

《旧约》最前面的五部经文被统称为《摩西五经》(Pentateuch)，里面尽是摩西得到的法典以及关于世界起源的内容。传统上将五经都看作摩西本人所写，但这有些说不过去，因为其中还包括了摩西之死和上帝对他的安葬，"没有人知道他的坟墓"①。

尽管辨惑学者和理论家都热衷于将《圣经》文本阐释成团体合作的结果——如基甸圣经（Gideon Bible）②提到了来自各个时代和背景的作者，称他们"在教义上完全一致"——但《圣经》仍充满着晦暗不明和曲折费解的隐处。我们可以侧重研究《圣经》之中的篇章，而非《圣经》的篇章。例如所罗门王，"他作箴言三千句，诗歌一千零五首"③。《箴言》(Book of Proverbs)共一千一百七十五行，而《雅歌》(Song of Songs)仅有一首。《圣经》在对这位统治者的功绩分类描述时，也从侧面提醒了世人其中究竟有多少内容已自人类的记忆中遗失。

同样，我们无从得知约书亚那分作七份写成的书册去了哪里，其内容应是描述将要在以色列人中分配的城市。我们也没有《圣经》中两次提到的《雅煞珥书》(Book of Jasher)，那里很可能含有关于大卫

---

① 见《申命记》第34章第5—6节。
② 基甸国际（Gideons International）所赠的《圣经》。这一组织于1899年成立于美国，前称"基甸社"，专事在旅馆、医院等处放置《圣经》。
③ 见《列王纪·上》第4章第32节。

王射箭课和太阳停止于亚雅仑（Ajalon）谷①的材料。《民数记》（*Book of Numbers*）第21章中提到的《耶和华战记》（*Book of the Battles of Yahweh*）亦已失落。而通读两部《列王纪》（*Book of Kings*）和两部《历代志》（*Book of Chronicles*），会发现作者始终在提醒读者《以色列诸王记》（*Book of the Chronicles of the Kings of Israel*）和《犹大列王记》（*Book of the Chronicles of the Kings of Judah*）的存在，可惜这两篇珍贵文献无一存世。

在次经（Apocrypha）②中，我们得知《马加比书》（*Book of Maccabees*）是对古利奈的耶孙（Jason of Cyrene）那复杂的五卷本的摘要。次经还提供了一个关于《圣经》创作的解释："你的律法被焚毁，因而无人知晓你已做的事，或将要开始的工作。"——以斯拉士抱怨道。作为回应，上帝命令他背诵二百零四卷律法典籍，这些又由五名书吏用了四十天时间记录成文。但被称作"秘典"（Books of Mystery）的最后七十书从未昭示于凡人：算下来，有整整八十二卷经文下落不明。③

《圣经》在自己的历史中重现。据《列王纪·下》记载，公元前621年，约西亚王欲重修被崇拜巴力（Baal）的亚他利雅（Athaliah）诸子亵渎的圣殿，于是找来大祭司希勒家清点银两。希勒家意外得到了遗失多年的《律法书》（*Book of Law*），他和书吏沙番一道将其献给年轻的国王。他听到不义之人将得到的下场，把长袍撕得粉碎。公元

---

① 这里应属作者笔误，《约书亚记》第10章第12节说的是太阳停在了基遍（Gibeon），月亮停在了亚雅仑谷。而亚雅仑谷在基遍西方。
② 次经是指几部存在于希腊文七十士译本但不存在于希伯来文《圣经》的著作，或称旁经、后典或外典。其内容上溯士师时代，下迄希腊化时代。一般认为，这些章节是在后代抄经或翻译过程中加入的。在天主教第十九次特兰托宗教会议上，次经被认定为《圣经》的组成部分，天主教会将其视为第二正典（Deuterocanon）。
③ 见《以斯拉士记·下》第14章第21—48节。

4世纪的圣哲罗姆（Saints Jerome）和圣约翰·克里索斯托（Saint John Chrysostom）都将《律法书》等同于《申命记》（Book of Deuteronomy）。约西亚指点希勒家和沙番去找女先知户勒大，以解释书中细节。她告诉国王如果他能纠正民众行为上的过失，那么上帝的愤怒就会消移。虽然约西亚被预言上帝将"使他平平安安地归到坟墓"，《历代志·下》却说他在一次叙利亚入侵后身染恶疾，最终被自己的臣民谋杀。希勒家、沙番和户勒大的故事被从《历代志》中完全剔除了。这还不是《圣经》"历史"叙述中唯一或最邪门的矛盾：比较一下《撒母耳记·下》第24章第1节（"耶和华又向以色列人发怒，就激动大卫，使他吩咐人去数点以色列人和犹大人。"）和《历代志·上》第21章第1节（"撒旦起来攻击以色列人，激动大卫数点他们。"）。

虽说"有经书的族群"（People of the Book）是亚伯拉罕裔宗教（Abrahamic religions）所有信徒的称号，但历史和预言似乎表明，我们更多时候是在和失落的书、焚毁的手稿以及秘密的卷宗打交道。于是，到了19世纪，在"谁是《圣经》作者"的问题上出现了一个惊世骇俗的新假说。

所谓的"五经四源说"（Documentary Hypothesis）[①]属于纯文体学范畴。我们或许无法知道经文作者的名字，但正如让·雅思突（Jean Astruc）在1753年首次指出的，我们可以从各个独立篇目中找出他们的"个人签名"和结构特色。也就是说，经文可以带我们回到它们可能的作者身边。

这个假说最初是由《创世记》（Book of Genesis）中一连串的不统一性激发的。上帝有时被称作"耶和华"（Yahweh），有时却被称作"埃洛希姆"（Elohim）[②]。前两章中，同样的事件——亚当与夏娃的创

---

① 字面意思是"文本假设"，又称"底本学说"，即认为五经由不同来源的"底本"组成。
② 即希伯来文"神"的复数。

22　　　　　　　　　　　　　　　　　　失落的书

造——被叙述了两次，分别在《创世记》第1章第26—27节和《创世记》第2章第7、21—23节。第1章里我们被告知"神就照着自己的形象造人，乃是照着他的形象造男造女"。可第2章中的说法却是亚当来自土和空气，夏娃来自亚当的肋骨。此外还有些古怪异常的地方。第1章说上帝在第五天创造了飞鸟和海中生物，第六天创造了陆地上的走兽，这些都先于亚当产生。而第2章第19行却说上帝在创造亚当之后才创造了动物。

根据"五经四源说"，原本应有两个版本的《创世记》："J传统"（Yahwist）——称上帝为"耶和华"的作者所写——和"E传统"（Elohist）——称上帝为"埃洛希姆"的人所写。这些原始经文被整合为一，相矛盾的部分也被罗列到一起。比如"J传统"作者喜欢双关：就是他强调"亚当"（Adam）一词在字源上为"红土"之意。他同时也热衷于解释事物从何而来，以及为什么某些名字会和某些地点相连。"E传统"作者则更为神秘，版本更老[①]，尤其是考虑到他用以称呼上帝的名字是难以言喻的复数。

在"J传统""E传统"之外，还有"D传统"——《申命记》作者（Deuteronomist），以及"P传统"——神职作者（Priestly Author）。"D传统"有着清晰的神学思想体系：上帝因以色列人的不服从和违背律法而施以惩戒，犹太民族的历史是对不服从者的道德教育。"P传统"则更精于礼拜仪式和教内戒律，致力于定义律法的分支、纯洁与不洁的区别，以及利未人（Levites）的角色和犹太法典（Torah）[②]的权威。所以说，"D传统"阐释放逐的原因，"P传统"确立教堂的核心地位。

---

① 这里作者表达有误。一般认为"J传统"写于所罗门王时代，即公元前950年前后；"E传统"稍晚，约公元前850年前后。因此最古老的是"J传统"，而非"E传统"。
② 希伯来文，本义是法典，狭义亦指《摩西五经》。

这是个简洁的四分法，也是个迷人的理论。遗憾的是，它只是个理论。当人们迷惑于"D""E""J""P"间实质差异的同时，他们充其量不过是虚拟的作者，是由于找不出可能的真实作者而采用的权宜之计。他们随时会消散，尤其是当第五个字母被引入："R"登场——编修者（Redactor）。

"R"是拼接"J"和"E"的天才，由此呈现我们今日所见的《旧约》。只是有一样："R"不止一个人；"R"是一群名副其实的文本编订者，一个由修补者、删减者、修改者、更正者、修缮者和润色者组成的团体。"编修者"一词来自拉丁语的 redigere、redactum，① 即"带回者"。事实上，他们所做的从来都不是找回失落的原始文献，而是将一堆碎片钳合起来。高尚的以赛亚——或者说三位被合并于该名之下的作者 ——被安排在一篇关于预言态度的讽刺旁边：《约拿书》（*Book of Jonah*）。《箴言》中关于好人有好报的真诚咒语被老好人约伯（Job）遭受的莫名而狂虐的惩罚狠狠打了一巴掌（当然，得承认他毕竟还是得到了一万四千只羊作为补偿）。② 一个神学家朋友曾怒气冲冲地跟我说："看该死的 R 们干的好事儿！"

虚拟作者的坟地，矛盾经文的灵柩：《圣经》是座图书馆……的废墟。

---

① 拉丁语表述一个动词时，通常会列出四种形式：陈述式现在时主动态第一人称单数动词、主动态不定式、陈述式完成时主动态第一人称单数动词和完成时被动态分词。这里的 redigere 是主动不定式，redactum 是完成被动分词（相当于英语中的过去分词）。
② 这段故事见《约伯记》。

萨福（Sappho）

（公元前 6 世纪）

古希腊女诗人莱斯博斯（Lesbos）的萨福为我们提供了一个极端范例：当作者有了读者，会是什么结果？文学分析并不能过滤繁杂的历史版本以提炼出纯粹的真相，它只会将过去映射到现在。就像科幻小说里试图克隆出某个灭绝物种那样，古代的 DNA 被塞进当代的细胞，并放入适合的母体中催生。读者在自己的世界里重塑作者。

像萨福这样的作者（她九卷诗集的大部分都已遗失），实体文献的缺乏为她提供了在想象中复活的无穷潜力。正如一个立于镜厅中的影像，在读者特定的曲线作用下，扭曲、折射、偏斜、翻转。生平简历搭成的骨架被无数神话、愿望、意象乃至奇闻怪谈的血肉充实。根据《书达》记载，是她发明了琴拨。

米南德喜剧《琉卡斯姑娘》（*The Girl from Leukas*）的一些片段为我们提供了有关萨福其人最早、流传也最广的传说：她钟情于一名叫法翁的船夫，却遭到冷遇，伤心之下跳崖身亡。

萨福以爱神阿佛罗狄忒[①]的名义作诗，哀叹美少年法翁对自己的

[①] 即罗马神话中的维纳斯。

摒弃。这里存在着一个有趣的解读。前提：其一，一个女诗人不会模仿别人；其二，她们都是不可救药的唯我主义者。推论：爱神幻想的言语实为萨福本人的真情流露。另一种传统则说她的丈夫是安德洛斯的刻耳库拉斯（Cercylas of Andros）。许多百科全书都坚持此说，尽管这很可能只是喜剧作家们开的一个玩笑，因为她丈夫名字的字面意思是"男人岛来的公鸡"。

拉丁诗人奥维德常建议那些渴望娴熟于求爱技巧的人去读萨福的诗歌（同时又奉劝那些希望从浪漫中寻求舒解的人千万别去看她）。她是女性诗歌造诣的巅峰，也正因如此，成为奥维德《女杰书简》（Heroides）中唯一脱离了纯传说的女性（但恐怕许多人对此都难免会心一笑）。奥维德的萨福热烈地给法翁书写情诗，"如埃特纳（Etna）① 一般欲火中烧"，而她的歌声将传遍四方。塞内加（Seneca）在他《致卢奇利乌斯的信》（Epistles to Lucilius）中特意挖苦了诸如寻找荷马出生地或讨论萨福是不是妓女的无聊尝试。不想他的一句玩笑话竟令后代的学者当了真。

在文艺复兴时代，萨福诗歌的遗佚被归罪于教会。公元2世纪的他提安（Tatian）将她贬斥为色情狂，声称最恰当的做法就是令一切煽起爱情欲火的东西都在烈火中覆灭。于是，萨福的诗作早在君士坦丁堡陷落前就已被完全根除。

但萨福本人始终被看作女诗人的代表。在18世纪，她是拥有一小批追随者的才女掌门。19世纪的克里斯蒂娜·罗塞蒂（Christina Rossetti）则将她想象为"活着却不曾被爱；死后亦不为人知／无人吊唁，不被关心，孤独一世"——简言之，一个窒息而死的神经质殉道者。到了现代主义，以埃兹拉·庞德（Ezra Pound）和希尔达·杜利特

---

① 位于西西里岛，是欧洲最高最大的活火山，经常喷出熔岩，将城镇村落活埋。

尔（Hilda Doolittle）为代表的文学家"绝处逢生"，致力于模仿萨福诗歌中残留下来的简短片段；而后现代主义者切忌过火，更倾心于空白缺省之美。萨福被戴上了为撕扯、缝隙和裂痕而设的桂冠。

撇开这些绚丽的包装不谈，在这本《失落的书》中，萨福可以算作幸运者之一。

⌣ / – ⌣ ⌣ – / ⌣ –
⌣ ⌣ / – ⌣ ⌣ – / – –

这些韵律分析符号几乎是阿戈斯的忒勒西勒剌（Telesilla of Argos）留给世人的全部遗产。它们表示的是被称作"忒勒西里安"（Telesillean）[①]的诗韵形式，而其发明者正是萨福；留传至今的示例除了她的小部分诗歌外，还有大量男性作家的作品。她也被说成是斯巴达扩张的坚决反对者。他提安给我们的描述却称她为"傻瓜"，且"没写出任何有价值的东西"。

据《书达》所记，维奥蒂亚的缪耳提丝（Myrtis of Boeotia）是桂冠诗人品达的老师。她的另一弟子坦戈拉的科林娜（Corinna of Tangra）在某次比赛中将品达击败，并斥责他使用阿提卡[②]方言。这对才女师徒的作品均未传世。

西库昂的普拉刻西拉（Praxilla of Sicyon）善写祝饮歌；忒格亚的阿缪忒（Amyte of Tegea）号称"女荷马"；此外还有罗克里的诺西斯（Nossis of Locri）、拜占庭的莫伊洛（Moero）和埃林娜（Erinna）。她们的作品都已绝迹，只有少量引用和埃林娜诗作《纺纱棒》（The Distaff）的五十四行流传下来。

---

① 即"忒勒西勒剌的"。
② 即雅典所在地。

萨福（Sappho）

而在奥维德看来仅次于萨福的帕里拉（Perilla）亦进入了"沉默缪斯"的行列；同样失落的还有苏尔皮西亚（Sulpicia）的大部分作品和潘菲拉（Pamphila）的《杂史》（*Miscellaneous History*）。至于《论化妆》（*On Cosmetics*）的作者究竟是普鲁塔克（Plutarch）[①]还是他的妻子提墨谢娜（Timoxena）早已无关紧要，因为反正也没有踪迹可寻。

除去从政治活动家到形式美理论家的一系列角色，历史留给我们的萨福其实就如《爱丁堡评论》（*Edinburgh Review*）所言，一个因"她的爱情、她的跳崖、她的美貌和她的诗歌"而闻名的才女。这个评价倒是没有忌讳萨福形象的阴暗面：反映了自我毁灭乃是女性创造力的共同宿命。与萨福同命运的还有：利蒂希亚·兰登（Letitia Landon）、康斯坦丝·费尼摩尔·乌尔森（Constance Fenimore Woolson）、夏洛特·缪（Charlotte Mew）、弗吉尼亚·伍尔芙、玛丽娜·茨维塔耶娃（Marina Tsvetaeva）、西尔维娅·普拉斯（Sylvia Plath）、安妮·塞克斯顿（Anne Sexton）和萨拉·凯恩（Sara Kane）。

[①] 约公元45—125年，著名古典作家，著有《名人传》《道德小品》《奥塞里斯与伊希斯》等大量作品，对希腊、罗马的历史、道德、风俗、政治以及文艺复兴后的欧洲都具有重要影响。其《名人传》将古希腊与古罗马的人物一一对比来写，汇集资料，臧否人物，堪称古典世界史学与文学的宝藏。

孔 子

（公元前 551—前 479 年）

"自生民以来，未有盛于孔子也。"① 这是《孟子》一书中对孔子——在西方被称作 Confucius——的评价。孟子既是孔子思想最早的阐发者之一，也是他的忠实追随者。公元前 1 世纪的史学家司马迁则感叹，孔子虽为布衣，却能"传十余世"，相比之下，有多少帝王将相都不过是"当时则荣，没则已焉"②。学者威廉·迪奥多罗·德巴力（William Theodore de Barry）在 1960 年断言："如果让我们用一个字概括中国过去两千年间的生活方式，那个字就是'儒'。"

孔子是个不大成功的改革者，但很招人喜欢。尽管附会给他的传说很多，我们却可以放心地说，他生于鲁国一个并不显赫的家族，本人也没得到什么高官厚禄。他周游列国，吸引了大批门徒，多年后回到鲁国，重新编订"六经"：《诗》《书》《礼》《乐》《易》《春秋》。他没有为自己的学说安插神圣的起源，也并未否认他的主张仅仅是对至高准则的探索。他的作品不是宣言，不是预言，也不算论文；最贴切

---

① 见《孟子·公孙丑上》。
② 见《史记·孔子世家》。

的说法应是课程讲义。对"儒家经典"的了解是中国两千年科举考试的核心,考试成绩将决定一个人在官僚体系中的位置。

孔子思想的核心是一个将他与其他划时代人物区别开来的观念——"仁",或"人道主义"。对中文概念的翻译是个危险的工作,不同的人给出了不同的译法,如"完美的道德""高尚""无私""善"。当被他的学生樊须问及何谓"仁"时,孔子自己的回答是:"爱人。"[①]这不仅揭示了人之为人的内在品格,也包含了与他人相处时应当采取的态度。

与"仁"一脉相连且同样不易准确把握的概念是"礼"。"礼"的本义是"正典"(correct ceremony),然其外延涵盖了世俗和宗教两个层面:在文雅与得体、仪式与规范之间的,便是礼。这同时也是一个好政府的基本要素:不单是一种外交姿态,更是统治者与臣民之间和谐秩序的体现。

孔子本人曾对这些概念的内在关系做过专门阐释:"人而不仁,如礼何?"[②] 从最简单的层面看,这是对伪善的明确抨击。纵有再审慎的社会眼光、再多的国家责任和宗教礼节,也不能弥补一颗铁石的心。但孔子紧接着又把"仁"同另一个概念联系起来:"人而不仁,如乐何?"

"礼""乐"并举是孔子思想的特点。此外还有智慧、勇气和自制力,一个典范的人应是受到礼乐熏陶和教化的,即所谓"兴于诗,立于礼,成于乐"[③]。这究竟是怎样一种完美?我们无从知晓,因为《乐经》已经遗失。

整部《论语》有多处证明"乐"在孔子思想体系中的重要性。孔子曾于周游列国途中听到韶乐,以致三月不知肉味,连连惊叹:"不图

---

① 见《论语·颜渊》。
② 与本段下一句同见于《论语·八佾》。
③ 见《论语·泰伯》。

为乐之至于斯也！"① 司马迁的《史记》记载了一段传闻：孔子追随师襄子学琴，勤奋入迷，到了一听曲音便可用心眼看见作者的境界。他准确听出了文王的乐曲，令师襄子大吃一惊。②

此外，《论语》中两次讲到不得体的音乐会造成负面影响。子曰："郑声淫，佞人殆。"③ 它们败坏了古典音乐，就像混浊的紫色取代了纯粹的朱红、奸邪小人废黜了高雅的贵族。

音乐、好政府、人道主义和礼仪都是宇宙秩序的有机组成。正如司马迁所说，"六经"均可为治国之用："《礼》以节人，《乐》以发和，《书》以道事，《诗》以达意，《易》以道化，《春秋》以道义。"④ 孔子的乐教思想致力于五音和谐的重建，去除新奇与虚华；杂乱的音乐会扰乱天道秩序。同时，孔子又坚信应将文化修养应用于政治实践，他痛斥那些虽熟背《诗经》三百篇，却不能在出使他国时学以致用、建立战略性功业的官吏。

考虑到其重要性，《乐经》的失传似乎难以置信。其实更难以置信的是，儒家经典居然还能保留下来！

公元前221年，秦王嬴政带领半野蛮状态的秦国灭掉了残存下来的最后六国：韩、赵、魏、楚、燕、齐（鲁和其他许多国家一样，已于战国时代灭亡）。他以"始皇帝"之名，开始了将分裂小邦统一为大帝国的过程。

辅佐皇帝的是大臣李斯，他是帝国军事力量背后的理论构建者。李斯属于被称作"法家"的思想学派，其主张基本与孔子相反。

例如，孔子心中的理想君王应是国民的道德表率——他的德行教

---

① 见《论语·述而》。
② 此处所提之乐为《文王操》，详见《史记·孔子世家》。
③ 见《论语·卫灵公》。
④ 见《史记·太史公自序》。

化万民，如草上之风，风行草偃。① 而法家对为政之道有着不同的诠释：君王治国的关键在刑罚与赏赐，为臣民立法度。

在始皇帝渐渐沉迷方术、忙于寻求不死药和修建宏大陵墓的同时，李斯则决心对"今诸生不师今而学古，以非当世"的局面进行改革。再加上始皇帝要历史自他而"始"的狂妄野心，接下来的事已不可避免。

那就是"焚书坑儒"——中国官僚系统对自己的一次毁灭性行动。除了每书仅留一份存入皇帝的私人图书馆，李斯发动了一场清洗："天下敢有藏《诗》、《书》、百家语者，悉诣守、尉杂烧之；有敢偶语《诗》《书》者弃市；以古非今者族；吏见知不举者与同罪。"② 二百六十名儒生被活埋③，以防止他们凭借记忆重写儒经。

秦始皇死于公元前210年。李斯和太监总管赵高合谋，毁掉了先皇令长子继承王位的诏书，拥立顺从的胡亥。赵高后来又除去李斯，逼胡亥自杀（那是在通过种种欺骗使他慢慢陷入疯狂之后），宣布立秦始皇的一个孙子为帝。内乱爆发，干戈再起，最终由一个前亭长鼎定天下，建立了汉朝。

汉与秦不同，致力于肃清法家刑罚过重的流弊，同时也扶持了儒家思想的复兴。学者们重编——有时甚至要重写——剩下的五经。然而《乐经》在焚书之祸中已彻底遗佚。终于，在公元前175年，一道诏书出台，下令将存留下来的五经文字——它们在人们的记忆和心中挣扎流传了近半个世纪——刻石立碑。

---

① 语出《论语·颜渊》："君子之德风，小人之德草。草上之风，必偃。"
② 见《史记·秦始皇本纪》。
③ 《史记·秦始皇本纪》记载的数字是460余人，包括方士和儒生。

埃斯库罗斯（Aeschylus）

（约公元前525—前456年）

托勒密三世（Ptolemy Ⅲ，公元前247—前222年）有许多人生目标。他的祖父托勒密一世曾随亚历山大大帝远征，并于征服者死后接管了埃及，在那里创造了新的世界奇迹——亚历山大图书馆。这座宝库的前身就是亚里士多德的私人藏书室。与此同时，托勒密一世还请到了如几何学家欧几里得和语法学家芝诺多图斯那样的学者，以营造最杰出的学院，容纳已知世界中的各类知识：文学、历史、哲学、数学、天文学……身为"知识保护者"之子，托勒密二世巩固并扩充了这座图书馆。按照传统的说法，为使图书馆成为最全面也最有威望的殿堂，他雇用了七十名犹太学者将希伯来文稿翻译成希腊语。如此的努力需要和平环境，因而托勒密二世一边和罗马签订条约，一边将女儿贝勒奈西（Berenice）嫁给埃及从前的敌人、叙利亚的安条克二世（Antiochus Ⅱ），炮制出一场帝国联盟。

到托勒密三世即位时，他已拥有了一笔丰厚的遗产：军事稳定，知识勃兴。他需要做的就是超越前辈，令埃及的荣耀更加辉煌。然而成事在天，托勒密二世刚死，安条克二世就无情地和贝勒奈西离了婚，并将之毒害。托勒密三世发动复仇战争，震慑了从美索不达米亚到巴比伦的亚洲地区,[①]并夺回埃及与波斯战争中被偷走的神像。他的征服深入南方,直达埃塞俄比亚,还建立起强大的海上舰队。胜利的荣光是毋庸置疑的,但他的先祖不仅被赞为武力征服者,更被誉为文化的保护人。于是,托勒密三世将注意力转向图书馆。

馆内二十万份卷宗的分类工作旋即展开,结果却发现一个不可思议的漏洞:法老没有埃斯库罗斯的作品!被称作"缪斯之笼"的图书馆竟缺少雅典最负盛名的戏剧大师的全集,这简直是个不可饶恕的过失。得到埃斯库罗斯全集无疑将成为托勒密三世文化成就的明证:他做到了托勒密二世和一世都未能做到的事情。亚历山大里亚(Alexandria)[②]将有自己的埃斯库罗斯。

世间仅存的一份《埃斯库罗斯全集》(The Complete Works of Aeschylus)在雅典人手中。可以想象,双方经过了怎样艰苦的谈判才达成下列协议:这些书稿可以被运到亚历山大里亚供学者们抄录,之后送返雅典。为确保此番谈判的诚意,托勒密三世向雅典人交付了十五银塔兰特(talent)[③]的押金,待书稿完璧归来后再取回。这可是笔惊天巨款:犹太人整整一年缴纳的贡金足有二十银塔兰特,已逼得他们几乎要造反。遵照协议,书稿抵达亚历山大里亚。

这个主意究竟是托勒密自己的,还是某位图书馆馆员将自己的想法暗示给了法老?这可是世间唯一的《埃斯库罗斯全集》,独一无二,无与伦比。它是金羊毛[④],是特洛伊王妃海伦的婚戒,是忒修斯在迷宫

[①] 此处疑有误。所谓美索不达米亚包括巴比伦,且巴比伦自古就是两河流域的重要城市。
[②] 希腊化埃及(即托勒密王朝)的都城。
[③] 古希腊货币单位。
[④] 希腊传说中伊阿宋(Jason)和阿尔戈诸英雄(Argonauts)被派寻找的宝物。这三个神话比喻都是为了说明埃斯库罗斯全集的珍贵无双。

中打开的线球①：它绝对值十五银塔兰特。何况雅典人怎么敢跟叙利亚的征服者说不呢？

书稿就此留在了亚历山大里亚，且被严格禁止誊抄。接着，托勒密三世死了，托勒密八世死了，最后整个帝国也灭亡了。他们的宗教销声匿迹。但书稿仍在原地：它与它的独一性共同保存了下来。由于禁止抄录，学者们从世界的各个角落和各个文化区赶来拜读大作：新柏拉图主义者普罗提诺（Plotinus）、亚历山大里亚的克雷芒（Clement）、西西里的狄奥多罗斯（Diodorus）、阿非利加②的涅泼提安（Nepotian），甚至以厌恶旅行著称的埃利安（Aelian）。来访者中，有些是为赞叹诗学的伟丽；有些则为思考埃斯库罗斯是否穿越时空感应到了基督的身影——只因《被缚的普罗米修斯》（*Prometheus Bound*）中的一句："没有什么能令我透露那位即将到来的神的名字，他比宙斯更伟大。"有趣的是，也无人再去计较那笔将书稿诈留在亚历山大里亚的陈年旧账。

公元640年12月22日，一个与前人目的全然不同的读者占领了亚历山大里亚。他的美学标准非常明确："那些不符合上帝之言的，就属亵渎；符合的，就属多余。"阿慕尔（Amrou Ibn el-Ass）遵照哈里发③的命令，将图书馆付之一炬。古老的书卷在狂野的烈火前最后一次展开，《埃斯库罗斯全集》从此灰飞烟灭，消失于人间。

生活在欧洲东南部的老鹰有一种骇人的捕食方法，在动物王国中亦属稀奇。依照鸟类学家格鲁巴奇（Grubac）的记录，这些鸟不仅适

---

① 根据希腊传说，克里特岛（Crete）的米诺斯（Minos）王勒令雅典每年进献童男童女喂食牛怪，雅典王子忒修斯前往克里特except掉牛怪。在闯入牛怪居住的迷宫时得到了米诺斯王之女阿里阿德涅（Ariadne）的帮助，靠一卷线球顺利进入迷宫，杀死牛怪，又平安走出。
② 即非洲，一度是罗马的阿非利加行省。
③ 伊斯兰教先知穆罕默德的继承人，是中世纪政教合一的阿拉伯国家和奥斯曼帝国国家元首的称号。

应了它们的栖息环境，而且还善加利用。在气候恶劣、地表多岩的条件下，鹰最主要的营养来源是乌龟，此外还有刺猬、伯巴克狍和巨齿地松鼠。据观察，这里的鹰会先在低空滑行，看准时机俯冲突袭，用利爪扒住乌龟壳的边缘，随后冲霄直上一百米高空，再将猎物抛向下面圆滑、裸露的岩石，以砸开龟壳。当猎物的硬甲被摔碎后，老鹰就可以尽情享用它们的食物了。

公元前456年，在西西里岛的格拉（Gela）城外发生了一桩巧事。老鹰已看见猎物，并猛扑得手，正在物色合适的岩石来砸开龟壳。鹰爪松开后，乌龟还要经历一段短暂的加速才会落地身亡。一个偶然的变化使此次复杂的捕食过程变得更不寻常：乌龟砸向的目标不是岩石，而是一位希腊老人的光头，他的名字叫埃斯库罗斯。可怜人被当场砸死，但历史没有告诉我们乌龟的命运如何。

幸运的是，埃斯库罗斯已经为自己写好了墓志铭。像许多同时代的希腊人一样，他为自己"马拉松战士"（Marathonomachos）[①]——参与公元前490年希腊人抵抗波斯王大流士[②]进攻的老兵——的身份感到无比自豪。

> 这座坟墓掩藏着埃斯库罗斯的尸骨，
> 欧福里翁之子，丰饶之城格拉的骄傲，
> 马拉松可以证明其英勇，
> 长发的米底人[③]深知其功绩。

[①] 即Marathon-machos，前者是马拉松，后者来自古希腊语动词μαχομαι，"战斗"。
[②] 指大流士一世，公元前522—前486年在位。
[③] 属于印欧部落的一支，与波斯人有着很深的渊源。最早关于米底人的记载见于公元前9世纪的亚述文献。他们在遥远的时代就已进入今伊朗西部，随着势力的逐渐强大，建立起米底王国，一度占领亚述尔（Ashur）和尼尼微等两河重镇，击败亚述人，成为西亚地区的霸主。公元前550年，米底被波斯攻灭。

然而，他忘了提自己还是那个时代最受敬仰的剧作家，凭一人之力实现了戏剧的根本变革。

埃斯库罗斯生于公元前525年前后，地点在厄琉西斯附近，那是得墨忒耳女神的圣地，信徒们从千里之外赶来，希望获准加入膜拜她的"神秘仪式"。为平衡厄琉西斯这种阴间仪式的神秘性，相对开明的僭主庇西特拉图建立起公众崇拜，其中包括一年一度的戏剧节——献给酒神狄俄尼索斯的庆典，举行场所就在城中。到了埃斯库罗斯的时代，酒神节已经演变成戏剧比赛。虽然经历了一定程度的世俗化，但其宗教根源并未动摇。

根据地理学家鲍萨尼乌斯（Pausanius）的说法，埃斯库罗斯是在酒神狄俄尼索斯的启示下走上写作道路的。在他人生的某个阶段，年轻的剧作家曾被指派了一份无趣的工作：看守葡萄园。不用想也知道：他睡着了。酒神兼职业顾问的狄俄尼索斯出现在他梦里，向他昭示了新的使命。第二天他就写出了一部悲剧，用鲍萨尼乌斯的话说，"毫不费力"。他的第一批戏剧在公元前5世纪80年代上演；到公元前484年，他赢得了戏剧比赛的头名。

在阿里斯托芬的《蛙》(The Frogs)中，尖酸的讽刺家安排了一场冥界辩论：埃斯库罗斯对年代稍后的欧里庇得斯。虽说文学作品难免夸张，且阿里斯托芬于埃斯库罗斯死后才出生，我们还是可以从剧中窥见这位戏剧泰斗的性格特点。他脾气暴躁，老派保守，坚信戏剧的力量可以激发军事荣誉感和公民责任心。与欧里庇得斯相反，埃斯库罗斯是男性英雄主义的权威，而非女性精神变态的大师。有人嘲笑他的语言过于浮夸做作，充满了如"马公鸡"（hippococks）和"山羊鹿"（goatstags）那样艰涩的合成词。但在其他人眼中，埃斯库罗斯的风格虽华丽过头，雕工却还算庄重。

埃斯库罗斯一生创作了八十多部戏剧，流传下来的只有七部，另有大量或存于纸草或见于评注的残篇。作者不详却尚为可信的《埃斯库罗斯传》(*Life of Aeschylus*) 将其重要性诠释得十分清楚：

> 任何把索福克勒斯奉为更纯熟的悲剧大师的人都是对的，但试想一下，要在泰斯庇斯、科里洛斯和弗里尼库斯的时代将悲剧推向那样的高度，可比在埃斯库罗斯的时代达到索福克勒斯那样炉火纯青程度的要艰难得多。

在埃斯库罗斯之前，戏剧更像一种半礼拜仪式的朗诵或清唱剧。按照普鲁塔克的说法，泰斯庇斯首先为戏剧加入了"hypokrites"，即扮演角色的演员。他站在乐队上方的凸起平台上，歌队（Chorus）[①]就在下面唱歌跳舞。当泰斯庇斯站到歌队之外宣布"我是酒神狄俄尼索斯"时，戏剧诞生了。

下一步发展见载于弗里尼库斯失传的作品。这时只有一个演员，一人分饰多角，而表演主要是通过自言自语来完成的。埃斯库罗斯的最大创新之一就是加入了第二个演员。这一"加"的效果不可小觑：独白成了对话，戏剧冲突、争论、讽刺与协调成为可能。正因如此，埃斯库罗斯被称作"现代戏剧之父"。

埃斯库罗斯还是另一项革新者：他为戏剧加入了复杂的舞台机制与画面效果。他的演员都身穿飘逸长袍，脚蹬厚底高靴，头戴华美面具。他把歌队从被动的评点者变成了戏剧内容的必要参与者。即使当他的创新力开始衰退时，他对新戏剧尝试的热情依然很高。索福克勒

[①] 希腊戏剧的重要组成部分，属于"另类"演员。有时担任旁观者的角色，参与部分剧情。

斯为舞台引入了第三个演员，而在埃斯库罗斯的最终也最著名的剧目《俄瑞斯忒亚》中，他也运用了这个新的三角结构，取代从前简单的主角—对手模式。

　　埃斯库罗斯所有的成就皆得益于他的前辈。没有哪个天才是"生于无"的。我们可以从他的一系列革新中察觉出弗里尼库斯的影响。弗里尼库斯的作品都以当代历史为背景，如《米利都沦陷记》（*The Capture of Miletus*）。其内容深深打击了雅典人，刺痛了他们的耻辱感：竟由着波斯人毁灭了那座城市。为此，剧目被禁演，剧本被焚烧，弗里尼库斯也被处以罚款。身无分文却原则不改的他又创作了另一部剧：《普勒隆妇女》（*The Women of Pleuron*）。再接下来是《波斯人》（*The Persians*）。

　　弗里尼库斯的《波斯人》只有一行传世。而埃斯库罗斯就以这句话作为他同名剧的开头："瞧啊，大部分波斯人已向希腊进发！"但后面的剧情全属原创。在马拉松和萨拉米斯的经历为埃斯库罗斯提供了生动的细节，比如淹死的米底人的尸体被原来的长袍拖住，漂浮于水面。

　　在埃斯库罗斯《波斯人》的首演上，担任歌队的是伯里克利——志向远大的民主政治家，他将成为雅典文化、政治、军事同时达到巅峰时代的领导者。伯里克利和埃斯库罗斯都注意到，为弗里尼库斯的《波斯人》充当歌队的是马拉松名将、贵族军事家地米斯托克利。戏剧本身或许并没有政治宣传的初衷，但这并不妨碍它最终为政治所用。埃斯库罗斯终其一生都在神话与现实的张力中进行创作。

　　公元前471年，埃斯库罗斯受西西里国王希伦（他也是少有的几位军事能力和文化水准都堪媲美雅典的首领之一）之邀，赴西西里演出《波斯人》。这并不是我们的剧作家第一次来到西西里宫廷。五年前他曾到此，却被年轻的索福克勒斯打败，他恼羞成怒。五年后，他创作了

埃斯库罗斯（Aeschylus）

《埃特纳妇女》(*The Women of Etna*)——现已遗失——以纪念希伦建立一座新城的功绩。其中一段对埃特纳火山爆发的描述很可能是《被缚的普罗米修斯》结尾处的素材:"沙尘在飞旋的喷泉中舞动……暴虐的闪电扭曲着,忽明忽暗。"希伦希望作为艺术的保护者和天才的文明人流芳百世。在他的名剧《俄瑞斯忒亚》大获成功后,埃斯库罗斯选择了希伦王独裁统治下的西西里,而非民主的雅典,作为自己退休养老之地。

在戏剧节上,每个作家都要献出四部剧:一套三部曲加一部羊人剧(satyr play)[①]。三部曲最初是同一神话中三个彼此相关的不同侧面:如埃斯库罗斯现存的最早作品《求援女》(*The Suppliants*),讲述达那俄斯王的五十个女儿向阿戈斯的佩拉斯戈斯王请求庇护,不愿嫁给埃古普托斯的五十个儿子。其后续就是失落的《埃古普托斯诸子》(*The Egyptians*)和《达那俄斯诸女》(*The Danaids*),想来应是描述她们如何假意屈从,她们的父亲如何密谋让每个女儿在新婚之夜杀死自己的丈夫,以及其中之一许佩耳墨斯特拉如何拒绝执行计划。《达那俄斯诸女》中爱神阿佛罗狄忒的一段独白有幸保了下来。

《被缚的普罗米修斯》则引出许多问题。其续集自然是《解放的普罗米修斯》(*Prometheus Unbound*)。而第三部,所有的资料都一致赞同是《带来火种的普罗米修斯》(*Prometheus the Fire-bringer*)。可这实在奇怪,因为正是从宙斯处盗取天火的行为导致了他的被缚。尽管有数不清的基督教学者从《被缚的普罗米修斯》中解析出关于耶稣降世的异教预言,却没有一个人提到这套三部曲是如何收尾的。谜底或许永远不会揭开,最关键的证据已被埃及的黄沙碾碎。

在三部曲之后上演的羊人剧是关于严肃主题的闹剧,一队长着山

[①] 一种在希腊古典的悲剧三部曲演出之后作为调剂而加演的滑稽喜剧,由羊人歌队和悲剧三部曲的主人公一起唱和。

羊腿的萨梯（satyr）在首领西勒诺斯（Silenus）的带领下合唱，例如欧里庇得斯的《库克洛佩斯》（Cyclops）。这部剧得以保留全赖索福克勒斯的《追兵》（The Trackers），里面提供了大量片段供其复原。埃斯库罗斯被认为是羊人剧的大师，无奈他的作品没有一部逃过时间的磨蚀。支离破碎的诗行——"房屋为神所有，墙壁为狄俄尼索斯而舞"，"伤人者医人"，"从何处来了女人这个东西？"——是如今可见的全部。我们甚至没有《普罗透斯》（Proteus）——为《俄瑞斯忒亚》作结的羊人剧，只除了一行一点也不滑稽的"一只可怜、挣扎的白鸽在觅食，被扬起的钉耙击中，胸膛撕裂"。

埃斯库罗斯三部曲中唯一完整的是《俄瑞斯忒亚》，包括《阿伽门农》（Agamemnon）、《祭酒者》（The Libation-Bearers）和《欧墨尼得斯》（The Eumenides）。第一部里，阿伽门农自特洛伊战场归来，等待他的却是妻子的谋杀，以惩罚他献祭自己亲生女儿伊菲革涅亚的罪行。于是，一个道德难题摆在了阿伽门农之子俄瑞斯忒斯面前：他必须为父报仇，但如此一来就犯了杀母大罪，十恶不赦。他最终报了父仇，因而触怒了复仇女神（Furies）。第二部结尾处是俄瑞斯忒斯于幻觉中看到了她们的来临："笼罩在黑暗之中的她们，头上盘绕着成群的毒蛇。"

《欧墨尼得斯》开篇时，复仇女神已经可以被作为歌队的观众看见。这一幕说不出地恐怖，以致第一批观众里有许多人被吓得魂飞魄散，疯叫着逃出了环形剧场。舞台上雅典娜女神的介入保持了道德平衡。她将俄瑞斯忒斯谋杀案的第一次审判定在了阿瑞奥帕戈斯（Areopagus）山上；对雅典观众来说，这也就是他们自己的法庭所在。雅典娜关键性的一票使他获得了自由，同时也令怨气冲天的复仇女神变成了"慈善女神"，即欧墨尼得斯[①]。

[①] Eu-menides 的前缀 eu-（ευ-）在古希腊语中就是"好"的意思。

《俄瑞斯忒亚》呈现了从连锁的复仇到一个由理性和法律来裁决是非的社会之转变，这也是从野蛮到文明的转变。神话主题再次充满了政治的回声。三部曲于公元前458年在雅典上演，时值伯里克利成为民主制领袖，并被确认为城邦的主要领导者。阿瑞奥帕戈斯山自俄瑞斯忒斯的判决之后已发生变化，更像一个贵族体制的立法机构，而非犯罪审判场所。故而伯里克利决定逐步限制其权力，将其职责限定在谋杀审判上。

　　后来的评论家试图证明《俄瑞斯忒亚》向伯里克利发出了一种文雅的批评：阿瑞奥帕戈斯山是被诸神授以圣职的，是雅典作为公民道德与文明行为之杰出典范的核心。另有些人则认为埃斯库罗斯是在提醒伯里克利阿瑞奥帕戈斯山的原本职责，而这正是对伯里克利改革的巧妙支持。不论如何分析，阿里斯托芬告诉我们埃斯库罗斯和他的公民同胞们保持着一种敌对紧张的关系。

　　他的出生地那令人费解的厄琉西尼安神秘仪式（Eleusinian Mysteries）也为他与雅典人之间的交恶提供了另一种解释。从埃利安和亚历山大里亚的克雷芒那里我们得知，他曾被指控在舞台上泄露了神秘仪式的内容。某次——气人的是，文献并未准确记录下究竟是哪次——观众被如此公然的泄密行为激怒，险些将埃斯库罗斯刺杀在舞台上，吓得他不得不跑去前精神导师狄俄尼索斯的神庙里请求庇护。整体来说，西西里是个更安全的地方，尤其对于他这种亚里士多德所谓"说出了本不该说的话，从而犯了渎神罪"的人。

　　他究竟泄露了什么秘密？据传厄琉西尼安神秘仪式是对永生的承诺。荷马曾描述说即使死去的英雄也不可避免会衰败与消磨，神秘仪式则是另一条出路。就像得墨忒耳从冥间救回自己的女儿佩耳塞福涅一样，神秘仪式的成员将不会被哈得斯①国度中阴郁的鬼魂缠绕，而是

---

①　希腊神话中的冥王。

直达一处叫"埃吕西福地"（Elysian Fields）的乐土。在《蛙》里，埃斯库罗斯自豪地吹嘘说尽管他注定成为哈得斯的囚徒，他的名字却会随他的作品永生。的确，在所有剧作家中，只有他的作品在他死后依然上演。是不是文学不死的念头使他对永生的正统之路有了松懈，或全不在意？诗人们总爱宣称自己的作品是某种永恒的保证。埃斯库罗斯的吹嘘或许更多只是字面意思，而非如当时的宗教裁决者所想的那么严重。

埃斯库罗斯并不知道自己的艺术封圣之路有多悬。他曾被一个预言警告说将死于来自上天的一击。可以想象，为此他在西西里的乡间总是特别注意不坐在树下，以避免被预言中的闪电击中。他很可能还颇为享受那光滑无发的脑袋上暖暖的阳光，心中默念着亲爱的老弗里尼库斯、无与伦比的荷马、用龟壳做出第一把里拉琴的俄耳甫斯，以及自己将如何被后人记住。

他并未被火化——这点从他的墓志铭就可看出。但他可曾想到《女祭司》(The Priestesses)、《巴萨里得斯》(Bassarides)、《菲纽斯》(Phineus)、《玩牌女》(The Carding Women)、《斯芬克斯》(The Sphinx)、《欧罗巴》(Europa)、《许普西皮勒》(Hypsipyle)、《尼俄柏》(Niobe)、《涅瑞伊得斯》(Nereids)、《俄狄浦斯》(Oedipus)、《拉伊奥斯》(Laius)、《少女弓箭手》(The Archer Maidens)、《塞墨勒》(Semele)、《狄俄尼索斯的哺育者》(The Nurses of Dionysus)、《吕库尔戈斯》(Lycurgus)、《阿塔兰忒》(Atalanta)、《尼米亚》(Nemea)、《武器的奖励》(The Award of the Arms)、《米西亚人》(Mysians)、《米耳弥多涅斯人》(Myrmidons)、《滚石者西叙福斯》(Sisyphus Rolling the Stone)、《逃跑者西叙福斯》(Sisyphus the Runaway)、《织网者》(The Net Drawers)、《巴科斯狂女》(The Bacchae)、《醉酒英雄》(The Kabeiroi)、《帕拉墨得斯》(Palamedes)、《佩涅洛佩》(Penelope)、

埃斯库罗斯（Aeschylus）

《彭透斯》(*Pentheus*)、《珀耳修斯》(*Perseus*)、《菲洛克忒忒斯》(*Philoctetes*)、《福耳西得斯》(*Phorcides*),《灵魂》(*Psychostasia*)和《波吕得克忒斯》(*Polydectes*),《少年》(*The Young Man*)和《海神格劳科斯》(*Glaucus of the Sea*),《萨拉米斯妇女》(*The Women of Salamis*)和《色雷斯妇女》(*The Women of Thrace*),以及很多,很多……都将以灰烬收场?

埃斯库罗斯或许曾以为自己的作品会被骄傲地列于辉煌的图书馆。他了解战争,也知道神庙被洗劫、宫廷被毁弃是怎么回事。他熟悉暴君的鞭子,也熟悉他们渴望被天才环绕的急切虚荣。然而谁也不会料到,他唯一的一部戏剧全集会成为千年后两派神学观点之间一场宗教战争的牺牲品。

索福克勒斯（Sophocles）

（公元前 495—前 406 年）

埃斯库罗斯受到希腊人的崇敬，欧里庇得斯向他们发出挑战，索福克勒斯则为希腊人所喜爱。连专挑人不是的阿里斯托芬都不禁在他的文学批评喜剧《蛙》中对这位刚刚去世的剧作家由衷称赞："索福克勒斯在冥界的人缘跟在人间的一样好。"另一位戏剧作家欧波利斯亦将他誉为"最幸福的人"。

索福克勒斯生于公元前 495 年，故乡是科洛诺斯（Colonus）镇。他首次亮相是在公元前 480 年，为纪念萨拉米斯湾大捷——希腊人击败波斯王薛西斯①的战役——希腊举行了庆祝活动，他被选中去唱歌、弹琴，并因俊美的外表成为裸体胜利游行的领队。27 岁时，他赢得了戏剧比赛的第一次胜利，落败的对手就是闻名遐迩的埃斯库罗斯。后者由于面子上过不去，就此离开了雅典。比赛结果是由客蒙决定的，这位军事将领刚从斯库罗斯（Scyros）归来，并带回了传奇英雄忒修斯王的遗骨。如此安排其实有违常规，但执政官出乎意料地坚持要客蒙和他的九名官员担任戏剧节裁判。程序上对传统的偏离正与结果中

---

① 指薛西斯一世，公元前 486—前 465 年在位。

身为泰山北斗的埃斯库罗斯败于初出茅庐的索福克勒斯之手暗合。

索福克勒斯先后写过一百二十部剧，在节庆比赛中不是得第一就是得第二。然而流传下来的只有七部，外加羊人剧《追兵》那些数量可观的残片。他是伯里克利的密友。和伯里克利一样，索福克勒斯也在雅典正妻之外找了个异国情妇——忒俄里斯。他的嫡生子伊俄福戎对于父亲宠爱小索福克勒斯——他与忒俄里斯的孙子——十分不满。家庭战争到了对簿公堂的地步——伊俄福戎控告父亲年老昏聩。90 岁高龄的索福克勒斯朗读了他还未上演的《俄狄浦斯在科洛诺斯》（Oedipus at Colonus）中的一段。法官们最终撤销官司，并惩罚了伊俄福戎的不孝。也许就是在这时，索福克勒斯说了那句被柏拉图引用的话："我祝福老年，它使我摆脱了自己胃口的暴政。"

我们无法从索福克勒斯的七部剧中找出如埃斯库罗斯《俄瑞斯忒亚》那样完整的三部曲。虽然《俄狄浦斯王》（Oedipus Rex）、《俄狄浦斯在科洛诺斯》和《安提戈涅》（Antigone）① 都是同一故事的分支，但它们的创作时间过于分散，且最初各自与别的剧相连。阿里斯托芬提到一部叫《忒柔斯》（Tereus）的戏剧，埃斯库罗斯的侄子菲洛克里斯曾写过一个纯粹的模仿品。另有一部失落的《俄里梯亚》（Orithyia），仅一行存世。朗吉努斯在他关于文学体裁的论说文《论崇高》（On the Sublime）中，饶有兴致地比较了俄狄浦斯之死和《波吕克塞娜》（Polyxena）结尾处阿喀琉斯的鬼魂现身——这一幕显然只在希莫尼德斯（Simonides）的诗中被进一步完善，可惜诗作同样已经遗佚。再有一部《阿塔玛斯》（Athamas），讲述一个父亲发誓用自己的孩子献祭，可当他们逃走后，自己险些成了牺牲品。此外还有《墨勒阿革罗斯》（Meleager），可能是关于主人公的生命只能维持到树枝燃尽前的预言。

---

① 她是俄狄浦斯王的后代，一生也因俄狄浦斯王的乱伦悲剧而注定坎坷。

他母亲对燃着的树枝保存、呵护，却在报复怒火的驱使下将其毁去。

如果索福克勒斯的论说文《论歌队》(On the Chorus) 能够流传下来，我们对希腊戏剧艺术的了解必将大幅提高。现而今，我们只知道他将歌队从十二人增加到了十五人，其表演是作为观众的替身，而非剧中角色（像埃斯库罗斯那样）或插曲间歇（像欧里庇得斯那样）。索福克勒斯还曾写过献给医药神阿斯克勒皮俄斯的赞歌。作为这位神的虔诚信徒，他始终收藏着一尊阿斯克勒皮俄斯的雕像。可惜这首颂歌也失落了。

像索福克勒斯这么成功又这么受雅典人爱戴的作家，其戏剧作品只有寥寥数部传世——更不用说他的散文和诗歌——这似乎有点说不过去。一个可能的原因是：在流传下来的作品中，只有一部称得上完美；而唯有最好的才被保留。

柯勒律治写道：《俄狄浦斯王》与琼生①的《炼金术士》(The Alchemist)、亨利·菲尔丁的《汤姆·琼斯》(Tom Jones) 一起，位列当世三大完美情节构思。亚里士多德的观点也相差无几，他在《诗学》中经常用《俄狄浦斯王》作范例。如讨论到神灵显现和命运突变、意外揭秘和颠倒逆转的重要性，或强调恐惧与怜悯的作用时，亚里士多德会本能地求诸《俄狄浦斯王》。同样，朗吉努斯亦曾赞不绝口地大量引用该剧内容。

尽管其他作家也创作过这个故事的不同版本——有的侧重他无意识的乱伦，有的侧重他要将玷污城邦的罪人绳之以法的莽撞保证——索福克勒斯的俄狄浦斯始终居于权威地位。是什么为他带来这么持久的磁力？从文学角度说，我们可以指出情节的紧凑和深刻的讽刺：最大的恶徒竟是英雄自己！就连主人公的名字都具有双重含义：希腊语

---

① 指本·琼生（Ben Johnson, 1572—1637）。

中 oida① 的意思是"我知道",可国王恰恰不知道;等他终于明了一切,又恰恰是他自残双目的时候。整部剧充满了对命运和自由意志的探问,却不曾给出答案。俄狄浦斯无力扭转命运,却又不甘束手屈服于宿命。

当然,西格蒙德·弗洛伊德(Sigmund Freud)提出过他那著名的理论:这部剧中有一些东西,"与我们心中某个声音产生共鸣",意即潜意识中被压抑的乱伦冲动。然而正如罗伯特·格雷夫斯(Robert Graves)②在谈笑间指出的:普鲁塔克曾提到河马是动物王国中的奇特生灵,他们杀死父亲,令母亲怀孕,但弗洛伊德并未因此称他的理论为"河马情结"。可见,《俄狄浦斯王》不仅是故事那么简单。

虽说评论家大可对剧中统一时间下安排出各种信使的可行性吹毛求疵,这部剧已然近乎完美。如果我们真能找到索福克勒斯其他失落的戏剧,那么二流作品和蹩脚货的泛滥将很可能降低而非提高他在世人心目中的地位。正如朗吉努斯所言:"可有哪个神志正常的人会将希俄斯的伊翁的所有悲剧和《俄狄浦斯王》这一部剧相提并论吗?"

---

① 古希腊语中"我知道"的写法是 οιδα,俄狄浦斯的写法是 Οιδιπο,系出同源。
② 1895—1985 年,英国诗人、学者、小说家、评论家、古典学家。

欧里庇得斯（Euripides）

（公元前480—前406年）

萨拉米斯湾战役时，埃斯库罗斯在打仗，索福克勒斯在准备胜利游行的献唱，欧里庇得斯则刚刚出生——至少传说是这样。有关这位古典希腊戏剧三巨头之一的大部分传记细节都不可尽信。例如一个自称萨梯①的人写的《欧里庇得斯生平及族谱》(Life and Race of Euripides)，这部作品曾一度被认为已经遗失，只在评注、词典和其他作家的文字中留有一些痕迹。直到1911年，一份从奥克西林库斯（Oxyrhyncus）出土的几近完整的纸草拼接成功。在此之前，任何评论家都可以随意引用这些旁注而无须在意出处。

从完整作品的花絮中，我们得知欧里庇得斯的母亲是卖菜的，他和自己的妻子三天两头打架，还有雅典的妇女们某次被欧里庇得斯描述女主角时强烈的"厌恶女性"倾向激怒，集会商议如何惩罚他。欧里庇得斯劝说自己的老岳父谟涅力索库斯男扮女装混入大会，探听她们在计划些什么。这表面上是段滑稽、可信的趣闻，但稍一用心就会

---

① Satyrus为羊人Satyr的拉丁文写法，阳性词尾，是古代世界许多作者的名字，就像如今英语世界的Smith一样。因而署此名者很有可能用的是假名。

发现，它与阿里斯托芬的喜剧《特士摩》如出一辙。而作者"萨梯"的名字也提示了我们不应将这份文献看得太真实。

尽管阿里斯托芬曾两度将欧里庇得斯搬上舞台，并且在自己的剧作中不时加入点对《智慧的墨拉尼佩》(*Melanippe the Wise*)、《斯忒涅玻亚》(*Stheneboea*)、《俄纽斯》(*Oeneus*)及其他戏剧的恶意模仿——这些如今均已遗佚，有些作家认为这两个人还是相似多过差异的。克剌提努斯曾批评自己某部剧中一个有抱负的诗人，说他"俨然一个鸡蛋里挑骨头的细节大师，典型的欧里庇得-阿里斯托芬主义者(Euripidaristophanist)"。他们属于同一文化圈子。欧里庇得斯与阿里斯托芬都成长于雅典文化政治的巅峰时代，也都对雅典随着伯罗奔尼撒战争(Peloponnesian War)的继续和恶化而日益增加的帝国政策由衷反感。

阿里斯托芬对欧里庇得斯戏剧的讽刺有些夸张，却也不是无中生有。欧里庇得斯的确令观众震惊不小，比如在失落的《忒勒福斯》(*Telephus*)中令国王穿成乞丐模样；在《柏勒罗丰》(*Bellerophon*)中，同样让另一位统治者沦落到了不名誉的境地。用阿里斯托芬的话说，观众们愤慨过度，有些正派人士看完之后就服毒自杀了。索福克勒斯说自己表现的是人们应该如何，而欧里庇得斯表现的是人们实际如何。简言之，这种"现实主义"无疑被看作他的缺点；可等时机成熟，反而成了美德。欧里庇得斯还首次将女性表现为聪明、有复仇心和复杂的生命。他的《美狄亚》(*Medea*)至今摄人心魄：一个满手血腥的异国女子最后如女神般升起。毫无疑问，如果《佩利阿斯的女儿们》(*Daughters of Pelias*)、《克里特妇女》(*Cretan Women*)和《在普索费斯的阿尔克迈翁》(*Alcmaeon in Psophis*)能流传下来，必将产生同样的效果。最具争议的是，欧里庇得斯将戏剧作为哲学思考的载体。

青年时代的欧里庇得斯受教于阿那克萨哥拉，他是伯里克利的顾问、自然科学家，也是位强调感知的学者。例如他推测说太阳不是一位神，而是一团燃烧的石头，"比伯罗奔尼撒半岛大出好几倍"；还有月亮是反射太阳的光。欧里庇得斯也与智者（sophist）普罗泰哥拉斯熟识，后者曾在欧里庇得斯的家中朗诵自己的《神论》（*On the Gods*），开篇为："关于神，我没有办法得知他们存在与否，因为知识有太多障碍，这个问题是那么令人费解，而人的生命又是那么短暂。"类似的话语在欧里庇得斯的《俄瑞斯忒斯》（*Orestes*）中可见到："我们是众神的奴仆，不管神是什么。"两个人都被指责对神灵不敬，《神论》被下令烧毁，《俄瑞斯忒斯》却保留了下来。他俩晚年都在流放中度过，远离了越来越不宽容的雅典。根据菲洛得穆斯的记述，欧里庇得斯离开雅典时，城内公民大肆欢庆。

因此，欧里庇得斯存留下来的作品竟比埃斯库罗斯和索福克勒斯两个人加起来的还要多，这实在是莫大的讽刺：十八部，包括如今仅存的一部羊人剧——原本应有九十多部。更令人惊奇的是有些公开抨击雅典政治的剧本也被保留了下来。在公元前5世纪二三十年代，他曾写过歌颂神话中的雅典建立者忒修斯的剧本；然而，《埃勾斯》（*Aegeus*）、《忒修斯》（*Theseus*）和《厄瑞克透斯》（*Erechtheus*）均已无迹可寻。公元前420年，欧里庇得斯为阿尔西比亚德写了奥林匹克胜利颂歌。当时，阿尔西比亚德已开始表现出贪婪、虚荣、追逐私利的本性，这些最终使他成为叛徒，又再次以得胜将军的身份归来。俊美、傲慢、深受苏格拉底喜爱的阿尔西比亚德的性格充满了矛盾，他曾想办法让斯巴达人参加比赛被拒，以增加自己获胜的机会。

欧里庇得斯的态度在公元前416年发生了大转变，雅典用武力将米洛岛（Melos）变为殖民地。这座一度被誉为"希腊救星"（Saviour of Hellas[①]）的城邦，如今却对一个小岛上的居民肆意屠杀，还将他们

---

① 海拉斯，即希腊。

的妇女和儿童卖为奴隶。当欧里庇得斯的《特洛伊妇女》(*The Trojan Women*)上演时，几乎无人怀疑其中蕴含的政治潜台词。一位老妇人怀抱着被杀死的孙子，他的被杀仅仅因为他有朝一日可能成为威胁。为了怕我们心存怀疑，开篇的歌队唱道："这是宙斯之女雅典娜一手造成的。"城邦曾经的歌颂者成了她良知的鞭策者。我们失去了大量的欧里庇得斯作品；然而从另一个角度看，我们宁可失去的是他歌功颂德的宣传作，而不是他的抗议性戏剧。

"自他之后，可曾有哪个国家敢夸口说自己孕育出了哪怕一个配给他提鞋的剧作家吗？"歌德如是说。欧里庇得斯是一个被自己城邦出卖的爱国者，他将传统故事与最前卫的观察结合起来，探索什么是人性，什么是伦理。他被诬为憎恨人类、害怕妇女、亵渎神灵，只因他敢于去看世界复杂的一面。歌德的问题对于他的作品和人品都同样适用。

阿加松（Agathon）

（约公元前 457—前 402 年）

公元前 5 世纪末，马其顿国王阿切劳斯的野心逐渐觉醒：要让这个希腊北部的国家不再只是个半野蛮的卫星小邦。他希望建立一个实力不亚于雅典和斯巴达的强国，并且能与任何一个崛起中的政权媲美。诚然，实现梦想之前，他首先不得不杀死自己同父异母的弟弟，以取得王位。凑巧上天给了他机遇：从该世纪的最后十年起，一股来自雅典的流放潮有力地推动了马其顿的文明进程。为他装饰宫殿的是绘画大师宙刻希斯——技艺高超到连飞鸟都试图啄食他所画的葡萄；为他奏乐的是提谟修斯和他那复杂的乐器——他增加了西塔拉琴（cithara）的弦数，以便将自己脑中的灵感完全用乐音呈现。

在越来越军事化的同时，雅典那一度引以为傲的思想自由也被一点点剥夺。公元前 404 年前后，欧里庇得斯和他的朋友兼同行阿加松都深深感到，在一个正流于教条压抑的雅典，他们的财产和生命双双受到了威胁。他们的感觉没有错——公元前 399 年，与他俩关系密切的哲学家苏格拉底被以腐化青年罪判处死刑。相比之下，阿切劳斯王的宫廷总算还是个开明的隐退之所。

阿加松受到了雅典人的挑剔和嘲弄。那个因"机智面前六亲不认"而臭名昭著的阿里斯托芬更是在作品《特士摩》中对阿加松的创作方式大加挖苦。剧中的阿加松以女人的装扮出现，并阴阳怪气地解释说要写好一个女性角色，就必须让自己作为女人来思考，而适度的男扮女装对此帮助巨大。他对同性恋胜于异性恋的偏好也成为被奚落的对象，更有人对他那华丽的文风恶意模仿。

阿加松修饰过度且注重辞令的诗歌形式一直遭到指摘，而他对一个劝他去除矫饰文段的人的回应，也为他扣上了"自恋"的大帽子："你难道要清除阿加松身上的阿加松？"他的其他一些新尝试都在怀疑中被世人接受。多年后亚里士多德仍会记得"即使阿加松"也曾因试图将过多史诗元素塞进一部戏剧而备受苛责。他还将歌队与戏剧表演完全割离，将他们仅仅作为剧中的穿插。

最引起争议的，是他为悲剧引入了一项前所未有的东西：原创。他的作品《花》（*Antheus*）就是由他一手策划的剧情。我们很难完全想象出时人的惊愕：不是乱伦与自残都在意料之中的俄狄浦斯，不是受伤的菲洛克忒忒斯①，也不是被激情俘虏的费德拉②，而是一些无人知晓的角色。不看到最后谁也不知道结果如何。失落的《花》是我们所知的唯一一部原创悲剧，后代的希腊作家又回归到人们耳熟能详的神话传统。

尽管如此，阿加松仍是个成功者。他在公元前416年赢得了头名，之后的庆功宴便成了柏拉图《会饮篇》（*Symposium*）的原型。即使在那篇编造居多的场景重现中，我们也可以看出关于阿加松性格的

---

① 希腊神话中赫剌克勒斯的好友，参加了希腊人讨伐特洛伊的远征军，但途中被毒蛇咬伤（亦说被自己的毒箭所伤），伤口经久不愈，于是希腊人在奥德修斯的建议下把他留在了荒岛上。后因神谕，奥德修斯又从岛上将他接回治愈。他在特洛伊战争中杀死了诱拐海伦的帕里斯。欧里庇得斯和索福克勒斯都写过关于他的剧本。
② 米诺斯之女，忒修斯的第二个妻子。她爱上了忒修斯的前妻之子希波吕托斯，因遭到拒绝而自杀。欧里庇得斯曾写过关于这段孽缘的悲剧。

蛛丝马迹。他的情人鲍萨尼乌斯也在场，并对同性恋行为出言维护。阿加松的帮腔显示了他的创造力和略微花哨的语言。与他进行辩论的费德鲁斯一张口便引用赫西奥德和作品失传的早期作家阿库西劳斯的名句说，"爱"是众神中最古老的。但阿加松偏偏反其道而行之，声称爱神乃是最年轻的。他引用欧里庇得斯遗佚的《斯忒涅玻亚》，说爱情可以使凡人变为诗人，并繁复地辩解说既然爱情是一切感情中最强大的，那么其他情感理应屈居爱情之下。这团天才的乱麻最终由苏格拉底层层拨开。

当阿加松和欧里庇得斯下定决心离开雅典、投奔北方阿切劳斯王治下的马其顿时，他们很可能讨论过如何使作品更好地吹捧和吸引新主。他们或许交换过对悲剧老手索福克勒斯和他的新作《俄狄浦斯在科洛诺斯》的看法。将有怎样的机遇和鸿运在等着他们？其实话说回来，他们所做的已足够流传千古。

把"阿加松"敲入互联网的搜索引擎，在剔除了大量关于柏拉图《会饮篇》的评论后，你会找到不少工具生产、风扇轴承、工具指南和塑料制模的信息，以及一间养犬俱乐部、一个网络服务商和一家以政治科学为主的学术出版社。此外还能有一支欧洲摇滚乐队"阿加松的最爱"（Agathon's Favorite）的详细资讯——他们曾在利物浦（Liverpool）演出——和1975年由莱斯罗·本尼迪克（Laslo Benedek）导演的电影《袭击阿加松》（*Assault on Agathon*）的简介，讲述一个被误认为死去的希腊"二战"老兵重返战场的故事。同年1月，漫威漫画（Marvel Comics）的《惊魂》（*Haunt of Horror*）第五辑中设置了"诱惑者阿加松"（Agathon the Tempter），作为库德罗斯即魔鬼撒旦的仆人，被撒旦之女撒塔娜用一个尖状雕塑刺穿。乔纳森·爱德华兹（Jonathan Edwards）也演过一版阿加松，那是在《战士公主西娜》(*Xena, Warrior Princess*)的第三季中，这回他是个称霸一方的领主，拥有来自冶炼之神赫费斯托斯的魔法兵器。约翰·加德纳（John Gardner）的哲学讽刺作品《阿加松遇难记》(*The Wreckage of Agathon*)被一位亚马逊网站的评论员称为可与博尔赫斯[①]的著作相提并论。

阿加松未留下长篇巨著。

他的作品中只有两句片段残存，这两句话曾被阿里斯托芬用来强调和阐发自己的论点。一句是："艺术喜爱偶然，偶然喜爱艺术。"——可惜偶然也剥夺了一切欣赏阿加松被认为一度创作出的艺术的机会。另一句是："即便诸神也无法改变过去。"——这或许是对所有失落书籍的最佳判词。

[①] 指 Jorge Luis Borges（1900—1986），阿根廷诗人、小说家、翻译家，20 世纪对欧美文学影响最大的拉美文学作家之一。

阿里斯托芬（Aristophanes）

（约公元前 444—前 380 年）

在柏拉图有关爱情本质与目的的经典辩论《会饮篇》结尾，众人皆醉三人醒：哲学家苏格拉底、悲剧作家阿加松、喜剧作家阿里斯托芬。谈话渐渐由形而上的探讨转向情感、忠诚和友谊之间具体的内在关系；随着酒杯和意识的继续流转，话题最终落到了戏剧上来。遗憾的是，除了苏格拉底坚信能写悲剧就一定能写喜剧、反之亦然的观点外，我们一无所知。

这两位各自领域的顶尖实践者究竟如何回应苏格拉底的理论？他们自己又对文学持有怎样的见解？所谓酒后吐真言，苏格拉底和阿加松难道就不曾借着酒劲儿谴责他们那位喜剧损友在舞台上对自己不留情面的奚落？

阿里斯托芬显然同意喜剧具备与悲剧一样严肃的功能。据说他曾写过四十部剧作，留传至今的只有十一部，而这十一部剧中都分明强调了对罪恶的申斥、对和谐的呼吁，以及对统治者所担负社会责任的提醒。"要诗人做什么？"《蛙》中狄俄尼索斯在有意从冥界释放一位伟大的剧作家时问道。后者的回答是："拯救城邦，毫无疑问。"这种高尚情操与荒诞闹剧、下流暗示甚至低俗谩骂和平共处的局面，多多少少可从喜剧本身的多元和混杂特性中得到解释。阿里斯托芬是作品得以保存的喜剧作家中最早的一个,然而他的路数、方法和好恶都不时闪现出前人淡淡的身影。

依据帕罗斯大理石(Parian Marble)上的铭文记载,喜剧歌队的创建者是公元前6世纪一位名叫苏撒里翁的作家。可惜关于这位喜剧世界的泰斯庇斯[①],我们所知仅限于他的名字。帕罗斯的阿尔基洛科斯(约公元前714—前676年)则被认为是抑扬格讽刺诗的首创。他那种尖刻的辱骂性诗行有个恶劣的记录:曾将被骂者逼到自杀。按照亚里士多德的说法,第一位发展出喜剧剧情的人是西西里的埃匹卡穆斯(约公元前540—前440年),柏拉图尊他为喜剧领域的荷马。据传他是毕达哥拉斯的学生,无奈只有些许残篇和篇名存世。

在阿里斯托芬于公元前427年崭露头角之前,还有两个重要人物不能不提。克剌提努斯(公元前519—前422年)以对当时公众人物的恶毒攻击而著称,政治领袖伯里克利因其"海葱形脑袋"成为他经常攻击的对象,伯里克利的情妇阿斯帕齐娅和谋士们也未能幸免。他又在《尤内黛》(Euneidae)中将悲剧作家和韵律诗人狠批了一把。虽然克剌提努斯的作品全部遗失,但其中一部的题名《阿尔基洛科斯的追随者们》(The Followers of Archilochus)充分昭示了他这种咄咄逼人的风格从何而来。想来《狄俄尼撒力克山德罗斯》(Dionysalexandros)、《涅墨西斯》(Nemesis)、《客戎》(Chiron)、《德拉佩狄忒斯》(Drapedites)、《色雷斯女人》(Thracian Woman)也都是作者控诉情绪的重演。

克拉忒斯发迹于公元前470年前后,他本是克剌提努斯剧中的一个演员,然而对自己被迫在舞台上喷出的尖酸言语日益不满。照亚里

---

① 公认的古希腊悲剧创始人,参见前文"埃斯库罗斯"篇。

士多德的说法，他接受了埃匹卡穆斯更为哲理化的细腻剧情：在克拉忒斯关于黄金时代的作品《群兽》(The Beasts)的残片中，描述了鱼类主动为自己涂油炙烤的情景。如果亚里士多德所言不虚，克拉忒斯在自己的乌托邦式剧作《财富》(Riches)里刻意模仿了克剌提努斯。阿里斯托芬对克拉忒斯的机智和冷幽默赞赏有加，但也不忘补充说他并未因此获过什么奖项。

尽管亚里士多德称赞了克剌提努斯《武士》(The Knights)一剧的歌队部分，却对讽刺者本人未留情面；原因很简单，克剌提努斯喝多了。《武士》的歌队证实了这一点，宣布说如果他们躺着，那一定会成为克剌提努斯的床单，浸泡在他的毫无节制之中。如此说来他坐在狄俄尼索斯的雕像旁倒是再合适不过——既是戏剧神，也是酒神。这些八卦不是白说的，克剌提努斯大胆地写出了另一部剧，名字就叫《酒瓶》(The Bottle)，描写醉头醉脑的自己如何尴尬于妻子、缪斯和情人波瓒之间。该剧赢得了公元前423年的头奖，把阿里斯托芬嘲讽苏格拉底的大作《云》(The Clouds)挤到了第三名的丢脸位置。

阿里斯托芬的早期事业在争论中迅速升温。他于公元前426年创作了攻击克里翁——在伯里克利死后得势的煽动型政客——的作品《巴比伦人》(The Babylonians)，今已遗佚。和伯里克利不同，克里翁妄图用法律镇压批评，阿里斯托芬很可能是挨罚了。不管怎样，到公元前422年，阿里斯托芬的成功已经无人可及，以至于他的《黄蜂》(The Wasps)之所以在戏剧比赛中屈居第二，是因为他自己还匿名参报了另一部作品《前瞻》(The Preview)，假称是一个叫菲洛尼德斯(Philonides)的人所写。遗憾的是《前瞻》虽然得了第一，却没能留存下来。而我们的喜剧作家对克里翁的抨击仍在继续。

阿里斯托芬的作品结合了克拉忒斯的哲学思考和克剌提努斯的激烈讽刺，他是一个扎根文学的喜剧家。诸如《诗人》(The Poet)、

《缪斯》(*The Muses*)、《萨福》(*Sappho*)和《舞台老板赫剌克勒斯》(*Heracles the Stage Manager*)之类作品的遗失,不仅让我们丢掉了戏剧自觉的最早范本,更使我们无法观赏到——哪怕只是不经心地一瞥——那个毋庸置疑地为他提供了丰富嘲讽素材的文学世界。

时至今日,阿里斯托芬的作品似乎并未受那条"喜剧无关过去"的偏执禁令影响。《鸟》(*The Birds*)中"云间鸟国"(Cloud Cuckoo Land)的建立和《吕西斯特拉塔》(*Lysistrata*)中的"性罢工"在今天读来依然耳目一新,尽管原著关于无花果和告密者的俏皮话①,或者关于小猪的双关②在翻译中都已无法辨认。在所有使用阿提卡方言的希腊作家中,阿里斯托芬展现出了最多的"独词"——只此一次,别无二用。也只有在阿里斯托芬的作品中我们能读到archaiomelisidonophrynicherata这样的副词,意为"以如弗里尼库斯(Phrynicus)作品中的西顿(Sidonian)少女般古老、甜美的方式"。他的难懂正是他的独特。

从他的最后一部长篇剧作《财富》(*Wealth*)以及另两部作品(均已失落)《埃奥罗希艮》(*Aeolosicon*)和《科卡洛斯》(*Kokalos*)中,可以看出晚年的阿里斯托芬开始尝试向米南德的"新喜剧"过渡:简化情节,收敛他早期作品中惯用的怪诞想象和炫目辞藻。他二十年前还写过另一部《财富》,但这前一部没能保存下来,否则可与后一部褪去华服的风格做个比较。他的儿子阿拉洛斯继承了父亲的喜剧传统,不过已受到"反诽谤"律法的限制。

---

① 见于《鸟》。原文说的是"有一群人……他们用自己的舌头播种、收割、采摘葡萄和无花果",而古希腊语中"无花果"是"告密者"一词的组成部分。"告密者"为συκο-jαντη,由名词συκον和动词jαινω组成。前者即"无花果",后者意为"揭开""使显现"。因此这里的真正含义是"那是群嚼舌根的家伙"。

② 见于《阿卡奈人》(*The Acharnians*),写一个外地人要将两个女儿卖为妓女,就把她们装扮成小猪的样子混入神庙。此处"小猪"疑与皮肉生意有双关。

当然，对于某些评论家来说，阿里斯托芬一派的喜剧令人作呕。公元1世纪的普鲁塔克就曾大声怒斥："他的用词糅合了悲剧和喜剧、宏伟和平淡、隐讳和直白、浮夸和庄重，有时一泻千里，有时废话连篇！"——在很大程度上，这些正是我们欣赏他的原因。

谢诺克里斯（Xenocles）及其他
（公元前 4 世纪）

可怜的谢诺克里斯！我们所知有关他的一切都来自阿里斯托芬的喜剧，他在里面基本就是个无力写作的笑柄。他硕果仅存的几句作品出自悲剧《特勒波勒摩斯》（*Tlepolemus*），却在阿里斯托芬的《鸟》中备受嘲讽。他留给后世子孙的全部只有两行：

哦！残忍的女神。哦！我的战车粉碎。
帕拉斯（Pallas）①，你已彻底将我毁灭！

不过他并不是唯一被"彻底毁灭"的，同病相怜者还有：

阿里斯泰厄（Aristea），写有《犹太人是谁》（*Who the Jews Are*）；

普洛孔涅索斯的阿里斯泰乌斯（Aristaeus of Proconnesus），他的三卷本《阿瑞玛斯配亚》（*Arimaspeia*）满载关于遥远北方的记录；

阿斯提达玛斯（Astydamas），埃斯库罗斯的曾侄，他的自我标榜委实过了头，雅典民众激愤之下拉倒了他的雕像；

---

① 即雅典娜，亦称帕拉斯·雅典娜。

卡里配德斯（Callipedes），以"亲临其境"闻名的罗马喜剧作家；

卡尔奇努斯（Carcinus），写有《梯厄斯忒斯》（*Thyestes*），其中辨认胎记的场景尤其著名；

喀利蒙（Chaeremon），《马人》（*The Centaur*）的作者；

科里洛斯（Choerilus），倒霉的诗人，他关于亚历山大的史诗只有七行完好；

希奈松（Cinaethon），写有史诗《俄狄浦斯》（*Oedipus*）；

克拉提普斯（Cratippus），《修昔底德未尽之言》（*Everything Thucydides Left Unsaid*）就出自他的手笔；

狄凯欧根尼斯（Dicaeogenes），他的《塞浦路斯人》（*Cyprians*）中，透克罗斯①对着一幅人像放声大哭；

恩尼乌斯（Ennius），罗马诗歌之父，曾在他的《编年史》（*Annals*）中写下"说到做到，君子也"的名句；

欧波利斯（Eupolis），小道消息说他是被阿尔西比亚德淹死的可怜虫；

阿刻奇乌斯（Accius），拉丁文学中最早的悲剧作家之一；

埃匹马库斯（Epimarchus），厨师作家；

昔兰尼的欧加蒙（Eugammon of Cyrene），曾为《奥德赛》作续；

米提林的莱斯切斯（Lesches of Mitylene），《小伊利亚特》（*Little Illiad*）的作者；

马格涅斯（Magnes），将会说话的动物引入剧中的喜剧作家；

涅欧弗隆（Neophron），他创新了台上酷刑，还为年轻演员们准备了照看幼儿的员工；

---

① 萨拉米斯王子，参加过特洛伊战争，回乡后因父亲责怪他没有保护好同胞兄弟也不曾为他复仇而被驱逐出境，遵照阿波罗的神谕前往塞浦路斯，于当地建立了萨拉米斯城。

谢诺克里斯（Xenocles）及其他

尼科喀瑞斯（Nicochares），展现人类阴暗面的剧作家；

毕特阿斯（Pytheas），《海上》（On the Oceans）的作者；

斯忒萨科罗斯（Stesichorus），据传他是赫西奥德的亲骨肉，却有着荷马的灵魂，他写作了二十六卷的《猎猪人》（The Boar Hunter）；

泰勒科利德（Teleclides），写有《云间鸟国》（Cloud Cuckoo Land）①；

阿塔刻斯的瓦罗（Varro of Atax），可能改编了阿波罗尼奥斯（Apollonius）的《阿尔戈船英雄记》（Argonautica）。

我们只能通过苏维托尼乌斯（Suetonius）②的著作了解卡里古拉③的统治，因为塔西佗④的版本已经遗佚，同时失落的还有苏维托尼乌斯的《皇族列传》（Royal Biographies）、《罗马风度》（Roman Manners）、《罗马节日》（Roman Festivals）、《罗马服饰》（Roman Dress）、《希腊游戏》（Greek Games）、《语法问题》（Grammatical Problems）、《计时方法》（Methods of Reckoning Time）、《论自然》（Essay On Nature）、《书评符号》（Critical Signs Used in Books）、《人类的身体缺陷》（The Physical Defects of Mankind）以及妙不可言的《名妓传》（Lives of the Famous Whores）。

高科技不是全能保障。破损的软件、潜伏的病毒、无意识的点击、打翻的饮料——这种种意外对作品的损害会比水、火以及图书室腐浊的空气来得还要快。无论再怎么悲哀、苍白、可怜，谢诺克里斯至少还被知道是个作家，还有千千万万的人湮灭得无影无踪呢。

---

① 见前文"阿里斯托芬"篇。
② 约公元69—122年以后，古罗马历史学家，著有《十二帝王传》。
③ 古罗马暴君，详见后文"古罗马早期诸帝"篇。
④ 约公元56—117年，古罗马史学家、演说家，曾入元老院，以记录日耳曼民俗的《日耳曼尼亚志》（Germania）、描写古不列颠岛的《阿古利可拉传》（Agricola）和关于罗马帝国的《编年史》（Annales）等作品闻名后世。

米南德（Menander）

（约公元前 342—前 291 年）

拜占庭的阿里斯托芬位居亚历山大图书馆的主管之位，他曾夸赞说，喜剧作家米南德的才情仅次于神圣的荷马。如果说荷马史诗在描述神与英雄的事迹上无与伦比——其结果甚至塑造了整个文明——那么米南德的作品则是诠释另一类伟大的高峰。在戏剧《被憎恶者》（*The Hated Man*）和《仲裁》（*Arbitration*）中，他呈现出的人物与他的观众无异：说着同样的话语，经历着同样的情境——简而言之，他的戏剧迸发出一种全新的现实主义光芒，或者可以引述拜占庭的阿里斯托芬那激情洋溢的感叹：「哦，米南德！哦，生活！你们究竟谁在模仿谁？」

对于米南德"新喜剧"（New Comedy）的高调评论在古代世界相当普遍。尤利乌斯·恺撒曾称赞泰伦斯（Terence）[①] 是"半个米南德"。罗马演说家昆体良（Quintilian）建议每一个有志于演说之道的初学者仔细研读米南德的戏剧，因为"他展现给我们的生活……是那么精彩，充满了各种新奇的创造和多变的语言。无论怎样的情形、性格和情感，都逃不出他娴熟的掌握"。

---

① 公元前 190—前 158 年，罗马喜剧作家。

普鲁塔克在《道德小品》(*Moralia*)中对米南德的褒扬令人晕眩，堪称对米南德那卓越戏剧成就的终极评价：

> 米南德的魅力令他备受爱戴。在那些散发着四海认同的吸引力却致力于表现希腊荣耀的作品中，社会找到了自己的文化，学校找到了自己的学业，剧院找到了自己的胜利。他最先揭示了典雅文学的实质和可能性：他凭借自己无可比拟的光彩征服了世界的每一个角落，令所有的耳、所有的心拜倒在希腊语言的力量下。还有什么能成为任何一个有教养的人走入剧院的原因——除了米南德？

这位典雅教养的范例于公元前342年左右生于雅典。他的家世似乎相当不错，父亲狄奥佩忒斯很可能是个将军。而他的叔父阿赖克希斯是位多产的喜剧作家——《书达》的记载是245部，按照普鲁塔克的说法，他在舞台上接受胜利者的桂冠时不幸去世，享年106岁。除去标题，阿赖克希斯的作品仅以或智慧或俏皮的谚语形式保留下一些片段。那些无价的珍珠包括："只有一种药方能够治愈被称作爱情的病症——妓女。""食谱如何能卖得比荷马作品还多？""人生是彻头彻尾的疯狂。"在这些善哉之言里，阿赖克希斯故意模仿、嘲弄了苦修的毕达哥拉斯学派和玄奥的柏拉图主义者，他的侄子很可能吸收了他这种思想偏见。据说米南德和伊壁鸠鲁是朋友。

米南德的职业选择或许也受到他的老师泰奥弗拉斯托斯的影响。泰奥弗拉斯托斯既是柏拉图的弟子，也是亚里士多德的传人，继承了亚里士多德的学园（Lyceum）、图书馆和私人文稿。"泰奥弗拉斯托斯"是亚里士多德对他的戏称，意为"神圣的说话者"[①]。泰奥弗拉斯

[①] 古希腊语中，他的外号拆开来是 Theo-phrastus，前者来自名词 θεο，即"神"；后者来自动词 jραζω，即"说"。

托斯成为一个广受爱戴和尊敬的师长；当"救星"托勒密（Ptolemy Soter）[1]开始兴建著名的亚历山大图书馆时，他首先想到的是亚里士多德和泰奥弗拉斯托斯的藏书。

泰奥弗拉斯托斯的著作《性格论》（*The Characters*）最明确地体现了他对米南德的影响。虽然该作品在米南德首部戏剧之后几年才正式发表，但仍有理由相信，年轻的剧作家已经熟知他老师将人按照性格划分为特定类别的理论。其中关于自大狂、土老帽儿、庄稼汉的描述被转化为"新喜剧"舞台上固定的人物；学理的原型成为戏剧的标签。遗憾的是，我们所能见到的《性格论》残本只有关于负面人格的部分。

米南德在戏剧节上的第一次胜利是公元前317年，一部名为《坏脾气老头儿》（*Dyskolos*）的作品轰动一时。可惜这种风光场面的重演率不高，稍后的讽刺短诗作家马提亚曾自我安慰说，真正的天才在生前总是不被认可的。米南德对此又作何感想呢？或许从下面一段掌故中可以知道答案。据说米南德曾痛斥他在戏剧节上的对手菲勒蒙："每次打败我的时候，难道你都不会脸红吗？"

像阿赖克希斯一样，米南德著作颇丰，且创作毫不费力。将体系化的性格划分应用于固定情景的模式使他拥有近乎无穷的变化空间。某次，一个朋友盘问他为何还不把当年戏剧节的参赛作品写好（演员、布景和乐师们已等得不耐烦了），米南德轻描淡写地回答："剧本早已完成，剩下的只是写出台词而已。"按照他的逻辑，只要有一个剧本，就等于有了全部。

米南德时代的剧院正处于变革之中。他的朋友法勒如姆的底米忒

---

[1] 即托勒密一世（公元前367—约前283年），亚历山大死后接管埃及，是托勒密王朝的第一任国王。

琉斯（Demetrius of Phalerum）乃是驻雅典的马其顿总督，在为贵族减税的其他政策中，又加了一项废止 theorica（为希望参加戏剧节的手艺人提供的补助）的措施。因此能够观赏到《鞋匠》（The Shoe maker）、《牧羊人》（The Goat-heads）和《农民》（The Farmer）的观众应该是新兴的"中产阶级"。尽管阿那克桑德里德斯被认为是第一位将"爱情与引诱"确认为喜剧不可或缺的元素的人，奥维德却告诉我们，米南德"从未写过一部没有爱情的剧本"。

米南德死了，淹死的，当他在庇莱乌斯游泳——或者说游泳未遂——时。他是如此成功，以至于后代一个作家阿耳希福翁以一封虚构的米南德与情妇格吕赛拉——她的芳名因米南德的《剪掉头发的少女》（The Girl Who Gets Her Hair Cut）而流传千古——间的情书获得了小范围的成功。雅典人为米南德竖立起一座雕像，就像他们对待那些伟大的悲剧作家一样。

米南德的声名节节高升，狄斐路斯、埃菲普斯、谢拿耳库斯、安提法内斯、亚里士托福翁、阿奈克希拉斯在他面前都变得黯淡无光。就连菲勒蒙和阿赖克希斯也渐被遗忘。具有讽刺意味的是，米南德那些被演说家、诗人、伦理学家大加颂扬的作品，最终也进入了失落的行列。只有一千多行文句作为谚语被保存在普通的汇编之中。当歌德赞赏米南德那"不可及的魅力"时，用词是十分谨慎和准确的。他的最后一部手稿于二百年前在君士坦丁堡遗失。

等等，等等。停！想象一下，各位读者，你们可听到唱针从留声机的表面划过……

我们把他找回来了！

1905年，埃及爱神之城（Aphroditopolis），律师弗拉维乌斯·狄奥斯科洛斯家的挖掘现场。在一个大罐子里，人们发现了一捆公元 5

世纪的纸草文献。用于包裹的竟是米南德的五部戏剧的残片！除去《萨摩斯女人》(The Woman from Samos)和《仲裁》的片段，还有《坏脾气老头儿》的十二个短段子。

这批被称为"开罗抄本"(Cairo Codex)的文献在古典学界激起了不小的涟漪。而当五十年后日内瓦大学的维克多·马汀(Victor Martin)教授宣称自己从瑞士藏书家马丁·波德米尔(Martin Bodmer)处得到一份珍罕的3世纪纸草时，引起的则是轰动。"波德米尔抄本"(Bodmer Codex)包含了《坏脾气老头儿》几乎全部的剩余部分。这部又被译作《愤世嫉俗者》或《爱唱反调的老头儿》的喜剧终于能自古典时代以来，第一次被搬上舞台。

但麻烦才刚刚开始。

当代文学评论家深知他们的古典同行对米南德持有怎样高的评价，因而期望值自然超出一般。文本评论家们努力还原出最像样的版本；毕竟，除了孤立的文稿，既没有舞台说明也没有对白注解。文稿像弗兰肯斯坦的怪物一样被重组、编辑、翻译，并于1959年10月30日，星期五，在BBC上映。

"告诉我为什么米南德像条湿乎乎的傻鱼？"据说这是希腊语钦定教授柯克(G. S. Kirk)在访问耶鲁时发出的感慨。克里斯托弗·弗莱(Christopher Fry)的批评更为婉转，他在英译本的前言中称："平淡无奇，意料之中。"就连译者菲利普·维拉考特(Philip Vellacott)也忍不住承认这部剧"实在……有失水准"且"过于平庸"。种种辩解，尤其是强调这是属于早期作品的论调，并未给新近发现的大作挽回多少声誉。最后一位伟大的悲剧作家欧里庇得斯曾经尝试过以魔法作结的悲喜剧，而《爱情故事》(Love Story)的作者、人文学教授埃里奇·西格尔(Erich Segal)就将米南德称为"乡村版欧里庇得斯"。

更变本加厉的是，随着纸草的进一步解读，有关"喜剧天才"的疑问越来越多。以出众的"生活化"著称的剧作家似乎对孤儿的荒诞身世和其他庸俗的戏剧手段有种奇怪的偏好。一些大胆的评论家指出米南德所处的希腊正从内战和亚历山大的好斗中恢复，因此确实有超出正常数字范围的孤儿存在。他们是否与自己的父母团圆——事实上，这些恰是他们成长过程中遇到的人，只不过彼此不知道罢了——我们并不清楚。

米南德的另一个情节偏好则可概括为："喔！我昨晚强奸了某人。"而最终结局往往是强奸犯和受害人意识到原来对方是自己一生所爱，于是结为夫妇。这种"险些通奸"的情节设置同样没能引来多少赞赏者。

米南德本是戏剧传统假想的祖先，与莎士比亚、莫里哀、费多（Feydeau）一脉相承。将他带回剧场就像克隆出一个原始人并让他为派对掌勺一样。失落的米南德是个天才，被找到的米南德充满尴尬。

在古代，还有一个看似不大可能的人对米南德的戏剧推崇备至：圣保罗。尽管并未明说，但《哥林多前书》（*First Epistle to the Corinthians*）的第 15 章第 33 节："'你们不要自欺，'保罗说，'滥交是败坏善行。'"本句出自米南德关于高等妓女的戏剧《泰伊斯》（*Thais*）。圣保罗从未引用过其他任何《圣经》以外的作品，而这个一度迫害基督教人士、后来在大马士革皈依、最终成为基督教殉难圣徒的人，这个为使犹太启示宗派变为世界性宗教而做出最大努力的人，竟也会偶尔享受一下喜剧的轻松愉快，这件事本身就足以令人迷惑。

米南德或许更希望保持失落的尊严，而不是被后代拖出来鞭尸。虽然不曾公开声明，但他很可能会宁愿自己的作品像一座隐蔽的矿藏一样，时刻威胁着写作权威们用教条搭起的广厦。

卡利马科斯（Callimachus）

（约公元前 320—前 240 年）

"高深"是种带有歧义的赞美。修饰的光辉常流于虚华造作；过分的文雅又显得巧言令色。"高深"的作家或许复杂难懂，但他们的聪明通常都被贬斥为"小聪明"。他们或许有魅力、有教养，很时髦、很雅致，却往往被认为缺少灵魂。"高深"是种成功，也是种嘲讽；是种造诣，也是种冷怠。

卡利马科斯或许会欣赏这种一词多义、自相矛盾的状况。生于昔兰尼的他在亚历山大图书馆脱颖而出，他将里面的图书分为一百二十卷《书录》（*Pinakes of the Illustrious in every branch of Literature and What they Wrote*）。他本人的著作据称足有八百卷之多，且博学多闻、兴趣广泛：除了讽刺作品、悲剧和喜剧以外，还有《论鱼类名称的演变》（*On the Changes of the Names of Fish*）、《论风》（*On Winds*）、《论鸟》（*On Birds*）、《论欧洲河流》（*On the Rivers of Europe*）、《月名》（*The Names of the Months according to Tribes and Cities*），甚至《世界各地奇观荟萃》（*A Collection of Wonders of the Entire World according to Location*）。

我们如今能看到的仅仅是这部百科全书作品的六行诗文和一些

片段及讽刺短诗。有两首诗——《起因》（*Aitia*）①和小型史诗《赫喀勒》（*Hekale*）——可以被部分复原。其中《赫喀勒》有五十八条残片存世，或来自纸草文献，或被评注者保留下来，共占全诗的五分之一左右。这些已足够我们窥见卡利马科斯的性格以及他的文学理念。

卡利马科斯偏爱细心雕琢、精练雅致的诗风。简洁是美德。他写道：诗歌的评判标准应在其艺术，而非长度。他尤其反感所谓"组诗"的作者，将他们的夸夸其谈比作行动迟缓、淤泥满布的河流；并且挖苦说就算宙斯喜欢打雷，他也不喜欢。在致阿波罗的颂诗里，他让自己的偏好从这位诗艺之神的口中说出：献祭要用肥胖的牲畜，但缪斯还是纤瘦为好。他的诗歌具有超凡的智慧和机敏的辞令，而且毫不掩饰诗人对传统的叛离。

他在公开宣扬自己美学观点的同时，还不忘狠狠抽上对手几鞭，称他们为"忒尔客涅斯"——罗德岛上惹人厌烦的原始族群。一直流传着一个说法：卡利马科斯和自己曾经的学生、亚历山大未来的图书管理员头目、诗人罗德岛的阿波罗尼奥斯不合。据猜测，后者的四卷史诗《阿尔戈船英雄记》成了卡利马科斯嘲讽的对象。奥维德翻译过卡利马科斯一首叫《朱鹭》（*The Ibis*）的诗，但希腊文原本已经失传。这是篇可怕的讽刺文，讲的是专吃尸体的朱鹭，一种"污秽肮脏"的鸟。古代学者认为此诗是对《阿尔戈船英雄记》作者的另一隐讳攻击。的确，阿波罗尼奥斯、忒尔客涅斯和他们共同故乡罗德岛之间的讽刺关系似乎甚为明显，但究竟为什么朱鹭鸟会令读者联想起阿波罗尼奥斯就不得而知了。

"大部头就是大恶魔。"这是卡利马科斯的格言之一。不过他对小

---

① 古希腊语 αιτια 即"起因""起源"的意思。

型文学的热爱并没能为他的作品争取到更多保存下来的机会。反倒是那场高深的现代主义者与正宗传统派之间的论战——尽管只是后人附会的传说——比他本人的作品流传得更长久。

古罗马早期诸帝（The Caesars）

尤利乌斯（Julius，公元前100—前44年）、奥古斯都（Augustus，公元前63—公元14年）、提比略（Tiberius，公元前42—公元37年）、卡里古拉（Caligula，公元12—41年）、克劳狄（Claudius，公元前10—公元54年）、尼禄（Nero，公元37—68年）[①]

从莎士比亚到拉辛，从罗伯特·格雷夫斯到阿尔贝·加缪（Albert Camus），我们总是习惯于将早期古罗马皇帝作为写作对象。但除了征服世界的热情，尤利乌斯·恺撒和他的五个继任者也热衷于实现自己的文学理想。不幸的是，他们的大部分作品和他们的帝国一样以悲剧收场。

在很长一段时间里，学生们能接触到的第一个拉丁文作者就是恺撒本人和他的名作《高卢战记》（Conquest of Gaul）。这并不只是一个

---

① 严格说来，尤利乌斯·恺撒并未称帝，仅仅是共和国与帝国交界的一个身份独特的领袖，因此不属于"皇帝"之列。而Caesar一词既可以指"皇帝"，也可特指尤利乌斯·恺撒，翻译时会做一定程度的区分。这里列出的六人实际上是恺撒和朱利安—克劳狄王朝诸帝，也就是罗马帝国早期的君主，括号中均为生卒年代。

拍了数千年的马屁,恺撒的独特文风受到了同时代文学家的交口称赞。西塞罗曾颂扬说:"纯正、澄清、宏大,更不用说高贵。"他还对康纳琉斯·内波斯夸耀说,从没有谁能做到使用"这么丰富的词汇,表达又这么准确"。

像所有有教养的罗马人一样,尤利乌斯曾尝试过戏剧;然而他的继任者奥古斯都却下令禁止那些早期作品如《俄狄浦斯》(Oedipus)、《话语集》(Colleted Sayings)、《赫剌克勒斯赞》(In Praise of Hercules)的传播。《高卢战记》由恺撒的朋友希尔提乌斯最终完成,而"回忆录"中描述他在亚历山大、非洲和西班牙征服的其他卷本也很快涌现,大多出自机会主义作家之手。恺撒还是个诗人:他未能流传下来的诗作《旅途》(The Journey)详细记述了他在罗马和西班牙之间进行的四十二天征程。另有一篇《论类比》(Essay on Analogy),据说是他在翻越阿尔卑斯山时完成的。

在奥古斯都治下,罗马文学蓬勃发展:维吉尔将他的《埃涅阿斯》①献给君王;霍拉斯在精巧细腻的讽刺诗《颂诗》(Odes)中对他大加赞扬;奥维德尽情陶醉在自己有些冒险的幽默里,最终玩儿过了火。被这么多天才环绕,很难想象皇帝陛下不拼凑出《阿亚克斯》(Ajax)那样的悲剧,还有一首关于西西里的小诗(尽管同样失落了)以及他的十三卷《自传》(My Autobiography)。这部一位政治家自我评估的早期范本并未因其关系重大而保留下来,不过,他那华丽冗长的《神圣的奥古斯都之伟绩》(Actions of the Divine Augustus)——刻在而不是写在了脆弱的纸卷上——让我们可以一窥他莫大的成就感。《对学习哲学的鼓励》(An Encouragement to the Study of Philosophy)无疑是

---

① 古典文学中最著名的史诗之一,讲述罗马人的祖先埃涅阿斯在特洛伊战争中带领家小自特洛伊逃出,遵照神谕远渡重洋来到意大利的传奇。

部很有意义的尝试，可惜未能传承下来。

提比略皇帝完成了奥古斯都的《答布鲁图斯的加图祭》（*Reply to Brutus's Eulogy of Cato*），自己又写了《悼尤利乌斯·恺撒之死》（*Elegy on the Death of Julius Caesar*）。按照苏维托尼乌斯的记载，他的文风差劲、呆板，他对文学的品位也不敢恭维。他偏好欧里翁、里阿诺斯和帕森尼乌斯，他们中没有一个人的作品流传下来，但学术界仍在争先恐后地试图还原出这位皇帝最喜欢的作品清单。在因纵欲过度而导致身体每况愈下后，他更热衷于以谄媚酸文人的保护者自居，而不图做些正经事。阿塞琉斯·萨宾努斯就曾从他那里得到两千金币的赏赐，只因为写了个蹩脚的对话，里面一个蘑菇、一只牡蛎、一株无花果和一只鸫鸟争论谁更好吃。

盖尤斯·恺撒，绰号"卡里古拉"，依他的传记作者所说，是个"文墨不通的家伙"。他认为维吉尔被过分高估，将塞内加[①]丢到一旁；之后，他又对神比他大的观点大发雷霆。在臭名昭著的文学批评行动中，他不仅焚烧了一名亚特拉（Atella）[②]喜剧作家的作品，更在剧院里焚烧了作家本人。卡里古拉唯一闪现出明确口才的地方是他的骇人言论。一次比赛中，当人群为他厌恶的队伍喝彩时，他大叫："如果全罗马人只有一个脖子！"他的叔父——结巴的克劳狄——即位时毁掉了在他私人房间中找到的两部卡里古拉的手稿：一部题为《匕首》（*The Dagger*），一部题为《短剑》（*The Sword*），详尽记录了他那疯侄子的阴谋构想和圈定的受害者名单。

克劳狄像奥古斯都一样，写了自传，用苏维托尼乌斯的话说，他的

---

① 指老塞内加，约公元前60—公元37年，古罗马修辞学家、作家，曾写过修辞、演说、历史方面的著作。他是卢坎的祖父，小塞内加的父亲。其子小塞内加就是后文提到的遭遇了暴君尼禄的斯多葛学者。
② 位于罗马帝国南部。

自传坏在"缺少格调",而非"缺少格式"。他最得意的创作是个典型的怪胎:克劳狄决定改革拉丁字母,引入了三个新字母:Ↄ表示希腊字母的psi,Ⱶ表示u和i之间的元音,而Ⅎ表示辅音v[①]。官方公文和纪念碑都采用了他的新字母,但皇帝刚一离世,一切又立即恢复了原样。

克劳狄用希腊语——而不是拉丁语——堆砌出了二十卷伊达拉里亚(Etruscan)史和八卷迦太基史。他的罗马历史则有足足四十三卷,遭到他家人的严格审查。他的著作多到亚历山大图书馆不得不新建一个专门的分馆——克劳狄馆——以承载他的史学著述。即使对这位政治领袖的文学成就给出了如此证明,其流芳千古的保障也远比预期的要小。

克劳狄是自奥古斯都之后唯一被神化的皇帝。他的继任者尼禄要求自己的老师塞内加对这位"典范"致以诗歌形式的讽刺,于是便有了《变成南瓜的神圣的克劳狄》(*The Pumpkinification of the Divine Claudius*)。这位斯多葛派(Stoic)[②]哲学家努力将自制力和理性思维灌输给他那放荡不羁的学生,但徒劳无功。最终,在尼禄的杀戮统治需要寻找新的叛徒来处决时,塞内加选择了自杀;他的侄子诗人卢坎得到了相似的结局。后者关于尤利乌斯的诗歌《内战记》(*The Pharsalia*)成为未完的绝响。

尼禄把自己幻想成一个艺术家,热心出演各种戏剧和闹剧,有时更以扮演女人而使法庭蒙羞。他对克劳狄乌斯·波利奥(Claudius Pollio)的作品《独眼人》(*The One-Eyed Man*)的攻击,同他自己的其余著述一同消亡。"我的死使世界少了怎样一个艺术家呀!"他在军队追捕到自己时由衷感叹。然而,历史可不这样认为。

---

① 在古典拉丁文中,字母v除辅音用法外,有时也可表示元音,类似于法语的u。
② 古罗马重要哲学流派,创始人是芝诺(Zeno of Citium)。该派认为每个人都是一个小宇宙,与大宇宙对应,强调公理和自然法,进而提倡自制与禁欲,对世间一切苦难泰然接受。

加卢斯（Gallus）

（约公元前 70—前 26 年）

奥维德在他第一部著作《爱经》（*Amores*）的第十五首诗中，对诗歌艺术的恒久性做了大胆宣扬："carmina morte carent."——"诗歌与死亡无缘。"为证明自己的观点，他举出了荷马、索福克勒斯和维吉尔等人的不朽盛名，并以下面一行作结：

  加卢斯，加卢斯的声名将传彻四方，
  与加卢斯同垂千古的还有他的吕科丽丝。

加卢斯的永恒比奥维德为他选出的同列精英脆弱得多，奥维德或许早已意识到这点，所以才会让他的名字在两行诗文之间出现了三次——这本身就有些欲盖弥彰，特别是荷马只被称作"麦庸尼亚之子"。奥维德对加卢斯的肯定贯穿了他的一生：他在《爱经》第三卷中再次提及此人，又在《爱的艺术》（*The Art of Love*）里奉劝年轻人背诵加卢斯的诗作，还在《哀歌》（*Tristia*）中第三次请出他的大名。

  奥维德并不是唯一推崇加卢斯的诗人。普洛佩提乌斯将他与早期拉丁爱情哀歌作者们相提并论，而他在维吉尔的《牧歌集》

（*Eclogues*）中也两次成为焦点。《牧歌六》令他在诗歌主题大合唱中的地位不亚于俄耳甫斯和菲珀斯[①]；《牧歌十》对他除了致敬还有描写。"谁会拒绝加卢斯的诗歌？"维吉尔问道。答案是皇帝陛下。

为维吉尔作注的塞尔维乌斯告诉我们，加卢斯曾为吕科丽丝写了四部爱情哀歌。她的真名叫居撒丽丝，据传是马克·安东尼[②]的情妇。他是所谓的 neoteroi 之一，即"新诗人"（现代主义者也是个不错的类比），他们的灵感来自卡利马科斯和亚历山大图书馆的学者那种引经据典、精心雕琢的诗作。加卢斯不仅是一位出色的诗人，同时也是军人。他曾与屋大维（即后来的奥古斯都皇帝）并肩作战对抗马克·安东尼，并且由于他在攻占亚历山大战役中的忠诚和勇敢，于公元前 30 年被任命为埃及的行政长官。然而，某些捕风捉影的谣言或者他自己野心的外露，抑或某些不当的举动，夺走了帝王的恩宠：公元前 26 年，流放中的他自杀身亡。

奥古斯都有时很宽容——比如对霍拉斯，他的这位赞美者和颂诗作者一度是马克·安东尼的战友——有时又很绝情。塞尔维乌斯声称皇帝勒令维吉尔将其《农事诗》（*Georgic*）第四部分中赞美加卢斯的段落删除，但显然这位注释者在此错将《农事诗》结尾的第四首和《牧歌集》结尾的第十首混淆了。证据的缺失往往成为使缺失成立的证据。许多后来学者都处心积虑地试图推测出失落的赞词，全然不顾维吉尔并未做过任何删减的事实。

我们无从得知加卢斯的作品是否被刻意销毁，总之今人没能见到任何手稿。塞尔维乌斯称维吉尔笔下由加卢斯之口所说的话均出自加

[①] 即太阳神兼诗歌、占卜之神阿波罗。
[②] 公元前 83—前 30 年，古罗马共和国时代的将军，曾为尤利乌斯·恺撒的挚友，在恺撒的葬礼上赢得大量民心。他最著名的身份是埃及艳后的情人，在屋大维攻占埃及后自杀身亡。他的死成为罗马从共和国进入帝国的分水岭事件之一。

卢斯本人,如此一来,"爱征服一切"就成了加卢斯的名言。不过这很可能纯属编造,特别是考虑到维吉尔和皇帝的亲密关系,他似乎不大可能拿奥古斯都所厌恶者的才情来招摇。

只有一句确定为加卢斯的话被保留下来,维比乌斯·瑟凯斯特在他的地理著作中加以引用:"uno tellures dividit amne duas."——"那里被一条河分为两片土地。"对于一个因表达爱情之痛而影响了一代人的诗人来说,这实在算不得恰当的留念。

奥维德（Ovid）

（公元前 43—公元 18 年）

在古罗马，诗人是个刀口舔血的行业。卡图鲁斯①曾赞颂他的友人 C. 埃尔维乌斯·辛那的叙事短诗《兹缪玛》(*Zmyma*)，谁都相信这部作品必将传之久远。可惜的是，这首诗并未留存下来，而辛那的下场也出人意表地不堪：一个暴民错将他认成了同名的 L. 康内琉斯·辛那——刺杀尤利乌斯·恺撒的阴谋家，将他暴打至死，还将他的头挑在矛尖上游城示众。一个世纪后，佩特罗尼乌斯②被恺撒的传人尼禄逼到自杀。普布里乌斯·奥维狄乌斯·拿扫，又名奥维德，似乎幸运一些。诚然他的事业也以悲剧收场，"因为一首诗和一个错误"。

奥维德的第一部诗集《爱经》开篇即告诉读者，他从五卷本缩减到了现在的三卷本。他对重写和修改的必要性直言不讳，并提到了"火的修订"。《爱经》是对罗马哀歌的戏谑，诗人在其中赞美、乞求、诋毁自己的情人科琳娜。她不同于令卡图鲁斯又爱又恨的蕾丝比娅，

---

① 公元前 1 世纪的罗马诗人，堪称"失恋王子"，其作品无论语言、内容、感情，都属于古典拉丁情诗精品中的精品。
② 公元 27—66 年，尼禄王在奢侈和铺张方面的顾问，恃才散漫，任性妄为。后因遭人挑拨，失去了皇帝对他的信任，被逼自尽。

也不同于普洛佩提乌斯的昆提娅或提布鲁斯的戴丽娅——这些女子的庐山真面目都被注释者逐个揭开——科琳娜是个谜。早期哀歌诗人都刻意为自己的真挚情感寻找令人信服的依托,奥维德却不同,他带着满心的欢快和文雅的机智,在读者期待落空的同时冲他们挤眉一笑:根本就没有"现实生活中的"科琳娜!她的存在仅仅是因为我们的爱情诗人需要一个表白的对象。

奥维德是个文学艺术的多面手,还创作有一部关于美狄亚的悲剧(昆体良认为这是他才能发挥的极致,可惜未能存世),以及令他盛名远扬的神话集《变形记》(*The Metamorphoses*),还有戏剧性的独白体诗《女杰书简》——他在其中为传奇女性们大书了一笔。令他从巅峰坠落的,是那部《爱的艺术》(*Ars Amatoria*)。他用温雅而嘲讽的笔调教导罗马的青年们如何求欢,如何免遭嫉妒的丈夫们疑心,如何衣着得体地出现在赛车场,而后甜言蜜语地摸上罗马女人们的香床。这是震惊世界的狂言,引爆了城中所有的小巷和盛宴。作为一部诱拐手册,《爱的艺术》惹恼了皇帝。

奥古斯都震怒了,他曾因有感于臣民的道德涣散而立下严苛律法禁止通奸。《爱的艺术》只是部诗,但笼罩在诗歌周围的是各种闲言碎语。有传言说奥维德跟皇帝的孙女有一腿,或者他曾见过皇后一丝不挂,又或者玷污了伊希斯[①]的圣坛。奥维德十分谨慎——也许是十分谦卑——地对这些指控不做任何澄清。他唯一希望市井流传的,是他"有双毒眼"。

他遭到了严厉的惩罚:奥维德被从他深爱的罗马放逐,遣送到黑海边的托弥斯(Tomis),那是帝国最遥远的边界。最文雅的诗人竟要

[①] 古埃及神话中的"第一夫人",是上古时代最受欢迎的女神之一,集忠贞、母爱、智慧、魔法等女性美德于一身。对她的崇拜后来传到罗马,她也是女性和婚姻的保护神之一。

失落的书

在野蛮人中间了却余生。他不停地写作,将忏悔的书信和诗歌寄回给他的朋友们。奥维德下场的严酷经常被拿来和后代的诗人作比:想象一下在萨斯喀彻温(Saskatchewan)的拜伦、在爱尔兰的王尔德。在他的放逐生涯中,奥维德开始创作一部颂扬罗马历法的作品《节日历》(*Fasti*),以缅怀那段由潮水涨落、四季和春分秋分来推定时间的岁月。他对于罗马节日和圣日的"招魂之作"仅完成了前六个月。

在《黑海信札》(*Epistulae ex Ponto*)中,奥维德讲述了他在流放中完成的一件了不起的功业:学会了当地蛮族的盖梯语(Getic),甚至还能用这种语言作诗。他的作品是献给奥古斯都的颂歌,部落的野蛮人敬佩地称他为行吟诗人。他们提出,既然奥维德唱起了对皇帝的赞歌,那么他理应再度被文明接纳。然而并没有,就连他用蛮族同伴遭鄙夷的语言写成的圣恩颂词也从世间消失。绝迹的还有整个盖梯语。

朗吉努斯(Longinus)

(主要活动于公元 1 世纪)

《论崇高》(*Peri Hypsos*)不仅是为失落的书籍准备的圣骨盒,其本身也是一部失落的书。在巴黎手稿中有几页缺失,结尾处是关于同一作者的另一部文学论著:《论情绪》(*On the Emotions*)。就在作者正要总结其中内容时,文献突然中断。这一中断造成了严重的不连贯:亚历山大反驳帕米尼奥说:"我本来是会满意……"接下来就到了"天与地的距离才可说成是荷马的身高"。

《论崇高》处处闪现出不稳定的迹象。开篇称此论说文是献给一位叫玻斯图米乌斯·弗罗伦提亚努斯的人,但他未被再度提起,后文的陈述对象换成了一位泰伦提阿努斯。作者被称作狄俄尼希乌斯·朗吉努斯,然而在目录页上却成了"狄俄尼希乌斯或朗吉努斯"。早期学者推测这里的朗吉努斯可能是卡修斯·朗吉努斯(约213—273),新柏拉图主义哲学家、演说家,他曾建议芝诺比娅女王[①]脱离罗马帝国的

[①] 活动于公元3世纪的巴尔米拉女王,本身是阿拉伯人,但有着复杂的近东血统,可能和所罗门传说中的示巴女王有渊源关系。芝诺比娅是一位"战士女王",曾领导她的人民发起反抗罗马的战争。

掌控。对这次运动的镇压最终导致了独立，朗吉努斯也被奥里略皇帝[①]处决。大多数评论都倾向于认为《论崇高》的写作时间要更早，于是赋予作者一个不体面的名号："伪朗吉努斯"。

"伪朗吉努斯"将崇高定义为"伟大精神的回声"，并旁征博引——有时是狂征狂引——以证明自己的论断。多亏《论崇高》，我们拥有了埃斯库罗斯《欧里提亚》(*Orithyia*)、索福克勒斯《波吕克塞娜》和欧里庇得斯《法特翁》(*Phaethon*)的片段。然而还有许多引言无从与已知的作者们对上号。想来那些写下"他的田地比一封信还小"或"紧接着，岸边无法计数的人群高喊着金枪鱼（Tuna）"的人一度是那么著名，以至于标明引言的出处纯属多余。

《论崇高》最令人振奋的地方是保存下一首几乎完整无缺的小诗：萨福的诗！说来有趣，她那九卷作品中唯一完整保存下来的诗歌竟在朗吉努斯的手稿中。尽管这部作品激发了蒲柏、博克（Burke）、康德和柯勒律治等人的美学理论，但单只其中幸存下来的这些无价诗行，就已足够保证它的读者数目。

然而，幸存的喜讯不应冲淡对文本中含混因素的审视。朗吉努斯引用过荷马，但并不准确。他对海神波赛冬的描述是拼接《伊利亚特》卷十三和卷二十中的诗句而来；另有一处描述奥林匹亚诸神战斗的文字，乃是混合了卷二十和卷二十一的相关部分。在一句极其诡异的信口之词中，朗吉努斯甚至提出"犹太人的立法者"具备了崇高的品质。他还大胆将《创世记》的首句篡改为："神说，要有光，就有了光；神说，要有地，就有了地。"[②]

[①] 罗马帝国皇帝，公元 270—275 年在位。
[②] 原文应为"神说，要有光，就有了光。神看光是好的，就把光暗分开了。神称光为昼，称暗为夜。有晚上，有早晨，这是头一日……"（见《创世记》第 1 章第 3—5 节）。

虽然"伪朗吉努斯"为我们保留下了萨福唯一的完整诗篇，但考虑到他其他那些过于明显的错讹与误用，我们不得不沮丧地怀疑：我们唯一保留下来的诗作可能全然没有我们所期待的那么真实、准确。

圣保罗（Saint Paul）

——又称大数的扫罗（Saul of Tarsus）

（公元第一个十年至约 65 年）

公元 200 年前后，一位不知名的基督徒将圣保罗的十封书信会聚成典，即我们所谓的 p^{46}，柴斯特·比提（Chester-Beatty）纸草，这是保罗作品最早的长篇手稿。其中包括《罗马书》《希伯来书》《哥林多前后书》《以弗所书》《加拉太书》《腓立比书》《歌罗西书》和《帖撒罗尼迦前后书》。不知汇编者是否会在写到《帖撒罗尼迦后书》第 1 章第 2 节时驻足，那里面，我们的圣徒警告帖撒罗尼迦的教会不要因谣言惊慌，"无论有灵有言语，有冒我名的书信"。既然保罗对于冒他之名制造的假书信备感恼火，那么书吏的工作就被赋予了规范神启的责任。不幸的是，《帖撒罗尼迦后书》并非保罗所作。

扫罗生于大数，罗马帝国基利家[①]省的首府。他本人是个犹太-罗马公民，受教于名叫迦玛列的法利赛人，家里以做帐篷为生（撇开帐篷对于罗马军队的重要性不谈，"军事采购"似乎是对他那职业更准确的称呼）。他在《加拉太书》中透露自己一度对于祖传的犹太教信仰

[①] 《圣经》以外译为西里西亚。

"更加热心"①，以至于去残害一个拿撒勒人耶稣建立的启示宗，耶稣的追随者们称之为"道"。当第一个殉道者司提反被暴民用石头打死时，作见证的人们把衣裳放在扫罗脚前。按照《使徒行传》里说，此时的扫罗"却残害教会"②。

在公元 2 世纪中叶抛弃异教信仰而皈依的马西昂知道保罗书信的存在，但在他的经典汇编里没有将《提摩太后书》列入其中。马西昂是一个警觉的读者，认为只有《路加福音》最需要拯救（就连这也要受益于审慎的修剪），他也一定注意到了所谓的保罗书信与《使徒行传》中描述的保罗行迹以及路加关于早期教会的记载之间的矛盾。《提摩太后书》中，借保罗之名的作者称他将生病的特罗非摩留在了米利都；而《使徒行传》却说一个健康十足的特罗非摩与保罗一同出现在耶路撒冷，那是在保罗离开米利都之后。是否正是这些不统一性使马西昂怀疑书信并非出自保罗之手，还是由于那句被过分强调了的"《圣经》都是神所默示的"③？

在他为进一步铲除基督教派而去往大马色的途中，扫罗与他憎恶的对象相遇。一片晕眩的天光中，升起的基督问他："扫罗，扫罗，你为什么逼迫我？"④扫罗随即丧失的视力被大马色的一名基督门徒治好。昔日的刽子手演出了宗教史上最有名的一幕"弃暗投明"。扫罗并没有马上改名，直到他通过圣灵的力量令魔法师以吕马失明后，我们才得知他现在也叫保罗。

---

① 见《加拉太书》第 1 章第 14 节。
② 见《使徒行传》第 8 章第 3 节。
③ 见《提摩太后书》第 3 章第 16 节。
④ 见《使徒行传》第 26 章第 14 节。

保罗的使命不是劝服正统的以色列人——他们新近对基督产生的反感说起来他也有份——而是去促成外邦人（Gentiles）的皈依。他的福音旅程将他带往安提阿、雅典、以弗所（在那里他焚烧了价值五万块银的"行邪术之书"），最终来到罗马。他在路司得被误认作神使墨丘利[①]，在该撒利亚被罗马长官非斯都警告说："你的学问太大，反叫你癫狂了。"[②] 他曾于五种情况下被鞭笞三十九次，遭棍棒殴打三次，被石头击打一次，沉船三次。尽管《行传》向读者展示了多种多样的奇迹，连起死回生都包括在内，保罗本人的书信却对于神迹异常低调，更多着重于他一系列的身体遭遇。

公元367年，亚历山大的主教亚他那修下令将《新约圣经》定为二十七卷。保罗当然没有写过福音，而且泉下有知一定会很奇怪，自己处理各种教会危机的信函如今竟会向全世界公布（当然他更会奇怪这个世界怎么居然还存在）。亚他那修命令说："不加一字，不删一章。"然而新修订的《圣经》仍然难掩未完全统一的痕迹。在《哥林多前书》第5章第9节中保罗曾说："我先前写信给你们说，不可与淫乱的人相交。"他提到的这部哥林多"早"书（O Corinthians）已经遗失，也许是因为里面的反放荡观点已经在别处得到了充分阐发（或者，还有一种更间接的可能：因为里面对于哥林多的性倾向叙述过于直接了。希腊俗语"去哥林多一把"——χορινθια ζεσθαι——即去卖淫）。

保罗希望将福音一直传到西班牙。但皈依的犹太人与传统犹太人之间的冲突迫使他返回耶路撒冷，去面对一项煽动叛逆罪的指控。由

[①] 即希腊神话中的赫耳墨斯。
[②] 见《使徒行传》第26章第24节。

犹太公议会（Sanhedrin）的四十个忠诚仆从组成的阴谋团伙发誓说，不宰了保罗就不进食。因而对于保罗来说，由罗马统治者审理他的案子要比由犹太宗教权威审理来得有利；此外，作为一名罗马公民，保罗拥有向皇帝本人求情的权利。不幸的是，这件案子中的罗马皇帝是尼禄。

名义上的国王亚基帕和罗马驻犹大长官非斯都同意了保罗的请求，并且郁闷地意识到就算他没有提出使用公民权利，他们最终还是得将他无罪开释。保罗被转移到罗马，当船被暴风雨猛烈袭击以致无法前行时，他安抚船员们说，他们不会受到伤害，因为他注定要站到皇帝面前。果然，他们平安到达了罗马。就在此时，《使徒行传》出人意料地完结了！所有的叙述都在为这次会面作铺垫，可尼禄与保罗针锋相对的高潮部分却或者遗失或者根本没被写下。

我们不知道保罗是怎么死的。有一种说法是他真的来到了西班牙，但考虑到尼禄王那臭名昭著的暴虐与疯狂（拿蘸了沥青的基督徒当路灯照明），除非奇迹发生，否则很难相信保罗能劝服尼禄放了他。不过当然，奇迹从未间断，如果我们相信《行传》作者的话。

保罗从叙述中消失了，就像升入天国的以诺和以赛亚。一种巧妙的猜想将《使徒行传》解读成保罗辩护律师的法律纪要：比如里面坚持说他对政治权威素来恭敬；结尾没有写出是因为事情尚未发生。然而这种猜想并不能解释为何后来没有人增补发生的事以及保罗的信仰之辩或者皇帝的反驳。没有任何关于圣保罗之死的古代记录。

保罗之名被其他作者借用来署给自己的书信，这一事实见证了他在同辈中的出类拔萃。从未亲眼见过耶稣的真身，从未用过一次"基督徒"这个词，保罗建立了基督教。如果说所有的哲学不过是柏拉图的注脚，那么全部的基督教神学也只不过是解读保罗思想的尝试。

俄利根（Origen）

（约 185—254）

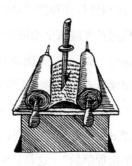

俄利根，这位基督教经典最伟大的早期注释者之一，毫不避讳地承认，就连他也曾有过严重误读《圣经》的情况。他读到《马太福音》第 19 章第 12 节："因为有生来是阉人，也有被人阉的，并有为天国的缘故自阉的。这话谁能领受，就可以领受。"由于只领会字面意思，他"为天国的缘故"而自阉了！这于他的事业相当不利，因为他在成为神职人员的过程中不断被问及这次自残。按照他的《圣经》解释学（scriptural hermeneutics）规则，以纯字面意思来解读富于讽喻、神秘、隐喻和神话色彩的文献，往往会造成令人尴尬的错误。

俄利根生于亚历山大的一个基督教家庭。他从很小的时候就显示出对阅读《圣经》的过人热情，以至于他的父亲莱奥尼德恨不得将儿子的胸膛当作圣灵的栖所来亲吻——这段感人的逸闻由优西比乌斯记载。莱奥尼德在 202 年塞维鲁皇帝的迫害中被处决，这件事无疑深深地影响了俄利根的神学思想。他在 18 岁时已成为亚历山大教理问答学校（catechetical school）①的校长，不仅要培养见习生日后接受洗礼，

---

① 指根据基督教《教理问答》手册来进行口传问答式教学的学校。

还要教他们准备殉道。他卖掉了自己版本出众的希腊哲学和诗歌类书籍,以此支撑家庭——他后来很可能为这个决定懊悔不已。

他的聪明才智很快被用到了更有分量的事情上,而不仅仅是引导新近皈依者。"我有时会遇到异教徒和接受希腊式教育的人,特别在哲学上,"他写道,"于是我想其实应该全面阅读一下异教经典和(希腊)哲学,看看他们是如何探讨'真'的。"围绕着俄利根,逐渐形成一种学校,他鼓励学生们"阅读所有的哲学,无所偏好……无所偏废"。除了无神论的伊壁鸠鲁学派(Epicureans),"没有什么是我们不知道的,没有任何事被隐藏或被禁止。我们可以学到任何理论,不论蛮族的还是希腊的,神话学的还是伦理学的"。这是其中一名学生尼撒的格利高里(Gregory of Nyssa)的记录。

如此,有些学生皈依了基督,有些则只是增进了他们的道德修养。事实上,俄利根在实践着一种自由的"大教学"项目,这将对教会产生深远的影响,也为他本人提供了终其一生最强大的神学武器。听取其他哲学见解有一个显著而迅速的实际效果:就像俄利根智慧地指出的,已建立的学园——斯多葛派、柏拉图派等——都很难进行有效的改革。"他们从不去听不同的想法……这便是为什么从没有一个老人能成功劝服年轻人。"在3世纪早期亚历山大的思想大熔炉里,俄利根有机会令自己沉浸在众多哲学流派之中。"所有智慧皆来自上帝。"这位基督教学者为受启示的异教徒们破除迷障。

俄利根作为一名哲学家、文本批评家和布道者的声名为他赢得了包括敌对者在内的广泛赞誉,其中甚至有尤莉亚·马梅亚——赫利奥加巴卢斯[①]的姨妈。他的布道由七个誊写员整理,但他的《约翰福音注》(Commentary of Saint John)被保存在一份残缺的路斐努斯拉丁译

[①] 公元218—222年在位,罗马帝国塞维鲁王朝的君王。

本中。路斐努斯时常"提供失落的线索……读者很难接受他那种提出问题又将问题悬于半空的毛病，就像他讲道时那样"。俄利根的八卷《创世记注》（Commentary on Genesis）同路斐努斯的译本均已遗失，而《二十五诗篇注》（Commentary on XXV Psalms）也仅余残片。

俄利根在230年离开了亚历山大，原因是他和自己的主教德米特里起了争执。他被指控没有牧师身份竟敢传教，后来在巴勒斯坦又被指控身为一个阉人竟敢成为牧师。他最终被逐出教会，定居到该撒利亚，在那里他参加神职人员大会，与其他学者书信往来，后来在戴修斯皇帝①掀起的新一轮反基督教运动中遭到迫害。

身处该撒利亚的他还完成了重要著作《答塞尔苏斯》（Against Celsus）。塞尔苏斯是杰出的柏拉图主义学者，在公元180年左右写成了一部驳斥基督教教义的哲学讽刺著作《论真道》（On the True Doctrine）。尽管当时他已年近七旬，这部攻击性著作足以令俄利根在安布罗西乌斯（Ambrosius）②的恳愿下站出来反驳。如果不是俄利根的反击，我们根本不会知道塞尔苏斯的存在。

基督教在此前也曾遭人非议，如讽刺作家萨莫萨特的琉善（Lucian of Samosata）和演说家佛朗多（Fronto）。但由于这些批评的基础过于夸张（仪式谋杀、无神论、食人族），早期神学家如伊里奈乌、特土良、克雷芒等人，都将主要精力放在了压制内部分裂、异端学说和非正统教义上，极少过问来自外部的攻击。塞尔苏斯的论辩却与以往不同，因而需要更具实质内容的辩驳。《答塞尔苏斯》是基督教第一部真正意义上的申辩。

塞尔苏斯的《论真道》已然失传，但其核心内容可以通过俄利

---

① 公元246—251年在位，罗马帝国晚期君王。
② 俄利根的资助人、保护者和朋友。

根驳斥时经常应用的引文窥得一斑。学界普遍认为，塞尔苏斯论著的50%—90%都被凝固在了俄利根的书中。不过谁都不会反对：俄利根绝不会引用他无力反驳的话语。

塞尔苏斯明显在辱骂方面天分独到。他用恶毒尖刻的语言定义这个新宗教：教内尽是"罪犯、傻瓜、幼稚者，以及——让我们直言不讳——所有被放逐者……如果你正打算建立一个暴徒团伙儿，还有什么人比他们更适合加入？"耶稣是个微不足道的江湖骗子，使徒们是"可怜的税官和裁缝"，而关于基督复活唯一的证明来自一个狂热的"疯女人"。尽管塞尔苏斯骂得过瘾，却给了俄利根优雅取胜的大好机会。每一个嘲讽的夸张都被回应以冷静的更正：基督教确实对罪人宣讲福音，难道塞尔苏斯认为这世上可有谁不曾犯罪？虽然塞尔苏斯讽刺耶稣允许自己的背叛者成为信徒，俄利根却提醒说就连塞尔苏斯最敬爱的柏拉图也在思想上遭受了亚里士多德的背叛。

塞尔苏斯指出基督教神话与古典神话的相似，例如丢卡利翁和诺亚，并由此论证说所谓的"新宗教"不过是传统的衍生，俄利根以《圣经》的隐喻性做了沉着冷静的回击。"亚当"不仅是字面上的人类鼻祖，而且是所有人类的共同状态。希腊版更美，新宗教更真。

尽管俄利根在那次由刀造成的"事故"后并没有将非字面解读正式引入《圣经》注释学，但他确实在加以完善。在对《约翰福音》的注释中，他将重点放在考察约翰与其他福音传播者的区别上。这些在文中公然出现的不连贯性正是解释学令人头大之处。圣灵允许他们通过默示来震慑读者，然后再强迫他们思考叙述的符号层面。对《圣经》如此这般的解读方法无疑是笔巨大的财富。

俄利根并没有死在受折磨期间，而是在之后不久。由是没能成全他成为自己最喜爱的那种人——殉道者。在他死后，他的许多作品被查禁或销毁，他那离经叛道的观点更是遭到封杀：上帝的力量是如此强大,甚至能将撒旦救赎!——这与上帝选择义人的观念背道而驰。生前已被驱逐出教的他,死后更以异端之名收场。他的作品被毁,留存下来最著名的作品又将他与异教徒塞尔苏斯绑在了一起,二者互相保留着,颠覆着,直到永远。

法尔托尼娅·贝提提亚·普罗帕
(Faltonia Betitia Proba)
（约 322—370）

在一首长诗中，法尔托尼娅·贝提提亚·普罗帕提及了她所创作的其他几部诗歌：

> 我曾写到那些摧毁神圣真理的领袖
> 以及对权力有着如此恐怖渴求的人们。

她称自己写的都是"琐碎的小主题……马匹、武器，还有战争"。更准确地说，她曾写过一首史诗赞歌，内容是皇帝君士坦提乌斯二世（Constantius Ⅱ）如何战胜了阴谋篡位的马格奈提乌斯（Magnetius）。此举得到了她丈夫——阿尼奇家族的阿戴耳斐乌斯——的赞赏，他当时正需要她这种公开支持。皇帝和他的两位兄弟兼共同统治者——君士坦丁二世和君士坦斯[①]——都意识到帝国三分带来的重重问题。在公元 4 世纪 50 年代早期，君士坦提乌斯二世面对着四股反叛势力。当阿

[①] 公元 337 年君士坦丁大帝驾崩，其子君士坦丁二世、君士坦提乌斯二世和君士坦斯联合即位，分别担任帝国北部（高卢、西班牙和不列颠）、东部（色雷斯、希腊、西亚和埃及）和西部（意大利和西北非）的"皇帝"（Augustus），但兄弟三人始终不和。

戴耳斐乌斯于 351 年被提拔为长官（prefect）时，忠诚显得尤为重要。

然而我们不能肯定普罗帕对她失落作品的描述是否确凿，因为她提到它们的那首诗本身运用了一种特别体裁：集句（cento）。也就是说，诗中的任何词句都并非出自普罗帕之手。

集句是一种拼合作品，作者重新组合其他诗人的诗行，创作出全新的作品。普罗帕的《集句》（Cento）重组了维吉尔的六百九十四行诗，以讲述从创世到耶稣复活的基督教世界史。传统上认为她创作这部诗作是为了促成阿戴耳斐乌斯的皈依，向他证明上帝无所不在，甚至是在他喜爱的异教作品中。普罗帕描绘了这样一位神明：

当他目视它们，一切都停留在晴朗的天空，一动不动。

（维吉尔《埃涅阿斯》第 3 卷第 518 行）

全能的神将自己的名字和数目给了星辰。

（维吉尔《农事诗》第 1 卷第 137 行）

一年被平均分为四份。

（维吉尔《农事诗》第 1 卷第 258 行）

集句是个颇受欢迎的诗体。奥索尼乌斯用此作了一首喜歌献给瓦伦提尼安的婚礼，罗斯（H. J. Rose）评论说："通过重新组合，诗人纯洁无瑕的句子竟被扭曲出猥亵下流的含义。"据特土良记载，诗人霍希底乌斯·盖塔用集句法创作出了一部关于美狄亚的完整悲剧。从理论上说，如果一部集句的原文本存在，而我们又知道集句中失落部分的长度，那么就有可能借维吉尔的作品将其重塑。

例如，假设普罗帕的《集句》也和她的其他作品一道失传，我们从一个不经意的注释中得知这部诗作应有六百九十四行。那么被排列诗行的可能数字就可以用下列分式来表示：

$$\frac{n!}{r! \times (n-r)!}$$

这里 n 表示引言出处的母本数量，r 是完成作品的长度。n！表示 n 的阶乘，如 3 的阶乘（3！），就是 3×2×1；同理，7 的阶乘（7！）就是 7×6×5×4×3×2×1。

回到普罗帕《集句》的例子中，我们将会运算一个巨大的分式——（12915！）除以（694！）和（12221！）的积。

运算结果如下：

```
34792966053836215048100437701248436690438789314
50563121250576134452950909581748835149946396638
08376148214154593716185502529153526536039830317
63797325193433406448402202177230384184788959041
97647079766354090912527663718181905144783378 2
92132637437166499347907515145515694358912905459
98246916372448501316085655975119437914346869275
59318885762552298782872762287222082035984670118
51147931093190992557293111161969614766694577649 96
69908545149998712916599028489256834875493998 36
27866891836119220775157164705916508726071766287
35974458220807002999912870890418728201375980191
71468556354868967586503521032384787588708259298
41598714191957606416799133492448700387269000062
91652141364230556582888704178849011081536338905
39529175636538777665606138764196630602640922050
04547095985346323844267208810167935552541147851 0
15293429088971560955200425686095487239489407761
53589447181816634485898906231768053818807120969
39926240095460603609153974899603633021297458317
43573640685000157694777274216244050203446802782
11346064931897609177862606081426950694322107107
90145729076126414175182923504716298013660922077
51811314720486175492862898389090231727933678187
45354669107929263404892437165595438290464000 0
```

这个数目怕是比宇宙中的原子还要多出许多。另外，我们的公式并未考虑进诗行的顺序，这也是至关重要的：目前的公式中（a，b，c）、（a， c，b）、（b，a，c）、（b，c，a）、（c，a，b）和（c，b，a）是一样的。但其实排列的数字应该比这本书剩下的部分还长。无论如何，只要我们知道一部集句的长度，又能找到足够的拉丁文学者理清诸如动词不一致、韵律缺省或意思含混不明等版本问题，当然还要有足够的纸，我们就能重塑失落的作品！

至于普罗帕，我们无从得知她的集句诗作是否起到了她所希望的效果——令她的丈夫皈依。学者们推断这部作品成于362年前后，正值皇帝"叛教者"朱利安（Julian the Apostate）宣布古典文献并非亵渎神圣之时。他同时禁止了基督教的传播，并复兴了传统宗教。因而对于一个当时的作家来说，试图调和政治、文化和神学矛盾，将异教作品归入基督教的框架，可算得上相当大胆。

普罗帕的悲哀在于她选择了这种独特的体裁。与其他罗马女作家不同，我们尚有她的一部作品，却没有她的只言片语。在不知创作年代的情况下，我们甚至无法断定《集句》究竟是一部玩笑的闺房雅作，还是一部违禁的托词花招。她闪耀着，站在断崖的边缘。

迦梨陀娑（Kālidāsa）

（约4世纪中叶至约5世纪早期）

迦梨陀娑几乎没有告诉我们任何有关他自己的事情。传统上将他与"超日王"（Vikramāditya）的宫廷联系起来，然而这一名号既为国王旃陀罗笈多二世[1]所用，也是公元1世纪一位打败了萨喀族——或称斯基泰族——的半神话国王的尊号。年代稍早的那位超日王，将宫廷设在优禅尼，一座迦梨陀娑在诗歌《云中使者》（Meghadūtam）里赞美过的城市。相反的观点则认为，这首诗乃是写给迦梨陀娑的妻子，当时与妻子两地分居的他正在指导旃陀罗笈多二世的遗孀。公元前5世纪到公元7世纪的线索都被找来解读迦梨陀娑的存在，希腊的天文学用语和中国的相关文献被提出又推翻。唯一能够确定的是，他是所有梵文诗人中成就最高的一位，后世作家称他为Kavi-kula-guru，即"诗圣"。

在缺乏确凿传记史实的情况下，一系列杜撰的传奇围绕他的名字展开。迦梨陀娑意指"女神迦梨的仆人"，而后缀-dāsa在传统印度教中带有贬义的事实，也令人联想到他可能是个异邦人和皈依者。所有

---

[1] 公元375—415年在位。

的线索都提到他英俊异常，但也有传言称他小时候不是一般的蠢笨。据说有人看到他爬上一棵树，然后把自己正坐着的树枝砍断。

他阴差阳错地娶了一位傲慢的公主，后者宣布说只嫁给智慧比自己高的男子。宫中下人撺掇她与迦梨陀娑举行一场静默的辩论。她举起一根手指，示意"沙克蒂是一"——沙克蒂是原初能量的人格化，也是大神湿婆的配偶。迦梨陀娑以为她要戳自己的眼睛，毅然伸出两根手指，公主将回答理解为"沙克蒂也是二元的"。她摊开手掌，示意宇宙间的五种元素：土、水、火、气和虚空。迦梨陀娑担心这次她是要给他一巴掌，于是举起了拳头。公主欣然答应以身相许，因为这个智慧的人成功说出了是五种元素构成了人身。当骗局被拆穿，他被驱逐出境，并受到了致命的羞辱——他将自己的舌头献给迦梨女神。作为回报，女神令他成为诗人。

在有记载的五百部梵语戏剧中，只有三部能确定为迦梨陀娑所作。除此之外，他还写过前面提到的诗歌、一部关于季节的冥想录以及《战神的诞生》(*The Birth of the War God*)。他还留下一部未完成的史诗《茹阿古王朝》(*Radguvamam*)，讲述罗摩[①]的族系和后代，其中的一些资料在《罗摩衍那》(*Ramayana*)中也能找到。

然而在欧洲，迦梨陀娑主要是作为剧作家进入人们视野的。1792年，威廉·琼斯（William Jones）爵士将他的作品翻译成《萨昆塔拉》(*Sacontala*)或《命运指环》(*the Fatal Ring*)，从此为他赢得了"梵文莎士比亚"的称号。歌德读到译自英文的德文本后大为赞赏，称之为"在年轻的花朵旁缀以成熟的果实，将天与地合而为一"。歌德在《浮士德》(*Faust*)开篇采用了作者与剧院经理辩论的形式，这正是模仿

---

① 古印度史诗《罗摩衍那》的主角，传说中英明勇敢的国王，是大神毗湿奴（Vishnu）的凡间化身之一，几经辛苦战胜了恶魔。

迦梨陀娑（Kālidāsa）

迦梨陀娑而来。此类开场方式乃是梵文戏剧的一个显著特征。

这部戏的原名叫《认回沙恭达罗》(The Recognition of akuntalā)，其中有许多迦梨陀娑的戏剧模式：浪漫的不幸、魔法的干涉、施咒和魔咒的破除。剧目开头是国王铎湿衍塔外出行猎，与少女沙恭达罗一见钟情。两人秘密结为夫妻，他以指环相赠，却很快被召回宫廷，临行前保证会派人来接她。然而，一个诅咒令他丧失了记忆。当怀孕的沙恭达罗终于寻得夫君，他却不肯相认；而丢失了指环的沙恭达罗也无法证明自己就是他的爱妻。最终，指环在鱼腹中找到，这对苦命鸳鸯也得以破镜重圆。

如此简短的摘要很难传达出原著的魅力，翻译也无法捕捉到剧本中头韵、同音异义和各种文字游戏的精巧之处。在他的另一部戏剧《被武力征服的广延天女》(Urvai Won by Valour)中，许多细节会奇异地令人联想到晚期的莎翁：水仙广延天女被国王布富罗婆征服，却偏偏是在他坠入疯狂之后；同时她必须躲避一个可怕的诅咒——当她看到自己孩子面孔的一刻，就将回归天界。考虑到迦梨陀娑作品全集的匮乏和翻译上不可否认的问题，他的作品被低估似乎并不令人奇怪，却值得惋惜。马克斯·缪勒（Max Müller）曾在斥骂他的同时，略带一丝赞扬，称他的作品"并不比被允许平静地躺在我们图书馆架子上招灰的许多戏剧强多少"。

缪勒的确可以这么认为，但他的意见并不能解释迦梨陀娑在本国同人中得到的极高威望。一篇匿名的颂文说："曾经有人将诗人们点数，迦梨陀娑占据了小指；无名指始终无名，就像它的名字一样（梵语中第四指的字面意思就是'无名'）[①]。因为无人能出其右。"

[①] 原著中这句注释是对英语读者而言的，因为英语中对第四指的称呼是 ring-finger，无法翻译出"无名"的双关。但中文恰好与梵语一样，都叫"无名指"。

他的崇高地位还可以从另一个有关他传奇生平的逸事中看出端倪。迦梨陀娑死于斯里兰卡，据说是被一个妓女谋杀。国王得到消息后悲恸不已，想到世间最伟大的剧作家竟在他统治期间"毁灭于石榴裙下"，竟愤而引火自焚。

福尔根提乌斯（Fulgentius）

（467—532）

福尔根提乌斯主教是雅利安（Arian）异端的反对者，有时被认作寓言版希腊、罗马神话的作者，同时还写作了古典书目中最奇特的一部。

（呃哼。）

人文主义作者只赋予了这位主教（或非主教）一部唯一的著作：他的过去未来大全史，里面豪壮地记述了一个生命个体从出生、青年到棺材与坟墓的过程。按照大多数作家的标准，这无疑是个雄心勃勃的主题，但我们这位拉丁语言大师却为自己的工程设定了惊人的限制：他将按照从 A 到 Z 的顺序，避开每一个音通常使用的符号，依次循环。如此一来，这个计划与特里斐奥多罗斯的有几分相似。后者在描写卡吕普索狡黠的情人[①]时，不得不省去一系列字符，或者，简单地说（与本段正相反），他的成功（与本段正相同）乃是一部缺漏之作。

够啦够啦！约瑟夫·艾迪生（Joseph Addison）在 1711 年 5 月 8 日星期二的《旁观者》（*The Spectator*）中对缺漏文奋起攻击，斥责说

---

① 应指奥德修斯。

特里斐奥多罗斯的《缺漏版奥德赛》(*Lipogrammatical Odyssey*)"拒绝了整个语言中最适当和最优美的词语，就像一颗钻石有了瑕疵，一个错误的字母都会造成疤痕"。同样，福尔根提乌斯的《大地与人类纪年》(*De Aetatibus Mundi et Hominis*)省去了第一卷中的字母 A、第二卷中的字母 B，依此类推，技术性地实现了如亚当（Adam）在《创世记》中出现的等结构特效。这部作品欲涵盖世界的整个历史，《圣经》（除去《启示录》）被纳入前九卷之中，接下来是亚历山大的统治、罗马共和国的兴衰、耶稣基督的生平以及使徒列传。但卷十四却在叙述罗马皇帝们的传记时戛然止于"叛教者"朱利安。

福尔根提乌斯的前言称，该书最终应有二十三卷之多（拉丁字母中 I 和 J 重复、V 和 U 重复，并且去除了 W①）。那么似乎一篇没有 Z 的启示录将会成为这部书的结尾。除了简单讲到西布伦支派（Zabulon）和用作新耶路撒冷第九重基石的红璧玺（topaz）外，这一卷的缺省工作似乎没有首卷那么沉重。

我们不禁要问：作者意图何在？对于像 20 世纪缺省体作家乔治·佩雷克（Georges Perec）那样的后现代主义者来说，完成语言限制的极致本身就是目的。然而这并不适用于本篇讨论的情形，一个早期基督教作家必然会有卖弄技巧以外的创作原因。福尔根提乌斯有着严肃的考虑。真相总会彰显，不管我们怎么以为。他的上帝是圣约翰的上帝，是太初之道②。语言本身——非指个体语言——是神性的，具有永恒性、创造性，富有人性但不受个别人类的束缚。亚当最具备上

---

① 原文的说法是从英文二十六个字母反推的，实际情况是，起初的古典拉丁文中共有二十三个字母：ABCDEFGHIKLMNOPQRSTVXYZ，其中 K、Y、Z 主要用于希腊语词汇。J、U、W 是后来才加入的，用以书写拉丁文以外的新词。J 是 I 的变形，U 是 V 的变形，W 就是"两个 V"。
② 指的是约翰福音开篇所说的"罗格斯"（λογο），字面意为"词语"。

帝特质的时刻就是他能够叫出造物之名时。如果上帝是寓于语言之中且与语言同在的，那么任何回避、文字游戏和处心积虑在他面前都无从施展。他会找到表达之道。因此福尔根提乌斯的语言游戏并非为了炫耀自己超人一等的创造力，而是为了证明他所持的神圣信仰，以及面对那永远不能表述却又无处不在的上帝时，发自内心的谦卑。

远游者威德西思
(Widsith the Wide-travelled)

(6世纪晚期?)

```
Widsið,   maðolade,        wordhord onleac
se þe monna mæst           mægþa ofer eorþan
folca geondferde
```

"威德西思开讲,开启了他的语言宝库。在所有人中,他行游最广,踏访过世间所有的国家和民族。"诗歌《威德西思》(*Widsith*)向我们引荐了诗人威德西思,一位盎格鲁-撒克逊游吟诗人(scop)。作品接下来的部分讲述了他为之献艺的各个国家和它们的统治者,以及威德西思途中遇到的种种宫殿和诗作对象。

虽然诗中贯穿着一条模糊的传记轮线索——他显然来自米尔金加斯,一块撒克逊位于石勒苏益格-荷尔施泰因的飞地,并凭借出色的演唱从国王埃奥曼里克那里得到了价值六百金币的金项圈——但我们莫要天真地以为这首诗就是"作者本人的真实写照"。威德西思自称曾到过皮克特人①、苏格兰人乃至米底人和埃及人的土地,最远到达印度。

---

① 苏格兰地区最早的民族,早在公元4世纪就进驻了苏格兰北部。

他曾在罗马皇帝驾前歌唱，也曾为匈奴人、哥特人、瑞典人和耶阿特人①的首领演出。他的旅行范围之广令人惊叹；但更不可思议的是他声称自己曾为埃奥曼里克（死于375年）和慷慨的埃尔福文（Ælfwine，活动于568年前后）先后献艺。他的名字"威德西思"本义就是"广泛游历的"，相似的名号还有维京人的斯卡尔兹（VikingSkalds）。

威德西思已然坠入神秘。他或许是一个超自然的个体，就像俄耳甫斯；又或者是一个一度真实存在但生平已被赋予大量矛盾传说的诗人，就像荷马。将《威德西思》说成威德西思所作，就如同将纸草残片都说成是出自透特神②之手一样，毫无意义。

不过这首无主诗歌倒是为我们提供了一瞥盎格鲁-撒克逊诗人大全的机会。塔西佗在谈及日耳曼人习俗时说，他们唯一的诗歌是关于他们伟大功绩的历史记录，这似乎与威德西思连篇罗列的统治者名单有着相似的意味。在他的人物谱中提到弗里西人（Frisians）的领袖芬·弗沃克瓦尔丁（Finn Folcwalding）、霍金族的荷奈弗（Hnæf the Hocings）和萨克甘族的赛非尔兹（Sæferth the Secgan）。这三位英雄都在史诗《芬兹堡之战》（*The Battle of Finnsburh*）中出现，可惜该作品仅有几十行存世。"威德西思"还提到过胡鲁兹加（Hrothgar）和胡鲁兹伍尔夫（Hrothwulf），他们对于唯一一部盎格鲁-撒克逊长诗《贝奥武夫》（*Beowulf*）的读者来说并不会陌生，当然还有他们那遭到怪物格兰戴尔袭击的驻地海奥洛特。"威德西思"总共提到了六十多个名字，其中一些人的英雄事迹已经为人所知，因而有理由相信，他们中的大多数都来自已然遗佚的作品。随着基督教在英国的普

---

① 位于瑞典南部的中古部落。
② 古埃及神话中的文字、智慧之神，众神的书吏，魔法的执掌者。形象有朱鹭鸟和狒狒两种，后者往往是在他作为月神出现时的形象。

失落的书

及，这些久远史诗的价值开始遭到质疑。查理曼[①]教学计划的导师阿尔昆（Alcuin）斥责林第斯弗尼（Lindisfarne）[②]的僧侣说："因盖尔德（Ingeld）和基督有什么关系？"因盖尔德也在《威德西思》提到的英雄之列。

  这位托名"威德西思"的诗人似乎急于令读者知道他的材料来源是多么广博，以及他因歌唱智慧领袖的伟大事迹而得到了多么丰厚的报酬。《威德西思》是一部宣传手册，是盛装各类知名经典的展柜，也是对未来歌声不灭的保证。它俨然就是黑暗时代的法兰克福书展（Frankfurt Book Fair）参展名录。

[①] 公元8世纪的法兰克国王，是中古世界最著名的几个传奇"大帝"之一，文治武功均很出色。在他的宫廷里发生了文学艺术的大复兴，成为蛮族文明化的典范之一。
[②] 位于英格兰东北部海岸的小岛，岛名为首批盎格鲁-撒克逊人所取；诺曼人征服不列颠后，被冠以"圣岛"之名，在中世纪英国的基督教史中有着重要地位。

尊者比德（The Venerable Bede）

（约 673—735）

比德于1899年封圣，并获得了他的"尊者"头衔；然而他的神圣之名早在千年前就已奠定。1020年，他的遗骨被从他生前久居的诺森伯兰（Northumberland）的贾罗（Jarrow）修道院偷走，移到了达勒姆（Durham）大教堂，以便让他与圣库斯伯特（St. Cuthbert）的遗体更接近。看来达勒姆很热衷于垄断英国的遗骨市场。可到了19世纪，无论他有多少出众的美德，他的名字最终还是凭借他是"英国历史之父"而流传下来的，并非缘于他是位"虔敬的僧侣"。

比德的《英国教会及民族史》（History of the English Church and People）完成于731年，讲述基督教的建立以及在英伦诸岛"无信仰之徒"（perfida gens）——他从来就这么呵斥当地居民——中的传播。英国人是如此顽劣，以至于上帝不得不兴起另一股势力来威慑他们，以示惩罚，这就是阿拉伯的穆罕默德。历史学家们从比德的五卷本中找到了关于盎格鲁-撒克逊时期的独特史料。比德的研究如同他的信仰一般严谨认真。

多亏比德，"无名氏"的悬案得以解决，每每涉及那些作品已佚的游吟诗人时无奈的"点名为止"也成为过去。在小窥了半传奇的威德西思和讨论了谁可能是《贝奥武夫》的作者后，我们终于等到了一个确凿的名字：《英国教会及民族史》第 4 卷第 24 章引出了凯德蒙（Caedmon），他是已知有名有姓的最早一位英国诗人，且有作品传世。公元 680 年，凯德蒙只是一位年老的牧羊人，对于时下流行的歌唱之风一窍不通，直到某日他梦到一个幻影命令他歌唱。他迟疑地解释说自己避开主流的原因是缺乏技巧，但幻影坚持要他唱。凯德蒙拒绝了，争辩说自己压根儿没有可以歌唱的题目。"歌唱万物的创造！"幻影回答。于是凯德蒙开唱：

现在我们必须赞美天国的守护者，赞美主的力量和他智慧的思想，以及荣耀之父的作品；他，永恒的主，主宰了每一次奇迹的发生。他，神圣的造物主，首次将天穹修缮为人子的屋顶；接着，人类的恩主创造了下界的大地，那是赐予人的世界。永恒的主，全能的神！

比德用拉丁语只给出了"大意"，并道歉说翻译会令诗歌丧失原有的尊严和力量。所幸另有一只——无名的——手认为应将凯德蒙使用的原话抄录在书籍的边缘：

Nu scylan hergan　　hefaenricaes uard,
metudæs mecti　　end his modgidanc,
uerc uuldurfadur　　sue he uundra gihuaes,
eci dryctin,　　or astelidæ.
He aerist scop　　aelda barnum
heben til hrofe,　　haleg scepen;
tha middungeard　　moncynnæs uard
eci dryctin　　æfter tiadæ
firum foldu,　　frea allmectig.

尊者比德（The Venerable Bede）

凯德蒙继续谱写了更多的诗篇，依比德所言，其中包括：

> 《创世记》的全部故事……以色列逃出埃及和进入"应许之地"（Promised Land）的经过，以及许多《圣经》历史中的事件。他歌唱主的道成肉身①、爱、复活和升天，歌唱圣灵的降临和使徒们的传教。他还唱出了许多描述末日审判之恐怖的诗篇，既有地狱的苦痛，也不忘天堂的愉悦。

他所知道的全部就是凯德蒙在经过一番深思熟虑后投入诗歌创作，"像一只经受反刍的洁净动物"②。

凯德蒙很可能在具备了一定的翻译经验后，才将《圣经》拉丁语转写成盎格鲁-撒克逊的诗句。他的名字并非属于盎格鲁-撒克逊或日耳曼传统，极有可能的是，"第一位已知的英国诗人"竟是在拿外语而非母语创作。当许久之后的盎格鲁-撒克逊学者们将注意力转向尤尼乌斯、维瑟里和埃克塞特稿本时，似乎可以顺理成章地认为那些关于《创世记》、《出埃及记》、《基督 II》（Christ II，关于升天）以及"使徒命运"的诗歌就是比德所说的凯德蒙原作。但其实，我们能够完全确定为他所作的，只有前文引用的九行。无须把有关方言和时间的论证再来一遍，一个简单而不容辩驳的证据就可推翻这些所谓凯德蒙作品中的两篇：上面有另一个诗人的签名！

塞内伍尔夫（Cynewulf）比凯德蒙晚了一个多世纪，四首盎格鲁-撒克逊诗歌上有他的签名。他署名一律用拼出自己名字的如尼字母表示，且每每要将如尼的象形意义埋入诗歌之中。除了前面提到的

---

① 指耶稣。
② 基督教传统，认为反刍的动物是不洁的。

作品,《伊莲》(*Elene*)和《安德里阿斯》(*Andreas*)中也含有明显的谜语段落,比如将 cen(火把)、yr(弓/号角)、nyd(需要)、eoh(马)、wynn(幸福)、ur(牛/我们/力量)、lagu(海洋)和 feoh(财富)等符号插入文中。塞内伍尔夫在《伊莲》结尾处还添加了一段小传,自称曾是一个脾气暴躁的人,直到上帝感化了他。

想想文字游戏、如尼字符、缩写,我们很容易被诱导做出下面的猜测:凯德蒙会不会确实写作了这些诗歌,只是全部假借了塞内伍尔夫的名义?然而只有四部作品发现有这种闪烁其词的签名,即便如此也未必就是出自诗人本意。《基督Ⅰ》和《基督Ⅲ》没有这一标记,当然更没有那种文采。尽管可以理解人们希望塞内伍尔夫就是整个传统背后那位能够被认知的天才的愿望,我们却只能肯定地说他写了四首诗。

凯德蒙被错误地赋予了塞内伍尔夫的作品,而塞内伍尔夫又被认为取代凯德蒙成了盎格鲁-撒克逊的名歌手。但不论错认还是低估,都不能动摇凯德蒙的盛名。他或许还有前辈,至少有两名候选:德里克泰尔姆(Drycthelm)和阿尔戴姆(Aldhelm)。

有关前者我们几乎一无所知,只有比德《历史》中的形象。他是诺森伯兰一个虔诚宗教家族的族长,在死后第三天复活。在他短暂的死亡中,他目睹了天堂与地狱的幻象,由是促成他到梅尔罗斯(Melrose)出家为僧。他很少谈论死后的世界,一名叫翰姆吉尔斯(Haemgils)的僧侣记录和整理下了他的叙述,内容很像但丁和弥尔顿(Milton)。但比起游吟诗人的美名,德里克泰尔姆本人更关注不朽灵魂的修行。他经常站在冰冷的河中吟诵《诗篇》,作为对肉体的惩戒。当其他僧侣惊讶于他的耐力时,他简洁地回答:"我还见识过更冷的。"

相对而言,阿尔戴姆更为有名。他是曼尔梅斯伯里(Malmesbury)修道院的院长和闪尔伯内(Sherbourne)的主教,写过一首赞美贞洁的拉丁文赞歌。比德称这部作品"既是一首六韵步诗歌,又模仿了塞都利乌斯的散文体"。此外还有一部讲诗韵的论说文，由一百个谜语来点缀。阿尔弗雷德大帝①曾说阿尔戴姆的英文诗乃是他的最爱，可惜未见一首存世。《主教行迹》（Gesta Pontificum）记载了一个有趣的故事：他写诗的初衷是为了回应他所在教区对布道的反感。这位修道院院长乔装成游吟诗人在教堂外演唱，"将《圣经》的训条与更为享乐的东西掺在一起"。德里克泰尔姆和阿尔戴姆的事迹说明在凯德蒙之前，英国本土已经有了对基督教进行创造性发挥的传统。虽然曼尔梅斯伯里的威廉②可以宣布说阿尔戴姆的作品仍传唱于12世纪，但他俩的英文作品都没能保留到21世纪。

比德本人不仅是一个史学家。他临死前正在将《约翰福音》译成盎格鲁-撒克逊的语言，这本应成为他《历史》那著名参考书目的有力补充。除去两卷本《教堂的建立》（The Building of the Temple）、《〈列王记〉三十问》（Thirty Questions on the Book of Kings）、《论圣父约伯之书》（On the Book of the Blessed Father Job）和另外五十六部神学著作外，他还写过一部《赞美诗集》（Book of Hymns）、一部《警语集》（Book of Epigrams）、《论事物本质》（On the Nature of Things）、《正字法论》（On Orthography）、《论时代》（On Times）和《诗艺》（Art of Poetry），可惜均已失传。

最后一个书名说明了比德是个诗歌理论家；他同时也是个实践者。在一封他的学生库斯伯特——后来的贾罗修道院院长——写给学友库斯文（Cuthwin）的信中，讲到了比德的最后时光。弥留之际的他居然作出了一首诗："在即将开始那命中注定的旅程时，没有人能像他

---

① 公元849—899年，战功赫赫，在击败了丹麦人后成为西撒克逊人的王。他同时也是立法者和社会改革家，被认为是英国的第一位君主，"世间最伟大的英国人"。
② 11世纪末至12世纪前半期的英国僧侣兼历史学家，著有《英国历代君王年谱》（Chronicle of the Kings of England）等。

那样智慧，灵魂离开前他甚至无须回想，他做过什么好事与坏事，他的终结之日将获得怎样的判决。"同凯德蒙的诗歌一样，比德的英文诗也仅仅被作为拉丁文本的旁注而保留下来。

穆罕默德·伊本·伊萨克
(Muhammad Ibn Ishaq)
(704—767)

公元833年,伊本·希沙姆(Ibn Hisham)卒于巴格达,他是个受人尊敬的语法学家和学者。他最雄心勃勃的工作就是修订《穆罕默德传》(*Sirat Rasul Allah*)①。这部讲述先知穆罕默德生平的著作由伊本·伊萨克于六十多年前写成。通过修订,尤其是那么认真投入的修订,伊本·希沙姆毁掉了伊本·伊萨克的作品。

伊斯兰史学充满了对口传资料和文献资料的繁复整理。公元610年,古来氏(Quraysh)一名四十岁的商人穆罕默德来到麦加城外履行自己一年一度的静思,却遇到了天使加百利。不管他转向何方,天使总出现在天际。天使命令说:"背诵!"于是穆罕默德便磕磕绊绊地作出了《古兰经》。后代的历史学家塔百里(al-Tabari)考证说,先知当时吓坏了,以为自己被恶灵附体,险些自杀。在以后的二十年里,穆罕默德还将被频繁"附体",与此同时,构成《古兰经》的阿雅和苏拉②则经过他的口被传向世界。

---

① rasul-allah 即"安拉的使者"。
② 《古兰经》编排的篇章称谓。苏拉意为"章",阿雅则是最小的单位,相当于"句"或"节"。《古兰经》分为三十卷,共一百一十四章,六千两百三十六节。

古来氏人原本崇拜一名叫安拉的大神以及他的三名女伴：拉特、欧萨和默那。在同犹太人和基督教世界——他们称之为"书的民族"（The people of the book）——的贸易交往中，阿拉伯人敏感地发现自己从未得到过来自上帝的直接启示。《古兰经》引人入胜的优美诗文只可能有一个来源：神圣的主。穆罕默德在被一些怀疑者问及为何未见他行神迹时反驳说：《古兰经》本身就是奇迹。《古兰经》不仅为阿拉伯人提供了神圣的经文，更赋予了他们一个源起的神话，使他们与"唯一真神"的历史存在联系起来。

犹太教徒和基督徒都将自己与上帝的关系通过以撒（亚伯拉罕的儿子）追溯到亚伯拉罕。但亚伯拉罕还有个大儿子，叫以实玛利，是他与埃及小妾夏甲所生。以实玛利和夏甲被亚伯拉罕的正室撒莱赶出家门。上帝两次赐福于他们：与以撒的一脉相同，以实玛利将"成为大国"，而且主将要"使他昌盛，极其繁多"。① 他之后便从《摩西五经》中消失了，他的民族和他的种被遗忘。《古兰经》抓住这条失落的线索，称古来氏人是正统的亚伯拉罕后裔。这段被作者们摒弃的情节，正如耶稣也许会说的，成了一部民族史诗。

随着这个新兴一神教的壮大，穆罕默德的信徒们也逐渐将经文和段落牢记下来。在先知辞世后，前两任哈里发——穆罕默德的代理人和岳父阿布·巴克尔（Abu Bakr）以及在于大马士革皈依前本欲刺杀穆罕默德的奥马尔（Umar）——将经文会聚起来付诸文字。第三任哈里发奥斯曼进一步修订了《古兰经》并将其他版本全部销毁。

与此同时，大量有关先知和他生平的传说开始流传。这些"圣训"（hadith）受到了学者们的严格审查，他们热衷于确立自穆罕默德亲信处记录下来的格言的可靠性。同样，第一部成文的穆罕默德传记

---

① 见《创世记》第17章第20节。

也需经过伊舍纳德（isnad）——被引用的权威证人，他们要说明历史学家从哪里找到了每一个细节，这很像注解的前身——的支持。伊本·希沙姆所做的就是比对伊舍纳德和相关来源，考量伊舍纳德的证词，由此确保没有任何与《古兰经》启示相悖的内容。

伊本·希沙姆对考订的职责看得十分认真。他删除了其中令穆斯林不快的部分，编定了伊本·伊萨克原著的校订版：扩充有不同版本但证据确凿的部分，删掉离谱的传说。由此我们得到了伊本·伊萨克的传记，但已经被伊本·希沙姆的学术加工重塑。当然，人们不禁要问：到底哪些被删除了？

《穆罕默德传》虽然是一部理想化的圣徒传记，却并未通过剥夺他作为普通人的形象来突出先知的伟大。他会开怀大笑，会逗孩子玩耍，会害怕、暴怒，也很慈善。他爱，他打趣，他受苦，他规划。而究竟如何算是宗教性"冒犯"的二手观点则处处遭到质疑。伊本·伊萨克/希沙姆记录了一些穆罕默德第三任妻子阿伊莎（Aisha）——"信者之母"（Mother of the Faithful）——的言论，其中有些不敬之词颇为尖锐。当某句《古兰经》经文证明了先知的行为正确后，她却评论道："你的主倒是有求必应。"表面上，阿卜达拉·伊本·赛义德（Abdallah Ibn Sa'id）的故事——他故意篡改了《古兰经》的经文以试验穆罕默德的灵感——成了先知宽大的榜样。在他义兄奥斯曼的庇护下，他请求宽恕。先知静默了很长时间，之后撤销了死刑判决，并斥责他的门徒没有领会沉默的暗示去将伊本·赛义德处决。

敌对者的敌对言论同样被记录在案。当古来氏人第一次听到这个新一神教时，他们表现得挺宽容，有人甚至主动出资替先知看病。随着古来氏人与新宗教信徒的关系逐步恶化，对转变信仰者的经济制裁也日益沉重。于是，阿布·拉哈布（Abu Lahab）的老婆开始对信教者吼出下流的诗歌，孩子们也拿羊的子宫扔向穆罕默德。伊本·伊萨克甚至保留了犹太诗人阿什拉夫（Ka'b In al-Ashraf）的诽谤诗文。

被"处置"过的段落中最具诱惑力的无疑是臭名昭著的《撒旦诗篇》(The Satanic Verses)。后世作家伊本·赛义德和塔百里记载说，某次恶魔撒旦曾试图篡改那些对古来氏多神信仰让步的经文。第53章的这些经文认可对拉特、欧萨和默那的崇拜，称她们是中间调和的神。虽然这样的让步有助于缓和古来氏人与穆罕默德的矛盾，但他还是将其收回。修订后的苏拉对三位女神的信仰坚决抵制，说她们"只是你们所取的名字"。第53章以短行为主，却也有一些段落显示出未加润饰的奇特长文风格。这或许说明本章创作于两个不同的时代。

这是个好故事，但只是个好故事。鉴于伊本·伊萨克写作时正值第四任哈里发阿里家族的支持者——什叶派（Shi'a）——与掌权的伍麦叶王朝——逊尼派（Sunni）——之间关系紧张①，里面自然会有数不清的"小坑"，在伊本·希沙姆看来过于放肆，不可保留。

我们所得到的实际上是一部故事集，对于西方读者来说，要比翻译过来的《古兰经》更易理解。托马斯·卡莱尔（Thomas Carlyle）对之批评说："一堆无聊、混乱的东西，粗制滥造，杂乱无章；车轱辘话，冗长到喘不过气，绞在一起；傻气冲天，无可救药。"即使在19世纪大英帝国的喧嚣中，这样的话语也属于典型的刻意夸张和不依不饶；然而，这也沉痛地反映了许多读者的确对这部作品缺乏共鸣。

对比一下这个有些出奇的故事：一个犯了轻罪的穷人被带到穆罕默德面前，他被要求接济穷人，却宣布说自己没什么可给。穆罕默德

---

① 什叶派和逊尼派是伊斯兰世界最主要的两个教派。二者的分歧源自第四任哈里发阿里在位时，阿里与伍麦叶家族争夺权力，最终干戈相向。支持阿里的一派称"什叶派"，意为"追随者"，坚称只有穆罕默德的家属后代（被尊为"伊马目"，即"领袖""表率"）才有权继任哈里发，因而又称世袭派，今天的伊朗几乎全是什叶派；支持伍麦叶家族的一派被称为"逊尼派"，意为"行为""道路"，即遵循先知穆罕默德的言行，他们认为所有哈里发都是合法的，该派人数众多，又称正统派。

于是交给他一些枣,让他分给比他自己更困苦的人。那人答道没有人比他更一文不名。穆罕默德大笑,并命令他将枣吃下,以示自我惩戒。不论伊本·希沙姆从伊本·伊萨克的作品中删除了些什么,留下的内容已足够挑战西方世界对于虔诚的概念。

阿曼德·达奇奇（Ahmad ad-Daqiqi）
(932—976)

尽管诗人阿曼德·达奇奇在阿拉伯人占领波斯后接受了伊斯兰名字阿布·曼苏尔·穆罕默德（Abu Mansur Muhammad），但传统上都说他始终坚持了自己的琐罗亚斯德教（Zoroastrian）[①]信仰。在一段被认为是他作品的残片中，提到达奇奇心中只有四件东西是幸福所需的：

> 红宝石般的嘴唇、笛子的哀乐，
> 深红色的美酒，以及琐罗亚斯德（Zoroaster）的教义。

作为巴格达的一名宫廷诗人，他的名字成了"杰出"二字的代名词。有人评论说："赞扬他就像往哈贾尔（Hajar）运枣。"——或者往纽卡斯尔（Newcastle）运煤。[②] 但达奇奇对此不以为然。"我的一生都给了耐心的等待，我需要另一生来享受它的果实。"不过他那些优

---

① 流行于古代波斯及中亚地区的宗教，该教在中国史籍里又名祆教、火祆教、拜火教、火教或波斯教等。
② 纽卡斯尔是英国的主要产煤区，哈贾尔是阿拉伯地区重要的产枣地，这两句比喻意为"纯属多余"。

美的卡扎尔（ghazal）①和四行诗却在一个本应成就他事业最高点的计划面前相形见绌。

达奇奇的使命是写作一部史诗，无奈他的雄心壮志竟夭折在一名土耳其仆人的尖刀之下。这场弑主谋杀案的真正动机没有被历史记载。达奇奇的史诗本会像与他同时代的鲁达基（Rudaki）的《卡里拉与迪姆娜》（Kalila and Dimna）一样没入尘埃，却因年轻诗人菲尔多西（Firdausi，940—1020）的一个奇梦而重返人间。

达奇奇在被谋杀前完成了一千行史诗，讲述了从古什塔斯布（Gushtasp）到阿尔贾斯布（Arjasp）的波斯诸王故事，其中还穿插有先知琐罗亚斯德最初的行教事迹。菲尔多西得到了这些未完成的诗行，并透露自己如何在梦中与达奇奇相遇：达奇奇的鬼魂坐在奢华的花园里，手执一杯红酒。他对菲尔多西说允许其继续创作波斯史诗，但要把自己已写的部分融入其中。由此，达奇奇的声名将不会泯灭。

"我将讲述达奇奇的话语，因为我还活着，而他已归于尘土。"菲尔多西多花了三十五年的时间来完成《列王纪》（Shah-nameh）。他并没有完全忠于那位将使命托付给他的诗人的记忆，而是批评达奇奇诗作的无力，称其未能"还原上古的时代"。菲尔多西的口无遮拦一旦指向那些尚未入土之人，就会招致严重的后果。

当苏丹伽色尼的马哈芒德（Mahmoud of Ghaznavid）得到由六万对句（couplet）②组成的全本《列王纪》时，发觉他当初一句一个金币的许诺似乎过于莽撞。再说达奇奇是个宫廷诗人，菲尔多西不过是个在图斯（Tus）壅水处劳作的乡下人，他或许根本不知道自己对什叶派传统的赞美断不会赢得逊尼派长官们的好感。于是，苏丹只给了他相

---

① 波斯诗体。
② 指两行尾韵相谐的诗句。

同数目的银币,菲尔多西厌恶地拒绝了。他将钱给了在路上碰见的第一对人:一个澡堂管事和一个卖果汁奶冻的小贩。

受辱的苏丹下令处决菲尔多西,行刑方式是让一头大象把他踩死。菲尔多西逃往赫拉特(Herat),将作品转献给沙里亚尔(Ispahbad Shahriyar bin Shirwin),并在前言中用了百余行恶毒的言语来攻击马哈芒德,管他叫奴隶的儿子。沙里亚尔意识到这种指控不会带来任何好处,所以就用一千迪拉姆一行的价格买下了这些诽谤言论,随即毁掉。苏丹和菲尔多西原本有可能冰释前嫌——如果菲尔多西拿到了苏丹给他的六万迪拉姆的话。遗憾的是,当使者带着钱赶到时,正撞上菲尔多西的送葬队伍进城。

《列王纪》成为波斯的民族史诗。就如米尔札·穆罕默德·阿里·费赫耆(Mirza Muhammad Ali Fernghi)所说,这部作品"被从毁灭中救出,将我们的民族历史……和波斯的语言永远留存"。同时,它也保住了达奇奇。如果达奇奇活着,他一定会令菲尔多西黯然失色;可如今,他将永远与菲尔多西形影不离。

但丁·亚利基利（Dante Alighieri）
（1265—1321）

　　亚利基利家的雅各布和彼得罗遇到个大麻烦。他们的父亲创作一首诗歌用了近十三年，那是一部百科全书式的寓言，描述地狱、炼狱、天堂的幻象，名曰《神曲》（Comedy）。诗歌作者被从家乡佛罗伦萨放逐——他在那里被缺席审判为死刑——之后便在仇视和凶暴的意大利诸邦间游走，从维罗纳到托斯卡纳，再到乌尔比诺，最终来到拉维纳，在此得到了坎·格朗德（Can Grande della Scala）的庇护。随后他——但丁——召唤儿子雅各布和彼得罗到来。

　　年轻的坎·格朗德是个难得的军事战略家，也是位慷慨的艺术保护人。他发起了教堂的修缮工作，雇用画家乔托来装饰它们。他的首辅大臣本佐（Benzo d'lessandria）是著名的人文主义学者。尽管偶尔也像他的下等步兵一样粗暴下流，但坎·格朗德对但丁始终保持着相当的敬重。当但丁那部宏伟巨著完成后，他将其献给了坎·格朗德，后者命人誊写，并刊行于世。

　　雅各布和彼得罗到达后不久，他们的父亲就去世了，而《神曲》的最后十三篇也不知所终。作为全诗高潮的《天堂篇》（Paradiso）竟然失踪了。但丁诗人的盛名在意大利无人可比，因而坎·格朗德最不愿看到的就是他那史诗般的作品残缺未完；但丁本人最不能忍受的也正是被剥夺流芳后世的可能，毕竟他的今生已经毁于流亡。只有一件事可做：雅各布和彼得罗将靠自己的力量完成《神曲》。

如何开始？原作的结构过于严谨，以至于他们起初计划的仿冒续篇，仅从轮廓上就能被一眼看穿。他们确切地知道共有十三篇诗章①遗失。整部诗被分成了一百章：一章序言，而后《地狱篇》（Inferno）、《炼狱篇》（Purgatorio）、《天堂篇》各含三十三章。诗人采用了三韵体（terza rima）形式，凸显了数字 3 的重要性：每一节有三行诗，其中第二行与下一节的第一和第三行押韵，即 a b a、b c b、c d c……一百诗章代表了完美数字 10 的自我倍乘；或是代表三位一体的神秘数字 3 在自我倍乘后加 1，暗示上帝的统一性。

数理学和个人历史漫布于整个作品。他们的父亲早年——9 岁时——曾爱上一个名叫比阿特丽切·波提那利（Beatrice Portinari）的女孩。她却对他不屑一顾，嫁给了别人，于 1290 年去世。虽如此，娶了雅各布和彼得罗母亲的但丁还是在一系列题为《新生》（The New Life）的合组歌（canzoni）中大加赞美比阿特丽切外在与内在的双重美。在《神曲》里，她又成了天路使者的符号。

她出现在第 64 诗节（6+4=10），这节共计 145 行（1+4+5=10），而她的身份亮明是在第 73 行（7+3=10）。她的名字应被恰好提到 63 次（6+3=9），而她的名字作为韵脚只有整整 9 次。

兄弟俩得到的《神曲》在《天堂篇》的第二十章处断开。他们的父亲滞留在第六重天，那是公正的维护者朱庇特②的领地。还剩

---

① 本书对于诗歌段落的翻译基本为：卷（book）——章（canto）——节（stanza）——行（line）。
② 罗马神名，相当于希腊神话中的宙斯。

下第七重天（沉思者的国度，由土星掌管）、恒星天、原动力①和最高天（Empyrean）。他们将要描写与王座天使（Thrones）、知识天使（Cherubim）和六翼天使（Seraphim）的相遇，以及关于信仰、希望和爱的探讨（比阿特丽切无疑是其中的主角）。在原文那样严密的结构下，行文造句要求极高的逻辑性。更有难度的是，他们还得描述上帝。

他们的父亲在其他作品中是否给出过任何线索、想法或可供参考的形象？他曾经致信坎·格朗德，解释说这部诗之所以称为《神曲》（直译为"喜剧"），是因为它"始于痛苦"——地狱——但"终于欢愉"。他曾有意写自己作品中喜剧的文学规范，并在其中提倡文学创作应使用意大利俗语而非古典拉丁文，这就是他的《论俗语修辞》（*De Vulgare Eloquentia*）。遗憾的是他未能完成这部著作，好在他的儿子们仍然继承了他的形容词分类体系。

但丁还计划写一部描述天国美德的书。在《飨宴》（*Convivio*）中，老亚利基利评注了自己在《新生》文后所写的合组歌。该作品本应包括一个前言和有关十四首诗的十四篇论文。他的儿子们得到了诗歌的副本，其中有哀叹人间缺少正义的"三位贵妇"（Tre donne）②，以及歌颂慷慨的"悲伤于我"（Doglia mi reca）③。然而，他同样没能将作品写完。"未完成"似乎成了但丁的一种风格。

至于上帝……咳咳，《圣经》的帮助似乎也不大。就连圣保罗在《哥林多后书》中讲到某人——他自己——"被提到第三层天上去"，也只透露在那里"听见隐秘的言语，是人不可说的"。④但丁的两个儿

---

① primum mobile，拉丁语，意为"原初的动力"，在托勒密的天空体系中是第十重。
② 此为诗歌首句开头的两词，全句为"三位贵妇降临在我的心田"（Tre donne intorno al cor mi son venute）。
③ 首句开头三词，全句为"悲伤于我是壮胆的良药"（Doglia mi reca ne lo core ardire）。
④ 见《哥林多后书》第 12 章第 2—4 节。

子又将如何处理圣约翰在《启示录》中的见闻？——这位圣徒明确警告说任何胆敢删节他对于天国预言的人都将被从生命册中除名，并被驱逐出圣城。

公元1300年的复活节，他们的父亲在佛罗伦萨见到了某种幻象。他在给坎·格朗德的信中隐讳地提到"有些事是回来的人既无法也无权泄露的"。他欲言又止，世俗的语言如何能表达神圣的事物？而凡人单薄的记忆又如何能留住那次神迷状态的印记？但丁很清楚个中分寸，他了解地狱中扭曲、阴毒的折磨——他将自己的老师、表亲和主教都放逐到了那里，他也知道炼狱山上相对优雅、令人憔悴的惩罚——在那里一切肉体的苦痛均已祛除。但天堂的幻象仅属于但丁，而非他的儿子们。

面对艰巨的使命，雅各布显得比彼得罗更有信心。他们决定换一种方式来描述不可言喻的事物：大胆借鉴了腹语的招数，让他们的父亲从坟墓里说出他们要说的话。于是，但丁开口了。

按照薄伽丘（Boccaccio）《但丁传》（Life of Dante）的说法，当兄弟俩的艰难创作进入第八个月后，但丁在雅各布的梦中现身，雅各布问他是否还活着。"是的，是真正的生命，而非尘世的概念。"但丁答道。满怀孝心的雅各布再问：《神曲》是否已经完成？他被带到父亲的旧卧房，但丁的身影指了指墙，随后消失。雅各布和父亲生前好友贾迪诺的皮耶罗（Piero di Giardino）开始检查，在被指出的墙壁上发现一块帷幕。幕后，墙壁的凹陷处，因发霉而几乎无法辨认的，是《神曲》的最后十三章！

◆

毋庸赘言，坎·格朗德将它们全部发表。但丁，一位苦闷、失望的放逐犯，跃上中世纪诗歌的巅峰。虽然薄伽丘关于诗人显灵找回手稿的故事被质疑、驳斥，甚至被认为是潜意识的外露，但诗中确有一丝似有若无的真实感萦绕。正如托马斯·卡莱尔所说：

> 我们不会抱怨但丁的痛苦。倘若一切如他所愿，他或许会成为佛罗伦萨的最高执政官，或波泰斯塔（podestà），或不论什么名称，且广受邻里爱戴——但这个世界将失去被世代传唱的最优秀的作品。

杰奥弗里·乔叟（Geoffrey Chaucer）

（约 1343—1400）

《坎特伯雷故事集》（*The Canterbury Tales*）虽然没有完成，却有一个结尾。当"牧师的故事"讲完后，有一个所谓的"回撤"（Retraction）："本书的作者就此离开。"仿佛为了回应牧师那关于告罪与忏悔的叙述，乔叟求读者"鉴于主的慈悲，请诸位为我祈祷，愿基督降恩于我，宽恕我的罪过"。他尤其请求原谅的，是自己写了"许多歌曲和许多粗鄙之作"，包括他的《特洛伊罗斯与克瑞西达》（*Troilus and Criseyde*）、未完成的《名誉集》（*Book of Fame*）①、残缺的《二十五位女士》（*XXV Ladies*）〔疑为《贞女传奇》（*The Legend of Good Women*）〕、《百鸟会议》（*The Parlement of Fowls*）、《公爵夫人颂》（*The Book of Duchess*）以及神秘的《狮》（*Book of the Leoun*，未见副本传世）。同样地，我们也被劝告不要理会残破的《坎特伯雷故事集》，作者自己称之为"流于罪孽的诗歌"，而"回撤"的读者们肯定已将其拿在手中。

相反，我们被引导去读波伊修斯（Boethius）翻译的《哲学的安

---

① 又名 House of Fame。

慰》(The Consolation of Philosophy)，以及"其他关于圣徒、义人、崇高和美德的传奇"。可能这其中也包括乔叟自己所译俄利根关于抹大拿的马利亚①的评论以及"人类的罪行"（Of the Wreched Engendryne of Mankynde）——译自教宗英诺森三世（Innocent III）所著的《论世俗之耻》(De Contemptu Mundi)。这两篇文章都在《贞女传奇》的开场白中被提到，前者已全部遗失，后者则嵌在了被请求净化的读者刚刚看过的"牧师的故事"里。更为奇怪的是，乔叟所推荐的精品书单中还有一部圣则济利亚（St Cecilia）②的小传，而这岂非正是《坎特伯雷故事集》中第二位修女讲的故事？

"回撤"部分的另一个奇异之处在于它在情绪上与诗人托马斯·加斯夸涅（Thomas Gascoigne）所描述的乔叟临死前的精神恐慌相似。据说他喊道："呜呼！我现在已无力收回或毁掉我那邪恶之手写下的邪恶的男欢女爱。它们将被代代相传，不管我愿意与否。"加斯夸涅可曾读到"回撤"并将类似的话语赋予乔叟？抑或"回撤"本身就是后来才加到《坎特伯雷故事集》上，以便使这些丰富的杂文与时代的虔诚主旋律相一致？

虽然《坎特伯雷故事集》中有不少道德典范、圣徒生平和宗教论说文，它们却与粗俗漫骂的韵文故事（fabliaux）③及淫秽丑态的闹剧同在。正如约翰·德莱敦（John Dryden）所说："人世的一切尽在于此。"虔诚的牧师必须和兜售赎罪券的伪君子、"那完美温和的骑士"以及醉醺醺的磨坊主并驾同行。不管乔叟为坎特伯雷的朝圣者们准备了怎样的结局，死亡的迫在眉睫使他匆忙收尾：未完成的作品恐怕要比完成

---

① 《新约》里耶稣的女追随者之一，曾被恶魔附体，后来痊愈。她目睹了耶稣的下葬，又是耶稣复活的第一个有记录的见证者。
② 基督教的贞女和殉道者，大力捍卫教会的音乐，最终死于罗马。
③ 法语 fabliau 的复数，用这个词是强调此类故事有别于真实的记叙文。

后显得更为不虔不敬。

像许多中世纪文学一样,《坎特伯雷故事集》有一个结构性的叙述。故事开始于南华克(Southwark)的披风旅店(Tabard Inn),开场白介绍了一队前往坎特伯雷朝拜圣托马斯·贝克特(Saint Thomas à Becket)祭坛的人。店主哈里·贝利建议来个说故事比赛,以打发时间。在去往坎特伯雷的路上,每人都要讲两个故事,回程也是两个,由哈里·贝利担任裁判。在我们所知的十个片段里,朝圣者中有二十三人各讲了一个故事,诗人杰奥弗里·乔叟则是唯一讲了两个故事的人。有些开场白中出现的人物——侍从官、庄稼汉和五名行会会员——则什么也没说;另一组人物,炼金修士(Canon)和他那害羞的随从加入了队伍,随从讲了个关于爱撒谎的修士的故事,而这名修士又决计不是他的主人。

简单的算术就可以算出,整部作品应有一百三十二篇故事。然而这个整洁的框架很快被破坏了。通过抽签,贝利提议由骑士来讲第一个故事,他于是为听众们贡献了一个关于帕拉蒙和阿尔希特为争夺艾米丽的爱情而互相恶斗的浪漫传奇。他讲完后,贝利对他表示了祝贺,并邀请僧人开始他的故事。然而,喝醉的磨坊主坚持说自己能比骑士讲得更好,紧接着就开始了他那知名的淫秽片段:木匠、他的妻子与好色的学生。这一来惹恼了采邑总管,他认为自己受了嘲弄,立即"回敬"了一个同样下流的故事,讲一名磨坊主的妻女和别人通奸。

讲述者们的互相攀比坏了贝利的故事计划,不停被打断更是把局面搅得非常混乱。当轮到乔叟自己时,他讲述了一个托帕斯爵士的"烈性"老调。这位优雅的英语诗人——他可以说是抑扬格五音步诗的创始人——令听众大跌眼镜地尝试起了笨拙、天真的蹩脚诗。在九百行后,贝利大叫:"停止吧!看在上帝的份儿上!"并称他的"韵律分文不值"。受打击的乔叟重新讲了一篇极具寓言性质的说教散文:"梅里比的故事"。

鉴于文字的残缺不全，我们无法确认未完成的"乡绅的故事"和"厨子的故事"究竟是被主持人还是被另一个朝圣者抑或乔叟之死打断。有些朝圣者对自己选择的故事推诿搪塞：僧侣讲了一系列悲剧，但他本来打算讲圣爱德华（Saint Edward）的事迹；律师最终顺着自己的话头讲起了康斯坦丝，一位被许配给叙利亚苏丹的罗马公主，但他对于选择这个主题有些疑虑，因为乔叟"已然讲述了爱人的欢乐与苦难／甚至超过奥维德的造诣"（尽管诗人"对行文一窍不通／却长于节奏与韵律"）。"我该如何对他们讲述，"他自问，"既然他们已然知晓？"

在某些评论家看来，《坎特伯雷故事集》更像一个供乔叟汇集各色作品的大杂烩。"骑士的故事"以薄伽丘的史诗《苔塞依达》（*Teseida*）为蓝本，成文时间早于开场白；情况类似的还有"梅里比的故事"。假如他活着，可能会留存下许多完整版《坎特伯雷故事集》之外的"失落"作品，因为乔叟很喜欢用故事的"新瓶"来装旧酒。骑士也许会给我们讲《狮》，汤池之妻（Wife of Bath）则可能向那些厌恶女人的人抛出她自己所书俄利根对抹大拿的马利亚的评价。

其实，最严重的损失并不是讲述者所讲的故事，而是他们自身的故事。认为《坎特伯雷故事集》具备某种小说功能的看法似乎与那个时代不符，却颇具吸引力。书中的人物性格十分鲜明生动，更主要的是，这种生动不仅表现在细节的堆叠中——磨坊主鼻子上的肉瘤、汤池之妻漏风的门牙——也反映在朝圣者的言辞和彼此关系中。汤池之妻所讲令人厌恶的女士和女人争取"统治权"的故事其实透露了许多她自己的经历，就像她的传记式开场白一样。她和书记员之间达成了某种和解，尽管他们的故事有着彼此相反的观点。

只有最宽泛的构架才是对《坎特伯雷故事集》最为合理的推测。哈里·贝利宣布说故事比赛的获胜者将得到免费的一餐：谁将是赢家，他们将如何选择，我们无法得知。尽管有观点认为牧师的故事是个合适的结尾——以天国的耶路撒冷取代世俗的坎特伯雷大教堂——但考虑到说故事比赛"有去有回"的规则，真正的结局应在回到披风旅店之后。坎特伯雷仅作为叙事的一个支点，我们还需思考是否有些朝圣者会在朝圣结束后改变自己的行程。

乔叟向我们展示了明目张胆的恶棍——像兜售赎罪券的伪君子——以及容易成为其欺骗对象的受害者，比如继承了五项财产的汤池之妻。兜售赎罪券的伪君子本身或许只是神秘修士的傀儡（他的侍从讲了个某修士如何诈骗受贿神父的故事）。律师和穷牧师分别象征尘世与天国的正义。书中，喜剧的轻松与骑士精神的光芒同在，中产阶级的做作与非世俗的冥想对照，腼腆的女性厌恶者与过分自信的寡妇撞个正着。乔叟准备好了所有的情节要素，但我们却没有将其连缀起来的线头。

这部诗歌绝对够新颖够讨好，以至于在乔叟死后成为其他作家纷纷演绎的对象。"拜林的故事"（Tale of Beryn）被作为"商人的故事"的翻版，而一部匿名的流行作品《坎特伯雷插曲》（*Canterbury Interlude*）讲述了兜售赎罪券的伪君子妄图诱奸一名吧女，结果自取其辱。15世纪诗人约翰·利德盖特（John Lydgate）在《忒拜之围》（*Siege of Thebes*）的开场白中记叙了他如何遇到坎特伯雷的朝圣者，他们要求他朗读自己的大作，这一次，哈里·贝利和杰奥弗里·乔叟都没有打断他。

那么，"回撤"的意义何在？我们究竟应多大程度地相信乔叟关于他后悔在故事中写下那些猥亵和渎神元素的说法？读者并非在毫无警告的情况下进入故事更下流的部分，醉醺醺的聒噪者也不是没有受到苛责。考虑到贯穿全诗的讽刺意味，我们似乎可以理所当然地认为"回撤"的重要性不会大于对朝圣者乔叟的拙劣模仿——他结结巴巴地说出自己那发了霉的老调儿。有人甚至会指出,《特洛伊罗斯与克瑞西达》的结尾就是个相似的例子:诗人为他的"拙作"收场,祈求它不会被误解,异教情人的愚蠢应得到正确关注。

乔叟"健康且热忱"的高帽形象延续了数百年,这促使读者将"回撤"部分看作他讽刺的最后一鞭。然而,如果我们设想诗人当时的状况:得了不知名的疾病或伤重垂危,确信自己时日无多。在如此当口,他更想听听哲学的安慰而非即将离开的世界的喧嚣,这是否算得上不可思议?或者,为了在珍珠门①前拯救自己的灵魂,他兴许也会怀疑圣彼得是个严苛的文学评论家吧。

---

① 《圣经》中提到的天国的大门。

弗朗索瓦·维庸（François Villon）
（1431—约1463）

逃犯、斗殴犯、窃贼。他从纳瓦拉（Navarre）学院偷走五百金埃居，并谋杀了一名神父。他是个被数次判罪的恶棍，三度入狱，一次被处死刑。他还是犯罪团伙"贝壳会"（Brotherhood of Coquille）的成员。他，是个天才。

拜伦、兰波（Rimbaud）、斯温伯恩（Swinburne）等诗人也都是"坏小子"的典型，因"被控""波希米亚"或"叛逆"而英名远扬。弗朗索瓦·维庸并不曾刻意为自己打造某一形象或某种文学类型。他实实在在就是个恶棍、杀人凶手、骗子、囚犯，他甚至曾用犯罪团伙的暗语"热伯兰"（jobelins）来创作民谣。他出生时的名字是弗朗索瓦·蒙特科别（François Montcorbier）或迪洛格（Des Loges）——他身世不清的程度就像他后来被崇拜的程度一样令人眼晕。如果我们能相信他在自己最得意的作品《遗嘱》（Le Testament）中的自白，那么他的家庭从来就不富裕。父亲死后，弗朗索瓦被交给监护人居洛姆·德维庸（Guillaume de Villon），圣贝努瓦·勒比图尔尼（Benoît-le-Bétourné）的助理牧师，从此改用养父姓氏。他的监护人对于这种身份转换作何感想，我们不得而知。在《小遗嘱》（Le Lais）——写于《遗嘱》创作五年前的短版之作——中，他将自己的声名全部归于居洛姆·德维庸，并且用他作品惯有的黑色讽刺宣称自己是"他姓氏的荣耀"。

维庸在1449年被送往巴黎大学，并于1452年获艺术学学位。三年后，他卷入一场位于圣贝努瓦（Saint Benoît）修道院回廊上的斗殴，挥剑刺穿了一名神父。后因朋友作证，称他当时是出于自卫，在1456年被无罪释放。同年，他同盖伊·塔巴里（Guy Tabary）和科兰·德卡耶（Colin de Cayeux）一道，撬窃了纳瓦拉学院。当塔巴里坦承罪行并暗示他是同谋时，维庸开始了逃亡，最终游荡到奥尔良的查理公爵（Charles d'Orléans）的领地。公爵被维庸在一次比赛中所作的诗歌所吸引，派人抄录下来，但他并没能阻止维庸因纳瓦拉盗窃案而被奥尔良的主教下狱。维庸在1461年为庆祝路易十一继位而施行的大赦中获释，但他很快又因与一名教堂文书打架而被判绞刑。判决再次减轻——改为流放。自1463年后，再没有人听过他的消息。拉伯雷称维庸旅行到了英国，但并无确凿证据。

维庸的主要作品《遗嘱》是精神自传与庞大遗赠的结合。这部诗意的遗嘱写来幽默十足——若换作别人，任谁都会把此事做得认真严肃。他在请求宽恕的同时，历数了自己一生见过的各种妓女和无赖。他对亵渎的虔诚与都市世故相结合，其真诚被赋予双重意味。维庸的民谣采用了最严谨也最复杂的形式：在诗行开头嵌入离合诗（acrostic）①，在结尾布下缜密的韵律结构。在那样严整的框架中，他的才情却丝毫未受限制，而他关于尸体腐烂那令人毛骨悚然的华彩段又有着完美的抑扬顿挫。

我们无法从中找到心理的澄清或"自我申辩"（apologia pro vita

---

① 数行诗句中，第一个词的首字母或最后一个词的尾字母或其他特定处的特定字母能组合成词或词组的一种诗体。

sua）。在他将《小遗嘱》重编、扩充、改写成《遗嘱》的过程中，维庸改变了留给居洛姆·德维庸的遗产——不再是他的声誉和名字，而是他的图书馆。只有一样东西写出了准确的名称：维庸所作的诗歌《魔鬼屁股情史》(*The Romance of the Devil's Fart*)，其内容的引人入胜弥补了一切形式上的不足。这首诗今已失传，但我们知道维庸上大学时曾出于炫耀而从一位德布惠耶小姐（Mademoiselle de Bruyère）声名狼藉的房子里偷盗过用作地标的门牌：所谓的 Pet au Deable，即"魔鬼屁股"。假如这部作品能重新面世，我们兴许能找出他那诗与罪的双重病态人生的根源。

维庸可能在将这部诗歌交给他的监护人时就已经知道它的遗失。《遗嘱》里，维庸提到盖伊·塔巴里曾誊写了《魔鬼屁股情史》，由此令人怀疑他们在狱中是否保持着密切的联系。此外，维庸把他的剑送给一位叫于提耶·马尔商（Ythier Marchant）的朋友，通知他说这玩意儿一直留在当铺。维庸并不会因他早期作品的失落而狼狈不堪，在他的诗文中，始终贯穿着对世事无常的感叹，就如他那最具震撼力的名句——"去年雪，今何在？"（Mais où sont les neiges d'antan？）

约翰·斯歌顿（John Skelton）
（1460—1529）

伊拉斯谟称约翰·斯歌顿为"英语世界的光芒与荣耀"，印刷商威廉·卡克斯顿（William Caxton）也对他那"精致华美的词句"赞不绝口，而牛津、剑桥和鲁汶三所大学均同意授予他桂冠诗人的头衔。所有这些加诸他头上的赞美与荣冠都是其来有自。

在《关于好桂冠的正确且使人愉快的论文》（*A Ryght delectable tratyse upon a goodly Garlande or Chapelet of Laurell*）中，斯歌顿对自己的文学素养进行了评估。他在名人殿（Court of Fame）受到高尔（Gower）、利德盖特和乔叟的欢迎，并谦虚地接受了他们的致谢——感谢他使不列颠的声名"增长、充实"，虽然"当我们离去时，它几近衰微"。名誉女王向他保证"鉴于你作为桂冠诗人的成就，你的位子将被保留于此"，并吩咐席位之神（Occupation）告诉众人"斯歌顿所完成和写作的事迹"，以便"我们将理解他缘何赢得了这个席位"。

接下来的是一连串斯歌顿所写的诗歌、散文和译著，这些构成了他被许可进入名人殿的基础。然而其中的三十多部均已遗失，看来他对自己流芳百世的前景估计过高。他的政府论说文——《光荣之邦》（*The Book of Honourable Estate*）、《良言与良治》（*Good Advysement* and Sovereignty, *a noble pamphlet*），应写于他作为亨利亲王老师的时候——全部失落。他的戏剧《学院派》（*Academios*）以及一部幕间插曲《美德》（*Virtue*）也相继消失。我们对于他的道德短文《如何摆脱罪孽》（*How Men Should Flee Sin*）和《雄辩或缄默》（*The Book to Speak Well or be Still*）所知不多；对他的宗教著作，如《伪信仰》（*The False Faith*）和《对摩西之角的虔诚祈祷》（*Devout Prayer to Moses' Horns*），则了解更少。《芥末馅饼之歌》（*The Ballad of the Mustard Tart*）或《磨坊主和他的快乐伙伴》（*The Epitome of the Miller and his Jolly Companion*）或《欢快盛典》（*The Pageants in the Joyous Garde*）究竟写的什么，我们无从得知。他的色情作品《闺房集录》（*Repete of the Recule of Rosmundis bowre*）已然踪影全无，就像他的《新语法》（*New Grammar*）一样。

尽管如此，他对自己的幻想是：

> 所有的演说家和诗人，不论有名无名，
> 成千，上万，来到我处，
> 胜利，胜利！他们从四方高喊，
> 喇叭与呼声一路传到罗马。

斯歌顿的名字被赋予一种诗体：斯歌顿体（Skeltonic），一种急促、翻滚的格律，用以制造诗歌的喜剧效果。他在《科林·克劳特》（*Collyn Clout*）中对其描述说：

> 我的韵律邋遢、
> 破败，宛如醉汉，
> 粗鄙到了家，

生锈又发霉,

　　但若善加利用,

　　也能在鱼目里寻得珍珠。

他多部流传下来的诗歌都以这种轻松、活泼的形式写成。"一些小效果,一点小关注",他在《桂冠》(*Garlande of Laurell*)中信心满满地断言,纵使最微不足道的小作品也能闪现出他才情与技巧的光芒。如果他知道后人记住他更多是通过这些"小玩意儿",而非他那些宏伟的颂诗、神学、政治学、戏剧学、浪漫文学以及语言学著作,那他一定会怒发冲冠。

卡米洛·开尔诺（Camillo Querno）

（主要活动于1513年）

当乔凡尼·德·美第奇（Giovanni de'Medici）于1513年成为教宗利奥十世（Leo X）时，他同时还以艺术和文学的保护者自居。他希望留下一笔建筑遗产，结果他为筹资重修圣彼得大教堂而售卖赎罪券的举动成了马丁·路德（Martin Luther）《九十五条论纲》的诱因，而后者又是宗教改革的基础。他对后世文学的影响倒没有这么猛烈，但也有不少误判。

按照约维乌斯（Paulus Jovius）——他被利奥册封为骑士，以表彰他的史学成就——的记载，一个名叫卡米洛·开尔诺的人听说新教宗着迷诗艺，于是从家乡阿普利亚来到罗马，将自己的作品献给教宗。他拨弄竖琴，背诵了他那两万行的蹩脚史诗《亚历克西亚人》（*The Alexias*）。教宗立即封他为桂冠诗人，以奖励他那古铜色的脖颈——而不是生花的巧舌。诗歌毁灭了，诗人却享受到不小的威名。

亚历山大·蒲柏在自己的《群愚史诗》中将荣为桂冠诗人的西伯尔（Cibber）[①]与这讽刺的一幕作比：

---

① 1671—1757年，英国剧作家和剧场经理。

> 没有更多欢快，仅因教宗无上的双手，
> 鲜红的帽子狂热地挥舞，
> 罗马看到开尔诺端坐在她的首都，
> 宝座立于七重山上，炫耀着一个基督反对者的机智。

开尔诺的名字在18世纪末期被一个美国亲英派讽刺作家借用，他就是乔纳森·欧戴尔（Jonathan Odell）。欧戴尔认为美国的独立战争是"一场不理智的疯狂，全由邪恶的少数派一手煽动，向他们的受害者灌输这一政治妖术……行巫术的恐怖汤药满是谎言、诡辩、野心、憎恨和妄想"。他最终移民到新斯科舍（Nova Scotia），和他的笔名一起被人们遗忘。

由于字母"Q"开头的姓氏不常见，开尔诺死后在《布鲁尔成语寓言大辞典》(*Brewer's Dictionary of Phrase and Fable*)中取得了不痛不痒的一席，成为平庸诗人的代表。我们可以愉快地宣布：如果有什么书天生该被销毁，那一定就是《亚历克西亚人》。

路易斯·瓦斯·德·卡蒙斯
(Luis Vaz de Camões 或 Camoens)
(1524—1580)

老天为何总与卡蒙斯作对?相信这个问题曾无数次在他的脑中盘桓,尤其是当他在莫桑比克(Mozambique)时——身无分文,恶疾缠身,流落异乡,爱情绝望,瞎了一只眼,一度沉船遇险,被戴枷流放到果阿(Goa)①,两次入狱,新近又赶上文稿被盗。奥维德和但丁曾遭遇过类似厄运的先例并不能给他多少安慰。在他的祖国葡萄牙,似乎没有人意识到卡蒙斯是他们民族最伟大的史诗作者。

在他轰轰烈烈的一生中,有一个名字一直居于主导——《卢济塔尼亚人之歌》(*Os Lusíadas*)②。早在1544年,他就已经被称为"卢济塔尼亚的维吉尔"(Lusitanian Virgil),为他赢得这一美誉的,是他所写的一首关于中世纪伊内丝·德·卡斯特罗(Inês de Castro)③的小诗。几乎无人想到这可能只是一项更宏大构思的片段。与王后侍女一段不幸的恋情使卡蒙斯被暂时逐出里斯本,随后他参了军,战争的残酷使他

---

① 印度西南部一地区。
② 卢济塔尼亚人曾活动于伊比利亚半岛的西部,罗马帝国时期设有卢济塔尼亚省,在今葡萄牙位置。卢济塔尼亚是葡萄牙的代称,因而该史诗也被意译作《葡国魂》。
③ 葡萄牙国王佩德罗一世即位前的情妇,许多文人骚客描述过她的悲情人生。

变得狂躁而冲动，1552年的一场斗殴将他送进了监狱。他被国王赦免，条件是必须去印度的殖民地服役。

1553年，"圣本托号"（São Bento）在阿尔瓦雷斯·卡布拉尔（Alvares Cabral）的率领下向印度进发，卡蒙斯也在船上。他们安全驶过了好望角，一路的狂风暴雨都将被织入他的史诗。在他的想象里，海角已不再是海角，而是巨大的海妖阿达玛斯特（Adamastor）①，阻止航船前行。启程前，他一直默念着阿非利加的西庇阿（Scipio Africanus）②的名句："无情的故国，你将不配拥有我的尸骨。"但那时他已感觉到，葡萄牙人真正的英雄主义不在上古时代的荣耀和消失于时间迷雾中的半神话建城者们，而在征服了当下实实在在风浪的开拓者和航海家。他正驶入瓦斯科·达·伽马（Vasco da Gama）在小半个世纪前打开的天地。

卡蒙斯在东方的生意日渐红火，可他的暴脾气依旧令他麻烦不断。1559年，最大的灾难降临了：他乘船自中国返回印度，不料在湄公河河口遭遇沉船。他没有抢救自己即将面对的审判所需的材料（这次是因为恐吓澳门居民），也没有顾上他多年积累起来的财富——他唯一救下的是大功告成的《卢济塔尼亚人之歌》：完整的七个诗章。一捆湿漉漉的纸，一片洇乱的墨迹，这部诗作保存了下来。

他决定返回葡萄牙，但士兵们必须自掏路费。1567年，船长佩德罗·巴雷托（Pedro Barreto）将诗人一路带到莫桑比克，当时他的钱已用光，船长于是拒绝继续载他前行。请不起另一名船长的他只好孤独无援地在陆地上游荡了三年，身无分文，疾病累累。他在此期间创作了一部《卡蒙斯诗史》（*The Parnassus of Camoens*），历史学家

---

① 传说中把守好望角的海怪，专门向水手们发出警告，阻止船只通行。
② 公元前236—约前185年，古罗马共和时代最伟大的军事将领，东征西讨，建立起罗马在地中海世界的霸业。他最卓著的功绩是打败了迦太基的无敌将军汉尼拔。

迪奥戈·多科托（Diogo do Couto）曾提及这部著作，他在莫桑比克与卡蒙斯相识，并时常伸出援手。可惜该作品被盗，据说其内容"学识渊博，充满教义与哲理"；幸运的是小偷并未找到《卢济塔尼亚人之歌》。

卡蒙斯最终逃离了非洲海岸，回到里斯本，可霉运未消的他正赶上瘟疫。终于，《卢济塔尼亚人之歌》出版：一部史诗，不是关于神话起源和远古的胜利，而是关于当下；不是兵器与人，而是贸易与帝国。诗中，古希腊的诸神徒劳地妄图摆布达·伽马的命运。巴库斯①、丘比特和朱庇特仅仅是信奉天主教的葡萄牙在世界扩张中所遇助力与阻力的人格化，狄俄尼索斯、尼普顿②和古典时代的众神已无力阻碍时下风头正劲的航船。这是古希腊和古罗马的神在文学史上最后一次作为实体的存在出现。

诗人塔索③对这部作品大加赞赏，并寄去一首十四行诗以示祝贺。但卡蒙斯还是在穷困潦倒中辞世。他在史诗的结尾幻想了一个和谐的世界：葡萄牙，位于欧洲的边缘、世界的中心，成为现世的轴心。他也尖锐地批评了自己回国后见到的糟糕政府，称自己是那么爱国，以至于不光要死在自己的祖国，更要同祖国一起灭亡。

哥白尼已经用杠杆将地球撬出了宇宙的中心；塞万提斯即将把讽刺注入骑士风度、高贵传统与英雄主义；莎士比亚正战战兢兢地尝试自己的第一出戏剧。卡蒙斯走了，一个世界也随他消失。被"现代"的车轮碾得粉碎的古典众神，可曾希冀通过最后一首诗再度彰显自己的力量与伟大？如果是那样，那么他们注定会失望了。卡蒙斯，这位踏着香料与契约之路的游吟诗人，属于一个正在崛起的资本主义时代，

---

① 罗马神名，相当于希腊神话中的酒神狄俄尼索斯。
② 即希腊神话中的海神波赛冬。
③ 指托奎多·塔索，见下篇。

路易斯·瓦斯·德·卡蒙斯（Luis Vaz de Camões 或 Camoens）

他将他们展现为舞台上用破布缝成的木偶:破碎、虚假、衰落,无关命运。《卡蒙斯诗史》在非洲遗失,但《卢济塔尼亚人之歌》却为卡蒙斯赢得了天才诗史的宝座。

托奎多·塔索（Torquato Tasso）
（1544—1595）

查尔斯·兰姆（Charles Lamb）的举动令人费解。他在得到一部塔索史诗《被解放的耶路撒冷》（*Gerusalemme Liberata*）的1600年译本时，兴高采烈地写信给柯勒律治："偶得法尔费克斯（Fairfax）之《布伦的戈弗雷》（*Godfrey of Bullen*），仅半克朗①。与我同喜吧！"这部史诗回顾了十字军在布洛涅（Boulogne）②的戈弗雷（Godfrey）带领下围攻圣城耶路撒冷的历史，它被弥尔顿那样级别的诗人认为可与《伊利亚特》和《埃涅阿斯》相提并论。德莱敦称赞塔索是"最优秀的现代诗人……在我看来他仅次于维吉尔"。他的译者很多，包括理查德·凯鲁（Richard Carew）、爱德华·法尔费克斯（Edward Fairfax），还有一些不出名的作者，如亨利·雷英（Henry Laying）、菲利普·多恩（Philip Doyne）、约翰·胡勒（John Hoole）、J. H. 维纷（J. H. Wiffen）、J. R. 布罗德海德（J. R. Broadhead），以及一票无事可做的僧侣。他们都已淡入历史的尘雾。要在飘着咖啡香的现代书店找到一本

---

① 英国一种相当于25便士的硬币。
② 即上文书名中的布伦。在中世纪晚期，"布洛涅"（Boulogne）演变成勃林（Boleyn），随后又更名为"布伦"（Bullen）。

精美的厚皮塔索，简直是天方夜谭。

塔索于1544年生于那不勒斯附近的索伦托（Sorrento）。他的父亲贝纳尔多·塔索（Bernardo Tasso）是当时小有名气的诗人，兼任萨勒诺亲王（Prince of Salerno）的秘书。时局的动荡和诚信的动摇没有影响他的平静生活。到他21岁那年，年轻的塔索已经辗转于罗马、拉文纳、威尼斯、博洛尼亚、曼图亚和帕多瓦之间多年。他在帕多瓦求学法律的过程伴随着谈情说爱、写作污秽杂诗、酒吧斗殴和研读亚里士多德的《诗学》。1565年，他离开学校，立志坚决不从事法律行业。随后加入了一个在将来对他有显著影响但并不都是良性影响的家族：费拉拉（Ferrara）的德埃斯特家族（d'Estes）。

文艺复兴时期意大利的政治混乱对他父亲的诗歌创作祸害不小，这在他自己的文学生涯中也有反映。诗歌是外交的有效工具，也是一个宫廷规则的舞台，颂诗可以带来赞助。十几岁时，塔索就帮助他的父亲誊写叙事诗《阿马蒂奇》（*Amadigi*）——来自民间传奇《高卢的阿马迪斯》（*Amadís de Gaula*）。他一定被明确教导过奉承的重要性。贝纳尔多将对当代典故使用的重心由法国转向西班牙，因为后者乃是自己赞助者的盟友。

除了实用性，美学因素的转变也不容忽视。最受赞誉的现代诗歌是卢多维克·阿里奥斯托（Ludovico Ariosto）的《疯狂的奥兰多》（*Orlando Furioso*），一部融合了骑士风度、魔法坐骑和食人妖魔的"饕餮大餐"。该诗发表于1516年，是奥兰多与安琪里卡（Angelica）故事的续篇——这个故事令博亚尔多（Boiardo）未完成的《热恋中的奥兰多》（*Orlando Innamorato*）大获成功。即使在阿里奥斯托死后，这部诗仍然风头不减，且"个头"见长：1532年从四十章增加到了四十六章，随后又有五章添加进来。它不同寻常，讽刺尖刻，且故意有失虔诚。

然而，随着时人对亚里士多德诗论兴趣的复苏，文学评论家们已开始寻找另一种史诗：一位英雄，一项使命，一首关于提升道德准则的诗歌。理想状态下，它所应表达的正是阿里奥斯托以回避而著称的东西：严肃的美德。

贝纳尔多·塔索就生于这两种范本之间：亚里士多德式的严肃和阿里奥斯托式的戏谑。之前所有高古英雄的尝试都以失败告终。就连古典味儿十足的《阿马蒂奇》也不免需要些"使人愉快的调剂"，他妥协了。托奎多声称他父亲的作品中至少有一部史诗的片段是严格遵循了亚里士多德的限制，在一次公开朗诵中，这部作品落得个"满堂空"。该诗已然失传。

托奎多·塔索的抱负在于实现他父亲未能达成的目标：将阿里奥斯托的魅力与时下批评家所呼吁的古典主义相结合。终其一生，塔索都被对公众反应的担忧、对评论结果的焦虑以及对政治时局的审慎纠缠。他有偏执狂倾向，且容易发怒。当他还在帕多瓦求学时，曾经写过名为《里纳尔多》(*Rinaldo*) 的十字军故事草稿。但他很快放弃了这部创造性的作品，转而研读史诗艺术的神学准则。他的目标并未定型：他将要写作一部史诗。当然，诚实地说，他同大多数年轻人一样，渴望声名、喝彩和金钱；而结合古典与现代正是赢得这一切的有效途径。

1579 年，在效忠德埃斯特家族十四年后，塔索被关进了他们的地牢。传统的说法是因为他与阿方索公爵的大姐里奥诺拉（Leonora）之间一段莽撞的恋情。虽然那镣铐加身、为爱折磨的诗人形象激发了拜伦和歌德的灵感，但那纯属虚构，不过是后代传记作者的臆想罢了，与当时的宫廷生活完全对不上号。假使塔索真的闹出了这么一段绯闻，那么他的下场应和埃尔库·康德拉里伯爵（Count Ercole Contrari）一样：因调戏里奥诺拉的妹妹卢克瑞齐娅（Lucrezia）而被勒死。

塔索和她们姐妹俩的关系都不错，还将自己作品的雏形——当时叫《高提弗赖多》（Gotifredo）——读给她们听。依照弥尔顿的说法，塔索向阿方索献上了多种史诗主题的方案。幸运的是，公爵挑选了他已经开始动笔的一个：学生时代放弃的《里纳尔多》。他还为德埃斯特姐妹写过一部田园剧《阿明达》（Aminta）。又随公爵的兄弟、红衣主教卢奇·德埃斯特（Liugi d'Este）出使查理九世（Charles Ⅸ）在巴黎的宫廷。那他究竟为何会被扣押在圣安娜（St. Anna）"医院"，于孤独囚禁中度过了七年的时光？

或许是忧郁过度，或许是内啡肽（endorphin）失调，又或许是他具有双重人格甚或被魔鬼附体。不管什么原因，总之托奎多·塔索有点儿不对劲儿。他的书信充满了对阴谋的妄想：他的医生给他下毒，仆佣们不可信任，没人欣赏他的天才，他没有天才。

同僚们对于他动不动就自己把自己送交宗教审判所（Inquisition）的毛病尤其担心，仿佛他可以从中得到片刻的宁静。他卸下自己关于异教的忧虑，痛数自己所犯的罪孽。神父用水晶球透视他的灵魂，并宣布他已被宽恕——如同当代的讽刺小说家一样，塔索用16世纪的方式寻求最直接的释放。然而在谣言与秘密交织的文艺复兴宫廷，他这种动辄告白的冲动着实危险。

从他的写作方法中也能看出他对于不断确认的需要。他创作如今名为《被解放的耶路撒冷》的诗歌时，每一篇完成后都要寄给他的朋友斯奇庇奥·贡扎加（Scipione Gonzaga），一名在罗马的高级教士。后者会将作品转寄给一个可信任的"顾问团"：拉丁诗人皮埃尔·安哥里奥·达·巴尔加（Pier Angelio da Barga）、希腊语学者兼哲学家弗拉米尼奥·德诺毕里（Flamminio de'Nobili）、雄辩学教授西尔维奥·安东尼阿诺（Silvio Antoniano）、著名文学评论家斯贝罗奈·斯贝罗尼

（Sperone Speroni）。他们会回信给塔索提出修改意见，点评诗作在多大程度上符合亚里士多德及其他古代评论家的"教谕"，并指出史诗内容是否与教会的言论相一致。

他们摆出了正统先例以说明应用守护天使和魔鬼来替代荷马与维吉尔的神，他们为诗中的隐语、道德和经文解析作注，他们建议如何将当代骑士爱情与《伊利亚特》的军事辉煌相结合。从祈祷的神学效果到最细微的可能性，这支精英顾问团提出各种修改方案。塔索在进行了大量修正之后，还要一把火烧掉精英顾问们的每一封来信。当作品面世时，它将完美无缺。

塔索的行为在1576年变得更不可理喻。有理由相信导火索——如果不是原因——是诗作盗版的出现。这似乎更证明了他那些关于阴谋的怪诞妄想。1577年的夏天，阿方索派人将他就地收监，请来一位医生和一位神父看护。塔索逃跑了，乔装改扮去找他住在索伦托的姐妹。然而，他并未将诗作带走。

德埃斯特家族不会让他回来，可也不会将他的《被解放的耶路撒冷》手稿送还。在以后的两年间，塔索游荡于他在曼图亚和帕多瓦的故居。他试图凭才华将自己转卖给威尼斯的美第奇家族，但后者对他不感兴趣；他甚至沦落到佩萨罗（Pesaro）和都灵（Turin）的小宫廷。最终，在他答应收敛自己的前提下，德埃斯特家族同意让他回来。他刚一到达就因所谓的"怠慢"而勃然大怒。这一次，他被直接绑到了圣安娜。由于害怕他毁掉手稿，阿方索·德埃斯特拒绝让他再碰这部诗作。

在那个没有版权的年代，作者的精神财产本就不大受重视。作者在监狱里被确认为疯子的同时，盗版迅速散布开来。尽管盗版诗歌错误百出、千疮百孔，但《被解放的耶路撒冷》仍然一炮而红。

这是一个毋庸置疑的文化现象，以至于很快就引发了激烈的论战：评论家分为两派，支持塔索的"塔西斯提"（Tassisti）和支持阿里奥斯托的"克鲁斯坎蒂"（Cruscanti）——名称来自"秕糠学会"（Accademia della Crusca）①。从圣安娜，连篇累牍的书信散出，上面写满了塔索关于他被迫遭到不公正囚禁的控诉，还大骂他那轻率的出版商是骗子。至于谁看到了这些信件……咳。

1586年，获释的塔索得到曼图亚公爵的庇护。如果公爵希望借此为自己树立艺术保护人的形象，那可就大失所望了。塔索挖空心思完成了他那华而不实的悲剧《托里斯芒多王》（Il Re Torrismondo），在定好的亚里士多德讲座上缺席，并且离开了罗马，对德埃斯特家族大声斥骂。

他的余生被愁云惨雾笼罩，从一个宫廷到另一个宫廷，从一个保护人到另一个保护人。他为教宗格利高里十四世写过赞歌，为贡札果（Gonzago）宗写过族谱。他于1595年卒于罗马，死前正在为他最新的医生写颂词。

时日无多的塔索曾为重新拿回作品做了最后的努力：诗歌原作还在他的脑中，却被用错误百出的版本刊行于世。1596年版的《被征服的耶路撒冷》（Gerusalemme Conquistata）纳入了许多他原本收到的顾问团的修改意见。诗的长度扩充为四卷，许多主要人物被重新命名。严格说来，这已是一部新诗。但公众和评论家们更喜欢以前的版本。

不为所动的塔索又写了两卷本来为自己的新版本正名，认为在历史准确性和隐喻的运用上都远胜前版（另一卷关于诗歌技艺和格调优势的文字被提及，但并未出现）。新诗去掉了所有恭维德埃斯特家族的

---

① 意大利于1582年成立了著名的"秕糠学会"，旨在纯化意大利文艺复兴时期的文学语言托斯卡纳语。这个学会的成员后来以语言上的保守倾向著称。

潜台词，转而赞美他的新雇主——康卡亲王（Prince of Conca）。

即便在《被征服的耶路撒冷》出版之后，塔索还在写给朋友的信中提及他认为必要的修正、润饰和替换。由于无休止的再版和改变，这部诗也就没有了"终稿"一说。考虑到塔索的精神状况，任何重写都无从达到他所希望的终极美学境界。

在他于1591年5月15日写给巴雷佐·巴里奇（Barezzo Barizzi）的信中，塔索透露说这部加长的史诗还只是他宏伟计划的一半。他暗示了还有一个续篇，其之于《被解放的耶路撒冷》或《被征服的耶路撒冷》就像《奥德赛》之于《伊利亚特》。原文中的有些情景在新版中将被删除，如索芙罗尼娅与奥林多的故事，原因是他们"太过浪漫"。它们能否重组出一部以流浪汉和无赖为题材的冒险续集？

续篇是否也会像《奥德赛》那样描写英雄的归途？那么主角将不再是布洛涅的戈弗雷，因为他在耶路撒冷已经死于瘟疫。在那个月的多封书信中，塔索请朋友给他捎来哈利卡纳苏斯的狄俄尼索斯（Dionysus of Halicarnassus）所著的《罗马史》（History of Rome），以及卢奇安的讽刺散文故事。他是否在为一部新诗收集资料，或是在为其自我论证的诗作寻找事实依据？

"我们相信，任何一个读书人都会读塔索；愉快地思忖缪斯赋予他的千秋不朽的作品……" 1810年的《折中主义回顾》（Eclectic Review）如是说。那种情感在两个世纪后显得格外遥远。有关塔索没有写的续篇，我们唯一可以肯定的是：纵使他侥幸写完，也不会有多少人费力去读。

米盖尔·台·塞万提斯·萨阿维德拉
(Miguel de Cervantes Saavedra) ①
（1547—1616）

在塞万提斯那本世界名著《堂吉诃德》(*Don Quixote*)第一部的开头，奇情异想的游侠结束第一次冒险旅程回到家乡，他的侄女、理发师和神父讨论该如何处置那些令他产生癫狂妄想的传奇小说。《艾斯普兰狄安的丰功伟绩》(*The Exploits of Esplandian*)、《萝利斯玛德·台·伊尔加尼亚》(*Florismarte of Hyrcania*)以及其他的冒险传奇都被付之一炬，只有一两部无伤大雅的书籍被作为裁决者的神父偶尔留下。当传奇全部焚毁后，他们又转向诗歌，害怕它们会在堂吉诃德心中燃起另一把疯狂的火焰。在他们一一评点16世纪的西班牙诗歌时，遇到了一部名著：

"它旁边的那本是什么呀？"

理发师说："米盖尔·台·塞万提斯的《咖拉泰》(*Galatea*)。"

"这个塞万提斯是我有深交的老友。我看他与其说多才，不如说多灾。这本书有些新奇的想法，开头不错，结果还悬着呢，

---

① 此处塞万提斯全名采用杨绛译本译法，将西班牙语中的"de"译作"台"，仅限本篇。

该等着读他预告的第二部。现在有些读者求全责备，修改了也许大家都会宽容。且把它监禁在你家，等将来再瞧吧。"[1]

《咖拉泰》为塞万提斯赢得了首次成功，神父和理发师将注定对它的续篇大失所望。在《堂吉诃德》第二部的前言结尾，塞万提斯推广起自己即将面世的《贝尔西雷斯和西希斯蒙》（*Persiles and Sigismunda*）——"快要写完了"，"和《咖拉泰》的第二部"。他又在《贝尔西雷斯》的开场白中宣布自己正在准备一部新剧《睁眼儿瞎》（*Fooled with Open Eyes*）、一部传奇《名人贝纳尔多》（*The Famous Bernardo*）以及一部散文故事集《花园数周记》（*Weeks in the Garden*），当然，还有他那田园剧《咖拉泰》的第二部。《贝尔西雷斯》在他死后才出版，其余作品均未现世。

塞万提斯花了半生的时间来写《咖拉泰》，但时时被打断。考虑到他文艺与社交生活的充实，这一点儿也不奇怪。而考虑到他在讽刺方面无与伦比的天赋，这部为他赢得盛名的作品迟迟不能作结，恐怕也带有某种自我指认的倾向。

塞万提斯不仅是一名作家，还是位军人。他曾参与1571年的雷邦多（Lepanto）海战，在那场战役中，基督教国家联盟击溃了奥斯曼帝国，塞万提斯则在战斗中废了一只胳膊。他于1575年被一群柏柏尔族（Barbary）海盗俘虏，贩卖到阿尔及尔沦为囚徒。整整五年时间，他成了鼎鼎恶名的哈桑帕夏（Hassan Pasha）的囚犯，四次逃跑均以失败告终，最终被赎回西班牙。短短数年间他已开始崭露头角。起初还不是因为《咖拉泰》，而是作为剧作家。他的被俘经历启发他创作了

---

[1] 见《堂吉诃德》第1部第6章。本书所有《堂吉诃德》译文及译名均选自杨绛译本，人民文学出版社，1978年3月版。

《阿尔及尔生涯》(*Life in Algiers*),一部于 18 世纪被重新发现的夸张喜剧。他的军旅生涯则毫无疑问启发了《海战》(*The Naval Battle*)的创作,这部作品至今未被发现,且可能永远不会。

尽管如此,我们知道塞万提斯对自己的剧作很自豪——如果《帕尔纳索游记》(*The Return from Parnassus*)的后记所言不虚,那么还有十部甚至更多作品从我们的视野里消失。塞万提斯对自己的剧作事业评价极高:他自称是第一个将五幕剧结构改为三幕的人,也是第一个通过隐喻式人物引入"灵魂的想象和潜在的思绪"的人。他坚持说这些剧在演出过程中没有遇上丢黄瓜的尴尬,也没有听到起哄的嘘声。

这时,他结识——至少是认识——了一个小他 20 岁且日后将成为他身边一根毒刺的人——洛佩·菲利克斯·德·维加·卡尔匹奥(Lope Félix de Vega Carpio)。他本是一位著名演员女儿的随从,塞万提斯曾为那位演员的妻子做过期票担保。洛佩·德·维加的两千部剧本(其中四分之一留存下来)、他的友谊以及他与塞万提斯之间的争吵尚未开始,洛佩在与演员的女儿分道扬镳后对前女主人谩骂性的讽刺诗也还属未来。洛佩·德·维加被判放逐,他宣称自己将加入"无敌舰队"(Amarda)。当时塞万提斯还在从事单调的工作:替舰队征调粮饷。

在世纪之交,洛佩·德·维加作为"无敌舰队"的幸存者(如果他真的曾经参与的话),一跃成为"凤凰诗人"(Phoenix)——当时风头最劲的文学人物,作家星座的星命点,与出版商和亲王们交往密切。为庆贺菲利普三世(Philip Ⅲ)大婚,他写了舞台剧《阿尔及尔囚徒》(*Captives in Algiers*),大部分是从塞万提斯那部承载痛苦回忆的作品中抄来的。

我们不知道塞万提斯都干了些什么,有限的资料表明他是其兄弟的遗嘱执行人,是一位朋友的女儿的朋友的教父。唯一确凿的是他与洛佩·德·维加彻底闹翻了:1604 年,维加四处招摇说他以前的朋友对他的美学能力恶语中伤。其实事后想想，我们至少可以想象得出塞万提斯在干些什么，因为在1605年，《堂吉诃德》的第一部问世。

从前言中可以看出，塞万提斯很清楚《堂吉诃德》作为一部新文学作品的意义："我好多次提起笔又放下，不知该写些什么。"这部新作没有重复任何人，而是百分百原创，以至于作者自嘲道："我书上可什么都没有。书页的边上没有引证，书尾没有注释。人家书上参考了哪些作者，卷首都有一个按字母排列的人名表，从亚里士多德起，直到色诺芬，至佐伊鲁斯或宙刻希斯为止，尽管一个是爱骂人的批评家，一个是画家。"

《堂吉诃德》写的是一个关于老人的故事，这个老人为骑士风度的神话着魔，突然——甚至是英勇地——戳破了生活与书本间的薄纱。他和他那呆头呆脑的侍从桑丘·潘沙出发探险，走到哪里都麻烦不断。从未见过风车的堂吉诃德以为它们是巨人，而他对它们的征服（始终眯缝着双眼啥也看不见）得到了证实：它们如今只是木质的建筑。"哭丧着脸的骑士"（The Knight of the Woeful Countenance）——堂吉诃德给自己树立的形象——与那些认为慷慨的灵魂只存在于童话里、吝啬才是生活之道的读者形成了鲜明的对照。小说人物可以很高贵，现实中的人们却无可救药地以自我为中心。堂吉诃德的探险——不仅是他对美丽的杜尔西内娅的追求——证明了愤世嫉俗者的荒谬。

连国王本人都风趣地说："如果看到一个哈哈大笑的学生，他要么是疯了，要么就是在读《堂吉诃德》。"然而洛佩·德·维加讨厌它。一首十四行诗出现了，或许出自洛佩本人，或许出自一名忠诚的追随者：让阿波罗——也就是维加——痛骂《堂吉诃德》，预言它将环游世界，像手纸一样"从一个屁股到另一个屁股"，或被用来包裹二等藏红花。

不满足于污辱性小诗的洛佩·德·维加肯定还和《堂吉诃德》续

集的作者"阿维利亚内达"（Avellaneda）有所默契；他甚至可能就是那个匿名的作者，其身份至今都没揭开。在塞万提斯所著《堂吉诃德》第一部的结尾，游侠骑士神志恍惚地回到家乡，而故事的讲述者熙德·阿梅德·贝南黑利（Cide Hamete Benengeli）告诉读者，他实在找不到可靠的资料来继续后面的冒险，尽管他知道其中应包括在萨拉果萨（Saragossa）的比武。

阿维利亚内达的《堂吉诃德》第二部于1614年面世，开篇即是堂吉诃德与桑丘启程前往萨拉果萨。塞万提斯在1615年发表了自己的续篇以示反驳——为此再次将《咖拉泰》搁置。冒牌的续集和原书搅在了一起。《堂吉诃德》的第二部成为另一种失落的书：不论塞万提斯想写什么或计划写什么，他都得先放到一边，集中全部才智来"打假"。

在第二部的第五十九章，堂吉诃德和桑丘被引荐给一个要求旅店店主听听最新版《堂吉诃德》的人。骑士和侍从一脸茫然，提出要看看这部作品——这就是阿维利亚内达的续集。堂吉诃德气愤地发现自己在里面竟然抛弃了对杜尔西内娅的痴情，而桑丘也恼火地发现自己的老婆居然改了名！他们仔细研究书稿后认定，作者用的是阿拉贡方言，极尽中伤诽谤之能事，还是个捏造事实的伪学者。他们决定不去萨拉果萨，因为冒牌作者把到达那里的他俩写成了一对傻瓜。他们掉转方向前往巴塞罗那。但即使在那里，他们也见到了盗版书在售卖，虽然堂吉诃德"以为它那时早已该被焚毁了"。

即使塞万提斯曾经打算让他俩去萨拉果萨，一个更为悲哀的结局却在等待着骑士。为杜绝日后任何冒牌作品出炉的可能，也为了给他们的探险画上一个圆满真实的句号，堂吉诃德回到老家。他们在那里遇到了伪书中的堂·达尔斐（Don Tarfe），后者自然认不出他俩。真正的堂吉诃德受到刺激，又碰到预示死亡的凶兆①。他变得头脑清醒，在重新变回"善人"阿隆索·吉哈诺（Alonso Quixano）之前，甚至宽恕了阿维利亚内达。熙德·阿梅德·贝南黑利就此搁笔，并诅咒任何胆敢破坏作家与作品人物关系的人："堂吉诃德只为我而生，我也为他。"

塞万提斯仍在继续他的创作，《贝尔西雷斯和西希斯蒙》仍然吸引着偶尔愧疚的狂热者。然而，他最为闪光的作品已然终结。无疑，塞万提斯可以为他的骑士主仆安排更多数不尽的恶作剧片段，但他们必须是完美的。我们能得到一部纯粹的《堂吉诃德》，是因为塞万提斯深知未完成的作品必将引来苍蝇一样的续写者。而堂吉诃德是那么完美，以至于他唯一安全的地方就是死亡。我们所得到的《堂吉诃德》，乃是作者自我牺牲的顶级之作。

---

① 指在野地里遇到一只兔子，按照西班牙旧俗，路上碰见兔子是凶兆，碰见狼则是吉兆。

埃德蒙·斯宾塞（Edmund Spenser）

（约 1552—1599）

他死后仅六十年，关于埃德蒙·斯宾塞失落著作的传闻便在各个顶级学府间散播开来。声名卓越的他被誉为"诗歌王子"（Prince of Poets），在威斯敏斯特教堂（Westminster Abbey）与乔叟葬在一起。剑桥大学耶稣学院的院长约翰·沃辛顿博士（Dr John Worthington）曾致信弥尔顿的朋友塞缪尔·哈特利布（Samuel Hartlib）：

先生，我上周收到您的来信。信中急切地盼望得到名家斯宾塞的作品分类清单，它们只被提及，却从未付梓。现在我给您这份清单，其根据是他已经出版的著作中散落的线索。

1. 一部《传道书》（*Ecclesiastes*）译本
2. 一部《唱圣团赞美诗》（*Canticum Cantorum*）译本
3. 《垂死的鹈鹕》（*The Dying Pelican*）
4. 《主的时间书》（*The Hours of the Lord*）
5. 《罪人的牺牲》（*The Sacrifice of a Sinner*）
6. 七首《诗篇》（*Psalms*）
7. 他的梦

8. 他的《英国诗人》(*English Poet*)

9. 他的传奇故事

10. 《丘比特的宫廷》(*Court of Cupid*)

11. 他的《炼狱》(*Purgatory*)

12. 《情人地狱》(*The Hell of Lovers*)

13. 《七昼夜的沉睡》(*A Sennights Slumber*)

14. 他的历史剧

这其中，沃辛顿博士最为遗憾的是没有《英国诗人》——据说那是以诗歌形式写成的诗体学专题论文——和那些宗教诗歌。尽管他提到了"还有许多其他作品在贵人手中，或他的朋友那里"，但他还是遗漏了若干在斯宾塞信件正文和附笔中提到过的作品名。如：《达德利家谱》(*Stemmata Dudleiana*)，一首关于影响巨大的莱西斯特伯爵（Earl of Leicester）罗伯特·达德利（Robert Dudley）谱系的诗歌，对此斯宾塞称"仍需更多建议"；一首关于泰晤士河婚礼的诗歌；一组九部喜剧，每剧献给一位缪斯，他的朋友加布里埃尔·哈维（Gabriel Harvey）认为该诗比令斯宾塞一举成名的《仙后》(*The Faerie Queene*)更精彩。

"然而最大的遗憾还是那无与伦比的诗作《仙后》的另外六卷。"沃辛顿痛心不已。这部诗的前三卷于1590年出版，第四至六卷也于六年后问世。初版时还附有斯宾塞写给沃尔特·罗利爵士（Sir Walter Raleigh）[①]的一封信，里面解释了整部诗的框架构想：

> 因此我这史书的开头——倘若用一个历史学家的话来说——

[①] 1552—1618年，是伊丽莎白一世的宠臣，也是英国伊丽莎白时期的航海家、探险家、殖民者、作家。1618年因攻击西班牙人而被詹姆斯一世关进伦敦塔，随后处决。

应该在第十二卷,也就是最后一卷。我将在里面讲述仙后每年一度的节日持续了十二天,在这十二天中,发生了十二件探险故事,分别属于十二位骑士,并在这十二卷中分别叙述。

也就是说,每卷都是关于一名骑士的功绩,又各自由十二篇诗章组成;而每名骑士,按照斯宾塞的设想,对应亚里士多德十二种美德中的一个。同时,与仙后缔结终身的主角亚瑟亲王会在每卷出现,代表"宏伟",也就是其他十二人美德的呈现。

第一卷关于红十字骑士,代表"圣洁",他的使命是征服象征罪恶的毒龙;第二卷的主人公是盖恩爵士,象征"节制",他的任务是抓住女巫阿卡拉西娅,她的巫术能使人失去自制力,任由欲望摆布;到了第三卷,主角是女骑士布莉托玛,象征"贞洁",她要消灭的敌人是淫邪的巫师布希雷,他囚禁了贞节的处女艾莫莱特。相同的样式在第四卷到第六卷中上演:第四卷的主题是"友谊",由坎贝尔和特里蒙特代表;第五卷中,阿提盖尔爵士代表着"正义";到了第六卷,象征"礼节"的卡里德爵士与吵闹的野兽斗争。

诗中的叙述并非彼此独立,尤其是第三卷和第四卷,故事交织在一起。阿提盖尔爵士是布莉托玛的真命天子,因而当他在第五卷被亚马孙女战士①劫持时,她理所当然地出手搭救。亚瑟在每卷的第八章中出手相助:他从傲慢巨人奥尔高格里奥手中救下红十字骑士,帮助盖恩赶走了皮罗克利和赛莫克里,又同阿提盖尔一起解救了贝尔结公主。

每卷中也有对宫廷、历史剧和假面舞会的描写。布莉托玛在布希雷的住所目睹了丘比特的假面舞会(莫非就是沃辛顿所说的"丘比特的宫廷"一诗?),第四卷以泰晤士和麦德薇的婚礼收尾(又一个嵌入

---

① 古希腊传说中善战的女性部族。

长诗的失落之作？）。

鉴于斯宾塞诗歌的规整性，就算只有原定作品的一半，我们也能轻易推想出另一半的内容。例如第二卷第十一章第六节，亚瑟赞扬盖恩说他足可与仙后格洛瑞阿娜座前最得力的两名骑士——阿提盖尔爵士和索斐爵士——相匹敌。读者已经见识过阿提盖尔，也见识过他的节制与性情。索斐却只被提到这一次，可文中暗示说他二人有着同等的地位。他的名字源自希腊语 sophia[①]，意为"智慧"。由此我们可以想象一卷失落的诗歌——讲述智慧骑士与无知妖魔、异教中的蛇怪（Basilisk）或极端嚼舌主义（Ultracrepitudinarianism）[②]的精灵之间的较量。

同样地，长诗的结论也有很强的暗示性。红十字骑士与巨龙的战斗已足够触目惊心，但跟仙后与异教国王之间的战争相比却不算什么。红十字骑士在遣走了自己特有的复仇女神后，对这场战役宣誓效忠。

那么卷七和卷十二的主题究竟是什么？一个比较容易的出发点是斯宾塞提示说每名骑士均代表亚里士多德主张的一项美德。但这马上会令我们的视线更加混乱。在亚里士多德的美德中，斯宾塞只用到了两个：节制和礼节；而圣洁、贞洁、正义和友谊并不在亚里士多德所列范围之内。倒是柏拉图提出过四大美德：公正、节制、智慧和勇气，恰好能与阿提盖尔、盖恩、可能的索斐和有可能尚未命名的勇气骑士——但勇敢岂不是所有骑士都应有的美德吗？——在哲学框架内对上号。

貌似与《仙后》中另一卷有关的两章两节于1609年第三版中被添加进去，那是在斯宾塞死后。它们被用斯宾塞惯用的诗节形式写

[①] 这里用的是拉丁字母转写，希腊原文应为 σοφια。
[②] 前缀 ultra- 是"极端"，-crepitu- 源自拉丁语 crepitus，意为"碎嘴的、聒噪的"。

成，出版商建议说，这是"恒定的传奇"（Legend of Constancy）的片段。出版社或斯宾塞或其他人是否有意将这几行关于多变女泰坦妄图颠覆天穹的诗歌作为第六章和第七章，我们不得而知。它们的确是美妙的诗歌，但显然缺乏一个其他所有篇章都具备的要素——一位英雄人物。

诺福克地区的教区长拉尔夫·奈维特（Ralph Knevett，1600—1661）很不学术地为斯宾塞补遗。他续写了三卷，引入谨慎骑士阿尔巴尼奥爵士、刚毅骑士卡里马库斯爵士和慷慨骑士贝勒科爵士。奈维特称自己的目的是"令这个黄道完整"，却由此给我们提供了更为复杂的话题。

伊丽莎白时代的诗人习惯于在诗歌中建立星相学的意义。在斯宾塞自己的《婚曲》（*Epithalamion*）中，诗人巧妙的安排使读者可以通过作品第 24 节第 365 行来推算出诗中婚礼的准确日期。《仙后》与此如出一辙。阿拉斯泰尔·福勒（Alastair Fowler）在他的研究著作《斯宾塞与时间数理》（*Spenser and the Numbers of Time*）中说：

> 我们在所有的行、节、章、卷中都能看到数理学的重要性：不仅体现在这些元素出现的位置，也体现在每一部分出现人物的数量上。毕达哥拉斯的数字符号学、建立在循环时间观与托勒密星体分类基础上的星相符号学，以及中世纪神学数字符号学……所有这些，甚至更多，共同作用构成了——至少在这个案例中——有史以来最复杂的诗歌结构。

举几个简单的例子：第一卷的正面女主角是乌娜（Una，意即"一""统一""完整"），女反派则是杜艾莎（Duessa，意即"二""双重""重叠"）。第一卷第一章共有 55 节，第三卷第一章共有 67 节，中间的一卷恰巧是讲节制与中庸的，于是正好有55加67再除以2，也就是61节。同样的例证还可随手举出很多，而看似偶然的孤立事物如果频繁出现，就不能不被赋予某种含义。再如从占星学上看，第二卷结尾提到了八位主角和十七位配角：八颗星正好组成天秤座（Libra），十七又正是托勒密星盘中该星座的星数——"天秤"正是表现该卷所强调之"平衡"的最佳意象。

但有时，也会很难判断哪些数字是真具备特殊含义的。例如我们应如何看待吵闹的野兽在第五卷第十二章中吹嘘自己有一百条舌头，可到了第六卷第一章中再次出现时这个数字竟翻了十倍？是另藏玄机，还是作者笔误？

浪漫主义诗人们将斯宾塞赞为迷迷糊糊的梦游诗人，但事实是不是正好相反？《仙后》有没有可能是一幅数理学拼图，一部有待破译的代码？为了弄清这点，笔者本欲从爱丁堡市图书馆借阅福勒博士的著作，但结果却被告知它们在20世纪80年代就已丢失。回家的路上，一想到要再跑去借国家图书馆的副本，心里委实懊恼，却也不禁好奇当年那位偷书人的目的。

在这座城市的某处，是否某人正试图解读《仙后》的代数结构？如果是，进展如何？假使这个狂热的家伙成功了，挖开了诗歌的建筑基石……倘若第二卷真是归于天秤座，那么以贞女乌娜为主角的第一卷应该属于处女座辖下……第十二卷则应该属象征王权与威严的狮子座。剩下的部分可能像莱布尼茨运算机器的齿轮那样运转起来。是否有人在续写《仙后》余下的部分？或者说，这部长诗现在是否正在书写自身？

更可能的回答是：不。对《仙后》的分层剖析并不止于星相学和哲学。那些仿佛另一个世界里的人物，同样演绎着某种政治和历史角色。伊丽莎白一世本人被变幻为格洛瑞阿娜、乌娜、贝尔芙波和布莉托玛；与她相对的杜艾莎自然是苏格兰女王玛丽①；卡里德身上有着菲利普·西德尼爵士的影子；格雷勋爵在爱尔兰的事迹则于阿提盖尔处有所隐喻。我们那位狂热的解读者还将需要一部时间机器和一位通晓神秘几何学的天才，这样才能完全理解诗歌的隐讳之处。

《仙后》的另外六卷是否存在？一些当代评论家认为诗歌已经是完整的：斯宾塞可能在写作过程中改变了初衷，将十二卷本压缩。他最初写给罗利的信更像一个初步构想的咨询，而非成熟的计划书；再说，斯宾塞本人也提出过如果前十二卷获得成功，他可能另写十二卷关于政治而非个人美德的诗歌。尽管长诗已然完整的观点很能自圆其说，但斯宾塞似乎是个一条道走到黑的人。在他同时创作的组诗《小爱神》(*Amoretti*) 中，完成了前六卷的他请求读者"准许我在半途稍事休息"。约翰·德莱敦在17世纪末揭露斯宾塞本欲讨好西德尼和伊丽莎白一世，打算在诗歌的结尾让二人终成眷属。但不幸西德尼"死在了他的前头，使得诗人的全部计划泡了汤，身心俱痛"。詹姆斯·瓦尔爵士（Sir James Ware）在1633年说，斯宾塞于爱尔兰"完成了他那部优秀长诗《仙后》的后续部分，但不幸丢失，罪魁祸首是他那杂乱无章又缺乏教养的仆人"。

斯宾塞曾是格雷勋爵在爱尔兰的秘书，1598年他位于金考曼（Kincolman）的产业遭反叛者纵火袭击，他不得不匆匆赶回英国。他最早的传记作者威廉·凯姆登（William Camden）只提到他被迫离开，且家业毁坏严重，却只字未提遗失的手稿和笨手笨脚的仆人。对收集奇闻逸事乐此不疲的约翰·奥蒲瑞（John Aubrey）坚持说，在伊拉斯谟·德莱敦爵士（Sir Erasmus Dryden）宅子某房间的护墙板里，曾经

---

① 1542—1567年在位。她是伊丽莎白一世祖父亨利七世（Henry Ⅶ）的曾孙女，因而继承了苏格兰王位的她，也对英格兰的王位存在威胁。同时她又是天主教徒，与伊丽莎白倡导的英国新教水火不容。玛丽最终被以阴谋叛逆的罪名处死，殁年44岁。

发现写有《仙后》诗稿的纸牌,而那里正是斯宾塞的故居之一。奥蒲瑞并未透露这些纸牌上是否写有目前尚未出版的诗文。

约翰·沃辛顿在他关于失落作品的信中猜测说,手稿"可能还躺在某间图书馆或谁家的壁橱内"。他又追加说,"他之后一直居住在英格兰的北部,以及南部的肯特",以便缩小搜查范围。的确,诗稿可能还躺在那里;而数不清的学生也都热切地希望,它们能永远、永远地躺在那里。

威廉·莎士比亚（William Shakespeare）
（1564—1616）

想象你自己于黄昏时分坐在花园的长椅上，身后房屋身前景。山丘斜向小河，沾满夜香的紫罗兰开始绽放，柔和的日光渐暗。一小撮儿雾气像羊毛一样萦绕在河边成排的树枝上，慢慢凝固、聚合，拢向田野，翻腾着，结晶着，侵蚀着它似乎挂在其上的树木，悄悄地，向你爬来。你自语：我就这么坐着，看它是否能到我的脚边。它在落日的余晖中旋转，寒气升腾：像一条樊篱随山势而下，你简直可以测算出它来到田野的速度，一个个树桩被雾气包裹、吞没。它停止，你等待，等待……云雾的墙壁不动，留下的树桩一个不少，最后的已看不真切。有点冷，有点黑，执拗的雾气终于止步。你起身，转头，只看到朦胧雾色中自房屋窗户里透出的亮光。你不禁驻足，意识到自己方才所见并非你所在的迷雾的边缘，而是你自身视野的局限。你只能看到视线所及的地方，而不是那无情雾色的尽头。这顿悟的瞬间就像思考莎士比亚：看他于莎克士比亚（Shackespere）、莎士沙福特（Shakeshafte）、沙克斯比亚（Shakspere）、莎格斯比亚（Shagspere）和莎士俾尔（Shxpr）身后若隐若现。

有许多关于莎士比亚生平的文献存世——受洗礼的文件、结婚证书、借贷契约、尖刻的讽刺、热烈的赞美，但没有书信、回忆录抑或自传。由于缺乏确凿的证据，数不清的学者试图从他的戏剧中寻找蛛丝马迹，探求影射、失望和宿怨的堆积。莎士比亚是否有意寒碜托马斯·禄西爵士（Sir Thomas Lucy），因而将他写成了《温莎的风流娘儿们》（*The Merry Wives of Windsor*）里的夏禄法官[①]？他的剧作同僚克里斯托弗·马洛（Christopher Marlowe）是否就是《皆大欢喜》（*As You Like It*）中死去的牧羊人的原型，而"小客栈里开出的大账单"[②]是否暗指他的死？《丹麦王子哈姆雷特》（*Hamlet, Prince of Denmark*）在1601年的上演与1596年威廉之子哈姆奈特·莎士比亚（Hamnet Shakespeare）的溺水而亡之间有着怎样的关联？是什么促成了莎翁在创作生涯晚期将那些早年悲剧修编重现？谁是十四行诗中提到的黑女士（Dark Lady）？1585—1592年之间的"失落岁月"（Lost Years），以及从《两贵亲》（*Two Noble Kinsmen*）的上演到三年后他的辞世之间的最后日子里，究竟发生了什么？

这条线索是疯狂的：莎士比亚文学评论的历史本身就充斥着虚妄的理论、教条的推断和癫狂的阴谋。让我们暂且把传记和其中恼人的阴魂搁在一边：由于缺乏莎士比亚的自我陈述，许多走火入魔的念头纷纷涌现，大胆地认为剧本的主人是约翰·多恩（John Donne）、埃德蒙·斯宾塞、克里斯托弗·马洛、牛津伯爵（Earl of Oxford）、弗朗西斯·培根（Francis Bacon）、菲利普·西德尼爵士的妹妹，甚至莎士比亚自己的妻子。但这并非本文的主题，我们要说的是三部失落的莎剧：《爱的收获》（*Love's Labour's Won*）、《泰尔亲王配力克里斯》

[①] 本书所有莎翁作品译文和译名均采用朱生豪译、方平校本，人民文学出版社，1978年4月版。
[②] 见《皆大欢喜》第二幕第二场。

（*Pericles，Prince of Tyre*）和《卡迪纽》（*Cardenio*）。

1598年，弗朗西斯·米尔斯（Francis Meres）在他的《雅典娜的执行者：智慧宝库》（*Palladis Tamia, Wit's Treasury*）①中发表了对莎士比亚的第一篇颂歌：

> 普劳图斯（Plautus）②和塞内加被誉为拉丁语世界喜剧和悲剧的泰斗，而莎士比亚则当之无愧为这两大领域在英语世界共同的翘楚。他的喜剧佳品有《维洛那二绅士》（*Gentlemen of Verona*）③、《错误的喜剧》（*Errors*）④、《爱的徒劳》（*Love's Labour's Lost*）、《爱的收获》、《仲夏夜之梦》（*Midsummer Night's Dream*）⑤和《威尼斯商人》（*The Merchant of Venice*），而他的悲剧首推《理查二世》（*Richard the 2.*）、《理查三世》（*Richard the 3.*）、《亨利四世》（*Henry the 4.*）、《约翰王》（*King John*）、《泰特斯·安特洛尼克斯》（*Titus Andronicus*）以及《罗密欧与朱丽叶》（*Romeo and Juliet*）。

1597年以前完成的剧本中，米尔斯唯一没有提到的是《亨利六世》（*Henry VI*）三部曲和《驯悍记》（*The Taming of the Shrew*）。由此有人联想说神秘的《爱的收获》或许就是《驯悍记》的别名，我们甚

---

① 对该作品名的翻译一直存在争议。雅典娜是智慧女神，希腊语中 Palladis Tamia 的字面意思是"帕拉斯的女管家"；但这里的"tamia"很可能是"tamias"的一种罕见变体，后者意为"执行者""代理人"或"宝库看守"。
② 约公元前254—前184年，生前死后都深受罗马人的爱戴。他的喜剧作品恰好迎合了当时民众耽于享乐、不问政事的生活态度。
③ 这是简约的写法，全名为 *The Two Gentlemen of Verona*。
④ 全名为 *The Comedy of Errors*。
⑤ 全名为 *A Midsummer Night's Dream*。

至可以论证说彼特鲁乔在剧中赢得了他的爱情,虽然少不了寻衅吵闹。但在1953年,人们意外发现了某书商的清单一角——它被夹在稍晚版本的莎剧中——从此那个说法就销声匿迹了。

残片似乎是1603年8月卖出的书目清单,包括《威尼斯商人》《驯悍记》《爱的徒劳》《爱的收获》。既然里面同时提到了这两部作品,那么显然它们就不是同一部。但它又引起了新的困惑:照这么看来,《爱的收获》确曾付印出版?

莎士比亚的十九部剧——俗称"四开本版"(quarto edition)——被分别印刷。1623年,也就是莎翁过世七年后,他的朋友约翰·海明斯(John Heminges)和亨利·康德尔(Henry Condell)将他的手稿(或"烂纸")重新编辑,出版了由三十六部剧组成的弗里奥(Folio)版本,其中并未包括《爱的收获》。人们依然坚信《爱的收获》就是莎士比亚另外某一部剧的别称。看题目似乎很符合《无事生非》(Much Ado About Nothing)的情节,这部剧于1598年上演,可1600年出版时用的是自己的名字。《皆大欢喜》和《终成眷属》(All's Well That Ends Well)也挺适合作为《爱的收获》的副题,就像《第十二夜》(Twelfth Night)的副题是"随你所愿"(What You Will)①,但二者均未见四开本存世。由于将"爱的收获"理解为"苦尽甘来"(suffering deserved),甚至有人提出《特洛伊罗斯与克瑞西达》(Troilus and Cressida)才是这部失落的神秘莎剧。事实上,莎剧——任何莎剧——竟会遗失的想法本身就令许多人无法接受,而种种猜测正体现了希望它们从未丢失的绝望一搏。

还有另一种可能:《爱的收获》就是《爱的收获》。既然它曾经出

---

① 中文译名由于顾及全剧,已体现不出三个"副题"的相近:"皆大欢喜"直译是"如你所愿","终成眷属"直译是"结局好就一切都好",与"随你所愿"都表示美好的畅想。

版，那么在伊丽莎白时代的伦敦恐怕应有上千册存在。海明斯和康德尔虽未将其纳入弗里奥版本，但这并不表示它在1623年之前就已经遗失。他们也并没有算上《泰尔亲王配力克里斯》和《两贵亲》，而且对弗里奥版本收录和印刷的研究表明，《雅典的泰门》(Timon of Athens)是后来才加进去的，《特洛伊罗斯与克瑞西达》则险些没份儿入编。因此，弗里奥版本只是莎士比亚选集，而非莎士比亚全集。

《泰特斯·安特洛尼克斯》的四开本版直到20世纪的头十年才被发现，所以《爱的收获》还隐藏在某捆无名卷宗内的可能性依然存在。然而随着岁月的流逝，希望似乎日渐渺茫。《爱的徒劳》结尾处带着甜美的哀伤："听罢了阿波罗的歌声，麦鸠利①的语言是粗糙的。你们向那边去；我们向这边去。"当《爱的徒劳》安稳地置于书库中时，它那假定的续集却只存在于一个晦暗、朦胧的未来。

如前所述，《泰尔亲王配力克里斯》不在弗里奥版之列。该剧1609年出版，为确认其存在，需要对版本做进一步细分：好四开本和次四开本。如果弗里奥版是专辑，四开本版是单曲，那么次四开本就是"枪版"。这一版本中的许多内容都是凭二三流演员的记忆拼凑而来，指望借着剧目的成功大捞一把。之所以说《泰尔亲王配力克里斯》是部失落之作，就是因为我们所拥有的仅仅是劣质盗版——非正式的地下出版物，是真品灰蒙蒙的影像。

我们该如何处置次四开本版？幸运的是我们拥有两个版本的《哈姆雷特》可供比对，Q1和Q2，出版时间前后只差一年。第二版疑似对剽窃来的第一版的反驳。Q1中有许多明显的硬伤，特别是"哈姆雷特"的几段独白——那本不可能被演员们偷听到。他那句最著

---

① Mercury，通常译作"墨丘利"。

名的台词变成了"生存还是毁灭，我这是个问题"①；而"啊，我是一个多么不中用的蠢材"②被诡异地改成了"天哪我是个多么粪堆般的傻子"。更不用提波洛涅斯（Polonius）在 Q1 中竟然更名为科朗彼斯（Corambis）。这些次等四开本处处显露出拼凑的拙劣：在 Q1 中，霍拉旭（Horatio）不是让哈姆雷特"不要吃惊"，而是"坏要吃惊"③；福丁布拉斯（Fortinbras）那卧病在床的叔父不是"虚弱"（impotent）而是"厚颜无耻"（impudent）；那部"并不受大众的欢迎，它是不合一般人口味的鱼子酱"的戏，成了"并不受粗俗之人欢迎，是不合大众口味的鱼子姜"④。这便是以错拼、臆想和胡诌为特征的次四开本。

同理，在《泰尔亲王配力克里斯》中我们读到的也是如此这般扭曲了的形象。好在除去文本的杂乱破败，《泰尔亲王配力克里斯》仍然保留了经典莎士比亚的一些元素。像其他晚期莎剧如《冬天的故事》（*The Winter's Tale*）、《辛白林》（*Cymbeline*）、《暴风雨》（*The Tempest*）一样，剧中都有父母同失散子女重逢的情节。而正如《辛白林》中的医生扭转了罗密欧与朱丽叶那悲剧性的意外，《冬天的故事》中里昂提斯（Leontes）的忏悔赎回了奥瑟罗失去理智的嫉妒，普洛斯彼罗（Prospero）⑤的自我悔罪宽恕了性情暴躁的李尔王（King Lear），《泰尔亲王配力克里斯》也有将某一强大灾难转为意外救赎的过程。

故事以恐惧开篇：前往求亲的配力克里斯知晓了未来岳父与自己

---

① 见《哈姆雷特》第三幕第一场。"枪版"中将原著的"To be, or not to be: that is the question"写成了"To be, or not to be, I there's the point"。
② 见《哈姆雷特》第二幕第二场。
③ 见《哈姆雷特》第一幕第二场。原著的"season your admiration"在"枪版"中成了"ceason your admiration"。
④ 见《哈姆雷特》第二幕第二场。"枪版"将鱼子酱"caviare"拼成了"caviary"。
⑤ 《暴风雨》的主角。

心仪公主的奸情。他愤而离去，遭遇沉船，喜结良缘，再次沉船。他以为自己妻女尽失，因为他将前者留在船上任其自生自灭，又在旅途中将后者丢弃。随着岁月的流逝，他渐渐陷入了痛苦与疯狂。之后，他在奇迹般重逢的女儿（她从妓院逃出，毫发未伤）身上看到了妻子的身影，并任由她将他带入了与妻子的团圆。父亲的忠诚和女儿的真爱令他陶醉其中，剧作开始时的郁结一扫而空。

剧中也不乏莎士比亚语言的闪光：当配力克里斯的妻子泰莎在棺材中醒来，看护她的人说："那……的眼睑，已经在那儿展开它们那像黄金一般闪亮的睫毛。"① 普洛斯彼罗对米兰达说过同样的话："抬起你的被睫毛深掩的眼睛来。"② 渔夫与众嫖客的对白有点似曾相识的活泼，被凄婉笼罩的配力克里斯亦不时流露出莎翁特有的高贵：

> 你经过了一场可怕的分娩，我的爱人；没有灯，没有火，无情的天海全然把你遗忘了。我也没有时间可以按照圣徒的仪式，把你送下坟墓，却必须立刻把你无棺无椁，投下幽深莫测的海底；那边既没有铭骨的墓碑，也没有永燃的明灯，你的尸体必须和简单的贝介为伍，让喷水的巨鲸和呜咽的波涛把你吞没！③

但在别处，诗文又笨拙得从天上掉到了地下：

> 很少人喜欢听见别人提起他们所喜欢干的罪恶；要是我对您说了，一定会使您感到大大的难堪。④

---

① 见《泰尔亲王配力克里斯》第三幕第二场。
② 见《暴风雨》第一幕第二场。
③ 见《泰尔亲王配力克里斯》第二幕第五场。
④ 见《泰尔亲王配力克里斯》第一幕第一场。

本·琼生在《给自己的颂诗》(Ode to Myself)里贬斥《泰尔亲王配力克里斯》是部"发霉的烂剧","像郡长的面包干一样走味儿,像他的咸鱼一样令人作呕"。他还并不知道我们今日所得版本糟到了何等地步。可以设想一部完美的《泰尔亲王配力克里斯》应当能与《暴风雨》比肩;然而既然莎士比亚在他未来的剧作中对这些救赎和绝对性做出了调整,那么或许他对《泰尔亲王配力克里斯》也不甚满意。

普洛斯彼罗在《暴风雨》结尾处收敛起魔法将魔杖丢入海底的形象,已经被浪漫化为莎士比亚自己离开舞台时的姿态。这是个不错的画面,但与事实完全不符。1611年的莎士比亚不但没有退出剧院的念头,反而继续创作,与新锐约翰·弗莱彻(John Fletcher)一起撰写《亨利八世》[Henry Ⅷ,又名《所言不虚》(All is True)]、《两贵亲》(取材自乔叟"骑士的故事")和神秘莫测的《卡迪纽》。身为国王侍卫长的约翰·弗莱彻在1613年的5月和6月因进献"卡德诺"(Cardenno)或"卡德娜"(Cardenna)而领取了枢密院(Privy Council)的赏钱,1653年的出版登记(Stationer's Register)中称《卡迪纽传》(The History of Cardenio)的作者是"弗莱彻先生和莎士比亚"。纵然它不是完全出自莎士比亚之手,却还是引发了一些含混不清的猜测。

"卡迪纽"这个名字源自塞万提斯的《堂吉诃德》上卷,后者1612年被翻译成英语,书中从第二十三章开始断断续续地讲述他的故事。堂吉诃德和桑丘·潘沙偶遇卡迪纽,他被自己从前的朋友、表里不一的堂费南铎① 逼疯。后者骗取了卡迪纽至爱的陆莘达,为了和她结婚,又甩掉了被自己诱拐的农民之女多若泰(Dorothea)。在堂吉诃德

---

① 此处依旧采用杨绛译法,该人名通常译作"费迪南"。

一系列巧合、巧遇和恰逢其时的介入后，有情人破镜重圆，邪恶的费南铎痛心悔悟，卡迪纽也疯病得愈。这段简介已经透露出许多与莎士比亚晚期作品相一致的元素。

莎士比亚读到的是塞万提斯原文还是翻译？或者弗莱彻总结了情节大概后任由这位老一辈剧作家去自由发挥？更为重要的是，剧本《卡迪纽》里有没有堂吉诃德？还是只关于被爱情困扰的骑士一个人？弗莱彻的另一位合作者弗朗西斯·博蒙（Francis Beaumont）在1607年写成了一部名为《燃杵骑士》（The Knight of the Burning Pestle）的剧，讲一个叫拉奥夫的学徒对骑士幻想着魔，这显然是堂吉诃德的翻版。有种猜想不是没有可能，尽管不大可信：《卡迪纽》里面有堂吉诃德在英伦舞台上的首次露面。而且，正如普洛斯彼罗与莎士比亚之间存在着某种神秘的认同关系，我们也可愉快地试想年迈的剧作家是否在这位傻气的温和骑士身上找到了另一个被赦罪的自我。

《卡迪纽》的流传有些特别。1727年，被蒲柏《群愚史诗》第一版狠批的莎士比亚出版商路易斯·西奥伯德（Lewis Theobald）[①]在特鲁里街（Drury Lane）上演了一出悲喜剧，名为《双重假象》（Double Falsehood）或《郁闷的恋人》（The Distrest Lovers）。他称这部剧直接改编自《卡迪纽》，"原著 W. 莎士比亚"，并坚持说采用的是演出本，而非四开本。

剧情与塞万提斯的名著大体相似：卡迪纽被改叫朱力奥，他窥见了未婚妻与昔日死党的婚礼，于是疯了。他在多罗特亚（这里叫维欧兰德）的帮助下，将亨利克兹/费南铎绳之以法。剧中没有"哭丧着脸的骑士"，也没有他那爱出洋相的侍从。或许最具莎士比亚风格的就

[①] 1688—1744年，莎士比亚评论家、作家、诗人、传记作家，曾翻译柏拉图及一些古希腊剧作家的作品。

是维欧兰德将自己乔装成牧羊人。究竟"真正的"《卡迪纽》在新版中有多少保留是值得商榷的：这是泰德的《李尔王》与德莱敦的《魔岛》（The Enchanted Isle）的时代——前者以喜剧收场，后者在《暴风雨》的基础上加入了一个女妖和一个没见过女人的男子——因而西奥伯德不会觉得篡改莎士比亚有什么不妥。只是这更难解释西奥伯德为何从未将原版《卡迪纽》付梓。在他于1744年死后，珍贵的手稿——据一则广告消息——留在了柯文特花园剧院的博物馆里。该建筑和里面的图书馆在1808年被烧成了灰烬。

莎士比亚与其他剧作家的合作给我们带来了扩充他作品规模的绝妙可能。多产的莎翁留下的唯一手稿是某检查员手上《托马斯·莫尔爵士藏书》（The Booke of Sir Thomas More）的副本。经过比对，其中D类（Hand D）被认为出自莎士比亚之手，其中为扮演主角的演员提供了长长的说教。作为剧院专业人士，莎士比亚很可能尝试过各种作品。稍晚的弗里奥版本加入了其他剧目：《费沃善姆的阿登》（Arden of Feversham）、《爱德华三世》（Edward III）、《约克悲剧》（The Yorkshire Tragedy）、《约翰·欧德卡索爵士》（Sir John Oldcastle）、《埃德蒙敦的快乐魔鬼》（The Merry Devil of Edmonton）、《伦敦浪子》（The London Prodigal）、《摩林的诞生》（The Birth of Merlin）、《洛克林的悲剧》（The Tragedy of Locrine）、《清教徒》（The Puritan）及类似作品。尽管"莎士比亚次经"（Shakespeare Apocrypha）[①]的概念为许多评论家所不屑，但仍有一丝机会尚存：莎士比亚的词句被散播进了一个更广阔的载体。莎士比亚就像语言本身，扩散开来，无处不在，始终处于变动之中。我们或许将读到更多他的作品——只要我们眼睛够尖，能够及时认出它们。

---

① 有关"次经"概念可参考前文"《摩西五经》的作者们"一篇。

约翰·多恩(John Donne)
(1572—1631)

"Antes muerto que mudado."——"宁死不改。"这句话贯穿了约翰·多恩的早年。当时的多恩还是个自信、聪颖的18岁天主教徒——这在宗教迫害盛行的新教英国是个危险的身份,一旦被怀疑窝藏神父就将被当众处死。尤其如果你还有个身为秘密耶稣会会士头目的叔叔,情况就更为凶险,哪怕在自己的小像边装饰一句来自新近落败的西班牙"无敌舰队"的铭文都属于极不谨慎,甚至可能招致杀身之祸。

年轻的多恩尚无力预见自己的未来,他恐怕会惊奇地发现自己成为一名法学学生、下院议员、受拥戴的诗人、私奔的情人、海上探险家和改信的英国国教徒。这位青涩少年一定不会相信四十几岁的自己将发表一部咄咄逼人的讽刺作品,抨击耶稣会会士和他们的创始人[①]。书名为《依纳爵的秘密教团》(*Ignatius His Conclave*),里面将耶稣会会士的首领写成了魔鬼的副手。他也许更会脸色惨白地震惊于自己在50岁时成了圣保罗大教堂的教长,一位心如止水、导人向教的祷告者。或许能令他略感安慰的是,他至少在圣十四行诗(Holy Sonnet)

---

① 即书名中的依纳爵。

的第十九首中自我澄清：

> 哦，恼人的矛盾总是伴我而行：
> 无常竟违背自然地成了
> 常性的习惯。

在所有文艺复兴时期的诗人当中，多恩是我们所知——或我们以为所知——最出色的一位。如此荣耀并非取决于能背诵出他诗文的人数多寡，而是因他作为一个曾经活着的人，一个能爱、能思、能吃、能辩的人。不论作为杰克·多恩——诗歌《歌曲与十四行诗》(Songs and Sonnets)那下流、复杂、孟浪的作者，还是多恩博士——那个写下"莫问丧钟为谁而鸣"的严肃、沧桑、坚定的人，多恩始终是个真实鲜活的存在。事实上，他唯一不自然的地方也正是他最具感染力的地方：前者怎么转变成了后者？他如何将自己身份上的矛盾与肯定融合到一起？他一如既往地在读者面前闪着光，倒空了所有的问题，防止了所有的答案。他 1625 年发表的新年布道中说："'为什么'是个可诅咒的恶劣字眼；它冒犯了上帝，毁灭了我们。"

多恩的诗歌就像他的初衷一样无法捉摸。即使在相对比较直白的圣十四行诗第十首中，我们也很难从词语中析出单一、纯粹的意思。乍看来，诗文还算明了："死亡啊不要骄傲，虽然有人这样叫你／有力而可怕，因为，你并非如此。"多恩列举了貌似全能的死亡所具备的软弱与局限，他将"狰狞的持镰收割者"(Grim Reaper)[1]削成了可怜的骨架，而后胜利地总结道："死亡将不再，死神将死去。"但最后那句措辞考究的话却因过于简单而流露出背后的矛盾：倘若死亡真是那么一个轻描淡

---

[1] 指死神。

写、无关痛痒的事物，诗人又何必动用那么强烈的修辞来消除我们对它的惧怕？通过写作一首明显以驱逐对死亡恐惧为主旨的诗，多恩同时也唤起了人们对那种恐惧的承认。

20世纪的头几十年，T. S. 艾略特（T. S. Eliot）在寻找一种诗界新声时，转向了多恩那充满讽刺、令人费解的风格。更不寻常的是，这新声全拜一件令人毛骨悚然的小事所赐。

多恩之子小约翰·多恩本打算像他那受人尊敬的父亲一样领受教职。他天生具备诗歌的禀赋，也遗传了父亲那在政界翻云覆雨的能力，他无风无浪地度过了共和国时期（Commonwealth），进入复辟时代（Restoration）①。但他却被牵扯进一桩谋杀案：1634年，他和大学好友在牛津骑马，一个名叫汉弗雷·丹特（Humphrey Dunt）的小男孩突然跑出，惊了他们的坐骑。小约翰·多恩被这小崽子的莽撞激怒，用马鞭对着他的头部暴打。小孩儿几天后死去，小约翰·多恩被送上法庭。虽然多名医生作证说鞭打与小孩的死没有直接关系，但他的前途从此受到严重的影响。

多恩博士死于1631年，也就是谋杀事件发生的三年前，他的文学遗作都留在了友人亨利·金（Henry King）手中。通过某种方式——当然不排除直截了当的偷窃——小约翰·多恩得到了这些手稿。在随后的三十年间，他一部又一部地出版父亲的论文、诗歌和布道词。

他父亲生前并没怎么大肆发表，甚至多少有些回避出版，这不仅因为他蔑视自己早年还是杰克时的荒唐之作。早在1600年，多恩就在

---

① 1649年，大权在握的克伦威尔（Oliver Cromwell）将英国国王查理一世（Charles I）处死，开始了废除帝制的共和国时期。但实际情形离真正的议会统治还差得很远，克伦威尔于1653年宣布任护国公（Protector），共和国极端的清教徒运动也给国家带来了动荡与不安。到1660年，议会出面迎回查理一世之子查理二世，加冕为英国国王，由此进入了"复辟时代"。

写给朋友的一封信——同时附了他《悖论》(*Paradoxes*)的稿本——中请求:

> 但是,先生,我虽深知它们的廉价,却仍盼望您能在下一封信中以促成你我友谊的宗教保证:不论出于何种目的,都不会有任何复制这些或任何其他我发给您的文章的事情出现。否则我若再寄文章给您,便是对自己的良知犯罪。

在小多恩出版的文件中有一部充满矛盾、标题饶舌的《双重永生》(*Biathanatos*),里面论证说自杀不是罪孽[①]。多恩博士一定不会希望它落在书商手里。

多恩的许多作品可能都已失传。令人惋惜的是,其中一部主要作品——《转世再生》(*Metempsychosis*)[②]没能写完,不过多恩本人很可能庆幸自己在晚年放弃了诗歌的副题"灵魂的历程"(The Progresse of the Soule)。诗人兼剧作家本·琼生对这部作品做过一个简短提要,他当时很可能正心不在焉,因而没有注意到自己的言论被友人威廉·德拉蒙德(William Drummond)热切地记了下来:

> 多恩那部灵魂之旅或 μετεμψυχοσι 大致是说他找到了夏娃摘下的那只苹果的灵魂,接着将它赋予一只母狗,然后是一头母狼,再然后是一个女人。他的主要目的在于把它从凯恩的灵魂开始,放进所有的异端体内,最后交给加尔文。他其

[①] 在天主教看来自杀是罪。
[②] 一种古代哲学和宗教中常见的观念,指的是同样的灵魂可以依次寄居在不同生命的躯体之内,人畜皆然。这与"轮回"观有一定的相通之处,在现代亚洲的许多地区仍然流行,尤其是印度。

实只写了一页纸，但成为博士的他深感悔恨，立志要毁掉这部诗作。

一个魂魄可以经由各种身体转世再生的理论本身就颇具争议，为一个代表邪恶的灵魂立传就更加危险。

琼生的摘要还不够准确。其实多恩共写了五百二十行，他的儿子在 1635 年将其发表。开篇是：

> 我歌唱一个不死灵魂的历程，
> 就连上帝缔造的命运都不能操纵它的转世，
> 它曾栖居于多种形体；

诗文接下来就开始为这个灵魂找住处。它附身于路德和穆罕默德，又先后经历了曼德拉草根、麻雀、鱼、鲸、鼠、狼和一只对女人有着特殊兴趣的"爱调情的猴子"。

这个魔鬼灵魂的最终归宿在哪儿？前言保证说会"审慎地引领"读者"从她最初的形态——夏娃所吃的禁果——开始转变，如今她已成他，至于其生平经历，各位将在本书结尾获悉"。琼生的推测是加尔文，后期评论家如爱德华·高斯（Edward Gosse）则认为是伊丽莎白女王本人。诗歌写于 1601 年，当时仍为天主教徒的多恩可能会有意妖魔化国家的首脑——那个杀害了他叔叔和兄弟的人。对这种观点的有力支持是某些手稿用的是"如今她已成她"，而非"他"。此外，诗歌第七节也留下了一些暗示：

> 因为那伟大的灵魂现今已在我们中间
> 寻得栖所，并调动着那手、那舌、那眉，

> 如明月，似海洋，震撼我们去聆听
> 她的故事，满怀耐心的你们渴求着；
> （这是王冠，也是我琴弦的最后一颤）。

如果王冠的出现尚不足以使人信服，那么还有另一个关键：伊丽莎白一世常常被罗利、琼生和其他人比喻成月亮女神辛西娅。我们可以设想将这部作品翻译成今天的头条：威斯敏斯特教长称女王是魔鬼转世！时间摧毁了教会，却并未洗刷对这部诗歌的争议。难怪连多恩自己都试图令其消失。

本·琼生（Ben Jonson）
（1572—1637）

像本·琼生这么在意流传后世的作家，他的处女作和最后一部作品竟然双双遗失，实在不能不说是种莫大的讽刺。早在1616年，他那浩繁的卷帙就已经被归入"著作"，而不只是"戏剧""诗歌"或"散文及其他习作"。他拥有忠实的读者群——"本部落"（the Tribe of Ben）。他属于有实无名的桂冠诗人，享受皇家的津贴，但不戴头衔，是那个时代事实上而非名义上的领军作家。皇族、王后和上流卿贵经常在他的假面剧（masques）中担任主角。作为隽语小诗、悲剧、讽文、颂诗、喜剧、抒情诗、书信体文和哀歌的作者，他是宫廷的牛虻和开心果，也是下人们祝酒的对象。他甚至曾是莎士比亚的酒友、竞争对手和纪念者。

但他的出身似乎与此毫不相关。被一名砌砖匠收养的他，理所当然成了这门手艺的学徒，尽管他曾在声名卓著的威斯敏斯特学校学习，并拜在古文物学家和著名学者威廉·凯姆登门下。他很快就厌倦了"抹子在手，书本藏身"的日子，于是投身军旅。如果他所言不虚，那么他曾经在尼德兰（Netherlands）①参战，并且单打独斗击败

---

① 字面意思是"低地国家"，即今天的荷兰、比利时、卢森堡。

了一名西班牙勇士。或许是随巡回剧团演出的经历使他干起了戏剧这行。即使在他事业的巅峰时期，卑微的出身也为对手们提供了火力十足的弹药：他被戏谑为"婊子所生的穷鬼""英格兰砌砖匠中最精的家伙"。

琼生早先在菲利普·汉斯洛威（Philip Henslowe）的剧团工作，从汉斯洛威的日记中我们得知琼生得到了《苏格兰的罗伯特二世》（*Robert II of Scotland*）、《普利茅斯的侍童》（*Page of Plymouth*）、《罗锅理查》（*Richard Crookback*）和《怒火顿消》（*Hot Anger Soon Cold*）的报酬，可惜没有一部传世。但他的情况总算比他的对手兼偶尔合作者托马斯·戴克（Thomas Dekker）稍好——汉斯洛威记载了戴克的四十部剧作，如今全部遗佚。伊丽莎白时代的文学评论家弗朗西斯·米尔斯将琼生列为"我们时代最好的悲剧作家"之一，可惜的是我们没能见到哪怕一部米尔斯用作例证的作品。

琼生第一部戏剧的遗失既不是因为事故也不是因为粗心，而是由于刻意的查禁。1597年，他参演并与人合著了名为《犬岛》（*The Isle of Dogs*）的讽刺喜剧，合作者是小册子作家托马斯·纳什（Thomas Nashe）。枢密院判定说该剧带有"极具煽动性和诽谤性的内容"。琼生与另两名演员被捕。纳什被抄家，他随后离开伦敦，到大雅茅斯避难。那部剧所有的抄本都被烧掉。为预防万一，伦敦所有的剧院也为之关闭。

《犬岛》究竟怎么得罪了政府？纳什在他的散文《持斋者》（*Lenten Stuff*）中回顾了这次事件：

> 两年前的夏天，《犬岛》从喜剧急转直下成了悲剧。紧接着谣言四起，将笼罩其上的麻烦散播到英格兰的每一个角落。压在我身上的十字架是那么沉重，令我几近晕厥。

纳什声称自己只写了第一幕,但他再未回到过伦敦。保护者提供的生计来源也被切断,他愤怒地抨击吝啬的贵族,自比为流浪游吟的荷马,靠偶尔的接济过活。纳什希望"那些聚众扎堆儿、不中用的灰胡子和鼻音浓重的暴躁狂"能够"为他们吝啬和势利的丑行由衷忏悔"。读者所知有关那部失落作品的全部,就是纳什觉得它写起来很难。

> 《犬岛》……向我掷来了一波接一波痛苦的重击,在它诞生之时掀起的狂风暴雨是那么震撼、狂野和粗暴,我的脑子里仿佛孕育了另一个赫刺克勒斯。我惊诧于自己思绪的膨胀,仿佛一个妇人痛苦分娩后诞下了一只怪物。

不论《犬岛》写了些什么,它显然过于敏感,以至于竟无人敢把那场骚乱原原本本地记录下来。本·琼生于1605年再次入狱,这次是因为出演一部叫《嘿,东去!》(*Eastward Hoe*!)的剧。国王①当时似乎是被第三幕第三场中七行抨击苏格兰人的台词激怒(讽刺的是,到了该剧结尾处,坏蛋们被冲上了犬岛的海岸)。如此看来《犬岛》应该至少也有几句犯上的台词,当然也可能整部剧都带有叛乱色彩。

琼生简直就没办法与麻烦绝缘。就在《犬岛》事件一年后,他再度回到监狱,这次是因被控谋杀一名演员同事加布里埃尔·斯宾塞(Gabriel Spenser),他俩在调查那部"猥亵之剧"的过程中曾为狱友。琼生毕竟是读书人,他向神职人员请求宽恕,最终以在拇指上烙印代替了绞刑。他在16世纪90年代至17世纪早期的"剧院大战"(War of Theatres)中充当了领军人物,猛烈攻击对手——剧作家约翰·马斯顿

---

① 这里所说的国王应是詹姆斯一世(James I),女王伊丽莎白一世的继承人,1603—1625年任英国国王。他本人来自苏格兰,是狂热的天主教徒。

（John Marston）和托马斯·戴克（尽管他们后来的合作隐约暗示了之前的整场争吵不过是在做戏）。就连莎士比亚也没能逃脱他的舌剑，琼生在《巴多罗买》（*Bartholomew*）开篇讽刺了"那些抓住故事、暴风雨和类似滑稽剧不放的人"。

我们这位脾气暴躁的剧作家享受到了《福尔篷奈》（*Volpone*）、《炼金术士》（*The Alchemist*）——柯勒律治将其列入世上情节最完美的三部作品——《巴多罗买市集》和《埃匹柯伊涅》（*Epicoene*）带来的声誉，以及在詹姆斯一世宫廷出演重要角色的荣誉。那里还上演了他不少的假面剧及其他各色表演，但据说他与舞台设计伊尼格·琼斯（Inigo Jones）就古典意象的正确舞台表现问题而发生了口角。

琼生似乎对戏剧生涯逐渐厌恶，在他那《给自己的颂诗》中，他发作了：

> 让我离开那被厌弃的舞台，
> 和那更加令人生厌的时代，
> 傲慢与无礼在那里交叉，
> 颠覆了智慧的宝座：
> 整日里听写着、策划着
> 那他们所谓的戏剧。
> 让他们那爱挑剔的、无意义的
> 头脑的任务
> 继续，发怒，流汗，指责，诅咒：
> 他们不属于你，你也不属于他们。

琼生在世时没能完成他最后的剧本《悲伤的牧羊人》（*The Sad Shepherd*），该剧在理念上无疑先行一步。有小半部已经写成，包括题献的前言。《悲伤的牧羊人》是一个新的方向，因而未能完成就显得尤为可惜——琼生终于开始了对田园诗的尝试。

田园悲喜剧并不是一个新的门类，舞台上的双栖明星弗朗西斯·博蒙和约翰·弗莱彻已有该类型的作品面世：《菲拉斯特》(*Philaster*)和《忠诚的牧羊人》(*The Faithful Shepherd*)。早在1618年，琼生就对威廉·德拉蒙德透露说自己"手中已有"一部田园剧叫《五月主》(*The May Lord*)，但未见下文。琼生在《悲伤的牧羊人》中没有采用意大利田园剧的洛可可式夸张，而是恪守英国神话学的可信范本：故事的主人公是罗宾汉、修士塔克、小约翰、少女玛丽安和配伯威克及女巫毛德林。他的亮点一向都在于挖掘英国本土人物：《蹩脚诗人》(*The Poetaster*)中无所遮掩的同时代人物肖像，《巴多罗买市集》中的江湖郎中、骗子、木偶艺人、清教徒和花花公子。就连《犬岛》的名字都暗示了"本土"的重要性。终其一生，他的作品都同时缠绕着市井无止尽的喧嚣和古典文学的高贵典雅。

在《悲伤的牧羊人》的开场白中，琼生回顾了过去，也展望着未来：

> 那个为诸位呈献了四十年飨宴的人，
> 向你们高贵的耳朵提供合宜的故事，
> 虽然一开始他总不大着调；
> 但你们凭着耐心一点点听了下来，
> 最终他成长了，因此
> 他笔下的文字是为你们而生：
> 他请求你们惠赐赏脸，为了诸位自己，
> 再听一次他的剧作，但望莫要睡着……
> 故事发生在舍伍德，本是一段传说，

有关罗宾汉的事迹……

　　倘若他能完成《悲伤的牧羊人》，那么英国的舞台剧很可能会获得一批新成语和新传统。然而事实却是，内战爆发，剧院即将陷入长达一代人的沉寂。

约翰·弥尔顿（John Milton）
（1608—1674）

17世纪时，每个诗人都知道，最高的荣誉和赞美属于能够写出史诗的作家。用桂冠诗人约翰·德莱敦的话来说，这"绝对是人类灵魂所能成就的最伟大的作品"，正因此，成功的例子少之又少。荷马的《奥德赛》和《伊利亚特》可谓史诗这条河流的源头，维吉尔的《埃涅阿斯》和塔索的《被解放的耶路撒冷》则是主要支流。尽管斯宾塞的《仙后》有着史诗的视野和长度，但它毕竟已与经典的先例相去甚远，既算不上继承，也称不上成功。在17世纪初，没有人用当时的语言创作"英雄诗歌"。

约翰·弥尔顿具备创作史诗的雄心，也很清楚自己有这个能力。他在剑桥读大学一年级时才17岁，便已开始创作一首名为《十一月五日》(*In quinturn novembris*) 的诗歌，试图以维吉尔的宏大风格再现盖伊·福克斯（Guy Fawkes）的"黑火药阴谋"（Gunpowder Plot）[①]。超自然的邪恶角色介入了当代历史：撒旦亲自向罗马教宗建议了叛变的

[①] 1605年，以盖伊·福克斯为首的天主教徒计划于11月5日炸毁议会大厦，并欲炸死时任国王的詹姆斯一世，阴谋被及时揭发，图谋未遂的盖伊被处死，史称"黑火药阴谋"。

阴谋，已是虔诚新教徒的年轻诗人则大胆潜入教宗的卧房（"那伪善的淫贼从没有一晚／能少了肌肤柔软的嫔妃相伴"）。此诗开头颇有新意，词句优美，可结尾却十分随意，以老套的欢喜结局草草了事。年轻的弥尔顿虽有才华，但无法保持稳定水准。

二十多岁时，弥尔顿常常自诩为史诗诗人，却很少真正尝试创作史诗。他将一些滑稽诗寄给大学时代的朋友查尔斯·迪奥达提（Charles Diodati），表示自己不屑于创作情诗，而是要"讲述战争、天堂、虔诚的首领和神一般的英雄，歌唱天上众神的庄严旨意和地狱王国"。大学毕业后，他在写给父亲的信中为自己的职业辩护："不要嘲笑诗人的作品，这是神圣之歌。"弥尔顿的父亲似乎接受了这一要求，又让他逍遥自在地享受了五年求学时光。但仍然没有史诗问世。

从弥尔顿早期作品中浮现的形象保留了下来。他笃信新教，笃信人民有神圣的选择权利，并认为深沉冷静的思考要胜过一时的风潮或头脑发热的行动。他是个不肯妥协的人，虽然当时还是个无名小卒。

弥尔顿于1638年前往欧洲旅行，并拜访了曼索伯爵（Count Manso），这位意大利贵族曾经资助过托奎多·塔索。弥尔顿在一篇拉丁文书信体诗文中奉承了曼索，称"倘若命运能赐予我这样一位朋友该有多好"，他将"把我们民族的王召唤回诗歌当中"。他似乎找到了合适的题材——"高尚的英雄们团结在圆桌会议（The Round Table）那牢不可破的友谊当中"。第二年，弥尔顿就自己的意图发表了一次最明确的声明。他在献给查尔斯·迪奥达提的挽歌中立誓要写一首诗来描述尤瑟·潘德拉刚、梅林和亚瑟王。此外，这首诗将"以英国的风格唱颂英国的题材"，这将是一部以英语创作的关于英格兰的史诗。

亚瑟王的事迹一直是不列颠传奇文学所钟爱的题材。埃德蒙·斯宾塞在《仙后》中也使用了一部分亚瑟王传奇的内容，但他的亚瑟王身处仙境的梦幻世界,而非不列颠的土地。他以阿特格尔、阿莫莱特和阿尔奇马戈取代了兰斯洛、桂内薇尔和莫德雷德。弥尔顿去世十八年后,德莱敦也构思了一部关于亚瑟的史诗。他在自己翻译的尤维纳利斯(Juvenal)和佩尔西乌斯(Persius)①作品的前言中,向多塞特郡和米德尔塞克斯郡的查尔斯伯爵阁下(Right Honourable Charles)略述了这一计划:

> 阁下,尽可能简要地说,我已经递交给您——并通过您传给这个世界——一份在我的想象中构思已久的作品粗稿,我本应用一生来完成这部作品。另外,我创作这部作品主要是为了祖国的荣誉。诗人对他的祖国尤其应当如此。有两个题材与我的祖国相关,我在其中摇摆不定——究竟应该选择亚瑟王征服撒克逊人(这一题材的历史更加久远,因而能给我的创作带来更加宏大的视野),还是"黑太子"爱德华征服西班牙……(在这一题材中,我将有幸继维吉尔和斯宾塞之后代表我在世的朋友和出身显贵的资助人)……我的报酬很微薄,此后也并无糊口的希望,因此我在这一尝试之初便已泄气。

德莱敦甚至描述了他将如何引入超自然的"工具",比如守护天使、恶魔和各个国家的天才,以便令作品更具庄严,使之可与荷马和维吉尔的异教神祇比肩。

德莱敦在向潜在的资助者谄媚时,一个名叫理查德·布莱克默(Richard Blackmore)②的人却没在阅读诗歌,而且,用他自己的话说,

---

① 二人均为古罗马讽刺诗人。
② 1658—1729年,英国作家、医生。

只写过不到一百行诗句。他肯定是突然发现亚瑟王的题材有利可图，不到三年便出版了他的史诗《亚瑟王子》(*Prince Arthur*)。这部作品获得巨大成功，两年之后他又出版了《亚瑟王》(*King Arthur*)。德莱敦看到自己相中的选题与希望之间突然冒出这么一个窃贼，大为恼火，并在《寓言》(*Fables*, 1700) 的前言中表示严厉谴责。他写道："我唯一要说的是，我构思了一部关于亚瑟王的史诗，灵感并非来自这位高贵的骑士（布莱克默靠诗作捞到一个爵位），他却从我的作品前言中径直拿走了他所要的提示。"看来，一部外行的亚瑟王比一部没写出来的史诗还要糟。

亚历山大·蒲柏是德莱敦指定的接班人，他也构思了自己的"不列颠"史诗，但选择了甚至比亚瑟王更具神话色彩的布鲁图斯（Brutus）[①]，以免触及前辈的痛处。瓦尔特·司各特爵士（Sir Walter Scott）为试水发表了一首匿名诗，被认为明显是他的风格。诗题为《阿尔迪西多拉的地狱》(*The Inferno of Altisidora*)，题材出自亚瑟王传奇，但不久之后，他就转而写小说去了。再后来，丁尼生创作了《国王叙事诗》。这个时候，史诗的势力已经被小说侵蚀，受政治打压，又遭到家庭生活的歪曲，这部作品似乎已经无足轻重了。

弥尔顿也从来没有写成他自己的亚瑟史诗。1639 年，他听说国王与议会之间已是剑拔弩张，便在使命感的驱使下重新投身支持民权的活动。在英国内战前夕的骚动中，他签署了一份国王的死刑执行令，成为声名狼藉的小册子的作者，维护自由、改革和出版，根据托马斯牧师的异教徒百科全书，甚至有一个异端教派借了他的名头，名为"弥尔顿主义或离婚派"。当然，他最终还是会写出一部史诗的。

[①] 公元前 85—前 42 年，古罗马政治家、共和主义者。

弥尔顿为什么放弃了亚瑟呢？在他多年之后创作的《英国史》中，他透露了自己的疑虑："亚瑟究竟是谁，是否真的有这么一个人统治过不列颠，这些问题至今仍受到怀疑，而且这些怀疑很可能是有充分理由的……我们大概可以发现，在过去五百年中，对这位亚瑟或是他的事迹都没有更多的了解。"弥尔顿性格的每一个方面都要求史诗应当是真实而非虚构的。

1640年，奥利弗·克伦威尔（Oliver Cromwell）要求必须每年召开议会，受人憎恨的劳德大主教（Archbishop Laud）被逮捕了，而弥尔顿在空闲时间里拟出了一份清单。看来，他不仅摆脱了以亚瑟王为题材的想法，连史诗也已经不在他的计划之内了。他列出了悲剧创作的九十九个潜在题材，从亚当和夏娃受到诱惑到如下题材，其描述是"一个苏格兰怪谈：关于巫术，以及谋杀被发现并复仇"（尽管这个情节听起来可能很耳熟，但还是要说一下，再往后数三个题材，弥尔顿也在考虑创作一部关于麦克白的悲剧）。

其中大多数题材都取自《圣经》。弥尔顿的最后一部作品戏剧《力士参孙》的最初灵感就在这份清单上；"大衮①之祭（Dagonalia）：士师记第十六章"中含有他将要改编的内容。其中许多题材以后将会为其他人所用，尽管他们都对这份清单一无所知：让·拉辛用了46号题材"亚他利雅"（Athaliah）②；亚伯拉罕·考利（Abraham Cowley）③已经放弃了自己的版本的大卫王，这是28和29号；德莱敦将会用亚希多弗（Architophel）④（31号）来写他的讽刺史诗；甚至奥斯卡·王尔德也为54号题材"莎乐美和施洗者约翰"提供了一种特别的诠释。

---

① 非利士人信仰的半人半鱼的神。
② 《圣经·旧约·历代纪上》中的人物。犹太王国女王，公元前842—前836年在位。
③ 1618—1667年，英国作家。
④ 基督教《圣经》中大卫王的谋士。

无数学生都将用到 55 号题材，它在清单上被简单地标为"基督诞生"。

在寻找《圣经》题材的同时，弥尔顿也在探索《圣经》的形式。他相信《圣经》中载有各种文学类型的范例：《雅歌》是一部田园牧歌剧（就像他自己的《科马斯》），《约伯记》是一首短史诗，而《启示录》则是一部"崇高庄严的悲剧"。然而，《圣经》并不是以荷马风格写成的，弥尔顿的风格一时在史诗与悲剧之间摇摆不定。在从英国历史中选取的若干题材中，史诗仍然是一种可能的选择："或许可以从阿尔弗雷德（Alfred）[①]的统治时期中挖掘出一首英雄诗歌。特别是他在阿塞尔内休养生息后大败丹麦人的事件。他的事迹和尤利西斯很相似。"

然而，有一个可能成为史诗题材的故事，弥尔顿为其勾勒了一些细节。在《创世记》的扉页上发现了一个剧本的四种不同草稿，是一部悲剧，题为《被逐出天堂的亚当》（Adam Unparadiz'd）。弥尔顿的女儿苏珊娜·克拉克（Susannah Clarke）夫人在 1727 年写给伏尔泰的信中说，她父亲其实已经写了将近两幕；但草稿被搁置一旁，不知怎么遗失了。

英国内战推迟了弥尔顿的创作雄心。在共和国时期，他参加论战，撰写政治小册子和外交文件。他为国家服务，推进新教事业，但内心的召唤偶尔会在他的文章中爆发出来。在《教会政府反对主教团的理由》（Reason of Church Government urged against Prelacy，1642）中，他突然中断自己的文章，并对读者说，他可不是只写小册子。

> 时机尚不成熟，而且，我的头脑正在广阔遨游的思绪中考虑着各种可能性，虽然恣意，却也怀着极大的希望和努力，若要明确说明这些可能性，其数量似乎过于巨大：是否应当严格保留史诗的形式……或是亚里士多德的规则（即悲剧）？……最后，应

[①] 849—899 年，英格兰国王。

当选择征服前的哪位国王或骑士,作为基督教英雄的典型呢?

政治家还是诗人?史诗还是戏剧?撒克逊人还是以色列人?他被世界起源所吸引;甚至在维护当时最摩登的概念"出版自由"的时候,他的思绪仍然停留在这个最古老的故事中。他在《论出版自由》中写道,"从尝到一个苹果的外皮的那一刻起,关于善与恶的知识便像一对紧密相连的孪生子一般,跃入了这个世界",并绝望地将支持审查的对头称为"不过是人工制造的亚当"。如果有一条摆脱当下混乱的道路,那便是在最初的原则之中:那是比维吉尔、荷马和摩西都更加古老的智慧。如果要写一首英雄的诗歌,他很清楚它必须是真实的,他要求它是神圣的,他还执着认为它必须是绝对的。

1660年,他失明了。共和国已经瓦解,国王重新登上了王座。英国内战取得了胜利,却是敌人的胜利,他们现在正忙着粉碎这个计划。伟大的弑君维护者弥尔顿勉强逃过绞刑,却失去了影响力、收入、希望和视力。但说到底,他至少还拥有时间和他的女儿,她们可以记录下他的言语。不管他先前写过哪些草稿,如今,他在离群索居中开始了《失乐园》的创作。没有人确切地知道他是什么时候开始的,也不知道他最先写下的是怎样的词句。但最终完成的作品中提到了他自己走向诗歌的漫长路途:

> 自伊始以来,这英雄诗歌的主题
> 令我极感兴趣,却选材早,着手晚;
> 我生性不善于一心一意去渲染
> 战争,这迄今被认为是英雄诗体
> 唯一的题材,主要在乎运用

冗长而繁琐的文字浩劫，描绘
武士在虚构战役中的细节（更高尚的
坚韧不拔和英勇献身却并未
吟唱），或是叙述赛跑和竞技，
或是比武的披挂，绘花的盾牌
古怪的标记，马衣装束和骏马，
褶裙和金玉其外的装饰，竞武
比枪中华丽的武士；然后侍仆
和执事在厅堂之上大摆筵席；
矫揉造作，区区仪式并不能
名副其实把英雄的称号赋予
个人和诗篇。①

"我不认识你，老头子。"弥尔顿对斯宾塞低语道。他关于亚瑟史诗的梦想仅仅剩下对这整个幼稚想法的批判。所构思的情节仍由无韵诗串联起来，就像皮肤下的一根刺：弥尔顿那位喜欢戏剧化、逃避和自言自语的撒旦源自莎士比亚悲剧中的英雄，又为这个故事中有自知之明的恶棍提供了原型。

经过这么多次断断续续，在内心永恒的放逐中，神之道将会在人前得到证明。英国人将获得属于他们的史诗。

《失乐园》差点儿没能问世。它出版于1667年，伦敦大火②后的

---

① 引自《失乐园》第九卷，金发燊译，广西师范大学出版社，2004年5月版。
② 1666年9月2日凌晨，英国伦敦市普丁巷一间面包铺着火，火势迅速蔓延，席卷整个城市，四天之后大火才被扑灭。古老的圣保罗大教堂、八十七座教区教堂、许多重要的商厦、无数的店铺以及一万三千多间民房被毁，所幸死亡人数很少，重建伦敦市花了五十年时间。

约翰·弥尔顿（John Milton）

第二年。圣保罗教堂周围的许多印刷商和书商的房屋都在大火中损失惨重——的确，约翰·奥格尔比（John Ogilby）[①]的史诗《加洛林王朝》的手稿和所有印好的书都已经化作灰烬。弥尔顿的作品却在大火中幸存下来。

奇怪的是，《失乐园》此后的命运是沦为一部失落的作品。是的，文学界想要驱逐它。

约翰·德莱敦满腔怒火地承认了这部作品的伟大，却以技术性问题为由拒绝将荣誉授予它。

> 我们都钦佩弥尔顿先生，对他有公正的评价，然而他的主题并不是严格意义上的英雄诗歌的主题。他讲述的是我们失去幸福的过程。作品的情节并不像所有其他史诗作品一样丰富。他描述了天堂的许多工具，但人类角色却只有两个。

不仅如此，德莱敦还相当任性地对《失乐园》进行了通俗改编，创作了一部名为《纯真之国与人的堕落》（*The State of Innocence and the Fall of Man*）的舞台歌剧。德莱敦把无韵诗改写为押韵的对句，不过他的确征求过弥尔顿的许可。一次极其古怪的文学会面之后，唯一留下的是一句"你可以把我的诗句改成押韵的"。

理查德·本特利（Richard Bentley，1662—1742）[②]是一位杰出的拉丁语和希腊语学者，他最出名的事迹是曾经对有关《法拉利斯[③]的信札》（*Epistles of Phalaris*）是否为真作的辩论做出决断（不是真作）。

[①] 1600—1670年，英国作家。
[②] 英国学者和语言学家。
[③] 公元前6世纪西西里岛阿克拉加斯国的暴君，据说他曾把人放在铜牛中烙。那铜牛是特制的，被烙者的哭叫声在铜牛之外听起来变成了音乐。

他决定以自己丰富的学识来考证《失乐园》，并认为真作已经被弥尔顿那愚蠢女儿的笔录和编辑们的草率马虎破坏了。毕竟，失明的诗人无法检查自己的校样。以结尾的几句为例：

> 两人手挽手，慢移流浪的脚步，告别伊甸，踏上他们孤寂的路途。

荒谬！两个人怎么能是孤寂的呢？弥尔顿本来想要说的应该是：

> 两人手挽手，踏着社会的阶梯上了路，告别伊甸，带走天堂愉悦的安乐。

即使本特利没有因为轻视亚历山大·蒲柏翻译荷马史诗的能力而惹恼他，就为这件编辑的小事，他也注定将在蒲柏的《群愚史诗》的扩写版中占有一席之地。

1771 年去世的威廉·劳德（William Lauder）[①]则处于完全相反的立场，但他的思路和本特利先生十分相近。这个苏格兰人只有一条腿，是一名古典文学辅导教师，同样对《失乐园》怀有近乎偏执的仇恨。在 1750 年的《关于弥尔顿对当代文学的使用和滥用的研究》（"An Essay into Milton's Use and Abuse of the Moderns"）一文中，他指出弥尔顿剽窃了托布曼（Taubmann）[②]、史塔夫斯提乌斯（Staphorstius）[③]、梅森尼乌斯（Masenius）[④]以及其他不知名的当代拉丁文作者，引起一片

---

① 18 世纪评论家。
② 1565—1613 年，德国哲学家。
③ 荷兰神学家。
④ 德国耶稣会士。

约翰·弥尔顿（John Milton）

哗然。实际上，劳德把《失乐园》译成拉丁文，再把自己翻译的诗句插入他所提到的几位作者的作品中。他还塞进了自己提供辅导的广告。这起伪造事件被揭穿之后，出版商决定："我们今后将只以骗子名作的名义公开销售他的书，售价1先令6便士。"

就连塞缪尔·约翰逊（Samuel Johnson）也在他的弥尔顿传记中写下告诫。"原作的缺点是无法弥补的，"他写道，接下来是宣判性的几句，"始终可以感觉到其中对他人关注的渴求。读者欣赏《失乐园》，但放下这本书就会忘记再拿起它。没有人会希望它再长一些。精读这本书与其说是享受，不如说是责任。"

而且，弥尔顿本人大概也对自己的诗有些不满。虽然他确实创作了这部英语史诗，而无数其他的尝试，比如布莱克默的可笑的《阿尔弗雷德》（*Alfred*）和《伊丽莎》（*Eliza*），还有不计其数的关于威灵顿公爵和亚历山大大帝的史诗，它们都已在书架上发霉，但弥尔顿可能本来更愿意选择权力，而非诗歌。如果撒旦要报答弥尔顿给自己带来的崇高地位，让他选择：或是留给子孙后代的荣耀，或是他的共和国在克伦威尔死后得以延续下去，君主制终结，天主教消失，英格兰率先实现他的理想并引领世界。那么，这位反对传统的老人会选哪一个呢？

托马斯·厄克特爵士（Sir Thomas Urquhart）
（1611—1660）

军人，绅士，旅行家，数学家，族谱学家，诗人，译者，语言哲学家，而且，很可能还是个疯子——托马斯·厄克特爵士的天赋不胜枚举，但迄今为止最耀眼的要数他的夸张法。

托马斯是一文不名的克罗马蒂（Cromarty）①领主的长子。他在阿伯丁的国王学院完成学业之后便踏上了壮行欧洲之旅，其间，他因维护苏格兰荣誉并为私人藏书购置图书而引人注目。他后来将自己的藏书称为"我在旅途中从超过十六个王国的花园中采集到的尽善尽美的花束"。从欧洲回来之后，厄克特没能减轻债务和安抚父亲的债主，又前往伦敦进入查理一世的宫廷。他开始将自己打造为保皇派才子。1640年，他用十三个星期写了一千一百零三首讽刺短诗，以《阿波罗与缪斯》（*Apollo and the Muses*）为题结集出版，之后又出版了收有一百三十四首讽刺短诗的《讽刺短诗集：神圣与道德》（*Epigrams: Divine and Moral*）。1641年，他被授予爵位，并在父亲去世后回到苏

---

① 苏格兰地名。

格兰，匆忙完成了将纳皮尔（Napier）①的对数应用于三角学的晦涩论文。根据《三角演绎法，或解三角的最精细的表格》(Trissotetras, or a most exquisite table for resolving triangles)的夸张说法，学生用厄克特的方法可以在七周内学完一年的数学公式。

英国内战爆发，查理一世被处决，厄克特于是集结队伍，准备发动保皇派反击。在塔利夫（Turriff）②发生一场小冲突之后（据称这是为维护庄严同盟和盟约③首次发生流血事件），他遭到盟约派新教徒的仇视。长老会高层警告他要注意自己的"危险观点"，但他仍然迅速投奔查理二世并加入军队，1651年试图入侵克伦威尔掌控的英格兰。

保皇派在伍斯特（Worcester）④之战失利后，厄克特作为叛徒被关进了伦敦塔，但他似乎还享有一定程度的自由。他在狱中以各种名目向克伦威尔政府请愿，包括声称自己有一个有利于国家的机密，必须释放他，他才会将机密交出。他翻译了拉伯雷的著作，并在1655年前后被流放之前编纂了三本空想作品：Pantochronochanon、Ekskubalauron 和 Logopandecteision。1660年，他听闻查理二世复辟，"突然爆发出一阵狂笑"后猝死。

这几本古怪的大部头究竟写了些什么内容呢？Ekskubalauron，又名《宝石》，其中包含 Pantochronochanon 的一些内容，是厄克特编纂的从亚当一直到他本人的族谱；而 Logopandecteision 的内容则是他构思的一种世界通用语言，还收录了以博学的军人和学者克赖顿

---

① 1550—1617年，苏格兰数学家，发明了对数并推广了小数点在记数中的用法。
② 苏格兰地名。
③ 1643年英格兰和苏格兰议会协议保护长老会的严肃盟约。
④ 英国中西部的自治市镇，位于伯明翰西南偏南的塞汶河岸，奥利弗·克伦威尔和议会军1651年9月3日在此地取得了对于查理二世和苏格兰军队的最后胜利。

（Crichton）①的口吻创作的一篇苏格兰颂词。厄克特在他翻译的拉伯雷的作品中对原作进行了大量扩写和夸张：比如，拉伯雷给出了九种动物声音的拟声词，厄克特则扩充到七十一种。他的译本比原作多了七万字。从文体学角度来说，厄克特的句子就像两面相对的镜子，无限延伸，无尽扭曲，将古典学中的新词、通俗的观点以及大量遁辞和怪词收入其中。若说厄克特的风格是类似《项狄传》②或卡莱尔③或乔伊斯④，这些说法都忽略了他的原创性，也没有体现出他言辞夸张的独特之处。正如约翰·威洛克（John Willock）牧师⑤所说："只有像他自己这样的头脑才能破解其中的复杂路径，才能洞悉其中的深度。"

Pantochronochanon 表明厄克特家族一直都拥有巨大的影响力。厄克特认为，他们的祖先应当是亚当的第三子塞思，而不是该隐。厄克特的祖先有种神秘的能力，总能与世界历史息息相关。他的上溯第一百零九代曾祖母特尔姆斯（Termuth）在芦苇丛中发现了摩西。他的上溯第六十六代曾祖父尤瑟克（Uthork）是苏格兰传奇人物菲格斯一世的将军。他声称，尤瑟克可以"用阿拉伯文、希腊文和拉丁文写下十诫"，这就像是欧几里得的《几何原本》一样无可辩驳。

同样，他在 *Logopandecteision* 中描述了他的世界通用语，却没有提及已经创制完毕的语法和词汇。这种语言在词语与事物之间创建了一一对应的关系，如同莱布尼茨的设想一样，每个词的音节构成都包含了它在万事万物中的位置：就像有机体在自然科学中的拉丁文名称一样，可以将其门、类、种压缩进一个不超过七个音节的单词。厄克

---

① 1560—1582年，苏格兰博学者。
② 《项狄传》(*Tristram Shandy*)，劳伦斯·斯特恩（Laurence Sterne）的作品。
③ Thomas Carlyle（1795—1881），英国历史学家和散文作家。
④ 20世纪爱尔兰作家，其代表作为《尤利西斯》。
⑤ 1853—1901年，英格兰人，在苏格兰担任牧师，曾为厄克特撰写传记。

特所勾勒的图画就像是一幅地图：

> 这么多城市被划分为街道，再划分为小巷，再划分为房屋，再划分为楼层，每层的每个房间都代表着一个单词；所有这些排列都是有条理的，因此，只要理解了我的规则，甫一听到一个单词的开头，便会知道它属于哪座城市……准确了解了这个单词的所有字母，找到指示这个单词的街道、小巷、房屋、楼层和房间之后，便可根据这个单词极其明确的含义精准获知它所代表的那样具体事物。

不仅每样事物都可以被命名，人可以发出的每种声音都是有含义的。

厄克特的语言并不只有精确这一个优点。每一个词都"有至少十几个同义词"，而且这种语言"可以轻松颠倒字母顺序，造出新的单词"。他以真实而夸张的口吻宣称，他的语言胜过其他任何语言，拥有十一种性、七种语气、十种格以及"四种语态，虽然从来没听说过任何一种语言能拥有超过三种语态"。士兵的名字准确表明他们的军衔，而星星的名字则用度和分表示其经纬度。如果让厄克特放手去干的话，他大概可以单枪匹马重建巴别塔。

先别把厄克特当成一个无害的疯子抛诸脑后，还有件事值得一提，厄克特的确说出了语言学的一些真相。他知道，翻译就其本质而言是不可能的，而且，"如果剥离原本不属于某种语言的元素，这种语言将无法使用，哪怕去集市买个菜也做不到"。尽管这部作品充满假设，可能还带有讽刺，但其中的内容却不是胡说八道或招摇撞骗。

为什么厄克特的世界通史的证据和世界通用语言的启蒙教材没有公之于世呢？部分原因当然是它们从来没有写出来过。这一切美好愿景不过是一出精巧的戏码,以便为厄克特赢得自由和换取名声。不过,他在伍斯特之战后的确丢失了一大批手稿。就算这些手稿中没有长生不老药,也没有星际旅行器说明书,但其中一定充满厄克特本人的酒后妙语、天马行空和离经叛道的风格,他自己也会这样说的。似乎应该让这位好爵士讲讲他自己的不幸遭遇——保皇党在伍斯特全面溃败之后,两个骗子和强盗在斯皮尔斯伯里(Spilsbury)先生的房子里什么也没找到:

> 除了一百二十八叠半的对开稿纸,一共超过六百四十二页……他们一转眼便拿走了屋里的所有东西,只有这些手稿,他们觉得没什么用,便扔在了地板上。然而紧接着,他们打算把东西装车运走的时候,鉴于数百次马车和徒步运货造成损坏的经验,他们意识到这些纸可能很有用,便又回屋径直把稿纸拿走了。随后,他们把纸分给路上碰见的每一个熟人,用来包葡萄干、无花果、枣椰子、杏仁、茴香子、各种干果蜜饯以及其他需要包起来的货物。他们不但用这些纸来包东西,还用了很多纸来给烟斗的烟草点火。随后,他们给以后的琐碎用途留下大概必要的数量之后,便将余下的纸全部丢在街头。

至于这些被随便扔在街上的纸,有些被食品商、药剂商、杂货商、馅饼师傅或其他需要包装纸的人捡去派了用场,这些手稿就这样在物质存在和排列顺序上彻底消亡了。

托马斯·厄克特爵士(Sir Thomas Urquhart)

亚伯拉罕·考利（Abraham Cowley）
（1618—1667）

亚伯拉罕·考利和许多神童一样，发现自己的中年生活充满了希望破灭的阴郁记忆。考利在父亲死后才出生，是家中的第七个孩子，但很快就茁壮成长起来了。还不到10岁的时候，他在母亲的房间里发现了一本斯宾塞的《仙后》，便读了这本书。不得不说，这是个十分偶然的发现，因为她的大部分藏书都是神学论著。热情很快便转化为模仿，考利11岁时已经创作并发表了两首诗。到1633年的时候，他已经写了不少诗，便结集出版，题为《绽放的诗歌》（*Poetical Blossoms*）。接着，这位剑桥在读的少年作家又创作了一部田园戏剧《爱情的谜语》（*Love's Riddle*）和一部拉丁文喜剧《可笑的海难》（*Naufragium Joculare*）。舞台似乎已经为博学、聪慧且温文尔雅的考利留好了位置，他必将成为当时最重要的作家。

然而，英国内战打断了考利的锦绣前程。他的"心全都献给了文学，我上了大学，但很快就被那场剧烈的公共风暴卷走，这场风暴不能容许任何一样事物留在它原本所在之处，它将所有植物连根拔起，从高贵的雪松到我这株卑微的牛膝草都无一例外"。作为君主制和查理一世的追随者，考利从拥护议会的剑桥转学到保皇的牛津，并匆忙完成一篇讽刺国王反对者的作品，题为《新教徒与教宗党人》(The Puritan and the Papist)。但正如他自己后来在回忆中所用的苦涩而保守的说法："一个战争般动荡而悲剧的年代是写作的最佳题材，却是写作的最糟时间。"

1644—1654年间，考利逗留在欧洲大陆，主要为查理一世之妻亨利埃塔·玛丽亚（Henrietta Maria）的秘书哲敏勋爵（Lord Jermyn）效劳。1647年，他出版了《爱人》(The Mistress)，1650年又出版了一部喜剧《守卫》(The Guardian)。不过，他大部分时间都在加密和破解雇主的文件以及亨利埃塔·玛丽亚与查理之间的通信，因为英格兰境内的激战已经被密谋和间谍活动所取代了。考利往来各地，执行了数次秘密任务，包括前往荷兰、泽西岛和苏格兰。1655年，他返回英格兰，表面上是享受半退休生活，暗地里则偶尔为流放的皇室秘密提供国情报告。他在伦敦以保皇派间谍的罪名被逮捕，交了一千英镑的保释金后又获释了。

曾经有人怀疑考利和当时的政府有交易。17世纪的学院派八卦人士安托尼·阿·伍德（Antony à Wood）坚持认为考利曾为克伦威尔写过一篇颂词，尽管这部作品从来没有被发现过。可以确定的是，考利最终的确隐退了，定居在肯特郡，查理二世复辟后，他似乎受到了稍许怀疑（尽管他写了一篇热情洋溢的颂歌欢迎国王归来）。他成了一名医生，生命中的最后几年都专注于创作一部六卷本的拉丁文诗歌，主题是药草、花卉和果树，他从诗歌的鲜花转而投入植物学的鲜花。

是什么促使考利从政治制度中心的殷勤诗人转变为退隐的自然主义者呢？1656年，即出狱后的第二年，他出版了《作品集》(Collected Works)，从其值得注意的序言中可以大致了解他的思想状态。

他写道："过去几年中，我希望能退隐到我们的某个'美国种植园'去。"对于一个受过牢狱之灾的人来说，重新踏上他的国王和同僚的鲜血所浸透的祖国土地的那一刻,心头涌出这样的想法是很容易理解的。然而通观这篇序言,考利将自己视作诗人的态度以及对诗歌的总体态度几乎是病态的。过去发生的事已经过去,并将永远不会得到重复或探究。他声称他的《作品集》是"一座小小的大理石坟墓","以便让作为诗人的我自己死去,如今,我决心再不作诗"。他在请求评论者对他的努力仁慈一点的时候说:"已故的诗人拥有毋庸置疑的特权,我也应当有权享有这种特权。"

这种在文学上死亡的心愿,这种"对于习得遗忘能力的鼓励",也不是没有精神性欲的潜在意味。考利"被变为一个诗人的过程是不可补救的,正如一个孩子被变成一个阉人一样"。而且,"童婚极少成功,所以,我对诗歌的感情有所减少或消逝,便不应有人感到奇怪了,因为我还是小孩的时候,便早已与诗歌签订了婚约"。《命运》(*Destiny*)这首诗提供了另一幅古怪的画面:

> 缪斯为我温柔的灵魂施行了割礼,她还说:
> "你将归于我的麾下,
> 憎恨吧,死心吧。"她说:
> "财富、荣耀、享乐,一切都归于我。
> 你既不会在宫廷显赫,也不会在战场立功,
> 既不会在商场得意,也不会在酒肆风光。
> 你就满足于这微小而贫瘠的赞美吧
> 它来自那被忽视的诗歌。"

考利此处对诗人生活的描述听起来更像是让人生厌的认命,而不是宁静而令人期待的安度晚年的方式。对于"我再也不想写了"而言,"我再也写不了了"是个恰当的借口。

他在 1656 年的《作品集》中收入了一部四卷的史诗，他"迄今一直没有空闲，目前也没有欲望完成它"；而且，尽管他此后可能有时间，但在他生命中的最后十一年间，创作欲望也没有恢复过。他以典型而狡猾的自我否定口吻描述自己对诗歌的放弃："很明显可以赢的时候，人们普遍都不会选择玩到底，而是放下牌，见好就收。"不过，他收入了一篇分析其创作意图的文章，这篇文章将对英语诗歌产生重要影响。

《大卫纪》（*The Davideis*）本应是一部关于《圣经》人物大卫王生平的史诗。他"计划写十二卷……以效仿我们的大师维吉尔"。考利对其偶像的忠诚甚至使他在自己的作品中也使用了不完全诗行，因为《埃涅阿斯纪》中就采用了这种风格。他似乎没有意识到，这些不完整的诗行恰恰证明了维吉尔的诗也尚未完成，或至少尚未完成润色。考利显然对这首诗做了细致编排。它将包括：

> ……许多高贵和丰富的辩论。比如，扫罗王对挪伯的祭司们野蛮而残酷的行径，大卫的几次迁徙和逃亡，他在旷野中的生活，撒母耳的葬礼，亚比该的爱，洗革拉的劫掠，大卫与妻子们失散并又从亚玛利人那里找回了她们，隐多珥女巫，与非利士的战争，基利波之战。我打算用《旧约》中的大部分著名故事，将所有这些内容在几个场合交织起来，并用最为精彩的《犹太古史》来润色。

这首诗的结尾不是大卫作为以色列王受涂油礼，而是"关于扫罗王和约拿单之死的哀歌，极富诗意，极为精彩"。

考利认为，在不虔诚的克伦威尔时代以及异教徒的过往，诗歌都被魔鬼篡夺了，需要得到拯救。"为什么参孙的事迹不能和海格里斯的

亚伯拉罕·考利（Abraham Cowley）

伟业一样多呢？摩西和以色列人前往圣地的旅程难道不比尤利西斯或埃涅阿斯更能赋予诗歌多样性吗？"

考利在一个令人震惊的清醒时刻告别了诗歌创作，同时积极迎接未来。"我不会再对自己这种软弱并具有瑕疵的尝试再抱有任何期待，而是让位于其他勇敢和勤奋的作者，他们或许可以更好地完成这项任务，取得成功。"请走上前来，约翰·弥尔顿！

考利就像是一个变异诗人——英语诗歌发展中的一个令人怀有希望的怪物：他发展出新的悟性、更好的手法；他为自己找到了一个显而易见的理想职业，但不幸的是，它当时尚不存在。他是全新的诗人，理想的诗人，却身处朽旧的错误地点、时间和制度。

他的《诗歌集》（*Collected Poems*）是对作品的一次删减整理。"我把在最近的纷乱期间写下的所有作品都丢掉了……比如说，三卷《内战》（*The Civil War*）。"这部作品的第一卷发表于1679年，其他两卷则在20世纪80年代中期才被发现。这首诗尝试以史诗风格讲述圆颅党（Roundheads）①和贵族之间的冲突，并以史诗式的预言作结，宣称善者将会获胜。上帝护佑国王，而魔鬼则是克伦威尔的教唆者。对于这个文学预言，现实生活却是反其道而行。考利径直抛弃了他的政治史诗，并说："给败者打造桂冠是愚蠢之举。"

有人怀疑弥尔顿是否意识到了这种讽刺：史诗总是在政治流亡中完成的。他的《失乐园》是在查理二世的独裁统治期间，而非克伦威尔政府统治下创作的。直到詹姆斯二世被迫把英国王位让给威廉三世之后，约翰·德莱顿才开始翻译《埃涅阿斯纪》。亚历山大·蒲柏将《伊利亚特》译成英语的时候，当朝国王甚至连英语也不会讲。詹姆

---

① 英国1642—1652内战期间的议会派分子，与保皇党相对。

斯·麦克弗森（James McPherson）^①伪造的奥西恩（Ossian）^②所作史诗《白肩姑娘》（*Fingal*）^③是在库勒登战役^④之后问世的，当时，相传这部作品所用的盖尔语正在受到猛烈压制。对于英国诗人来说，史诗总是带着一丝哀歌的气息。

---

① 1736—1796 年，苏格兰诗人，自称翻译了奥西恩的作品。
② 传说为公元 3 世纪时盖尔人的英雄和诗人。
③ 古爱尔兰传说，盖尔语为 Fionnguala。她是李尔王的女儿，后来变为天鹅，在漫长的几百年间游荡在爱尔兰的河川湖泊中。
④ 库勒登战役于 1746 年 4 月 16 日发生于苏格兰库勒登高地。以苏格兰高地氏族为主的英国国王詹姆斯二世的拥戴者反抗英格兰朝廷，在库勒登惨遭歼灭，苏格兰人历时逾半世纪的反抗运动在此画下句点。

莫里哀（Molière）
——即让-巴蒂斯特·波克兰（Jean-Baptiste Poquelin）
（1622—1673）

"手稿是烧不掉的。"米哈伊尔·布尔加科夫（Mikhail Bulgakov）[①]在他最伟大的作品《大师和玛格丽特》中写道。尽管他作为莫里哀的传记作家，知道莫里哀的信件和未出版的作品，包括最后的杰作《宫廷人士》（*L'homme du cour*）都被付之一炬，但布尔加科夫在《德·莫里哀先生的一生》（*The Life of Monsieur de Molière*）中却没有提到另一部我们已知遗失的作品——尽管它是否真的遗失了仍然有待商榷。

莫里哀尽管一生中经历过许多波折，却也是最幸运和头脑最清楚的喜剧演员。他在舞台上口吃，引来嘘声和掷来的蔬菜，于是转投创作，成了天才的喜剧作家。他的剧团被赶上街头，他却很快重归富丽堂皇之所。当他的大胆作品引起愤怒之时，他正处在奥尔良公爵的庇护之下，十分安全。《斯加纳雷尔》（*Sganarelle, ou le cocu imaginaire*）上演的时候，一个愤怒的观众起立，大声宣布自己被诽谤了，结果观众加倍大笑起来，因为竟然有人愿意宣称自己就是戏中那个贪财好妒的资产阶级傻瓜的原型。运气虽然有起有落，但最终总是化为机遇，

[①] 1891—1940年，俄罗斯作家。

所有的批评都变成荣耀。有流言说他娶了自己的女儿，就连这也几乎没有影响他的公众形象，不过，他曾经的情妇的孩子倒是让他吃了些苦头。

莫里哀的喜剧源自这样一种观点，恶习即荒唐。《悭吝人》中，可笑的不仅仅是吝啬的阿巴贡的花招，认为囤积财富是可行的办法则更具有内在荒谬的本质。《可笑的女才子》(Les Précieuses ridicules)中自命不凡的卖弄智慧，《没病找病》(Le Malade imaginaire)中对死亡的恐惧，《伪善者》(Tartuffe)中的虚伪，《厌世者》(Misanthrope)中的犬儒主义，无数遮掩下的欲望。人类心中存在各种丑恶的怪癖，它们是无比真挚的欢乐的源泉。

但是，莫里哀的尖锐讽刺批评来自何种安全的世界观呢？他从小和无数其他年轻人一样，在老师的带领下阅读拉丁文哲学家卢克莱修(Lucretius)的作品。卢克莱修在《物性论》(De Rerum Natura)中提倡伊壁鸠鲁派的世界观：诸神是多余的，错误是对其本身的惩罚，而且，从圣保罗到塞缪尔·约翰逊等人都发现，世界毫不在意渺小的人类的意愿，与之作对是徒劳无益的。快乐是躲避痛苦的产物。因此，演绎法得出结论，如果一个人不仅能提供愉悦，还能突出人类惯常的漫不经心的思考和愚蠢的欲望是多么无用，那么，在这个没有天堂的世界中，他简直就是一位俗世圣人。

从某种意义上来说，莫里哀超越了他的导师。为了避免未来无疑将要经受的痛苦，卢克莱修选择了自杀。而莫里哀在发现朋友借酒浇愁到决意投水自杀时，虽然表示了赞成，却提醒他们说，这样一桩对生存条件表示抗议的哲学性行为，如果让人得知是在醉酒状态下所为，效果无疑会大打折扣。于是，自杀改为第二天早餐之后执行。当然了，这事最后并没有发生。

莫里哀翻译了卢克莱修的作品。德·马洛尔神父（Abbé de

Marolles）①1661年提到，莫里哀想要出版这部作品，这是他以《太太学堂》（*L'Ecole des femmes*）首次取得巨大成功的前一年。但这部译作从未问世。既然我们已经有了卢克莱修的原作，少一部法语译作似乎无足轻重。说实话，的确如此。正如天王星的轨道被海王星打破了平衡，于是，勒维耶（Le Verrier）②得以在尚未观测到这一行星的情况下便预测出它的存在，卢克莱修对莫里哀的影响也可以从这位喜剧作家隐晦的思维方式中窥得一二，尽管致敬本身不复存在，但《厌世者》中一段关于恋人之盲目的台词仍然源自卢克莱修。

若能听到莫里哀以自己的优雅方式讲述努力的无用和神的虚幻，那将是件妙事。不过，大概正如他为《物性论》的标题所选择的法语译法一样，c'est la vie（这就是生活）。

---

① 1600—1681年，17世纪法国神学家。
② 法国人。在天王星被发现之后，英国人亚当斯和法国人勒维耶先后于1845年和1846年根据天王星的摄动分别独立计算出海王星的轨道。亚当斯先做出发现，但勒维耶的结果先被验证并公开，因此后来二人共享发现海王星的荣誉。海王星也因尚未被观测到就计算出其存在而被称为"笔尖上发现的行星"。

让·拉辛（Jean Racine）

（1639—1699）

在埃里克·林克拉特（Eric Linklater）的讽刺小说《马格努斯·梅里曼》（*Magnus Merriman*，1934）中，同名主人公与朋友梅克尔约翰一次吵得不可开交，最后在爱丁堡中央警察局的牢房里过了一夜。这场争吵的起因是梅里曼声称"莎士比亚是横跨古今的最伟大的诗人"。他让梅克尔约翰"说出一个更好的诗人"，梅克尔约翰说"拉辛"，马格努斯答道：

> 他的作品和无聊又老套的课堂练习有什么两样！乏味而单调，毫无想象力，只配丢进无人问津的图书馆的废纸堆！那根本算不上诗歌，倒像是攀登诗坛之峰，不但要负重前行，旁边还有个小队长监督着你不许掉队。

尽管第二天早上他们没有用这话为自己辩护，但他们的困窘却坐实了过去一百五十年间延续的文化假设。赞扬莎士比亚胜过拉辛在任何政治或美学辩论中都十分方便好用。约翰·戈特弗里德·赫尔德（Johann Gottfried Herder）①愤怒地表示："愿灾难降临在这个轻浮的法国人头上，他算准时间，在莎士比亚的第五幕时才到场，期待这一幕会向他展现出这部戏的情感精华。"威廉·赫兹利特（William Hazlitt）②指责"喜好说教"的拉辛："悲剧是在痛苦的严峻考验中经受试炼的人性，而不是推断的宽泛道理中所表现出的人性。"若要赞美北方的莎士比亚的自然激情，一种简单方法便是将其与公认的拉辛那种礼貌而冷淡的风格进行不公正的比较。例如，在拉辛的《昂朵马格》（*Andromaque*，1667）中，皮洛士试图强迫不情愿的昂朵马格（她丈夫被皮洛士的亡父谋杀）嫁给他，并威胁说要杀掉她儿子；但是他的威胁却是以一种令人窒息的礼貌口吻说出来的。

> 那么，我的女士，您必须服从。
> 我必须忘记您，或是恨您。是的
> 我的强烈情感一发不可收拾
> 无法在冷漠中止步。

法语原文将 leur violence（强烈）与 l'indifférence（冷漠）优雅地押上了韵。

此外，颇有影响的批评理论家罗兰·巴特指出，拉辛的戏剧主要依靠程序化的连锁爱情失意。俄瑞斯忒斯爱着赫尔迈厄尼，赫尔迈厄尼却钟情于皮洛士，皮洛士爱的则是昂朵马格。阿穆拉德娶了罗克珊，但她爱的是巴雅泽，巴雅泽心心念的却是阿塔里德。忒修斯娶了费德拉，后者却渴望得到希波吕托斯，而希波吕托斯则被禁止爱慕阿里奇埃。③

---

① 1744—1803 年，德国哲学家、文学评论家、历史学者及信义会神学家。
② 1778—1830 年，因犀利的文学批评而闻名的英国散文家。
③ 这些人名均为拉辛戏剧作品中的人物。

然而，如果认为拉辛的作品仅仅是"我们的曾祖父那一代喜爱的文学"就错了。司汤达在《拉辛与莎士比亚》中是这样说的。在他那个时代，他绝对是叛逆先锋的典型。

让·拉辛1639年生于偏僻的拉费尔岱－米隆村（La Ferté-Milon）的一个小官僚家庭中。他4岁时便成了孤儿，之后由祖父母抚养长大。拉辛的祖父1649年去世后，祖母决定到皇港（Port-Royal）修道院隐居，此地是一个宗教隐居中心，与冉森派（Jansenism）[①] 运动紧密相连。康纳利斯·奥托·冉森（Cornelius Otto Jansen）是伊柏尔（Ypres）[②] 的主教，在研究了圣奥古斯丁的作品之后发展出了自己的神学理论。1641年，教宗圣乌尔班八世颁布谕令永久禁止冉森派。然而，冉森派已经在法国站稳了脚，哲学家布莱斯·帕斯卡（Blaise Pascal）也是其追随者。

冉森派宣扬上帝是遥不可测的，他的仁慈可以使人从与生俱来的永久罪孽中获得救赎。这一教派对于当时的道德败坏直言不讳，对路易十四的花天酒地很不赞成，对于戏剧则实行积极而严格的道德约束。

我们并不清楚拉辛是何时开始对其监护人的虔诚产生不满的，又是何时开始萌生投身戏剧事业的想法的。不过，他是个难缠的学生。教堂司事克洛德·兰斯洛（Claude Lancelot）曾经是拉辛的希腊语老师，毫无疑问，拉辛是在他的课上开始研读雅典剧作家的作品的。根据一则传闻，拉辛有次正在读相传为埃莫萨的赫利奥多罗斯（Heliodorus of Emesa）所作的《埃塞俄比亚传奇》（Aethiopica）——一本粗俗的希腊语言情小说，结果被老师逮了个正着。兰斯洛把书烧了，但拉辛并未被吓倒，而是又找来一本，读完之后交给教堂司事，

[①] 由荷兰神学家冉森创立的基督教哲学派别。该派别因反对耶稣会，主张回归圣奥古斯丁所设立的原则，被教宗谴责为异端。皇港修道院曾宣讲冉森派教义。
[②] 今比利时西部一地区。

说：" 现在您可以把这本也烧了。" 这算是对他的记忆的一种夸耀还是对这本书的文学价值的一种肯定？在拉辛蹒跚踏上追求戏剧成功的道路途中,《埃塞俄比亚传奇》还将再次出场。

完成学业之后，拉辛到巴黎去学习哲学。他与远房表亲、放荡的寓言作家拉封丹一起，可谓是如鱼得水。他为路易十四的亲信和冉森派的死敌——马扎然红衣主教（Cardinal Mazarin）——写了几首颂歌，还因一首以塞纳河中的宁芙为主题的诗歌获得了国王赏赐的一百个金路易。他经常出入宫廷，在那里，表演与优雅为权力政治披上了一层漂亮的外衣。

拉辛首次试水戏剧创作的作品题为《阿玛西》（Amasie）。除去这个标题以外，我们唯一知道的是马亥剧团（Marais Theatre）1660年接受了这个剧本，但从来没有上演过它。这个标题也无法给出更多信息：它可能是关于埃及统治者阿玛西斯的，同时它也表明，拉辛很早便有了对异域场景的偏好。

1661年，勃艮第大剧院剧团拒绝了题为《奥维德的情人们》（Les Amours d'Ovide）的剧本，如今它已经遗失了。罗马诗人奥维德由于不为人知的鲁莽举动被流放到托米斯（Tomis）①，这个题材以前也曾被搬上舞台：本·琼生的喜剧《蹩脚诗人》便将他作为主人公。拉辛在情节设计上显然很是花了些功夫，而且，他在一封信中描述称，一旦理顺了情节、选择和因果，写出优美的诗句便不费吹灰之力。戏剧的重点是情节，而不是诗句。

拉辛对悲剧念念不忘，1661年末，他从小镇泽斯（Uzès）给朋友勒瓦瑟神父（L'Abbé le Vasseur）写信时，他正在与叔父一起研习神学。他将自己比作奥维德，那个 "极其勇敢的男人"，因野蛮的塞西亚

---

① 今罗马尼亚康斯坦察港。

人（Scythian）①而备受煎熬。

第二年，拉辛回到巴黎，他的第三部戏剧作品投给了喜剧作家莫里哀的剧团。这部作品以他童年时代阅读过的《埃塞俄比亚传奇》为基础，标题也来自原书男女主人公名字，《忒亚根与哈里克勒亚》（*Théagène et Chéariclée*）。哈里克勒亚是埃塞俄比亚国王希达斯皮斯（Hydaspes）的女儿。她的母亲佩尔西德（Perside）王后在怀孕期间不幸看了一尊大理石雕像，出乎意料的是，后来生下的女儿拥有白皙的皮肤。王后担心希达斯皮斯会认为她不忠，于是偷偷把孩子送到岱尔斐（Delphi）去做女祭司。忒萨利国（Thessaly）的王子忒亚根爱上了她，于是两人私奔了。经过海盗、伪装和其他许多类似的波澜之后，所有角色在麦罗埃（Meroe）②聚齐，在那里发生了又一连串小概率事件，随后，希达斯皮斯要将哈里克勒亚献祭。幸运的是，所有困难曲折都在最后一刻及时解决了。

尽管这个故事看起来有些做作和夸张，但也曾引起前辈作家的兴趣。托奎多·塔索把这个故事作为其史诗《被解放的耶路撒冷》中克洛林达（Clorinda）的前半生的灵感，而塞万提斯在《贝尔西雷斯和西希斯蒙》中使用了这个故事的前半部分的一个版本。而父亲准备将女儿献祭的高潮场景将会再现于拉辛的《伊菲革涅亚》（*Iphigénie*，1674）。

尽管这部剧没能上演，但拉辛却算因此崭露头角。巴黎的各个剧院竞争激烈，并不拒绝来点妙招。有传言说勃艮第大剧院剧团正在排演一出题为《忒拜依特》（*La Thébaïde*）的剧，作者是布瓦耶（Boyer）③。莫里哀请拉辛为他的剧团改编这个故事。拉辛的《忒拜依

---

① 古代西亚地区的一支游牧民族。
② 古代努比亚王国的首都。
③ 1704—1771 年，阿尔让侯爵，法国作家。

特》于1664年6月20日上演。

对于莫里哀的好心，拉辛并未以忠诚相报。他的下一部剧本《亚历山大大帝》（*Alexandre le Grand*）本应在1665年由莫里哀剧团上演。在《忒拜依特》取得成功之后，莫里哀为新剧投资制作精美的布景，绘制了海达佩斯河岸（对遗失的《忒亚根与哈里克勒亚》的古怪回响），还首次制作了拉辛许多悲剧的海岸布景：顺便说一句，拉辛从来没见过大海。

拉辛偷偷将手稿寄给莫里哀在勃艮第大剧院剧团的对手，可能也是为了保险。他还劝说一位女演员杜帕克小姐（Mlle Duparc）和他一起跳槽，但并不全是因为她的演技。她不久便成为拉辛的情妇。12月18日，《亚历山大大帝》史无前例地在两家剧院同时上演。莫里哀气坏了，再也没和拉辛说过话。

拉辛究竟为何背叛莫里哀？是野心、傲慢，还是某种真实的或想象出来的轻视？拉辛的儿子在父亲的传记中声称，这次决裂的原因是拉辛对莫里哀的演员毫无生气的表演和台词感到绝望。他的下一部剧本，《昂朵马格》，由杜帕克小姐主演，确实引发了一些对这种夸张表演方式的评论。一首题为《帕那塞斯山的改革》（*Le Parnasse réformé*）的诗讽刺拉辛，假借曾饰演俄瑞斯忒斯、已于1668年去世的著名演员蒙特弗勒利（Montfleury）之口说："如果有人想知道我的死因，不必问是不是热病、水肿或痛风，告诉他，是因为《昂朵马格》。"

拉辛和莫里哀之间的敌对状态持续多年。拉辛似乎不满足于只有这一个敌人，又开始和当时最重要的悲剧作家高乃依对着干，因为高乃依对《亚历山大大帝》发表了一些相当轻蔑的评论，结果，拉辛反而使对手们的关系变得牢固起来。拉辛和高乃依都用提图斯皇帝为权力而放弃爱情的题材写剧本，以此较劲。1670年，拉辛的《蓓蕾尼斯》（*Bérénice*）比高乃依的《提图斯和蓓蕾尼斯》（*Tite et Bérénice*，由莫里哀的剧团演出）早一周上演。拉辛经常在其剧本印刷版的序言中嘲笑高乃依，将他称作"某个恶毒的老诗人"。拉辛的剧本更具现代感：这些作品中超越道德的主人公愿意为欲望牺牲荣誉，肆无忌惮地接受私利，铺天盖地的欲求使得他们的受害者完全失去了自我控制和自爱之心。

1688年，杜帕克小姐去世，拉辛又有了一个新情妇，尚梅莱小姐（Mlle Champmeslé）。根据塞维尼夫人（Mme de Sévigné）[1]的八卦消息，这位女演员喜欢和拉辛以及诗人评论家尼古拉·布瓦洛（Nicolas Boileau）一起搞"妖术"，或者纵欲。在冉森派教育下长大的拉辛似乎决心与堕落舞台的每一种陈词滥调都保持一致。

1677年，巴黎完全被《费德尔》（Phèdre）迷住了，这部戏讲述了一个继母对继子的爱情悲剧。对拉辛而言，不幸的是，获得喝彩的对象是马扎然红衣主教的侄子的一个门徒——尼古拉·普拉顿（Nicolas Pradon），他写了一部同名戏剧，至今仍有许多人以为那是拉辛的大作。拉辛的反应让传记作者迄今仍然困惑不解：他在此后的十二年里没有再写过一部剧本。

拉辛转而娶了一位怀有身孕的阔太太，但并不爱她。他被任命为皇家史官，并与自己的冉森派过往和解，于是他的子女接受了最严格的冉森派教育。塞维尼夫人冷眼指出，拉辛如今热爱上帝就像他从前热爱情妇们一样。拉辛这个"坏孩子"变成了一个禁欲、虔诚而又学究气的历史学者。

应路易十四的秘密妻子曼特农夫人（Mme de Maintenon）的要求，拉辛写了最后两部作品，是由这位夫人的慈善学校圣西尔（Saint-Cyr）的女学生们表演的《圣经》主题剧。最后一部作品《亚他利雅》

---

[1] 1626—1696年，法国女作家。

（*Athalie*）充满了冉森派的神学理论。异教徒王后亚他利雅盲目崇拜一位冷酷无情的神。祈祷也不能扭转那位神祇不可避免的计划。任何怜悯、眼泪或者良心发现都无法使这位执行者收手。对于伏尔泰而言，这部作品"最为接近一个凡人所能达到的完美程度"。

毫无疑问，许多学者巴不得能够一睹重见天日的《阿玛西》《奥维德的情人们》或是《忒亚根与哈里克勒亚》。这些作品将是关于拉辛的诗句风格、叙述方式和英雄主义概念的重要材料。但如果能对十二年的沉默有稍许了解，却又胜过这三个剧本。究竟是什么让他停止了戏剧创作？职业自尊受到的伤害？年龄？优厚的报酬？抑或是信仰上的深刻转变？他是否和自己的冉森派传承达成共识，认为舞台奢靡而又无用？抑或只是想要退休，做个安逸的资产阶级，不想再让化装的油彩和艳俗的戏服弄脏双手？拉辛隐藏在假发、薄唇和遮掩的目光下，他的缄默令人沮丧而又充满挑衅，一如他所皈依的神一般静寂无言。

井原西鹤

(1642—1693)

除了紫式部的《源氏物语》，日本古典小说中好评和再版最多的要数井原西鹤的作品。他的《好色一代男》《好色五人女》和《日本永代藏》等名作在形式上有所革新，以一种完全拥抱现代的姿态打破了传统。尽管他尝试了古典武士题材，但代表作品仍是町人小说，即描绘商人阶级的小说。他的创作年代正值德川幕府统治时期，政府采取彻底的锁国政策，执法严厉，保证了日本历史上最长的持续和平时期，也促使社会由封建制度向商业化转变。由于与其他文化断绝联系，古老的佛教概念"忧世"变为同音词"浮世"，这是一个更具有鲜明日本特色的"虚浮世界"，纵情声色，奢靡沉沦。

井原西鹤并未刻画陈腐的忧伤和对厌世的默然接受，而是生动描绘了得到、失去、欺骗、取悦和改变。他的作品近乎色情文学，充满幽默，玩世不恭，魅力无穷又粗俗下流，就像一句俗语所说："他肚里一个汉字都没有。"他34岁丧偶，随后大举进军社交界，但也得罪了不少人。一篇评论其作品的知名文章题为《地狱中的西鹤》。

井原西鹤在写小说之前已经以诗人身份而闻名。他和谈林派[①]都反对当时的杰出俳人松永贞德。松永贞德受中国美学影响，重视凝练，提倡将俳句的十七音打磨至完美平衡。而井原西鹤则偏好自发、才思和即兴。从他参加的"矢数俳谐"（即诗歌马拉松比赛）中可以看出他令人惊叹的技巧。

1671年，井原西鹤在一天一夜之间即兴作成一千六百句俳句，获得举世惊叹。九年之后，他在二十四小时之内作成四千句俳句。然而，他在1684年又打破了自己的纪录：一个朝夕之间竟作成两万三千五百句俳句——每分钟近十七句。难怪他得了"二万翁"这个绰号。生命无常有如朝生暮死的蜉蝣，这是他才华的精髓，因此，他的作品没能全部流传下来也就不足为奇了。他自己大概也不希望它们都能流传于世。

井原西鹤的创作方式的确受到不少诟病。他的年轻对手松尾芭蕉后来成为最受欢迎和最著名的俳人。松尾芭蕉宣称对松永贞德和谈林派有所不满，此后才发展出发人深省而紧凑简洁的独特风格。而其他人则对井原西鹤古怪和不可捉摸的即兴诗句感到不安，于是将他视作一切夸张、遥远和古怪事物的代名词。他们说，井原西鹤啊，他一定是个荷兰人。

[①] 日本俳句流派。句作大抵以诙谐为主，风格奔放机智。

戈特弗里德·威廉·冯·莱布尼茨
(Gottfried Wilhelm von Leibniz)
(1646—1716)

在无数假定的戈特弗里德·威廉·冯·莱布尼茨当中,上帝选择实体化的那一个是莱比锡大学伦理学教授与第三任妻子之子,1646年7月1日星期日生于莱比锡。由于这个世界是所有可能的世界当中最好的那一个,因此,这位莱布尼茨将和伊萨克·牛顿爵士各自独立发明微积分,写出摆线的参数方程(但他自己并未意识到这个方程主导着黑洞中的物质毁灭),还将提出前定和谐系统以及不可分者同一性原理。此外,他的大半生将受聘撰写一本他完全没有时间动笔的书,同时为一本在逻辑上永远无法写成的书做研究。

尽管莱布尼茨经常被描述为启蒙时代的思想家,或至少是18世纪理性主义的先驱,但其实他兴趣广泛,而且终生都想把这些兴趣整合起来,这使他似乎更类似文艺复兴学者的作用。简单地说,莱布尼茨是一个涉猎极为广泛的博学者。除了数学、神学、哲学和物理学,他还研究过中国宗教和易经、丝绸生产、喷泉设计、公共卫生改革、幻肢感,以及烟囱低效导致的热量流失。他还是炼金术士和图书管理员，曾花费数年尝试为哈茨山（Harz）①的矿井排水，还曾从事与间谍活动有些关系的外交工作。

1668年，在波兰王位继承危机期间，莱布尼茨运用几何学证明并宣扬其雇主布伦斯韦克皇室（The House of Brunswick）所支持的候选人具有正统性。为加强宣传效果，莱布尼茨署了假名"乔治乌斯·尤里科维乌斯·利图阿努斯"（Georgius Ulicovius Lithuanus），还附有伪造的标题页，声称该文于1659年在维尔纽斯（Vilnius）写成，为数学的无可争议性添加了一层先知的神秘感。

为冯·波因堡男爵（Baron von Boineburg）效力了一段时间之后，莱布尼茨在1676年成为约翰·弗雷德里希·汉诺威公爵（Duke Johann Friedrich of Hanover）的宫廷顾问（尽管经过足足一年时间和几次严厉要求，他才终于得以亲自前往宫廷）。莱布尼茨将服务这一家族直至去世，他后来陆续在恩斯特·奥古斯特公爵（Duke Ernst August）和乔治·路德维希（后成为乔治一世）麾下担任类似职务，并且还与女选侯索菲亚和普鲁士王后索菲·夏洛特关系亲近，常有书信往来。

1685年，恩斯特·奥古斯特公爵建议说，莱布尼茨在图书管理工作和各种政治任务之余，或许可以写写布伦斯韦克皇室的家族史，部分目的是系统梳理他们王朝的正统性，有人怀疑另一部分目的则是出于虚荣。布伦斯韦克家族可以回溯到半神话的圭尔夫家族（the Guelfs）；另一支埃斯特家族（the d'Estes）则宣称其祖先可以追溯到罗马时代。汉诺威宫廷、布伦斯韦克-沃尔芬比特（Brunswick-Wolfenbüttel）宫廷以及采勒（Celle）宫廷都支持这个计划，并提供了他们的档案。恩斯特·奥古斯特的委托很明确：自最古老的时代开始讲述他们家族的历史。

---

① 德国中部著名的旅游胜地。

如果公爵详细了解莱布尼茨对数学的兴趣，特别是对用微分求得无穷级数的极限的兴趣，他可能会用"自公元825年"或"自基督出生时"来代替"自最古老的时代"。1698—1711年间，莱布尼茨发表了经过编辑整理的九卷档案文件，作为《布伦斯韦克家族史》（History of the Brunswicks）的框架和索引资源。他还为《原始地球》（Protogaea）一书写了一篇初步文章，涉及地质学和化石的形成，还有一部作品的内容则是根据地名词源对欧洲早期部落进行推断（他在这一过程中还偶然证明了瑞典语并非已知最古老的语言）。各位伯爵的失望可想而知，他们用三十年投资换得一份清晰明了的祖先档案的希望似乎日渐渺茫。

《布伦斯韦克家族史》体现了莱布尼茨追求完备的性格，但这部作品笼罩着一层尴尬的气息，或是一种迷人的古怪感。他构想的宗教作品同样如此。他的《论形而上学》（Discourse on Metaphysics）本应为一项庞大的研究打头阵，研究内容包括（在通过自然宗教证明上帝存在之后）一部关于天启教（Revealed Religion）①的论著，以及一部解释与限定教会和政府的相对权威的论著。莱布尼茨对这些论著的影响预估和这些作品本身一样，不仅雄心勃勃，而且乐观得无药可救，他认为它们将使罗马天主教会与路德教会和解。他甚至宣称，他提出的"物质联结"的概念可以使天主教、路德教和卡尔文教派在圣餐变体的问题上达成共识。

《天主教的证明》（Demonstrationes Catholicae）始终没有问世。然而，莱布尼茨最重要的失落作品并未遗失或销毁，它甚至从未被真正构思出来，因为它是不可能写成的。他打算整合各个领域的知识，用他自己的话来说，"将所有哲学家的观点统一起来"，这个计划便是

---

① 指直接受启于上帝的宗教，如犹太教、基督教等。

《寰宇百科全书》(*Universal Encyclopedia*)。

如果他自己的说法可信的话,他第一次萌生这个念头是在13岁。他读完了父亲藏书中的所有诗歌、历史和修辞学,开始涉猎哲学,特别是亚里士多德的逻辑演绎法:"人皆有一死,苏格拉底是人,所以苏格拉底也会死。"演绎法能够提供定义,检验命题真伪,对莱布尼茨而言,这简直是在"正式清点世间万物"。

他得出结论认为,复杂的想法都是由较为简单的想法组合而成的,正如词汇由字母组合而成。中世纪的划分方式认为,特性是某些事物所拥有而其他事物所不具备的东西,沿用这种方式则可将概念分类为:"万物"由"物质"和"非物质"组成,"物质"可以划分为"生命体"和"非生命体","生命体"可以划分为"有知觉生命体"(即动物)和"无知觉生命体"(即植物),诸如此类。

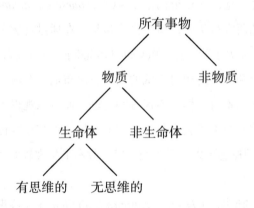

莱布尼茨认为,"物种"的定义中总是包含"属":例如,"金"的定义就包含它的属,"金属"。可以用一个词的定义来替换这个词本身,以此来检验命题。例如:

所有的金都是金属。

将金替换为其定义：

> 所有的"黄色金属"都是金属。

同样的词在两边都出现了，命题即得到证明。莱布尼茨将这种推理方式称为"人类思维的字母表"。

莱布尼茨此前已经开始对这种方法产生兴趣。他的数学博士论文《组合之艺术》（*De Arte Combinatoria*）就曾尝试将数学的精确应用于逻辑演绎法的二百五十六种"语气"（尽管不太成功）。这种方法有可能带来纯粹机械的思考方式。莱布尼茨相信，从根本上而言，有可能造出一部机器，只要输入正确，就能使其模仿人类思维。

乔纳森·斯威夫特（Jonathan Swift）在《格列佛游记》（*Gulliver's Travels*）中讽刺了这一构想。在巴尔尼巴比岛上，勒末尔·格列佛遇到了科学院的教授们，其中一位就有一台这样的机器。

> 于是他就领我走到架子跟前。他的学生就一排排地站在架子的四边。这是一个二十英尺见方的架子，放在屋子的中间。架子的表面是用许多木块构成的，每块都有一颗骰子那么大，但是中间也有大一些的。木块都用细绳连在一起，每一面都贴着一张纸；纸上写满了他们语言中的词。这些词都按照不同的语态、时态和变格写了出来，不过并不按次序排列。教授要我注意地看着；因为现在他要开动机器了。学生们听他的命令，每人都去抓住一个铁把手。原来在架子的四周装着四十个把手。他们突然把把手一转，词的排列就完全改变了。接着他就吩咐三十六个学生轻轻地念出架子上出现的一行行的文字，并且命令他们一发现有三四个词连在一起可以凑成一句话的时候，便念出来让下余的四

个学生把句子写下来,他们担任书记的工作……年轻的学生们一天做六小时的工作。教授把许多对开本的大书拿出来给我看,里面已经搜集了不少支离破碎的句子。他打算把它们拼凑起来,利用这些丰富的材料编写一部科学文化全书贡献给世人……①

莱布尼茨已经意识到,这种机器的根本实用性在于机器所用数据的优劣。所需的是一部巨著,其中包含所有可能的公理和事物的准确定义,计算机可以以此为依据,设定其标准。《寰宇百科全书》的内容便是每件事物与其他事物的差异,以及每件事物在它的属中所处的相对位置。

莱布尼茨关于人类知识系统化的各种尝试换来的只有困惑与厌倦,或是愤怒和丧失耐心:莱布尼茨向奥尔良公爵抱怨说,人们"以为我只是在痴人说梦"。他甚至被明令禁止按照他自己的原则重新摆放藏书。莱布尼茨在书信中举例说,他可以通过描述一本书在藏书室的位置,比如挨着窗户或靠着门,或是其大小或颜色,来指明是具体哪一本书。他尝试建立科学院并维持其运作,如果成功就可以为百科全书提供支持,但这些尝试受到阻碍并失败了。

但他仍然没有放弃。早在 1676 年,他被困在英国的希尔内斯港(Sheerness)等待航船返回欧洲大陆之时,他便开始考虑,《寰宇百科全书》需要一种通用语(反正他也听不懂水手的话)。他对中文的表意文字产生了兴趣,因为这种文字本身即包含其定义。他还考虑了自己先前创制的二进制数字。他甚至在某个狂妄时刻畅想,一枚颁给他的奖章上写着"由 G. W. L.② 所发现的造物模型:可从虚无中衍生万物"。

---

① 引自《格列佛游记》,斯威夫特著,张健译,人民文学出版社,1979 年版。
② 即莱布尼茨全名的缩写。

具有讽刺意味的是，莱布尼茨认为通用语应当是数字的，这使他看起来惊人地前卫：机器，逻辑，二进制的重要性——如果他再稍微有点电学知识，就能构想出电脑了。莱布尼茨关于《寰宇百科全书》的构想建立在对知识的微观理解上，即认为每一个部分都包含整体。他写道："只需要一丁点物质，如同上帝般锐利的眼睛就能从中读出宇宙事物的整个进程。"这就是《寰宇百科全书》从内部坍塌的原点。

想象一下宇宙中所有的原子。仅仅是要记录它们的当前位置，就需要等量的实体来表示，更别提它们过去和未来的位置了。如果某一个原子正在记录另一个原子的位置，那么它自己的位置又如何记录呢？关于宇宙的所有信息的总和超过了这个宇宙所含有的实体的总数。《寰宇百科全书》永远无法写成，因为没有足够的物质来誊写这本书。

莱布尼茨的大部分思想之所以能为我们所知，并不是通过他已发表的作品，而是通过他与其他思想家的通信、给公爵们的备忘录以及大量未经整理的笔记。"只通过我发表的作品了解我的人并不了解我"是他的一句名言。如今，莱布尼茨之所以享有盛誉，主要原因是他出版的作品《神义论》（*Theodicy*），以及一位讽刺作家对这部著作所表示的愤怒，因为其中对完美宇宙中存在邪恶的现象进行了解释。

莱布尼茨主张每件事物都已经是最好的，而且，我们对"邪恶"或"不幸"的感知仅仅体现了我们的局限性。伏尔泰认为这种观点十分愚蠢。他在《老实人》（*Candide*）中借永远乐观的潘格罗斯博士将莱布尼茨的一面留存于世。不过这种讽刺描述中也含有几分真实。

莱布尼茨相信，凭借他的通用语、《寰宇百科全书》以及永无过失的机器偶尔助力，人类可以进化到"只要有思考时间，正确的推理将达到计算大数目不出错的程度"。

在莱布尼茨的时代，世间万物皆可知的梦想正在破灭；不过，世间万物都能得到毫无争议的友好解决，这种想法似乎仍然可行。他的乐观态度虽然被丑化为潘格罗斯博士有意为之的疏忽大意，但如今看来简直令人动容。

亚历山大·蒲柏（Alexander Pope）

（1688—1744）

亚历山大·蒲柏①1682年去世，时年3岁。他母亲死于难产，父亲不知是无法负担还是没有意愿，没有请保姆，而是把他送到伯克夏郡庞本（Pangbourne, Berkshire）的姨妈家，好让其远离伦敦那瘟疫蔓延的腐坏空气，至少他是这样猜测的。1688年，父亲再婚，将新生儿的名字随了夭折的同父异母兄长。这在当时是十分平常的举动（的确，蒲柏爸爸自己也叫亚历山大）。虽然将这位年轻诗人挥之不去的心理阴影归咎于同名的哥哥有些草率，但对于他的诞生，确实比通常多了几分不言而喻的期待。

这个孩子看起来十分强壮健康。他最早的一幅肖像绘于7岁，画中展现出一个温和沉着的男孩。他有着"惹人喜爱的性格"和非常悦耳的嗓音，于是得了"小夜莺"的绰号。不得不承认，他略微有些柔弱，不过他的父母大概对任何生病的迹象都格外留心。

年轻的亚历山大·蒲柏在这段美好时光中展现出惊人的诗歌才华，他的创作极为顺畅，他在回忆时描述说："我在数韵脚时口齿不

---

① 此处指的是蒲柏的同名哥哥。

清,因为它们自己就蹦出来了。"

接着,这个漂亮又早熟的孩子到了青春期。

最有可能的当代诊断是蒲柏患有波特氏病,即结核性脊椎炎。可能是奶妈的母乳或未经巴氏消毒法消毒的牛奶传播的(牛似乎总是对小蒲柏的健康不利,他的异母姐姐回忆说,蒲柏在3岁这个危险的年纪曾被一头野牛踩过)。

蒲柏开始长个子的时候,影响立即显现出来。他的脊椎像问号一样弯曲,双腿像括号一样呈罗圈状。脊椎骨相互摩擦,疼痛使他的面容扭成一团。他不再长高——此后身高基本没有超过四英尺半,时常出现抽筋和痉挛。这颗文坛新星冉冉升起的过程中,他的诽谤者不放过每一个进一步贬损他的机会,说他是驼背的蛤蟆、毒蜘蛛、大小便失禁的猴子。

"温和的性格"不见了。由于病痛折磨,再加上无耻而残忍的诽谤者火上浇油,蒲柏成为那个时代的讽刺作家,有如匕首般锋利。这个曾经口齿不清的孩子很快学会了表达愤怒。

任何一个像蒲柏那样有天分的作家大概都写过大量的青涩作品;而真正伟大的作家会理智地销毁它们。根据后来的一封信件,蒲柏进入特维福德学校(Twyford School)仅一年就被开除了,因为他写了一篇文章嘲讽老师。除了对恶作剧甚至是恶意讽刺文章的偏好,年轻的蒲柏还对荷马的作品十分着迷。他曾经从《伊利亚特》中选取了一些场景,排了一出戏,指派同学和校长的园丁来出演各个角色。

到14岁时,蒲柏对诗歌的热情喷涌而出。据塞缪尔·约翰逊的《蒲柏的一生》(*Life of Pope*)记载,他曾经为欧洲所有国王写过颂歌,还写了一部喜剧、一部悲剧和一首史诗。

"关于这部喜剧没有任何文字记述。"约翰逊说。

悲剧的主题是圣吉纳维芙（St Genevieve）的生平。较为出名的是巴黎的圣吉纳维芙，她的祈祷曾使巴黎城免遭阿提拉率领的匈奴人的进攻，这个故事看起来可不怎么像这类戏剧的原型：的确，她足足活到95岁才去世，深受爱戴和尊敬。更有可能的一位候选人是布拉班特①的圣吉纳维芙，她因对丈夫不忠的罪名而受到起诉并判处死刑。她丈夫不知道她其实逃进了森林，在一头友善的鹿的帮助下靠果子和嫩芽为生。这对夫妇临死前及时言归于好，为悲剧提供了一个正好赚人眼泪的结局。至于她为什么在死后被封为圣徒，这就不得而知了。

史诗的题名是《阿尔康岱》（*Alcander*）。蒲柏说，他"竭力将所有史诗巨匠之美合为一体。一段是弥尔顿的风格，另一段则是考利的风格，这里是模仿斯宾塞的风格，那里是斯塔提乌斯（Statius）②，这部分是荷马和维吉尔，那部分则是奥维德和克劳迪乌斯"。

"阿尔康岱"这个名字偶尔会出现在希腊神话中。荷马和奥维德将这个名字赋予奥德修斯在特洛伊杀掉的一个利西亚人，而维吉尔则把这个名字给了埃涅阿斯的一个伙伴，他也在战场上被杀了，不过这次是被图尔努斯（Turnus）干掉的。如果蒲柏读过安东尼努斯·莱伯拉里斯（Antoninus Liberalis）的《变形记》和维吉尔更为出名的同题诗作，他就会知道，阿尔康岱还是一位来自马鲁索斯（Molossus）的先知，宙斯看到土匪点着了他的房子，十分焦急，于是将他变成了一只鸟。不过，这些题材对于初出茅庐的史诗作者而言，似乎都不是特别丰富的材料。

蒲柏可能是在普鲁塔克的一篇历史文章《吕库古的一生》（"Life of Lycurgus"）中偶然看到这个名字的。吕库古是斯巴达民主的建立

---

① 荷兰一地区和原公爵领地。
② 罗马诗人，以其史诗《底比斯战纪》和《阿喀琉斯纪》闻名。

者，受到一伙贵族暴徒的袭击，其中一个就叫阿尔康岱。在袭击中，阿尔康岱弄瞎了吕库古的一只眼睛，他是叙述中唯一被提到名字的袭击者。高尚而崇尚禁欲主义的吕库古没有惩罚他，而是把这个难以驾驭的年轻人当作伙伴，教他德行，于是，阿尔康岱成了他最忠实的支持者之一。

这个故事似乎比较符合蒲柏对《阿尔康岱》中一个"事件"的描述，是关于一位塞西亚王子的支线情节。这位王子就连雪做的枕头也认为过于奢侈。不过，蒲柏也可能只是喜欢这个名字，于是自己编了个故事。14岁的孩子经常这么干。

约翰逊说，在威斯敏斯特大教堂教长兼罗彻斯特主教弗朗西斯·阿特伯利（Francis Atterbury）的建议下，《阿尔康岱》被烧掉了。阿特伯利后来因犯叛国罪被逮捕和流放，因为他支持已灭亡的斯图亚特王朝。1718年之前，蒲柏有段时间曾和阿特伯利关系密切。阿特伯利读过《阿尔康岱》，这意味着蒲柏在写成这部作品十六年后还保留着手稿，也说明他对这部作品的感情可能比他后来的揶揄回忆所表现出来的要更加强烈一些。

阿特伯利对这部作品的否定建议通常被视为一种美学判断，但在18世纪的动荡政治背景下，这种意见也可能是对作品的低估。尽管《阿尔康岱》几乎不可能具有明显煽动性，但这部作品的故事情节和人物聚焦于一个不那么腐败的古代政府，这至少可以被视为对统治当局的指责。蒲柏已经因与伯林布鲁克（Bolingbroke）[①]交好而出名，当时，伯林布鲁克已经逃往欧洲大陆去支持斯图亚特王朝的僭君詹姆

[①] 1678—1751年，英国政治家、演说家和作家。英王詹姆斯二世的追随者，一生中许多时间被流放，写了一些很有影响的政治论著，其中《爱国者国王的思想》（1749）最为著名。

斯三世，还曾揭露沃尔浦尔（Walpole）① 政府竞选舞弊。如果《阿尔康岱》的手稿公开，大概会给蒲柏的诽谤者提供不少材料，足以说明蒲柏对党派的忠心、危险的政治原则以及少年时代的青涩文笔。

蒲柏在职业生涯中始终希望创作出一部伟大的英语史诗。五年后，19岁的蒲柏计划创作另一首长诗，主题是能够迅速鼓舞人心的盖乌斯·格拉古（Gaius Gracchus）② 的土地改革。还有一个备选主题是科林斯王子泰摩利昂（Timoleon），他宁可谋杀哥哥也不肯让其对城邦实施暴政。但最终，蒲柏仅仅在诗作《流芳百世》（The Temple of Fame）中简略提及这个故事。

《群愚史诗》（1728年创作，1729年扩充，1742年修订）将蒲柏的新古典主义主张和批判天赋结合在一起。他提及遗失的荷马喜剧《玛吉特斯》（Margites），又将自己的作品与三部古典戏剧之后上演的羊人剧相提并论，以此来支持他的戏仿史诗的正统性。继荷马的《伊利亚特》、维吉尔的《埃涅阿斯纪》以及弥尔顿的《失乐园》的史诗三巨作之后，便要数蒲柏的《群愚史诗》这部嘲讽滑稽剧了。虽然蒲柏做了不少天才尝试，想要在智识方面为这部长篇讽刺作品辩护，还想将它置于史诗传统之中，但他自己似乎也心存疑虑。《群愚史诗》之所以能够存世，要感谢乔纳森·斯威夫特：是他把初稿从火中抢救出来，并劝说蒲柏继续写下去。

与荷马和维吉尔笔下的英雄主角不同，在蒲柏的史诗中出场的是每一个攻击过他的雇佣文人、三流作家、蹩脚诗人和出版商。这次燃

---

① 1676—1745年，英国政治家，第一任财政部大臣（1715—1717）和国库秘书（1721—1742），领导辉格党政府，被认为是英国第一位首相，虽然直到1905年该职务才被正式承认。

② ？—公元前121年，推行土地改革，近公民总人数四分之一的人口（约八万人）在改革中获得土地。

起硝烟的不是特洛伊,而是格拉布街(Grub Street)①。蒲柏仔细保留着所有嘲笑过他的小册子和大幅报纸,其中记载着西伯尔和西奥伯德无休止的谩骂论战;《群愚史诗》将成为蒲柏埋葬敌人的陵墓。完美的押韵对句掩饰了这场末世计划中的熊熊怒火。

第四卷末对愚昧女神(Dullness)的赞颂描述了这样一个世界:所有的书籍都已经失落,所有文化完全消亡。

> 她来了,她来了,瞧这黝暗之君王,
> 黑夜之始,混沌之初的君王!
> 幻想见了她,虚饰的光华暗淡,
> 它梦一般的彩虹旋即消散……
> 于是,感到了她的临近,她的力量,
> 艺术——逃遁,唯有黑夜茫茫……
> 瞧!混沌!你可怖的王国已复辟,
> 光明受你致命的诅咒而熄灭;
> 你的手,伟大的虚无!把帷幕徐降,
> 广袤的黑暗便将一切埋葬。

《群愚史诗》既是对人类思想的无数行为的个人报复,也是对当时文化的一次广泛谴责,蒲柏认为,这样的文化再也无法孕育或欣赏史诗了。

尽管蒲柏充满悲观,疾病缠身,政治愿望受挫,但他在晚年再次尝试创作史诗。这部史诗将与哲理散文《人论》(*Essay on Man*)以及他在道德和讽刺书信体诗集中所做的性格研究构成他的"巨著"。这部

---

① 《群愚史诗》中的地名。原为伦敦贫民区,聚集了大量雇佣文人、无名诗人以及不入流的出版商和书商。后演变为低劣文学的代名词。

史诗将重新阐述他对个人和国家道德的想法。1738年,蒲柏对诗人和编辑约瑟夫·斯宾斯(Joseph Spence)说,这部史诗的"主题完全是世俗和宗教统治"。标题定为《布鲁图斯》(Brutus)。

蒲柏在手稿中详细记录了这首诗的大致内容。时间设定在特洛伊陷落六十六年之后,与作品同名的主人公布鲁图斯是埃涅阿斯的孙子或曾孙。他写道:"仁慈乃是布鲁图斯的首要原则和优势。他还怀有强烈的愿望,想要补偿他那些现在希腊为奴的幸存同胞(他们自特洛伊而来),并以公正的政府带给他们自由与福祉。"

特洛伊人在荷马的《伊利亚特》中战败,在维吉尔的《埃涅阿斯纪》中流亡,如今将要成为蒲柏史诗中的道德胜利者。这些沦为奴隶的特洛伊人戴着镣铐穿越希腊和意大利,也将获得关于不同政府形式的宝贵经历。布鲁图斯在已知的世界中无处实现乌托邦梦想,对此十分懊恼,于是求教于埃及神谕。他得知,有一个"行为尚未腐化的蛮族,只冀求艺术与统治,值得你带给他们福祉",且他们的土地在大西洋中。这个地方,"有时被称为不列颠","气候既无南方的阴湿,又无北方的酷寒"。

第一卷开篇,布鲁图斯和手下接近了卡培海峡(Straits of Calpe,现在的直布罗陀海峡,被称为"海格力斯之柱")。从弥尔顿《失乐园》中贬谪天使争论而衍生的一幕中,布鲁图斯的特洛伊属下为如何前进发生了争执。布鲁图斯清楚,他必须穿过海格力斯之柱,进入未知的海洋;但一些部下持有异议,声称即便是英雄海格力斯也没敢走这么远。布鲁图斯对他们的自以为是予以还击,说高尚美德意味着他们"将与神一样伟大"。他抛下几个胆小鬼,继续前进。在梦中,他的抉择被海格力斯认可。海格力斯说,他决定沿着美德的险径前进,这远远胜过通向罪恶的轻松旅途。

第二卷中,主人公一行到达幸运群岛(Fortunate Islands),这是一个令他们别无所求的无人天堂。许多同伴建议在这里安顿下来,但布鲁图斯知道,他们的任务不仅是为自己寻找安逸,而且是将文明的福祉带给蒙昧的民族。他们继续上路,但老人和行动不便者留下,特内里费岛(Tenerife)变成了第一个养老院。

随后,他们顺着风向来到里斯本,那时称作尤利斯港(Ulyssport)。他们在那里遇到一个人,是被狡猾的尤利西斯俘获的特洛伊人之子,他讲述了他们城市建立的故事。尤利西斯试图利用迷信和邪恶来进行统治,并奴役了人民。大家奋起反抗,杀掉了暴君,可如今却缺少一个领袖。布鲁图斯"留下自己的一名手下统治他们,并废除了尤利西斯带来的新神"。

第三卷中,这群特洛伊人到达不列颠。布鲁图斯在托培(Torbay)登陆后遇到德鲁伊教的祭司。据布鲁图斯考察,他们都是一神教徒,崇拜太阳,在草皮祭坛上供奉水果和鲜花。"没有活物做祭品。"蒲柏加注道。

这些高尚的野蛮人的田园生活面临着威胁。东边和北边有巨人,其中最为著名的是高格马高(Gogmagog)和考利纳乌斯(Corinaeus),他们的城堡有雷电保护。布鲁图斯成功打败了这些怪物,似乎还证明了他们所谓的超能力不过是欺骗和迷信。他们的魔法风暴其实是火药。

蒲柏还草拟了其他几个人物:一个"年迈而谨慎的顾问","一个只寻求战利品的水手"以及"一个嗜血而残忍的英雄,总想诉诸暴力"。除了暴虐的巨人,布鲁图斯在自己的阵营中也会遇到麻烦,特别是来自一个"像阿喀琉斯、亚历山大和里纳尔多"的人物。此人与智慧而审慎的布鲁图斯形成鲜明对比,鲁莽,"残暴,野心勃勃,好逗武夫之勇"。这个年轻而狂妄的刺头并不想和德鲁伊祭司合作,而是倾向于用武力征服他们,他甚至绑架了一位已经定亲的蛮族公主,引发一场叛乱。

尽管巨人将他们的先进科技称为超能力，他们在诗中的确是超自然的存在。这些守护天使和敌对阵营的魔鬼已经得到圣典和文学的认可，蒲柏打算把弥尔顿笔下的魔鬼名字用在他的"精神构想"中。

在诗的末尾，布鲁图斯从一位年迈的德鲁伊祭司那里获得另一个神谕。这个预言将弥补这首诗最严重的情节漏洞：如果布鲁图斯成功建立了一个以美德和真理为基础的社会，为什么罗马人四百年后发现的是一个被皮克特人（Picts）①和异教徒掌控的岛屿呢？"不列颠人将在两代之后再次堕落，重新坠入蛮荒，但他们还将再次被他（布鲁图斯）来自意大利的族人——尤利乌斯·恺撒——所救赎。他们将在恺撒的统治下重新获得文明，以及布鲁图斯曾经带来的对自由的热爱、尚武精神，以及其他种种不应遗失的美德。再附上一些评论，说明任何制度都不是永恒的。"

蒲柏1744年5月向病魔屈服了。他精神错乱了一周，宣称看到墙壁中伸出一条手臂。如果他活下来的话，《布鲁图斯》将轰动文坛。毫无疑问，即使这部作品对某些政治理论的武断坚持给它增添了一些瑕疵，如今也仍然会被广泛阅读。18世纪的一个无名剧作家本杰明·马丁（Benjamin Martin）听说了这部尚在构思的诗作，认为它将是"与《伊利亚特》或《埃涅阿斯纪》齐名的巨著"。塞缪尔·约翰逊则恼怒地将之称为"荒唐的故事"，并指责蒲柏"十分欠考虑，主要人物的名字都是借用的，而他们的结局与作者设定的时代和地点也不一致"。约翰逊认为，这部作品的半途而废"并未给人类带来什么损失"。

蒲柏在《布鲁图斯》开篇的八行是这样写的：

---

① 古代部落，居住在英格兰。

耐心的首领长久操劳，他已到达
不列颠的海岸，并与赐福的众神带来
艺术、武器和荣誉，送给它古老的子民：
记忆的女儿！自远古时代起
追忆；我与不列颠的荣耀之光同在
我远离烦恼和平凡的歌声，
伸向洁净海湾的神圣之山，
我的祖国的诗人，记录下了它的传说。

无论以何种标准来看，这几句都十分普通，但与他的其他作品有一处古怪差异。《布鲁图斯》的这几行诗是无韵诗，而非押韵的对句。蒲柏最终放弃了这种由他自己运用至臻于完美的形式，而是摆开阵势迎战他在英语文坛的唯一对手——弥尔顿。

塞缪尔·约翰逊博士（Dr Samuel Johnson）

（1709—1784）

这位文坛权威、道德家和严重的抑郁症患者，在生命的最后几年屈从于霸道的子孙的欲望，正如他那勤奋却又恼人的传记作者詹姆斯·博斯韦尔（James Boswell，二人是一对默契搭档）所记录的：

> 约翰逊一想到**他被迫拥有**的手稿的巨大数量，心头便突然袭来一阵焦虑，加之这些手稿混乱一片，使得他十分后悔，没有委托某个忠诚细心的人来对它们进行整理和筛选；他反而匆忙行事，将手稿大批烧掉了，而且，据我推测，他并未对之加以甄别挑拣。

博斯韦尔脑海中想的是哪一个"忠诚细心"的人呢？早些时候，他曾告诉读者，约翰逊在写一本有关他的疾病的日记——当时，他正饱受哮喘和水肿的折磨，而且他一直以来还患有抑郁症——这本《病中日记》（*Aegri Ephemeris*）如今就在细心的博斯韦尔手中。

博斯韦尔对于这场文学火灾的伤感回忆还受到了其他损害。为什么用被动语态"他被迫拥有"呢?难道约翰逊被自己的作品所蛊惑,他的文字并非自愿的表达?考虑到他草率的纵火欲望,难道只有那些手稿处于混乱状态吗?

这个故事还有下文。博斯韦尔回忆说,焚烧的手稿中有"两卷四开本的手稿,包括约翰逊对自己一生的叙述,完整、优美,而且极为详细,从他最幼时的记忆讲起"。正是这种手稿令人不禁假设,一旦出版,它便会严重妨碍其他尚未问世的传记作品。博斯韦尔对约翰逊承认说,他这个可怜人实在按捺不住,偷看了一点点。或者,按他自己的话说,"读了许多篇章"。宽宏大量的约翰逊以为博斯韦尔确实情不自禁。但不仅如此,懊悔的博斯韦尔还坦白说,他一生中头一次萌生了这样的念头:他想把这两卷手稿偷走,然后潜逃,再也不见约翰逊。出于体贴,博斯韦尔问他这位气若游丝、全身浮肿的良师益友,倘若此事当真发生,他会作何感想。"阁下(约翰逊说),我相信我肯定会发疯的。"

是为失去这个朋友而发疯,还是为失去手稿而发疯呢?实际上,博斯韦尔的竞争者约翰·霍金斯爵士(Sir John Hawkins)就偷了一卷手稿。当约翰逊与霍金斯对质的时候,手稿又被还了回来,不过这一位和博斯韦尔的话惊人的相似——他的借口是想把手稿保护起来,以免另一位可能为约翰逊立传的作者乔治·斯蒂文斯(George Steevens)"恶意利用"。这两人从博士的自我分析中读出了什么呢?"将事实公之于众是高尚的,尽管这将使自己遭受惩罚。"约翰逊这样说道。至少,在博斯韦尔的记忆中,他曾这样说过。

苏格兰人乔治·斯蒂文斯恶意暗示说"约翰逊的性欲异乎寻常地强烈",而且,他年轻时"并非如此恪守道德",曾经"把镇上的女人带到酒馆,并听她们讲述自己的故事"。博斯韦尔甚至曾在苏格兰赫布里底群岛（the Hebrides）的科尔岛（Coll）上，亲眼见到这位伦敦文坛名流让一个苏格兰姑娘坐在他的膝盖上颠跳，但这位文坛权威在自己的叙述中从未提及此事。高尚的约翰逊博士在将目光转向自己的痉挛、抑郁、不可控制的发作和可怕的肌肉刺痛感之时，是否写下了忏悔之词？

"塞缪尔·约翰逊博士的情欲自传"化作纸灰，另一本传记则被誉为经久不衰的最佳传记，那便是《法学博士塞缪尔·约翰逊的一生，包括他的研究与诸多作品（按时间顺序）；他与许多杰出人物的通信和对话；他未曾出版的各类作品；以及他对自己活跃其中的近半个世纪间的不列颠文学和作家的完整看法》（*The Life of Samuel Johnson LLD comprehending an account of his studies and numerous works，in chronological order；a series of his epistolary correspondence and conversations with many eminent persons；and various original pieces of his composition never before published；the whole exhibiting a view of literature and literary men in Great-Britain, for near half a century, during which he flourished*）。

劳伦斯·斯特恩牧师
(The Rev. Laurence Sterne)
（1713—1768）

从表面上看，劳伦斯·斯特恩的《穿越法国和意大利的感伤旅行》(A Sentimental Journey through France and Italy) 显然是一本失落的作品。书名和故事内容并不相符：叙述者帕森·约里克（Parson Yorick）在第二卷末尾压根儿还没踏上意大利的国土呢。这部作品的结尾在文学史上非常有名，所描述的场景戛然而止，句子也没有写完："于是，当我伸出手的时候，我抓到了女仆的——"斯特恩在《感伤旅行》出版同年去世了；但是，倘若以为是斯特恩的死亡导致约里克没有到达罗马，或使读者无从得知约里克究竟抓到了女仆的什么，那可是彻头彻尾地误解了斯特恩的小说特点。

斯特恩的名作《特里斯坦·项狄的生平与见解》(The Life and Opinions of Tristram Shandy, 简称《项狄传》)的头两卷于1759年问世。那时，他是约克郡的一名乡村牧师，唯一发表过的作品是一次教廷论战期间写的一些讽刺小品文，大部分印刷本都被当局迅速付之一炬。他自己年轻时的冲动和欲望毁了他的婚姻，还造成了妻子精神错乱和"大吵大闹"的脾气；他没有任何志趣相投的朋友圈子，而且由于肺不太好，不便出行，加之天气原因，他常常处于一种与世隔绝的状态。

《项狄传》的特殊风格被认为是作者隐居的结果：无论他希望与否，他都可以随心所欲地行事，沉湎于每一个古怪的想法或剖析每一个跳入脑海的幻想。但《项狄传》的天才不能仅仅归结为环境的副产品。此外，斯特恩给一位邻居念《项狄传》早期手稿的时候，这位邻居打起了瞌睡，于是他将手稿丢进了火里（不过，稿子后来被抢救出来了，只是略微有点焦痕）。不仅如此，他还在出版商罗伯特·多兹利（Robert Dodsley）的要求下减少了讽刺约克郡神职人员的内容。他写道："所有的地名都从书中删掉了。"斯特恩有意创作了书中所有明显的古怪之处，以此来吸引读者。

1759年，读者打开《项狄传》的时候，首先会看到什么呢？这本书的开头是特里斯坦·项狄被孕育的情形，在一个关键时刻，他母亲问他父亲是否给钟表上了发条，他从这个瞬间开始存在。叙述者告诉我们，他不打算遵守霍拉斯的规则，而且与这位拉丁诗人的建议正相反，他甚至是从字面的"开头"（ab ovo①）开始讲述故事的，尽管，至少对于他的父亲而言，似乎是 in media res，即"从事情的内部开始"。他也不打算"遵守任何人制定的规则"。作品中有写给出版商的絮叨口头禅和旁白；排字印刷的颠倒和整页整页的涂黑；他应该叫作特里斯梅吉斯图斯（Trismegistus），但不出所料，出了个错误；还有脚注、星号、感叹，以及一篇布道。另外，直到第二卷末尾，这位叙述者仍然没有出生。对于那些期待小说以线性进程从"最初"推进到"无尽世界"的人，斯特恩提供了一串他自己用于安排情节的图画符号：

---

① 拉丁文，"从卵子开始"，即从头说起。罗马诗人、批评家霍拉斯在《诗艺》第一百四十六行赞赏荷马并没有从勒达的卵子（即海伦的出生）开始描写特洛伊战争的起因，而是将读者直接引入故事的中心。

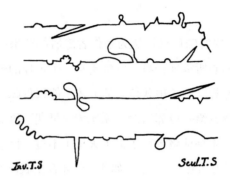

约翰逊博士多年之后在其或许最著名的一个评论失误中宣称:"古里古怪的东西都长不了——《项狄传》就没能持久。"当时,《每月评论》(Monthly Review)更为热情一些:斯特恩的小说可能确实"给他提供了充足的写作素材,不过他得活到玛土撒拉(Methusalem)[1]的年纪才行"。可能就是这篇评论启发了斯特恩,使他在第二年出版的第四卷中习惯性跑题,探讨了关于写作、阅读、存在和生活之间的区别:

> 这个月的我比十二个月前的那个时候的我整整大了一岁了;而且你们也看见了,我已经快到第四卷的中间了——还没有超出我第一天的生活——这就充分表明现在我比刚开始动手写的时候多了三百六十四天的生平好写……这样下去,我应当活的比应当写的快上三百六十四倍——请诸位注意,这样的后果必然就是我写得越多,我要写的就越多 ——结果呢,诸位读得越多,各位要读的也就越多。[2]

最后,随着时间推移,特里斯坦会到达他开始写作的那个年龄,

---

[1] 《圣经·创世记》中人物,据传享年965岁。
[2] 译文摘自《项狄传》,蒲隆译,译林出版社,2006年4月版。后同。

到那时,他必须向我们讲述他当时正在写作的情形,那一章肯定会叙述我们刚刚读过的那一章,以及他在写作那一章期间关于写作和其他事物的观察(壁炉架上的苍蝇、地毯上的图案、酒橱后面的黄鼠狼)。这是一个循环的悖论,一个谁也无法逃避的时间漏洞。特里斯坦永远也无法写下他生命的尽头,因为,当他的心脏停止跳动,或者两肺破裂,或者脑子停转的时候,他不可能有能力写下最后一个句子,更别提解释状况的倒数第二句话了。《项狄传》与此前的任何一部小说都截然不同,也与此后的大部分小说相去甚远。但很明确的是,它仍然是一部小说。在某一处,叙述者想象每个人的胸口都装着一块玻璃窗格,这样人们就可以看到"赤裸的灵魂;观察它的所有活动、诡计,追踪它的所有想法,从这些想法萌生的那一刻起,直至它们开始前行;看它在欢乐中放纵,它的欢欣雀跃,它的反复无常"。对于斯特恩的小说创作方式而言,这大概算是一种借喻。他将所有技巧和情节安排都展现出来,而传统小说则用这些技巧和情节安排来模仿现实。俄罗斯评论家维克多·什克洛夫斯基(Viktor Shklovsky)反直觉而行,将这种古怪的创作称为"世界文学中最典型的小说"。他是对的。所有的小说都作假,给读者签订一份怀疑的契约。不同之处就在于,斯特恩展示了这个把戏是怎么完成的。

如果这种手法只是精心揭示了这部小说的隐藏架构,那它便如约翰逊所言,不足挂齿。斯特恩的伟大之处在于,在处理承载着读者期待的小说叙述时,他采取的方式与人们对待生活的方式是相同的。在关于特里斯坦的学究式的父亲、糊涂的母亲以及逐渐痴迷于战争的脱庇(Toby)叔叔的描述中,斯特恩塑造了栩栩如生的形象,然而他们却仍然对读者保留着自己的隐私。他在第四卷中写道:"我们生活在谜语和谜团当中,我们的生活中最明显的事物也有其不为人知的一面……我们虽然不能对此据理纠缠,不过也能从中发现一些好处。"作者这种带有浓厚人文主义色彩的观点是如此充满理解，以至于他根本不允许即便是虚构的人物被马虎地设定为没有灵魂的自动机器。在狄更斯、乔伊斯和佩雷克的作品中，我们也能看到这种使角色立住的手法。只有外行小说家才会把他们的角色当成棋子一样摆布。

斯特恩一共写了九卷《项狄传》，第九卷结尾的那句话可谓对全书的评判：

老天！我母亲说，这到底是个什么故事啊？——

无非是**公牛**、**公鸡**之类的荒诞故事，约里克说，——这可是我听过的这类故事中最好的

完

斯特恩在写给朋友威廉·孔伯（William Combe）[①]的信中说，还有一本第十卷正在酝酿中，但是它"流产了"，因为他的结核病又发作了。另一个人则得知，在另一部四卷本作品（大概是《感伤旅行》）之后，他将继续写《项狄传》。但第九卷末的"完"似乎很笃定。如果一个作者认为"很久很久以前"这种开头可疑而有争议，那么他便不可能写出"永远幸福"的结局。长久以来，斯特恩一直避免掉入自己的结局陷阱，因此，大概可以将这个不是结局的结局视为挣脱传统束缚的最后一搏。有人猜想，或许就像他那也许尚未完成、确定已经结束、非常具有人性并且极为滑稽的作品一样，斯特恩本人也伸出了手，试图抓到一个无形的、总是差一点儿就能够到的神仙女仆的……

---

① 1741—1823 年，英国作家。

爱德华·吉本（Edward Gibbon）

(1737—1794)

爱德华·吉本在《我的作品和生活回忆录》中回顾职业生涯时宣称，尽管他的朋友约翰逊博士否认"思想会天生倾向于某一种艺术或科学而非另一种"，但他的学术志向在子宫内差不多便形成了。"我凭经验得知，"他写道，"从年少时代起，我就向往历史学家的职业。"但是研究"哪个领域"，这个问题却悬而未决。

自孩提时代起，他就已经"学识渊博，足以难倒博士，可有时，他的无知程度又会令学生为之羞愧"。他的阅读十分随意，而且偏好外国题材；对于"阿拉伯人、波斯人、鞑靼人和土耳其人"，他都来者不拒，"亚述和埃及王朝就是他的陀螺和板球"。15岁时，他首次尝试写作——《塞索斯特利斯生平》（*Life of Sesostris*）①。

希腊历史学家希罗多德曾提到，是埃及法老塞索斯特利斯的农业改革带来了几何学的诞生。他征服了亚细亚，在想要反抗他的部落中竖起胜利之柱，在温顺投降的民族中修建纪念碑，将其称为"女人的民

---

① 据考，塞索斯特利斯指的可能是古埃及第十二王朝（公元前1985—前1795年）的塞索斯特利斯三世，也有可能是其他法老。

族"。年轻的吉本计划将埃及、古典和《圣经》的各种年代表统一起来。这个计划被"十分明智地放弃了",不过是在1772年"大批销毁文件"之后才灰飞烟灭的。然而,吉本想统一各种年代表的差异的打算与他之后的职业生涯息息相关,因此,他在《回忆录》中也提及此事。

吉本在汉普郡民兵队当队长的时候博览群书,仍在找寻研究主题。他开始考虑的是查理八世的远征,又觉得这个主题太"小儿科"了,他接连"选择又放弃了理查一世的十字军东征、反抗约翰和亨利三世的男爵战争、爱德华黑王子的历史、亨利五世与提图斯皇帝的生平与比较、菲利普·锡德尼爵士(Sir Philip Sidney)①的生平、蒙特罗斯侯爵(the Marquis of Montrose)②的生平"。他以为终于找到了适当的题材——沃尔特·罗利爵士,勤奋地研究了所有现存的传记、当时的历史和档案,最后不情愿地下结论说,他没有什么可补充的了。尽管欧迪斯(Oldys)③为写《沃尔特·罗利爵士生平》(*Life of Sir Walter Raleigh*)已经"读过所有与之相关的材料",最后"写得却很差劲"。此外,吉本在欧洲大陆生活了将近五年后发现,罗利的名声"仅仅局限于我们的语言和岛国的狭窄范围"。他可能没有找到一个核心人物,甚或一个比较广泛的时代,但他已经有了一个雄心勃勃、令人生羡的目标。

最后,他选中了一个与自己的抱负和智识相称的题目:《瑞士独立史》(*The History of the Liberty of the Swiss*)。在饱读希林(Schilling)④、楚

---

① 1554—1586年,英格兰诗人、军人和政治家。
② 苏格兰国民誓约派成员,英国内战中转而效忠查理一世,率领高地军取得一系列军事胜利。
③ 1687—1761年,英国作家,著有《沃尔特·罗利爵士生平》。
④ 老迪博尔德·希林(1445—1485)与小希林(?—1515),二人为叔侄关系,均著有瑞士插图编年史作品。

迪（Tschudi）①、劳弗（Lauffer）②和洛伊（Leu）③的著作之后，他给伦敦的一个文学团体朗读了用法语写成的头几章。虽然不清楚吉本收到了怎样的告诫和批评，但他对这些反馈十分在意。他把"这些有瑕疵的手稿丢进火里，永远地放弃了这个构思，它白白浪费了一些金钱、很多精力和许多时间"。

1764年，在一次意大利的旅行中，吉本坐在罗马市政广场的废墟中，聆听化缘修士吟诵晚祷，心里突然冒出"写写这个城市的衰亡的念头"。当时，这个计划仅仅涉及罗马城，而非这个城市统治过的整个帝国，但他正在下大力气研究瑞士政治，便暂时放弃了这个主意。1776年，他的成名作《罗马帝国衰亡史》(*The History of the Decline and Fall of the Roman Empire*)的第一卷出版了。接下来的十二年中，这部皇皇巨著涉足十三个世纪，从安东尼王朝的皇帝一直到君士坦丁堡的陷落，还写到了基督教和伊斯兰教的兴起。

第一卷末关于基督教的早期形式和传播的内容给吉本带来了恶名。他在少年时期所写的《塞索斯特利斯生平》中说，埃及祭司曼涅陀（Manetho）④出于对托勒密王国的忠心而宣称，塞索斯特利斯法老和希腊国王达那俄斯（Danaus）是兄弟，生活在公元前1500年，因此，托勒密人通过达那俄斯和海格立斯获得了神祇的血统。这种宣传使编年史错了五百年。"奉承是产生大量谬误的根源，"他在《回忆录》中写道，"现在我还要补充，祭司也并非不会产生谬误。"他不愿接受教会的说法，这种倾向在年少时代就已有所显现，在《衰亡史》中则达到高峰。

---

① 1505—1572年，瑞士历史学家。
② 1688—1734年，瑞士历史学家和教授。
③ 1689—1768年，著有《瑞士大百科》。
④ 埃及历史学家兼祭司，生活在公元前3世纪。

他的写作特色是一种隐晦的讽刺风格，对东正教表示少许赞同，接着又是一大堆文雅的限定词。基督教为何在罗马帝国扎根？因为这是神圣的真理。但吉本主张，世界并不过分偏爱不经润色的事实，钉上十字架这件事就是证明（虽然他也奇怪，罗马作者为何从未提起随后持续了三个小时的黑暗）。

那么，基督教兴盛还有什么原因呢？"老百姓亟须信仰，因此，任何一种神话系统的衰落便极有可能被新来的另一种迷信所接替。"他写道，并对造物主在异教销蚀的关键时刻明智而适时地介入历史表示祝贺。

吉本不仅仅研究历史最简单的层面，即对发生过的事件的朴素记录，就像他年少时对各个朝代的整合一样，而且是作为18世纪的理性思想者，探求其中的因果关系。他也清楚，人们对历史的解读方式会影响他们的理论。他对俄利根等早期教父[①]以及他们与诺斯替（Gnostic）[②]异教的关系的评价中有不少古怪的想法。"他们认为本义与一切信仰和理性的原则都是矛盾的，于是用寓言的大幕小心遮住摩西制度的每一处软肋，自以为躲在其后便高枕无忧了。"

因此，吉本既是史料编纂者，也是历史学家，他对宗教信仰中的史实持怀疑态度，同时，对于被相信甚至书面记录为事实的内容是如何操控人们的反应的，也保持着敏感。大卫·休谟（David Hume）[③]钦佩地写道："您藐视盲信者的强烈抗议，这是非常勇敢的举动。"

《罗马帝国衰亡史》是启蒙时代的最高成就之一。吉本写完这部

---

① 教父是基督教会中有权威的早期作家，制定教义和编纂宗教教规。
② 诺斯替教是基督教中非正统的一支，公元1—3世纪流行于地中海东部各地，是一种融合多种信仰，把神学和宗教结合在一起的密传宗教，强调只有领悟神秘灵知，灵魂才能得救，被基督教称为异教。
③ 1711—1776年，英国哲学家和历史学家，他认为人类认识的唯一来源是感觉经验。他的作品包括《人性论》和《政治论》。

著作之后，又开始构思一部"死者的对话"，琉善（Lucian）[①]、伊拉斯谟和伏尔泰将在其中比较他们对于"揭露旧迷信"的经验。他还很希望能写一个系列，主题是"自亨利八世至今，曾在不列颠的军事、艺术、宗教和政治领域展现才华的英杰"。不过，这两部作品都未能写成。而且，希求他再有佳作问世可能太过贪心了。

[①] 约125—180年，生于叙利亚的萨莫萨特，罗马帝国时代的希腊语讽刺作家。是罗马帝国时代最著名的无神论者。

约翰·沃尔夫冈·冯·歌德
(Johann Wolfgang von Goethe)
（1749—1832）

关于歌德，相较于地位与之类似的文学巨擘荷马或者莎士比亚，我们对他的生平、思想和感情生活都了解颇多。虽然关于歌德的信息和逸闻十分丰富，但对于这位曾以自己的名字命名了德语文学整整一个时代的大家，想要对他进行简明概括仍然很困难。他的作品无法用一个词来形容；而"歌德式的（Goethean）"这个词既无优雅可言，作为定义又空洞无用。

描述歌德就像绘制侧影一样：无论选择哪种线条或角度，在某一个维度都必然有所损失，漆黑的侧影也无法表现皮肤的暗处和皱纹。若要赞美"狂飙突进"（Sturm und Drang）的个人主义和歌德早期戏剧《格茨·冯·贝利辛根》（Götz von Berlichingen）中的电影化视野，便无法涉及他在魏玛古典主义时期的作品《托奎多·塔索》（Torquato Tasso）中严格的形式美感。他那有些过度兴奋的忧郁小说《少年维特之烦恼》（The Sorrows of Young Werther）中对全欧洲的反社会癔症的调查并不会让人同时想起《亲和力》（Elective Affinities）中对人类感情进行的巧妙而深奥的化学实验。他关于小情小爱的史诗《赫尔曼与窦绿苔》（Hermann and Dorothea）的柔和魅力似乎与《威尼斯铭语》(*Venetian Epigrams*)中愤世嫉俗的神气或是《罗马哀歌》(*Roman Elegies*)中带有异国情调的古典情欲形成了极端矛盾。正如歌德自己所说,他没有某一种风格,他有各种风格。

歌德在宫廷的繁文缛节中如鱼得水,同时又是一个"生活在罪恶之中"的波希米亚诗人;他是一个认为科学研究比写作更为重要的艺术家,却又集普罗米修斯式的反叛者与奥林匹亚的审判者于一身。不过他似乎并不自相矛盾,若要将他简单描述为一个大胆的青年变成了一个教条主义的老头,或是一个软弱的少年堕落为一个阿谀奉承的反动分子,显然都是行不通的。在过分丰富的大量资料的影响下,一段简单的概述受到了干扰和反驳:这位60岁的老人差点便与一个只有他一半年龄的女人开始三人同居(ménage à trois①)了,这个20岁的女人还就此皈依了虔信派。

歌德年幼时便已立下雄心壮志,要写出一部巨著,但他同时也怀疑自己是否具备这种能力。他早期创作的一首英语诗歌题为《我的不自信之歌》,他在其中坦白:

> 而其他的思想对我来说
> 是不幸 是死亡 是黑夜:
> 我哼不出悦耳的曲调,
> 我无法成为诗人

这首诗表现了他夹在这种坦白以及对缪斯女神的热忱祈祷——"噢女神们,请让我歌唱"——之间,饱受折磨。在他构思的以六种不同语

---

① 法语,三人同居,指一对夫妇和其中一人的情人同居的家庭。

言写成的书信体小说中，可以找到关于他的早熟（而非能力）的更多证据。这项特别的证据能够证明他想要涉猎一切的欲望，如今却已经遗失了，实在可惜！

遗失的还有他年少时创作的一部小说，内容是约瑟（Joseph）①和他的兄弟们，托马斯·曼（Thomas Mann）注定要在20世纪写下这个题材。歌德在回忆这次尝试时十分懊悔，暗示说约瑟"就知道祈祷"可能是他放弃这个题材的原因。不过，歌德需要一个英雄原型来展现他的天赋，这一观念贯穿了他的一生。

普罗米修斯、伯沙撒（Belshazzar）②、苏格拉底、亚历山大、尤利乌斯·恺撒、亚哈随鲁（Ahasuerus，所谓的"永世流浪的犹太人"）③和穆罕默德都曾被歌德视为其宏伟抱负的适当题材。他甚至为一首长诗《阿喀琉斯》（Achilleis）写了一个开头。歌德本打算在这部作品中续写荷马的史诗，讲述这位希腊战士的婚姻和死亡，但又放弃了，因为他觉得把它写成小说可能更好些。最终，是一个德国魔法师给他提供了所需的主角，尽管这部巨著还要再过六十年才能写出来。

歌德第一次涉及浮士德与魔鬼订立契约这一传奇的作品在1790年问世，这部作品号称是一部完整的"集艺术之大成的作品"的掠影，题为《浮士德片断》（Faust: A Fragment），而非他所能创作的那部"集艺术之大成的作品"。大众还要等上十三年才能等到续集，而且仍然不是集大成的作品，题为《海伦：古典浪漫主义的千变万化——〈浮士德〉的幕间休息》（Helen: Classical-Romantic Phantasmagoria. Interlude to Faust），而最终的第二部能够出版，则要归功于歌德的

---

① 《旧约·创世记》中的人物。约瑟是父亲老年所得之子，甚得宠爱，却遭到哥哥们的嫉妒。
② 尼布甲尼撒二世之子，巴比伦最后一位国王。
③ 基督教《圣经》中的波斯国王，娶以斯帖为妻。

朋友、像博斯韦尔那样为朋友立传的知己艾克尔曼（Eckermann）[①]的唠叨和哄骗，虽然出版是在歌德逝世之后。题为《浮士德初稿》（*Urfaust*）的第一稿在1887年重见天日，于是，我们甚至可以更加明显地看出，歌德对这个近乎于中产阶级家庭悲剧的故事进行了怎样的大幅改动：傲慢学者引诱葛丽卿（Gretchen），随后，葛丽卿犯下杀婴罪并被处以死刑，这些情节被歌德改编为对努力的本质、神的介入以及希腊与德国统一的宇宙论探索。

《浮士德》糅合了多种风格，包括露天历史剧、歌唱剧（Singspiel）[②]、假面剧、凯歌（trionfi）、讽刺评论以及史诗的形态（比如第二部第三幕就涵盖了三千年的历史，并将浮士德与海伦的孩子作为拜伦的象征）。从深层次而言，《浮士德》是不可能被搬上舞台的，除非是在思想的剧场中。歌德对于制造新的复合形容词十分得心应手，他对低俗诗歌形式的改变以及其中宏大的超自然场景也使得这部巨著难以翻译。正如同歌德的研究者和译者戴维·卢克（David Luke）在一部歌德诗歌选集的导言中所指出的，拣选歌德的代表作就意味着选出他最难啃的作品。

《浮士德》的第二部并不是歌德费力创作的唯一续作。1794年，他在宫廷剧院组织了一场莫扎特《魔笛》的演出，随后用两年时间试图为这部歌剧写一部续集——《魔竖琴》。我们从现存的零散草稿中了解到，夜女王重新归来，并诱拐了塔米诺和帕米娜[③]的孩子，把他关在一只金匣子中。这对父母必须经受洪水与烈火的严酷考验才能解救孩

[①] 艾克尔曼从1823年初相识至1832年3月歌德逝世一直担任歌德的秘书，并成为他的挚友。
[②] 18世纪德国的一种音乐喜剧，以民歌为特点并穿插对话。
[③]《魔笛》中的男女主人公。

子；与此同时，帕帕杰诺①和帕帕杰娜也十分不幸，他们的孩子从巨大的蛋中诞生，身上长满羽毛。歌德似乎想要超越莫扎特的华丽舞台效果：夜女王上场时身边伴有球形闪电和圣艾尔摩之火②。歌德又宣布对这个计划丧失了兴趣，因为没有人能够与天才莫扎特相媲美（连贝多芬也不行）；原先的歌剧剧本作者史肯尼德（Schikaneder）1798年自己写了一部续集，这可能也是歌德热情熄灭的一个原因。

《浮士德》也许并不是歌德构思过的最缺乏雄心的作品。《宇宙浪漫史》(The Romance of the Universe) 可与卢克莱修的《论量物的本性》(On the Nature of Things)③相提并论，都是对巨大尺度范围的科学展示。不知为何，歌德执着地想要证明牛顿的光学理论是错误的，这给他在科学界的地位蒙上了阴影；他的色彩学理论其实基本都是错误的，这一事实更使他的主张的可信度降低。不过，他在形态学领域的确做出了贡献。尽管他在1784年"发现"人类胚胎中有下腭间片骨的说法仍有争议〔菲利克斯·德·阿齐尔（Félix d'Azyr）的发现比歌德早了四年，但他直到1784年才将其发表〕，而且这一发现的意义也有待讨论（下腭间片骨和尾巴、腮或其他仅在胚胎时期可辨认的特征一样，严格意义上并不是人类"拥有"的），但它还是给歌德在达尔文的《物种起源》的脚注中赢得一席之地。

形态学的研究内容是形态和变异，同时也是歌德未完成的系列长诗《宇宙浪漫史》的背景，包括"植物形态学"和"动物形态学"，他还就这一主题发表了一些散文研究文章。他在一些物种之间发现了相

---

① 《魔笛》中的角色，捕鸟人，曾帮助塔米诺王子。
② 大气放电现象，一般发生在暴风雨期间，常见于教堂尖顶、航船桅杆或飞机机翼上。
③ 一首为了把人们从迷信和对不可知的恐惧中解放出来而试图用科学词汇解释宇宙的长诗。

似性（比如鱼类的鱼鳔和哺乳动物的肺相似，或翅膀与手臂相似），并以此假设在何种条件下形态可以发生改变。他甚至还异想天开地猜测，他是否会在去西西里岛的旅途中发现"原始植物"（Urpflanze），所有其他花草树木都是这种原始植物的外延形式。不用说，他没有发现原始植物，也没有完成科学与诗歌的大杂烩著作。

1830 年的一次，歌德硬拉住一个朋友，热切地想要和他讨论巴黎的重大事件，你可能以为他指的是七月革命，可实际上他关心的是居维叶（Cuvier）和圣希莱尔（Saint-Hilaire）在科学院的比较解剖学辩论。歌德对法国新近的政治史一直保持关注，尽管他多次半途而废，蹒跚试错，但从未对大革命、恐怖统治以及拿破仑的起落做过充分回应。

1792 年，在德国王储和法国流亡保皇党派结盟发动的一场战役中，歌德陪卡尔·奥古斯特公爵（Duke Karl August）前去对抗人民军队并打算夺回巴黎。战争开始转而对他们不利之时，歌德发表了一句著名的评论："从这里，从此时，世界历史的一个新时代开始了。"他对大革命的明喻强调了它不人道和不可逆转的性质：这是一场地震，一次火山爆发，一场巨大的自然灾难。

歌德在半途而废的剧本《困惑者》(*The Mystified*) 中试图分析引发大革命的前提条件。这部作品中的一些元素被放入《大科普塔》（*The Great Copt*，1791）当中，他在这部作品中拐弯抹角地评论了所谓的项链丑闻（大仲马将此事作为《三个火枪手》的核心线索），还严厉批评了导致大革命的法国贵族统治的大意和幼稚。《大科普塔》是一部喜剧，主人公是自称魔法师的著名江湖骗子卡里欧斯特罗（Cagliostro）[①]，歌德在西西里见过此人，他的谎言和诡计反映在

[①] 1743—1795 年，意大利冒险家，作为魔术师和炼金术士而闻名全欧洲。

宫廷的腐败和怀疑中。然而，尽管歌德在《市民将军》(*The Citizen General*)和另一部半途而废的作品《受鼓动的人》(*The Agitated*)中再次做出尝试，喜剧的传统仍然难以承载大革命的题材。

法国大革命给《赫尔曼与窦绿苔》提供了当代背景，仅此而已。类似地，在一部仿照薄伽丘《十日谈》中聚会讲故事模式的作品——《德国侨民的对话》(*Conversations among German Emigrants*)——中，意大利版本中逃离瘟疫肆虐的佛罗伦萨的故事变成了屈斯蒂纳将军（General Custine）① 在莱茵河上挺进而导致的战术撤退。歌德离完成这部散文集差得很远，现实政治背景也几乎没有影响其中的故事或故事讲述者。一部拉伯雷式的讽刺作品——《梅加普利森的儿子们的旅行》(*The Journey of the Sons of Megaprazon*)——中有一些有关"狂热"的党派之争的俏皮话和笨拙比喻，不过这部作品已经残缺不全。

1799年的《私生女》(*The Natural Daughter*)是他力图表现大革命起因的剧本尝试中最持久的一次；而预想的续集，或者说三部曲的第二卷和第三卷，都未曾动笔。这部剧本来源于斯蒂芬尼-路易·德·波旁·孔岱公主（Princess Stéphanie-Louis de Bourbon Conti）的回忆录，在剧本中，她化身为尤金妮（Eugénie），被同父异母的卑鄙哥哥诱拐，被迫嫁给一个出身低微的人。这个令人不快的小事件，以及剧中一位僧人关于一场不可阻挡的洪水即将来临的预言，都体现了对旧制度的普遍滥用。但歌德从未完成假定的续篇，因此再度避开了真实的断头台本身。

与艺术相比，大革命才是生活中的反抗精神；在这些残缺、委婉和令人难以满意的努力中，歌德虽然天生偏好改变世界和人类命运的大人物，却似乎不愿让罗伯斯庇尔、马拉或丹东甚至拿破仑

---

① 当时拿破仑手下北方军团的统帅。

出现在他的作品中。歌德并不反感乃至顾虑在作品中使用真实人物，他的早期剧本《克拉维戈》（*Clavigo*）写的就是剧作家博马舍（Beaumarchais），博马舍本人曾经看过这个剧本。但他并未留下深刻印象。其中有段纯属虚构的情节，他谋杀了一个对手（其实只是羞辱了对方），妻子则在台上奄奄一息，博马舍甚至对这一幕也无甚反应。对于歌德而言，真实人物是可以作为文学角色出现的，但从巴士底狱陷落到滑铁卢战役的这段宏大历史在歌德的作品中却成了奇怪的盲点。他曾经说过一句名言："与忍受混乱相比，我更倾向于制裁不公。"他不愿介入大革命更加说明了他这种恐惧的严重性。

歌德遗失、未完成和未曾动笔的作品总数间接证明了他的创作和成就之大。然而，歌德正愈来愈成为无人阅读的经典，他虽然被划归为天才和伟人，却根本没有产生任何共鸣。部分原因是20世纪德国政治局势恶意篡改了歌德的作品，使读者陷入了类似困惑："一战"士兵带着他的诗作上前线；希特勒肯定了他的天才，并对他歪曲的政治观表示赞同。

歌德对21世纪有意义吗？或者说，21世纪对歌德有意义吗？失败——成功，古典——浪漫，思想自由——脾气乖戾，诗人——生物学家，小说家——物理学家，艺术家——歌剧剧本作者，激进——保守：歌德或许在拒绝简单的同时，为我们指出了一条路，我们同样可以这样将破折号作为一道桥梁，将过去与未来连接起来。

罗伯特·费格生（Robert Fergusson）
（1750—1774）

包括莱布尼茨在内的一些物理学家认为可能存在无限数量的量子宇宙，它们反映并包含了一切可能性。如果真是如此的话，那么，在其中一个宇宙中，罗伯特·费格生没有在24岁时在爱丁堡疯人院的一个单间里去世。那个宇宙中的罗伯特·费格生仍然会上圣安德鲁斯大学，他那喜欢卖弄又刻薄的小聪明会招致又一个学生在菲尔丁[①]《杂记》（*Miscellanies*）的第三卷上涂鸦道：费格生是个"臭妖精"，"心如蛇蝎"。在他的导师、诗人威廉·韦基（William Wilkie）的保护下，他会侥幸逃过被开除的厄运。

他回到家乡爱丁堡的时候，还会被代理主教办公室雇去抄写档案，晚上则和民歌收集者戴维·赫德（David Herd）、画家亨利·雷伯恩（Henry Raeburn）[②]、还没搞臭名声的威廉·布罗迪（William Brodie）[③]以及海角俱乐部的其他成员一起辩论和喝酒。他还会写下近

---

① 1707—1754年，英国作家。
② 1756—1823年，英国肖像画家。
③ 1741—1788年，爱丁堡著名人物，既是成功的壁橱制造者、制造业和石工行会的执事和爱丁堡市议员，同时又是一名夜贼。

三百年内最具革新意义、令人兴奋和大胆的苏格兰语诗歌；但他不会屈服于偏执和沮丧，也不会烧掉所有手稿，更不会在狂乱的情绪和污秽的环境中死去。

费格生的诗歌天赋在他的苏格兰语诗歌中体现得最为明显，但他的方言诗歌并不是沉湎安逸的怀旧。他的作品充满现代感，随处可见巧妙又有几分玩笑的新古典主义优雅诗句，就像莫扎特奏鸣曲中的短倚音。在他的诗歌中，爱丁堡是平民的、近乎恶魔般的"老烟城"（Auld Reikie）①，同时也符合它优雅的拉丁文名字 Edina；在这里，北风之神吹过北湖（Nor'Loch）桥，牡蛎酒馆争抢生意。尽管他的作品使一些二流打油诗人联想起已故的阿伦·拉姆齐（Allan Ramsay）②（拉姆齐为使古老的苏格兰语诗歌的复兴做出了极大努力），并惊叹道："阿伦复活了吗？"费格生却并不满足于重复过去或扮演苏格兰的查特顿（Chatterton）③，而要作为一个完全属于当代的诗人，致力于描写这座城市活生生的现实题材。

他的诗歌中有一种欢快的自以为是。他将伊萨克·牛顿爵士大胆写进诗中，以"snout on"和"dout on"来押韵，给这位英格兰物理学家强加上了苏格兰口音，还把"dinna fash us"④和"Parnassus"联系起来。塞缪尔·约翰逊到访圣安德鲁大学给了他灵感，他希望母校的头面人物能鼓起勇气以苏格兰羊杂碎布丁和羊头，而不是引进菜来款待"萨米"⑤。他在另一首"英语"诗歌中大骂约翰逊道：

---

① 苏格兰口语中爱丁堡的别名，爱丁堡多烟囱，烟雾弥漫，故有此称。
② 1686—1758年，苏格兰诗人，以爱国主义和田园风光的作品闻名。
③ 1752—1770年，英国诗人，曾称其诗为15世纪修士托马斯·罗利所作，以此来愚弄学者。查特顿无法通过写作维持生计，以致穷困潦倒并于18岁自杀。
④ 苏格兰英语，意为"别惹我们"。
⑤ 塞缪尔·约翰逊的昵称。

> 大声赞美你那强大的名字
> 它到处被称颂
> 从泰晤士河岸的绿色斜坡到苏格兰的海岸
> 那里罗蒙湖碧波荡漾

费格生的诗歌令人想起爱丁堡的香气和臭味、城市警卫和懒散的纨绔子弟、牡蛎酒馆里的饕餮以及通恩教堂叮当的钟声。在更加阴郁的时刻，他对工作进行了解释，还写下了维庸式的最后遗言，这或许暗示了他即将到来的危机。他完全沉浸在这座城市的荣耀与混乱中，这是要付出代价的。

但是那个假设存在于另一个宇宙的费格生呢？我们可以想象，他至少完成了关于爱丁堡地形学的热情作品《老烟城》，而如今只有一章存世。罗伯特·彭斯[①]也不必给他这位"缪斯中的兄长"写挽诗，在坎农门墓地花钱给他竖起墓碑，而是能够在 1786 年见到他本人。偏乡村风格的彭斯更善于在诗歌中用讽刺来塑造人物，但他大概也会从费格生令人炫目的城市风光和语言学狂欢中收获良多；费格生大概也会在作品中引入更广泛的情感，以及更多的叙事动力。1788 年，他便会看到他的朋友、备受尊敬的布罗迪执事被人揭发了夜贼身份，搞得声名狼藉，被处以绞刑。这样一个精彩的故事大概能够满足费格生长久以来未能实现的剧本创作愿望。他早期的尝试，两幕悲剧《威廉·华莱士》可能也不会被烧掉，不过，他可能也不会再用更加戏剧化的都市故事风格重写一遍了。

1796 年，人到中年的费格生将会为比他年轻的彭斯写挽诗。等他年近花甲时，可能会讨论新一代的后起之秀——司各特和霍格——

[①] 苏格兰著名农民诗人，代表作有《友谊地久天长》。

各自的优点,甚至可能想自己写小说。在一个更加仁慈的平行宇宙中,他可能还能做许多事情。但在这个宇宙中,我们只能满足于他在短暂一生中确实取得过的有限而伟大的成就。

詹姆斯·霍格（James Hogg）
（1770—1835）

沃尔特·司各特爵士的去世漫长而痛苦。他做了开颅手术，用鸦片进行了麻醉，但还是连续叫喊了好几个小时。从似乎清醒的时刻回归意识模糊之时，他便背诵莎士比亚的作品片段，发出断断续续的呜咽声。一系列中风使他行动不便，为摆脱破产困境而努力写作又导致精疲力竭，他最终于1832年9月21日下午1点半去世了。

两周之后，他的女婿和未来的传记作家约翰·吉布森·洛克哈特（John Gibson Lockhart）意外收到一封詹姆斯·霍格的来信。司各特和霍格在司各特编纂第一本著名作品《苏格兰边地之歌》(The Minstrelsy of the Scottish Border)时曾经见过面，那时，霍格为司各特提供了他从母亲那里学来的传统歌谣。在司各特的鼓励下，霍格努力成了诗人、杂志编辑、小说家，还编纂了一本詹姆斯党诗歌选集。除了写作之外，他还由于出现在其他人的作品中而声名大噪，包括约翰·洛克哈特笔下的"埃特里克（Ettrick）①的牧羊人"，约翰·威尔逊（John Wilson）长期上演的剧作《神圣的夜晚》(Noctes Ambrosianae)中也有一个强

---

① 苏格兰地名。

加给他的角色：一个粗俗而又文雅的乡村诗人，一个未经雕琢的天才，亚罗自己的法斯塔夫①。

霍格的信中写道：

> 我亲爱的洛克哈特，
>
> 在开赛德意外见到你，我很失望。虽然考虑到你当时处于混乱和抑郁之中，但我发现如今我已经失去在这世上最亲近、关系最稳固的朋友，除了你以外，我再也无法指望谁能给我建议和帮助了，于是我只好这么快写信给你。

如果洛克哈特以为这封信接下来是要恳求他给予金钱上的帮助或编辑上的指点，那么他就要大吃一惊了。

> 因此我要首先给你一条建议。那就是："以我的名义和我的风格撰写沃尔特爵士的传记"。

洛克哈特毕生都在准备撰写岳父的传记。向他建议给"埃特里克的牧羊人，即詹姆斯·霍格先生撰写的沃尔特·司各特爵士传记"担任影子写手，这是一个严重的错误。

霍格列出了他这个野心勃勃的顶替建议的理由。洛克哈特可以"支配那些文件"，但是，"对于一个儿子或女婿来说，想要写出一部独创而有趣的传记是不可能的"。如果洛克哈特采用了霍格"直率而自负的风格"〔当然，无数期《布莱克伍德杂志》(Blackwood's)②已经证

---

① 喜剧角色。
② 一本保守主义文学评论杂志，出版华兹华斯和一些雪莱的作品，由苏格兰出版人和编辑威廉·布莱克伍德编辑。

明他完全可以胜任〕,那么"它将赋予你十倍的表达自由,无论是作为评论家还是作为朋友",而且,顺便一提,霍格已经向几家出版商承诺说,他将写一部沃尔特爵士传记。

这个计划并不像我们可能以为的那样,看起来那么可耻。在19世纪初,作者身份不过是一场扑朔迷离的游戏。司各特的威弗利系列小说就是匿名出版的,很快便出现了关于作者身份的疯狂猜测,玛丽亚·埃奇沃斯(Maria Edgeworth)①认为:"不是司各特就是魔鬼"。霍格本人的《一个正义的罪人的私人回忆与忏悔录》(*Private Memoirs and Confessions of a Justified Sinner*)则像是一份货真价实的17世纪文件,经由19世纪作家之手的编辑。霍格自己在最后几页现身。他隐藏在自己的文字中,还煽动大量谣言说编辑者是洛克哈特。霍格的一个建议是:"收集每个在世作者的一首诗作,结成一册出版,我算过了,这样大概可以发一笔财。"拜伦一直没有提交作品,而司各特(他大概在琢磨,霍格凭什么从其他人的劳动中获利)则断然拒绝。于是,具有生意头脑的詹姆斯干脆坐下来,给这些作者写了些新作,想都没想授权许可的问题,无论是在法律上还是在道义上。结果呢,这部模仿他人的诗集《诗歌之镜》(*The Poetic Mirror*),成了一部颇受好评的作品。

洛克哈特拒绝与霍格的代笔传记发生任何联系。他对朋友抱怨说:"此人根本没有能力刻画司各特这位现代文学伟人的思想品格,正如他无法在达达尼尔海峡上用山羊架桥。"

1834年,霍格的《沃尔特·司各特爵士的起居习惯和私人生活》(*The Domestic Manners and Private Life of Sir Walter Scott*)问世了,洛克哈特可能希望他在这个场合采取更加和解的姿态。如果是代笔作品,

---

① 英国作家。

那么洛克哈特至少能把霍格约束在自己的观点之内。但这部《起居习惯》则截然不同。压抑了三十年的怒火都在这部作品中爆发出来。霍格一直在司各特令人窒息的阴影下写作，贵族沃尔特爵士坏了天才霍格的好事。他关于盟约派的小说《波德斯贝克的棕仙①》（*The Brownie of Bodsbeck*），被认为只是模仿司各特的《清教徒的故事》（*The Tale of Old Mortality*），尽管霍格声称，司各特在动笔之前就知道他在写以这个时期为背景的故事。司各特批评了《人的三个险境》（*The Three Perils of Man*）的情节，又在他自己的《危险的城堡》（*Castle Dangerous*）中抄袭了这部作品。霍格可能并不知道，萨拉·格林（Sarsh Green，穿苏格兰花格呢裙的诙谐版堂吉诃德）的英语虚构作品《苏格兰小说阅读》（*Scotch Novel Reading*）中提到："詹姆斯·霍格可能是'伟大而不为人知的'沃尔特爵士的又一个假名。"就算他知道此事，也从未提起过。

霍格是司各特这位以撒的以赛玛利②，是司各特这位堂吉诃德的桑丘·潘萨，也是徒劳无功的替身和基因崩坏的克隆人，他爆炸了。司各特收集古董的水平只能算是业余。他是个阿谀奉承的托利党成员，讨好上流社会。他著名的沉着冷静只是在摆样子；的确，一次乘船旅行时，批评家弗朗西斯·杰弗里（Francis Jeffrey）给他读了自己对司各特的《玛米恩》（*Marmion*）的评论，司各特威胁说，如果不修改评论就把船弄沉。霍格恶意暗示说，司各特与法国妻子的婚姻不合法，还说他临终时在病榻上的模样像个醉鬼。而洛克哈特，他终其一生都没有说出真相。

---

① 棕仙是苏格兰传说中夜间前来帮助人们做家务的小仙童。
② 以撒和以赛玛利是人类祖先亚伯拉罕的两个儿子，后者由亚伯拉罕和女奴夏甲所生，夏甲和儿子在以撒出生后被亚伯拉罕的正妻驱逐，以赛玛利也成了被遗弃的孩子，后与兄弟不和。

洛克哈特的评论以尖酸刻薄而闻名，于是霍格送了他"蝎子"的绰号。洛克哈特以牙还牙反驳霍格，说霍格配不上任何天才的称号，他的成就都要归功于编辑。"在威尔逊的手中，牧羊人永远是令人愉快的；但对于这家伙本人，我简直无法表达我的轻蔑与怜悯。"他这样写道。洛克哈特的职业生涯开始于1838年，霍格去世三年以后。洛克哈特祝福岳父安息，还给他的法国妻子夏洛特·司各特的父母配上了一段法国大革命时期的骁勇历史。不过，这部作品还最后一次狠狠讽刺了霍格一把："霍格如果能早点离世，会更有利于他的名誉，因为他是在侮辱了这位最佳资助人的骨灰之后才随他而去的。"

洛克哈特机智又恶毒的风格并未对后来的作者产生多大影响。D. H. 劳伦斯写道："洛克哈特这种混账中产阶级为了获得一点关注，都在屁股上种铃兰了。"人们不禁要猜想，如果真由洛克哈特给霍格代笔，司各特的传记是否还能写得再不敬一些？又或者，霍格的司各特传是否真能逾越他的自卑感？

沃尔特·司各特爵士（Sir Walter Scott）
（1771—1832）

早在破产所迫之前，沃尔特·司各特爵士就已经是一位高产作家了。自从 1814 年《威弗利》（Waverley）匿名出版之后，他至少每年发表一部小说，而在 1823 年则发表了整整三部，还有无数散文、若干诗歌和戏剧作品。他一直拒绝承认威弗利系列出自他的笔下，于是，出版社为作者创造了一堆绰号，比如"伟大的无名氏"、"《威弗利》的作者"以及"北方的巫师"。

司各特的手法是这样的：小说通常以一种半开玩笑的口吻讲述手稿是如何被发现的，"《威弗利》的作者"只是对手稿进行了编辑或翻译，或稍作整理以便出版。比如，《艾凡赫》（Ivanhoe）据说是《古董家》（The Antiquary）中的人物阿瑟·沃德爵士（Sir Arthur Wardour）收藏的一部盎格鲁－撒克逊手稿；前言中出现的其他假托的作者还有杰迪迪亚·克莱什波萨姆（Jedediah Cleishbotham）、克拉特巴克船长（Captain Clutterbuck）和德里亚斯达斯特医生（Dr Dryasdust）等。

在《待嫁的新娘》（The Betrothed）的前言中，司各特让这些人相聚了。《古董商》中的古董商乔纳森·欧德巴克（Jonathon Oldbuck）要求聚会保持秩序：

绅士们，我几乎用不着提醒你们，我们对于大家共同努力累积起来的财富有着共同的利益。这些作品卷帙浩繁，题材多样，由许多人的创作汇聚而成，公众一直将它们随意归在某一个人的名下，而你们，绅士们，你们却十分清楚，这个大群体中的每一个人在我们共同的成功中都享有一份荣誉和利益。说实在的，我一直搞不懂，如此之多的高见和废话、玩笑和真话、幽默和悲剧，好的、坏的、不好不坏的，足有几十卷之多，这些目光敏锐的人怎么会以为它们都出自同一人之手呢？对于不朽的亚当·史密斯关于劳动分工的学说，我们可都是十分清楚的啊。

司各特负有累计十二万英镑的债务，他清偿债务的方案之一便是出一部完整版本的作品集，公开承认他为数可观的作品，并且为其撰写自传性序言。运气好的话，所谓的"巨著"版作品集，以及《拿破仑的一生》(*Life of Napoleon*)和其他新小说，可以解决他的财务困难。然而，健康问题和神经衰弱却造成了与他的刻苦努力伴随而来的另一条经济原则——收益递减法则。

19世纪30年代，司各特的小说质量逐渐下降。《巴黎的罗伯特伯爵》(*Count Robert of Paris*)不但由司各特的女婿约翰·吉布森·洛克哈特订正过，而且在实质上是重写了。一连串中风进一步影响了司各特的写作能力；"词句和布局晦暗不清"，他只好雇用抄写员。司各特的健康状况变得愈发不稳定，他决定到气候温和的马耳他旅行一次，也许有助于康复。

尽管司各特应该好好休息，巨著的最后几卷也已交给印刷商，但他还是开始创作一系列新作品了。他就好像对写作的行为上了瘾，依靠自己已经不稳的笔迹开始写新小说。"怎么劝他都没用。"洛克哈特说。当时，他开始创作的作品的背景是"那不勒斯匪徒的历史，其中花费大量篇幅写了一个与圣约翰骑士团有关的爱情故事"。

约翰·巴肯（John Bachan）①在他自己的沃尔特·司各特爵士传记中讨论了《包围马耳他》(The Siege of Malta)和《比扎罗》(Il Bizarro)，他说："这两部作品的手稿都仍存于世，不过，但愿没有文学复兴者会犯下把它们公之于众的罪行。"洛克哈特收到了这些新作品的连载手稿，哀叹说："无论如何努力，手稿字迹都几乎无法辨认。"这两个人说的都不是百分之百的事实。

现存的手稿并不完整，有些纸页已经被纪念品搜集者拿走了。手稿也并非完全无法辨认，尽管司各特的高效率意味着很多代词、连词和介词都省略掉了；而且，他的模糊笔迹导致有些段落的誊写充满了疑问。这些手稿和他以往的草稿一样，几乎没有标点，司各特指望着印刷工人们给添上去呢。

作品本身是代笔的，司各特当时就算没有生理死亡，至少他的写作生涯也已经终结了，而《包围马耳他》就是一个散文幽灵，游荡在人世间。其中还有一些司各特从前的灵光闪现，比如，他建议在对抗摩尔人方面取得过荣耀成绩的塞万提斯可以加入马耳他保卫者，晚上还可以给他们提供娱乐。但从整体来说，作者写每句话的时候仿佛都已经忘记了上一句，陷入永恒的当下之中。读者见到了堂·曼纽尔·德·维朗亚，一位老派而充满武士精神的骑士，以及他的侄女安吉丽卡，不过她在开场不久就消失了。维朗亚与阿尔及尔海盗兼总督德拉古特之间有深仇，但他们期盼的决斗却始终没有实现。最后，连主要角色都从故事中慢慢蒸发了，复仇也无从谈起。詹姆斯·斯基恩（James Skene）把司各特的笔比作17世纪魔法师梅尔·维尔（Major Weir）的魔杖（司各特曾经以他为题材构思过一部小说），不需要主人

---

① 1875—1940年，苏格兰作家和政府官员，曾任加拿大总督，代表作为《三十九级台阶》。

的控制也能够自行移动。这个关于黑魔法的比喻准确得令人惊异。

不过，司各特认为这部作品堪比《艾凡赫》。他烧掉并重写了开头部分，还打算给它配上一首关于圣乔治的诗。他还看到朋友威廉·杰尔（William Gell）绘制的一幅素描，内容是嵌在一个教堂屋顶的一具恐龙骨架，于是又想在这首诗中添上一条罗德岛（圣约翰骑士团曾经的居所）的龙。他还答应要写一本马耳他的游记，但从来没有完成过。从他离开英格兰之前的行为中可以看出，他的精神状况很差。他对改革议案感到担忧，还有流言说，辉格党政府可能要让菲兹克莱伦斯家族成为王位的合法继承人，这些情况迫使他构思了这样一个计划：绑架维多利亚公主，将她在苏格兰保护起来，让威灵顿上台，成为独裁者。

司各特曾经希望在归乡途中拜访歌德；然而，当他听说歌德已经去世时，他自己回家的愿望更加强烈了，这样他也可以死在家乡。7月11日，他抵达阿博茨福德（Abbotsford），并于两个月后去世，至死他都放心地以为，《包围马耳他》交到了能干可靠的女婿和出版商手中，即将出版。

塞缪尔·泰勒·柯勒律治
(Samuel Taylor Coleridge)
(1772—1834)

在文学史上，没有第二个作者遭受过"写作中断"（scriptus interruptus）这种极其尴尬又富于诗意的病痛的折磨。本书的目的不是提供临床诊断，或是罗列可能会带来通俗而言的"提前结束"的高风险生活方式和基因缺陷。然而，对于想要研究这些问题的人而言，塞缪尔·泰勒·柯勒律治的病历可能是十分珍贵的。

柯勒律治的诗歌创作理论使他对于不合时宜和终止性的中断极为敏感，所涉作品甚至往往尚未发展出任何可在之后用于续写的形式或连贯叙述。既然"灵感"是必要的，而且这种感觉显然被视为不受作者意识控制的，所以，其突然消失也同样无法预测，而且，这种灵感还不能受到来自作者理性的劝诱和乞求的影响。另一个典型表现是，他通过不知什么方法，既意识到了他这种状况的后果，同时又相信他的意志或某种更好的环境可以阻止其复发。

这种病痛最具代表性的记载写于1816年，相关事件已经过去了十九年。事隔如此之久，他才披露，这种延迟本身就足以证明，原本的创伤一定伴随着根深蒂固的压抑和对于社会成见的恐惧。这一时刻，或许最好还是听听他本人是怎么说的：

《忽必烈汗》
或《梦中景象》，节选

以下片段是应一位声名显赫、名副其实的诗人要求而出版的，

（不好意思，他指的是拜伦勋爵。）

此外，作者本人的想法主要是心理学上的好奇，而非为了任何所谓的诗歌价值。

（或许可以指出，强调"诗歌"可能表现了某种潜伏的焦虑？难道诗歌是来自超越大脑的事物，与心理学是对立的吗？又或者，柯勒律治是在将自己不想对后果负责的深层欲望强加给这个词，甚至改变了其含义？）

1797年夏天，作者当时身体欠佳，

（注：他提到自己时没有说"我"，而是说"作者"，非常分裂。）

他在波洛克和林顿之间的一处偏僻农舍休养，在萨默塞特郡和德文郡的埃克斯穆尔高地上。由于得了一种小病，他用了一种医生开具的止痛剂，药效使他坐在椅子上睡着了。

（咳，他其实是主动用了点鸦片。）

当时他正在读下面这个句子，或至少大意如此，在"珀切斯

（Purchas）① 的旅行"中："忽必烈汗下令在这里建造一座宫殿，在其旁边建一座富丽堂皇的花园。将方圆十里的富饶土地都圈在高墙之中。"

（多说一句，"珀切斯的旅行"当中并没有这句话。）

作者继续沉睡了大概三个小时，至少从外部是如此感觉的，他在这段时间中怀有极大的自信，认为自己能写出至少两百到三百行诗；如果这种方式确实可以称为写诗的话：所有诗句有如实体在他眼前升起，相关表达同时伴随产生，不需要做出任何知觉或意识上的努力。

（那些实体是什么？图画？臆想？我们可不能天真地以为，他眼前放映了一场电影。呈现出来的景象肯定是诗句的文字！至于努力嘛，他本来也已被迫接受了努力一钱不值的观点。）

醒来时，梦中的景象似乎仍然历历在目，于是他拿来笔墨纸，立刻热切地写下了以下诗句。不幸的是，就在这时，一个从波洛克来办事的人把他叫了出去，耽搁了大约一个小时。

（想要确定此人身份的所有尝试都失败了。所有不请自来的朋友、讨债者和反缪斯都被假设过了；不过，他们忽略了一个明显的矛盾：一个来办事的人，虽然身份不明，但居住地却很具体。）

---

① 英国牧师，编纂了多部他人前往外国的旅行报告，编有《珀切斯，他的旅行》。

塞缪尔·泰勒·柯勒律治（Samuel Taylor Coleridge）

> 他回到屋里的时候，带着不小的吃惊和沮丧发现，尽管他仍对幻象大体保留着某种模糊含混的记忆，但除了大约八至十行的散乱诗句和场景，其余内容都已经消失了，就和石头表面的水流所形成的图画一样。不过，唉！要是连这几段也没有保留下来呢！

屈辱是显然的，不过，还有"不小的吃惊"的曲言法所带来的如释重负的兴奋感。究竟有没有人来过呢？抑或他其实是在拙劣地承认，他在灵感尚未成形时打断了自己呢？关于这个幻象的含义，威廉·哈兹利特（William Hazlitt）①的说法似乎很恰当。他认为柯勒律治"胡言乱语的诗句比英格兰的任何一个人写得都好"。不过，这首诗本身除了充满倦怠和异国情调的语气以外，还暗示说，他似乎还没来得及将羽毛笔蘸上墨水，幻象就已经消失了。"我的心中能否再度产生／她的音乐与歌唱"，他祈求道；以及"快速而粗重的喘息"导致"一股猛烈的泉水时时……进出"，关于这一点，还是少说为妙。

"写作中断"的病症在18世纪末和19世纪初的浪漫派诗人之间十分普遍。雪莱自称是"不可控制的"西风和"难以预测的"云雀就表现出了其中一些典型症状。济慈在《许珀里翁》（*Hyperion*）和《许珀里翁的倒下》（*The Fall of Hyperion*）中两次尝试创作关于泰坦巨人对抗奥林匹斯山众神的史诗，但都失败了。这两部作品出版的借口是，上一部作品《恩底弥翁》（*Endymion*）的反响"使作者感到气馁，所以难以继续写作"。的确，约翰·吉布森·洛克哈特对《恩底弥翁》的评价是"冷静、平稳、沉着地说着傻话"。

柯勒律治在思维清晰时充满感情地写到他虚弱的健康状况："我竟要因为我**已经**做过的事而受到同侪的评判吗？我**可能**做过什么是我

---

① 1778—1830年，英国散文家，以犀利的文学批评闻名。

自己的良心需要考虑的问题。"这是他在他的《文学传记》(*Biographia Literaria*)中所写下的,他在前文详细提及一部正在创作的史诗,有如源头的一条小溪向匡托克(Quantocks)的大海奔流而去。在写给朋友欧索普(Allsop)的一封信中,虽然柯勒律治已经多年没有发表过诗作,更是极少写诗,但他仍然保留着恢复创作状态的梦想:

> 在我所有的诗作中,我很想完成"克丽斯特贝尔"。唉!想想我在计划时多么自豪,那时,我的头脑中充满赞歌的题材和构思,它们的题目包括精神、太阳、大地、空气、水、火和人,还有那首史诗的题材和构思,其主题是在我看来仅存的史诗主题,那便是被提图斯围攻和陷落的耶路撒冷。

很多人饱受失去创作能力的可怕折磨,却往往被嘲笑为妄想、懒惰、了无生气、事倍功半、妄自尊大、萎靡不振、痴人说梦。并非如此。他们是患病了。应当建立一条免费电话热线或是一个帮助小组。

简·奥斯丁（Jane Austen）

(1775—1817)

天妒的简！她年仅42岁，只写了六部小说，其中只有四部出版，便因肾上腺皮质受到全面侵蚀而不得不长眠于冰冷的地下！来自这么一个逐渐消逝的躯体的也不过只是一部小小的作品全集。如果讨论范围仅限于英语作品，那么玛格丽特·德拉布尔（Margaret Drabble）[①]说得没错："倘若能发现简·奥斯丁的一部完整新小说，那将是最令人喜悦的文学发现，仅次于发现莎士比亚的新剧本。"评论家苏·盖斯福德（Sue Gaisford）将简·奥斯丁的作品称为"六部完美无瑕的小说"，它们是对维多利亚时代作者为迎合大众而采用耸人听闻风格的大批作品的无声批评。

沃尔特·司各特爵士似乎名声一时曾超越简·奥斯丁，但他意识到她的作品注定要流芳百世。在她去世九年以后，他在日记中写道："这位年轻女士具有描写庸常生活中的恋爱、情感和人物的天分，我没有见过比她更能出色驾驭这些题材的作者。如今流行华丽空洞的题材，我自己也能写；但她那种精细的笔法源自真实的描写和情感，

---

① 英国当代女作家。

能让平庸的人和事变得有趣起来，对我来说却是遥不可及。"

鉴于她的作品如此之少，所有手稿残片、少年时期的书信和写作计划草稿都拿来出版也是可以理解的。奥斯丁的外甥詹姆斯·爱德华·奥斯丁－利（James Edward Austin-Leigh）不顾同父异母的姐妹反对，在1871年再版的《简·奥斯丁回忆录》（*Memoir*）中首次发表了一些未完成的作品。牛津编辑查普曼（R. W. Chapman）则为收录六部小说的1925年文集增加了第七卷——《次要作品》（*Minor Works*）。载有奥斯丁年少时随意创作的短文的三本笔记也出版了；如今，奥斯丁现存的几乎所有文字都可以买到平装本。从这些残存的资料中，我们所窥得的作者形象与改编作品的电视编剧所钟爱的穿鲸骨紧身胸衣、优雅地跳四对舞的惯有印象截然不同。

奥斯丁的家人对她少年时代的作品评价很高。她父亲将她的第二部作品用白色羊皮装订后送给她，还在她的第三部作品中题词："一位极年轻的女士创作的虚构作品，由多篇全新风格的故事构成。"期待着成熟、嘲讽又富有教养的文风的读者可能会产生虚假的安全感。例如《杰克与爱丽丝》（*Jack and Alice*）中，以下句子似乎已经充分体现了奥斯丁未来的写作事业："卡洛琳所有的希望都集中在一位有贵族头衔的丈夫身上……"然而，数页之后，另一个年轻女孩讲述了她试图瞧一瞧她的追求者的故事，这时，事情开始有些不对劲了。

> 我询问了怎么去他家，在指引下走进了这座树林……我期待着见到他，怀着兴奋的心情走进树林，一直走到林子深处，突然发现我的腿被什么东西抓住了。我低头察看，发现我被绅士们的领地上常用的钢制捕猎器抓住了。

在这些年轻人的抖机灵中充斥着一种半开玩笑的虐待倾向。奥斯丁着迷于激烈的争吵、醉酒以及自诩善良与下作行为之间的古怪摇摆。在《美丽的卡桑德拉》(The Beautiful Cassandra)当中，女主人公"去了一家糕点店，吃了六个冰淇淋，拒绝付账，将糕点师打倒在地，随后扬长而去"。在《亨利与伊丽莎》(Henry and Eliza)当中，被收养的孩子"在哈考特女士和乔治爵士的关爱下"长大，"所有人都夸赞她"，她生活"在源源不断的幸福当中，直到她十八岁的一天，有人发现她偷了一张五十英镑的钞票，结果她被没有人情味的收养者赶出家门"。

我们得到的并非机智，而是黑色喜剧；也没有彬彬有礼，而是一片混乱。奥斯丁1791年的《英格兰史》(History of England)，"由一位偏见不公、愚昧无知的历史学者所著"，是一部短小精悍的喜剧杰作，其中展现出了自信的讽刺，运用淡化手法的天分，以及同时做出假设又将之颠覆的出色写作能力。关于埃塞克斯伯爵(Earl of Essex)[①]，她是这样说的：

> 他被斩首了，如果他知道苏格兰的玛丽女王也是这么死的，他大概也会为此感到自豪；不过，既然他根本无从得知尚未发生的事，估计也不太可能为这种死法感到特别愉快。

与她的爱情寓言故事相比，《英格兰史》表明，作者的笔法开始变得收放自如了。

在四年间，她的雄心超越了这种狂妄华丽的风格，她的技巧愈发流畅和精练了。《埃丽诺与玛丽安》(Elinor and Marianne)是一部书信体小说，将改写为《理智与情感》。《初印象》(First Impressions)

[①] 埃塞克斯伯爵，生活在伊丽莎白一世时期，传说曾和女王有过一段恋情，但因二人不合最终关系破裂。1601年他企图造反篡位，失败后以叛国罪被处死。

则将变成《傲慢与偏见》。尽管学者大概会痛惜失去这些手稿和剖析奥斯丁在写作方面的成长过程的机会，但完稿的小说已经大大弥补了这些损失。

奥斯丁意识到了传统书信体格式的局限性。《苏珊夫人》(*Lady Susan*)就是这样一部小说，尽管其中自有精彩片段，而且苏珊夫人本人比后来的角色都更加强大和恶毒，这种限制却显然令作者十分恼火。她在结尾处表现出了明显的不耐烦："这种通信由于一些人的一次会面和另一些人的分手无法再继续下去了，并因此为国家邮政收入带来了巨大损失。"

1801—1811年，奥斯丁几乎没写任何作品。有可能是因为她对若干出版商接受了她的作品但却拒绝出版而感到失望，也有可能是因为她从田园牧歌般的史蒂文顿搬到了冷漠而时髦的巴斯，有可能有无数原因，但她并没有告诉我们。其实，她开始动笔写一部新小说，题为《沃森一家》(*The Watsons*)，但1805年就停笔不写了。她的外甥声称："作者意识到，为女主人公设定过于低微的出身是有害的，在这样一种贫穷而卑微的位置上……就像是唱歌时起音太低而唱不下去。"还有一种在心理学上更加可信的解读是，她想让女主人公范妮·沃森(Fanny Watson)直面父亲的去世。她自己的父亲乔治·奥斯丁牧师(Rev. George Austen)在1805年去世了，而在奥斯丁各种完成和未完成的作品中都没有任何父亲去世的情节。

奥斯丁在生前的最后一段时光搬到了乔顿，终于享受到了初有作品出版的喜悦，并且又开始写一部名为《桑底顿》(*Sanditon*)的小说。她生前只来得及写了前十二章：我们现在所知的艾迪生病(Addison's disease)[①]使她变得愈加虚弱，脾气暴躁，而且就像她在一封信中所言，

---

① 肾上腺皮质机能不足而引起无力、低血压、皮肤变褐色等症状的一种疾病。

她的皮肤"颜色变得黑一块白一块,非常不对劲"。《桑底顿》可谓因病停笔的作品中最为忧伤的一例,其耐人寻味的谜题并不是与奥斯丁其他作品的相似之处,而是其不同之处。

奥斯丁曾在给侄女安娜的信中描述了她的生活和工作。她写道:"我打算写一个乡村的三四户家庭";但《桑底顿》却发生在一个新兴的温泉小镇,在现存的章节中,许多人家蜂拥至此,享受有益健康的海滨空气。

尽管很容易看出《沃森一家》中的恋爱谜题大概会如何推进,但《桑底顿》的残稿尚且停留在较早阶段,登场人物包括四位寻觅良缘的年轻女士和三个显然不合要求的男人。其中一个拼命想要成为风度翩翩的纨绔子弟。奥斯丁在此前的作品中曾塑造过一些心怀不轨的年轻小伙子,其诡计直到大功告成时才得以揭晓。但《桑底顿》从一开始就有这一个胸怀大志的反派角色,那便是年轻的爱德华·德纳姆爵士。他徒有一个好头衔,兜里却空空如也。作品是这样描述他的:"爱德华爵士的宏伟人生目标就是要成为一个富有魅力的人。"

许多段落都充分体现了奥斯丁独有的才华,其中一些片段还展现出她那尖刻而精确的风格。比如这样一段:"博福特家的小姐们很快便满足于'搬到桑底顿之后所来往的圈子',她们这样讲,因为大家现在都必须'转圈'——这种转圈的盛行大概源自许多人的轻率和错误。"完美!不是作为小说,而是作为一个完整的句子。

《桑底顿》最古怪的地方可能是它的讽刺。奥斯丁知道自己有病在身,而且怀疑自己大限不远,却动笔开始写一部讽刺疑病症患者的小说。桑底顿的建立者有三个弟弟妹妹,都患有各种滑稽并且大约是庸人自扰的神经症:亚瑟身材像布丁,成天坐在家里,总觉得自己身患重病,根本不能工作;他的两个姐姐戴安娜和苏珊几乎不吃东西,为了安全起见,把牙齿全都拔掉了,就像静电云一样盼着快点入土。

尽管奥斯丁将自己的文字描述为"我用极精细的画笔涂绘的小块象牙（两英寸宽）"，但我们应当铭记，这只是一位生前没来得及充分发掘天分的小说家暂时的评价。《桑底顿》充分证明，她能够应付更大尺寸的画布。

1816年，奥斯丁粗略构思了一份"根据各种建议而得的小说提纲"。她根本没打算把它写出来；这部"提纲"本身足以说明她的评论者的愚蠢。女主角是教士的女儿，"一个毫无原则又残忍的年轻人疯狂地爱上了这位教士的女儿，采用卑鄙手段解除了教士的助理牧师职务"。于是，父女俩"居无定所"，在欧洲大陆上被这个无耻而又痴心的情人一直追踪着。女主人公不得不"节衣缩食"，努力工作，以便维持二人生计，终于在俄罗斯东部边境的堪察加勉强站稳脚跟。父亲则"因操劳而日渐憔悴，察觉大限已近，倒地不起，经过四五个小时对女儿的谆谆教诲之后，在文学激情的迸发中断了气"（这大概是来自她家的一位友人亨利·斯坦福的建议）。

奥斯丁还用上了摄政王的藏书管理员詹姆斯·斯坦尼尔·克拉克（James Stanier Clarke）寄给她的一些情节。奥斯丁和克拉克有过通信，询问是否可以在《爱玛》的题词中将这部作品献给摄政王，他欣然同意了这个请求。克拉克还顺便谦恭地提供了一些或许派得上用场的故事：

> 一定要按你自己的心意给我们写个英国教士，可以写得新奇一些，他会考虑如果完全取消什一税会有什么益处，还要描述他安葬自己的母亲，就像我经历过的那样，因为她去世时所在教区的大主教没有对她的遗体致以应有的敬意。我一直没有从震惊中恢复过来。让你的教士作为某个在宫廷声名显赫的海军人物的朋友出海去。

在"小说提纲"中,这个题材便作为那位父亲的生活经历原封不动地出现了。

克拉克满脑子都是点子,他的第二个委托尝试十分独特,幸亏奥斯丁没有把其中设想的小说写出来。

> 摄政王刚刚离开我们动身到伦敦去了;他将我任命为科堡王子(Prince of Cobourg)的牧师和私人英语秘书。我和一批选定的随行人员留下来陪伴王子殿下,直到婚礼为止。可能等你再次有作品出版的时候,就要把你的作品献给利奥伯德王子(Prince Leopold)了。如今,讲述庄严的科堡家族的历史言情故事都会大受欢迎。

奥斯丁的回复既风趣俏皮又大胆直率:

> 您能在当下的写作题材方面给我提出建议实在是太好了,我也的确发现,与我常写的乡村家庭生活题材相比,关于萨克森·科堡家族的历史言情故事大概更符合利润和流行的需要。但是,正如我写不了史诗,我也写不了言情故事。如果不是有人以生命来威胁我,我根本不可能认真坐下来创作一篇严肃的言情故事。而且,如果我必须保持这种状态,而再也不能放松下来嘲笑自己或他人的话,我肯定还没写完第一章就被处以绞刑了。不,我必须保持我自己的风格,坚持我自己的路。

假如有一本书的确凿失落值得我们庆幸,那肯定是简·奥斯丁的《萨克森·科堡家族的奇妙历险与曲折爱情》(*The Magnificent Adventures and Intriguing Romances of the House of Saxe Cobourg*)。

乔治·戈登·拜伦爵士
(George Gordon, Lord Byron)
(1788—1824)

拜伦爵士的《回忆录》(Memoirs)被他的出版商、遗嘱执行人和传记作者烧掉了,但这并没有让这本《回忆录》就此销声匿迹。根据评论家威廉·吉福德(William Gifford)的说法,这本《回忆录》"只适合在妓院阅读,并且会给拜伦爵士带来永世恶名"。不过,稍微勤奋一点的读者很容易就能找到罗伯特·奈(Robert Nye)的《拜伦爵士回忆录》(Memoirs of Lord Byron,1989),或者克里斯托弗·尼克尔(Christopher Nicole)的《拜伦爵士秘密回忆录》(Secret Memoirs of Lord Byron,1989),或汤姆·霍兰德(Tom Holland)的《逝者的爵士》(Lord of the Dead,2000)。其中透露,这位"邪恶、疯狂并且具有结交风险"的诗人是个彻头彻尾的吸血鬼。

哈丽埃特·比彻·斯托(Harriet Beecher Stowe)[①]与拜伦的遗孀是朋友。1869年,她的推论震惊世界:拜伦的《回忆录》中有个可怕的秘密,那便是坦白了他与同母异父的妹妹奥古斯塔·利(Augusta Leigh)有乱伦关系(这个流言在拜伦生前就已有流传)。她的大部分

---

① 1811—1896年,美国作家,著有小说《汤姆叔叔的小屋》。

证据来自拜伦关于一对乱伦情侣的剧本《曼弗雷德》(*Manfred*)。依照她的逻辑,人们应该怀疑《汤姆叔叔的小屋》的作者是个美国南方的黑人老绅士了。

拜伦去世仅九年后,一首名为《堂·雷昂》(*Don Leon*)的怪诗问世了。据说这首诗的作者是拜伦,而且它似乎出自"本应已被托马斯·摩尔(Thomas Moore)①销毁的拜伦爵士的私人日记"。由于诗中提到了他去世以后的事情,所以这些推断并不可信。这首维护同性恋的诗作的所有初版副本都已经遗失,难以确认原始版本是否含有作者身份的线索。

还有一个自称为乔治·戈登·德·卢纳·拜伦少校(Major George Gordon de Luña Byron)的冒牌货也在损害拜伦的身后名誉。他自称是拜伦的私生子。在经过印度和美洲漂泊了一段时间之后终于来到伦敦,开始用伪造的信件敲诈玛丽·雪莱。当时,玛丽仍然徒劳地希望能够在包装纸上发现亡夫遗失的诗作,一旦出现获得雪莱手稿的机会,她是绝不会放过的。骗过玛丽·雪莱之后,这位"少校"又炮制了一部《拜伦爵士未出版作品集》(*The Inedited Works of Lord Byron*),其中随便收录了一些未发表、抄袭和伪造的文字。他甚至成功骗过了罗伯特·布朗宁(Robert Browning)。布朗宁在其《谈雪莱》(*Essay on Shelley*)的开头不经意中提到了一些伪造的书信。

约翰·默里(John Murray)②、托马斯·摩尔和约翰·卡姆·霍布豪斯(John Cam Hobhouse)③销毁了拜伦的《回忆录》,这件事实在是令人难以接受;更过分的是,为了平息摩尔的疑虑,还给了他两千英

---

① 1779—1852 年,爱尔兰诗人,拜伦的朋友,为拜伦写过传记。1824 年,拜伦将《回忆录》交给他,让他烧掉。
② 拜伦的出版商。
③ 自由主义者,拜伦大学时代结识的好友。

镑。其实，这些人当中谁也无法真的忍心做下这种事，实际烧掉手稿的肇事者是拜伦爵士那遭人怨恨的遗孀的两个朋友。但是，评论家痛惜地认为"拜伦的自传现在本应与卢梭的《忏悔录》平起平坐"，这种反应真的明智吗？

《回忆录》的内容并不像它假设的文学价值那样不可捉摸。拜伦曾在给他的出版商默里的信中明确地概括了其内容：

> 《一生》是本备忘录，不是忏悔录。我已经略去了所有情人的部分（只是大略提及了一下）和其他许多极其重要的东西（因为我不能损害他人），这就像是《哈姆雷特》——"某种欲望所隐藏的那部分哈姆雷特"。不过你会看到很多观点，还有一些幽默，以及关于我的婚姻及其结果的详细内容。作为相关人士，我尽可能按照事实来讲述，不过，我想大概我们都是有偏见的。

在《回忆录》还没有交到出版商和编辑手中的时候，拜伦太太就暗示她已故的丈夫有某些秘密癖好，一语震惊伦敦。虽然拜伦希望提供自己的视角，但这并不能证实《回忆录》可能会披露什么惊世骇俗的秘密。

拜伦这部本应产生轰动效应的《回忆录》是一个绝佳的例子，它证明了一本读不到的书是如何蒙蔽了人们的眼睛，使大家对他真正的残稿熟视无睹。拜伦曾在巨著《唐璜》（*Don Juan*）第一章末尾半严肃半玩笑地宣布这部作品共有十二章，到他去世的时候，《唐璜》的篇幅已经超过了他原本的构思。1821 年，他把第五章交给默里的时候，就已经意识到"第五章离《唐璜》的结局还很远，只能勉强算个开头"。他本打算创作一部维吉尔风格的精致史诗，拥有标准的十二章的结构，《神曲》式的探访地下世界和《伊利亚特》式的船舶目录也必不可少，这些构想全都破灭了。《唐璜》就是一堆乱七八糟的闲话，一部随心所欲的讽刺作品，它戏仿传统的英雄史诗，同时赞美主人公不可动摇的自我意识和自卫本能。用拜伦的话来说，它很像是"诗歌体的《项狄传》，或是情节曲折的蒙田作品"。

《唐璜》现有的十六章还多的内容部分实现了拜伦在信中所称的"围城、战役和冒险的完美组合"。唐璜在和一个年长女人的韵事败露之后被送走，经历了船只遇难，逃过了食人族，又和海盗的女儿海黛谈起了恋爱。他被卖到君士坦丁堡为奴，逃跑之后加入了俄国军队，又被叶卡捷琳娜二世派往英格兰执行外交任务，唐璜正和三个热情坚定的追随者一道卷入一系列的宫廷诡计之时，诗作戛然而止。

不过，这样一部长篇大作也只不过是拜伦的宏伟构思的一个片段而已。唐璜本来要环游欧洲，"在意大利成为殷勤的骑士，在英格兰拆散一个家庭，在德国又变得感情丰富'有如维特①'，以此来展示这些国家的社会中的各色荒诞，也让唐璜顺理成章地变得腐化与麻木"。人们不禁猜测，如果拜伦有生之年对《少年维特之烦恼》予以嘲讽，歌德对拜伦的高度评价是否会有所转变。

拜伦从来没提到过莫扎特的《唐·乔瓦尼》（*Don Giovanni*），似乎也未曾关注莫里哀的戏剧版《唐璜》。我们唯一稍有把握的是，拜伦的《唐璜》不会以骑士团长或石像客为结局。唐璜可能还是会在地狱死得其所，虽然拜伦以他典型的风格，尚未决定是把唐璜送进地狱，还是给他一场不幸的婚姻："西班牙传统故事中，唐璜的下场是地狱。不过，地狱也可能只是对不幸婚姻的讽喻。"

在同一封信中，拜伦还提出了另一种结局。唐璜可能在大革命期间的法国被罗伯斯庇尔送上断头台，以此结束他的欧洲之旅。他说，

---

① 歌德的小说《少年维特之烦恼》中的主人公。

他要让唐璜"像阿那卡雪斯·克罗茨（Anacharsis Cloots）[①]一样死去"。克罗茨这位普鲁士贵族要求在行刑当天最后一个上断头台，以便完成他的一些相关科学观察。

如果拜伦没有死在希腊沼泽里，谁知道唐璜还会经历多少不幸和批评呢？《唐璜》的篇幅只能和作者自己的生命一样长。《回忆录》不过是他对自己的一生揶揄而悔恨的回顾；无畏前进的《唐璜》本来完全有可能以任何一种方式结局。

拜伦对《回忆录》的冷淡态度与销毁《回忆录》引起的歇斯底里之间存在巨大矛盾。他写完了《回忆录》，《唐璜》却尚未结局，这个事实本身即已说明，《回忆录》不过是一个方面，一个局部，而非整体。《回忆录》仅仅讲述了一个事件，只是一个新闻报道式的答案；而《唐璜》则以其全部诙谐、热情、直率和思想性，成为他生命的史诗。

[①] 1755—1794年，法国大革命时期的革命者，后和雅各宾左派一起被处死。

托马斯·卡莱尔（Thomas Carlyle）
（1795—1881）

如果作家作品无法留存的标准是冗长、晦涩、反动和极端，那么托马斯·卡莱尔的作品就没有一页能保存下来了。还好，他还是个天才。不过这也不是存世的保证。

在《衣裳哲学》(*Sartor Resartus*，1833）中，托马斯·卡莱尔假托古怪的德国学者多伊菲尔斯德勒克教授（Professor Herr Diogenes Teufelsdröckh）关于衣服的哲学，创作出了精神自传与漫骂争论的复杂组合。乔治·艾略特（George Eliot）认为，对于他这一代人而言，这部作品标志着"他们的思想的时代"；拉尔夫·沃尔多·爱默生（Ralph Waldo Emerson）则称作者"对语言的丰富表达具有极高的驾驭能力"和"纯洁的道德情操"。

这部作品诞生自相悖的推动力：哲学探索与宗教焦虑，论述与故事。卡莱尔一直在苦苦构思一篇关于隐喻的散文，这篇文章又转变为对语言的思考，语言就像是思想的经线、纬线、纺织品和包装；他也想尝试找到一种叙述方式，来表达他的形而上危机和解决办法。他早期曾尝试小说创作，写了《滑稽书稿》(*Illudo Chartis*)，但这个构思最终被放弃了。同样半途而废的另一部作品《沃顿·雷恩弗雷德》

(*Wotton Reinfred*)是喋喋不休的说教与纪实小说的笨拙组合,这个标题也毫无优美可言。

卡莱尔一直觉得小说并不适于作为他的思想的载体,认为小说这种形式无足轻重,过于肤浅;他的传记作者弗劳德(Froude)①也否定了他年轻时对小说的尝试,认为卡莱尔"编故事的水平并不比撒谎水平高明多少"。尽管《沃顿·雷恩弗雷德》的大部分内容都在1827年烧掉了,仍有一部分手稿被一位名叫弗雷德里克·马丁(Frederic Martin)的抄写员窃走,并在卡莱尔死后发表。《周六评论》(*Saturday Review*)称,卡莱尔"在很多优秀的评论家眼中,是他那个时代最伟大的作家"。

《衣裳哲学》的自传要素分化为两种极端的领悟。在一场"恶魔的烈火洗礼"中,多伊菲尔斯德勒克体验到了"永恒的不","宇宙没有生命,没有目的,没有意志,也没有敌意:它是一台巨大、死气沉沉并且无法测量的蒸汽发动机,无比冷漠地运转着"。它又被"永恒的是"所替代,多伊菲尔斯德勒克意识到,"人的心中有一种比幸福之爱还要崇高的东西"。他在自己的创作目的中与这个世界和解了。

> 现在我也可以对自己说:不要再混乱下去,而是成为一个世界,或甚至是一个微缩世界。创造!创造!即使是最微不足道的极其渺小的一丁点,也要以神的名义创造它!……向上!向上!不管你的手找到什么可以做的事,都要用你全部的力量去做。把握今天,努力工作,因为,夜晚来临之际,谁也无法工作。

在这些极端当中(以及之间),闪光的不仅是卡莱尔的成熟思想,还有

---

① 1818—1894年,英国历史学家和传记作家,以对16世纪英国的研究和对托马斯·卡莱尔的研究而著名。

他那无法模仿的风格——永恒的咏叹。他以愤怒和挫败的行文痛斥机械论将"人与人之间唯一的纽带"化为"现金支付",同时还宣扬工作是与生俱来的美德,即使对西印度群岛的奴隶而言。他隐晦的预言引起又驱散了对无政府主义的恐惧。此外,随着年岁增长,他不再对时代弊病进行敏锐分析,取而代之的是,他确信唯一的解决办法在于"强者"和"少数智者","无论用什么方法,他们必须指挥那无数愚人"。

卡莱尔的工作信条在1835年3月6日经历了它自己的考验。他和妻子搬到了伦敦切尔西的切尼路五号。卡莱尔的文学雄心和经济保障都取决于他即将出版的作品《法国大革命史》(*The History of the French Revolution*)。他把第一卷借给朋友,哲学家约翰·斯图加特·密尔(John Stuart Mill)①,让他提提意见。结果,密尔把书稿落在了一位女性朋友哈丽埃特·泰勒(Harriet Taylor)那里,虽然他大概是无心的。写作一直都是一项艰苦的任务,2月7日卡莱尔写道:"灵魂和肉体都很难受。"那天晚上,密尔出现在他家门前,面如死灰,词不达意。哈丽埃特·泰勒的女仆把手稿当成废纸,用来点火了。除了零散的几页,第一卷已经"无法挽回地销毁了"。

"那东西没了。"卡莱尔如是写道:

> 情况可能不仅如此;我不但已经忘记了它的整体结构,写作时的状态也没有了;似乎只剩下一些大概印象了……密尔几近半夜都没恢复理智,我还得安慰他,对他好言相劝,我可怜的太太和我自己只能坐着说些无关紧要的事,仍然不敢恣意哭泣。

卡莱尔的工作方式使问题雪上加霜。他没有做笔记,而且在写作过程

---

① 1806—1873年,英国哲学家及经济学家,尤以对经验主义和功利主义的阐释而闻名。

中还有选择地烧掉了一些草稿。他的手稿就是一连串的划掉、删除、修订和黑墨疙瘩，页边还粘有许多附有修改内容的小纸片——考虑到这一点，我们或许不该过于苛责那名女仆。尽管卡莱尔后来赞扬塞缪尔·约翰逊博士从不"抱怨生活"，但当时，他自己却是极度狂乱。"我一生中从未感到过如此忧郁和沮丧……要我完成如此折磨而痛苦的任务，这简直是不可能的。""我的意志没有屈服。"他下了决心，"但我似乎已经完全空虚了。"

《法国大革命史》1837年出版了，密尔要赔给卡莱尔二百英镑以弥补他的损失，卡莱尔接受了一半。密尔还在《伦敦评论》(*London Review*)和《威斯敏斯特评论》(*Wesminster Review*)中给予这部作品过高的评价。他们的友谊一直保持到1866年艾尔事件（Eyre Affair）[①]之前：当时卡莱尔站出来作为代表维护牙买加总督动用"过度武力"镇压起义，自由主义的密尔却为这一行为深深哀叹。

他们的分歧反映出了20世纪对卡莱尔的批评态度。必须建立"秩序，哪怕它来自士兵的利剑"，这种主张也许是对的，我们必须先了解这些思想的可怕巅峰才能够将其解读。卡莱尔的政治态度与他的文学声誉是分不开的，就如同他的偶像歌德一样。在同盟国挺进的时候，希特勒还在碉堡里阅读卡莱尔的《腓特烈大帝》，这也并不妨碍当代读者喜爱他。

但早在极权主义政体兴起之前，卡莱尔死后的崇高名望就已经被他本想烧掉的一本书毁掉了。1866年，卡莱尔的妻子简·威尔士·卡莱尔（Jane Welsh Carlyle）去世了。这"毁掉了我的整个生活"，卡莱尔

---

① 爱德华·艾尔，时任牙买加总督，1865年因当地起义而宣布军事管制，肆意逮捕大量黑人嫌犯并快速处决，还放火滥烧民宅，滥杀无辜，当时在英国掀起了"反黑人"浪潮。因事件影响太大，之后英国派专员前往调查，艾尔被撤销总督职位。卡莱尔曾写文章支持艾尔。

竭力想要从悲痛中恢复过来,他认为编辑她的信件会使他获得一些疗愈性的慰藉。他从中不仅感受到了深深的尊敬和确凿的爱,还有怨恨、挖苦、不耐烦和不幸。他把她的信件和他的记忆融合为一部追忆作品,这一行为既是一种忏悔,也是一种带有受虐倾向的自我启示,其中甚至包括了他曾经对她造成身体伤害的证据:他的强力学说不仅适用于皇宫,也适用于家庭。"我再也不会写这个话题了……难道不是我自己残酷地将这一切推向火焰的吗?"与重写《法国大革命史》相比,这又是另一种形式的痛苦了。

"我还是希望在我自己离去之前烧掉这本书,但又觉得我自己终究不愿做这件事。"他坚持这样认为。他一直在犹豫,仿佛他无法切断与活着的简的最后一道联系一样。他"严肃禁止任何人出版这部小书":它是私人的悔恨之情,可不是公开的忏悔录。卡莱尔于1881年去世的时候,手稿尚且平安无事。

维多利亚时代的典型传记就像是圣徒传一样:与其说是揭露了人物,倒不如说是给人蒙上一层面纱。弗劳德给他重要的卡莱尔传记写下这样的前言:"卡莱尔先生在遗嘱中表示并不希望有人为他作传。"他指出,这是一种截然不同的建议。传记中收录的书信和卡莱尔死后出版的回忆录过于坦率,干扰了19世纪读者对振奋人心的颂扬性纪念文章的喜好。

爱德华·菲茨杰拉德(Edward Fitzgerald)[①]是欧玛尔·海亚姆(Omar Khayyám)的《鲁拜集》(*Rubáiyát*)的译者,他哀叹说如果它"没有出版就好了,至少等一阵再出版也是好的",他还认为卡莱尔"肯定是'脑子坏掉了',至少在记下这些事的时候如此,而且竟然还把这些文字留给别人来决定是否出版"。后来的一位编辑查尔斯·诺顿

---

① 1809—1883年,英国诗人。

（Charles Norton）①谴责说："情书是神圣的秘密，谁也不应侵犯其神圣性。在我看来，弗劳德先生对这些信件的使用，大体说来是十分不当的，而且他为之辩护的动机也不充分。"弗劳德之罪在于，他表明卡莱尔这位艾克雷夫城②的智者（Sage of Ecclefechan）不过就是个切尼路的恶棍，并促使另一位传记作者戴维·威尔逊（David Wilson）哀叹道："就算是毫无偏见的评论家也确实只得不情愿地使用非常强烈的措辞"。

撇开私生活的失意和政治上的天真，甚至可以说政治上的罪行，还有什么使得卡莱尔留在经典中呢？"强烈的语言"，或者就像苏格兰诗人威廉·艾顿（William Aytoun）所说的"混乱的"语言，这是卡莱尔的遗产。他写作时入了神，尽管他提供的解决办法毫无疑问是错误的，他试图纠正的不公正却很少被如此深刻地揭示。他的心理活动和他的社会是复杂的，他的语言也反映了这一点：我们读卡莱尔不是为了简单的答案或响亮的口号。沃尔特·惠特曼虽然并不赞同卡莱尔的专制倾向，却准确地把握到其重要性："再没有一个人能像卡莱尔一样，给后代留下如此重要的暗示，他暗示了我们这个令人遗憾的时代，其中的激烈矛盾、喧嚣以及向新时代的艰难过渡。"

---

① 1827—1908 年，美国教育家、作家和编辑，创办了《国家》杂志并编辑了《北美洲回顾》。
② 苏格兰城市，卡莱尔的家乡。

海因里希·海涅（Heinrich Heine）
（1797—1856）

生活难以概括。特别是在海因里希·海涅的情况中，任何概括的尝试都会变成一种扭曲：他总是含含糊糊、充满矛盾，他的每一个直率观点都在别处被某种限定条件或嘲笑而抵消。"浪漫主义的最后王者"，"世纪第一人"，他是自我崇拜的大师，而他的自我丰富得不可救药。

海涅的一大串朋友名单简直就是19世纪欧洲文化圈的名人录。他曾师从奥古斯特·施勒格尔（August Schlegel）①和格奥尔格·威尔海姆·弗雷德里希·黑格尔。他的抒情诗被舒伯特、舒曼、门德尔松和勃拉姆斯配了曲，他还为瓦格纳的《漂泊的荷兰人》（*Flying Dutchman*）提供了故事情节。他在沙龙里来往的是巴尔扎克、奈瓦尔（Nerval）、雨果、大仲马、乔治桑、汉斯·克里斯蒂安·安徒生以及卡尔·马克思。可他似乎一个真正的朋友也没有，唯一一个可能的人选是他那饱受痛苦的出版商——激进的尤利乌斯·孔伯（Julius

---

① 1767—1845年，德国诗人、翻译家和批评家。其莎士比亚译作使莎翁作品进入德语经典。德国梵文研究的奠基人。

Combe），海涅对他既有过严厉的斥责，也曾大加赞美。

除去抒情诗人的身份以外，海涅还是记者、旅行作家、政治煽动者和法德两国之间的文化使者，不过他常常将两国都激怒。他渴望爱情和欲求不满的精致诗歌中充满了嘲讽的自贬和讽刺的转折。他致力于自由主义理想，却嘲讽社会主义者说："我同意我们都是兄弟，但我是大哥，你们都是小弟。"在饱受八年瘫痪之苦的同时，他还经历了一次信仰转变，但他在临终前以嘲讽的口吻表示自己并不害怕审判，因为宽恕是上帝的惯用伎俩。他出生在一个犹太人家庭，却倾向于恶毒和激进的反犹主义。

在某种意义上，描述海涅不是什么样的人倒容易一些。尽管他是个著作颇丰的作家，也仍然有回避的题材和销毁的手稿。在他改变信仰之后，他烧掉了一些仅仅含有极其轻微的亵渎内容的诗。他表示："烧掉这些诗总好过烧掉诗人。"

尽管海涅曾三次尝试创作小说，但他并不是小说家。第一次尝试始于 1824 年，题为《巴哈拉赫的拉比》(*The Rabbi of Bacherach*)，1840 年部分发表。第二部作品《冯·施纳贝尔沃普斯基先生的回忆录》(*From the Memoirs of Herr von Schnabelewopski*) 是一部模仿《项狄传》的作品，但根据海涅自己的说法，1833 年，这个构思"流产"了。《佛罗伦萨之夜》(*Florentine Nights*) 则在 1837 年被他的常用出版商拒绝出版，因为篇幅太短，无法逃过梅特涅[①]政府的自动审查。暴徒显然不读大部头，所以长篇巨著倒是可以豁免。

虽然海涅声称已经烧掉了他对黑格尔作品的研究，但他并不算是哲学家。他认为黑格尔是"莱布尼茨之后德国最伟大的哲学家"，却在书信中嘲讽说，读黑格尔的作品时，"大脑就会冻结在抽象的冰中"。

---

① 1773—1859 年，奥地利政治家，帮助组织神圣同盟，最终打败拿破仑一世。

海涅对黑格尔的研究也许的确被销毁了，但是我们不得不怀疑，黑格尔的临终遗言，即"只有一个人理解我，但他也不理解我"恐怕异常贴切。

在海涅的一生中，他向他那传奇般富有的叔父萨洛蒙（Salomon）要钱，却又诋毁他，他还就自己的遗嘱内容一再讨价还价，加深了同其他家庭成员之间已经存在的隔阂。他的王牌是一桩可耻的敲诈。他威胁说要披露家庭内幕。尽管他在已经出版的《回忆录》（*Memoirs*）中大大赞美了叔父萨洛蒙，却对其他事实闭口不谈。海涅的弟弟马克西米兰（Maximilian）在他去世后烧掉了五六百页的自传：我们可以推断这份手稿给出了一份更为翔实的叙述，而海涅的家人则害怕这会损害他们的名誉。可以说，海涅选择出版的是一个奉承版本。他并不是没有考虑自己的利益。

在海涅最早的剧本《阿尔曼索》（*Almansor*）中，他显示出了惊人的先见之明："当书／被焚烧之后，人早晚也会被焚烧。"他销毁了自己的作品，徒劳地试图烧掉自己的矛盾之处。

小约瑟·斯密（Joseph Smith Jr.）

（1805—1844）

如果以下的"引文"看起来好像天书一样，那是因为它的确是天书。不过，这种被其发明者命名为"改良埃及象形文字"的人造文字和盐湖城的建立有着重大关联。这是小约瑟·斯密自称奇迹般地译出《摩门经》的原文语言的唯一证据，来自一片题为"文字"的纸片：

这张纸片给了马丁·哈里斯（Martin Harris），后来就是他出钱出版了《摩门经》。他把这本书拿给哥伦比亚大学的一位教授看，想要证实这些古代文本的真实性和出处。虽然这位学者竭力避免正面回答容易受骗的哈里斯，但当他得知自己的话被当作这些鬼画符是真实古代文字的证据时，这位可怜的古典学者只得站出来严词否认。

"改良埃及象形文字"还不是小约瑟·斯密的故事中最牵强的部分，他自己都说："如果有人不相信我的故事，我一点也不会怪他。要是我没有亲身经历过这些事，我自己也不会相信的。"他没受过什么教育，父亲是贫寒农民，曾经做过人参出口贸易。但他成了先知，自任为中将，还竞选过总统，如今被数百万的人顶礼膜拜。他是被一伙暴徒以私刑谋杀的，或者也可以说是殉教而死，当时，他由于毁坏反对者的印刷机被监禁在伊利诺伊州迦太基的监狱里。

1827年，他从表面看来还只是个普通人，只是由于声称能用一块"先见石"找到印第安人的金子而犯了点法。这一切很快就要改变了：据说四年间，一位名为摩罗乃的天使经常来拜访他，向他承诺说他将在合适的时候得到金页。合适的时候便是1827年。这些金页用"改良埃及象形文字"详细记叙了美洲原住民，即德行高尚的尼腓（Nephi）以及他的兄弟拉曼（Laman）的邪恶后代的宗教历史，而斯密将把这些内容公之于众。

他一拿到刻有铭文的金页，便警惕地将它们收好。只有挂起一块幕布，藏身其后，他才会开始誊写上面的内容。摩罗乃知道约瑟并未系统掌握任何古代语言，于是体贴地给了他一副有法力的眼镜，镜片名为乌陵（Urim）和土明（Thummim），他便可以读懂金页上记载的历史。在一次触犯戒条之后，摩罗乃收回了眼镜，约瑟只好把先见石放在一顶大帽子中，将头伸进去，再将金页原文放在旁边，这样才能解读符号。秘书们负责做笔录，但不能看金页，否则就会受到神的惩罚。1829年，他的劳动成果出版了，这便是《摩门经》。

抛开天界使者以及金页是否确实存在的问题，我们可以从这副眼镜，或者从它的名字开始。《摩西五经》和最早的《旧约》史书上提到过乌陵和土明，尽管它们到底是什么东西尚有争议。《出埃及记》第二十八章第三十节和《利未记》第八章第八节中说这两块石头被用来装饰亚伦的胸牌，亚伦是摩西的兄弟，第一任大祭司。这两块石头显然有些预言作用，因为在《撒母耳记·上》第二十八章第六节中，扫罗无法和神交流，无论通过做梦、先知还是乌陵都不行。《民数记》第二十八章第十一节则确认了这两块石头是用于某种占卜预言的。有暗示说它们被用于棍棒占卜或骨头占卜,但没有一处提到过这两块石头可以安放在鼻子和耳朵上,也没提到过它们是透明的。

一点点超出常规的《圣经》知识就可以加工出一整个传奇故事。《摩门经》的令人惊异之处并不在于它的概念有多么夸张,而在于它是多么贴切地反映了它的时代。斯密选择埃及实在是太精明了,因为直到1837年,英语世界才借由罗塞塔石碑破解象形文字的含义。同理,摩门和残留的尼腓人败给压迫他们的拉曼人的最后一战则解释了印第安墓葬土墩的存在,当时的考古爱好者都认为这些土墩不可能是土著部落修建的。连威廉·亨利·哈里森总统也相信这些古坟是"土墩修建者"被易洛魁人消灭的一场血战留下的。科顿·马瑟(Cotton Mather)[①]认为印第安人是一支失落的以色列人部落。《摩门经》以隐喻的方式严厉批评了共济会成员和罗马天主教徒;它自由改编了人们较不熟悉的《圣经》段落以及一篇题为《论希伯来人》("A View of the Hebrews")的考古学文章的片段,甚至还掺杂了一些小约瑟·斯密的母亲记录的梦境。

马克·吐温的妙语"纸质麻醉剂"巧妙地描述了《摩门经》这本书。它的内容很重复(头两百句话有一百四十句以"且"开头,马克·吐温自己还从全书中数出两千多个"然后发生了"),出现了一些可笑的时代错误(车轮和城市便是两样最不可能在前哥伦布时代出现的东西),还经常犯神学错误(比如耶稣生在了耶路撒冷)。但它还是设法建立了一种宗教。无论我们将其归功于提供了独具美洲特色的约书,又或是归功于对欧洲移民合法地位的维护(白皮肤的尼腓人才是新大陆的真正主人,而非红皮肤的拉曼人),再或是归功于美国革命后数年间异见教派的重点煽动,都不会改变它的影响力。

---

① 美国神职人员、作家。

从一开始，新的"摩门人"（Mormonites）就热衷于强调先知预言的准确性。包括马丁·哈里斯在内的三人签署了一份宣誓书，以证明《摩门经》、摩罗乃现身以及移民的神圣性质都是真实的（尽管这三个人后来都被逐出摩门教）。斯密得到了一份写有真正的古埃及象形文字的纸莎草，他将其译为《亚伯拉罕之书》（The Book of Abraham）。尽管现在专家可以将一份准确译本与关于寇伯行星和斯密就非洲人提出的种族主义解释加以比较，但摩门教会对反驳这类说法也早已驾轻就熟。乔治·雷诺兹（George Reynolds）① 于1879年写道："埃及象形文字具有至少两种含义（更有可能是三种），一种是大众所理解的含义，另一种则是获得天启的人或者神职人员所理解的含义。"斯密"并没有译错"，他是从一种不同的、隐喻的层面来翻译文本的。这和俄利根解读《新约》时给出的理由大同小异。

然而，有一份文件却成为摩门教会更为棘手的问题。斯密于1828年开始翻译，哈里斯则将其记录在纸上。哈里斯的妻子不信金页、有法力的眼镜和天使现身这一套，哈里斯便请求斯密允许他把一百一十六页已完成的稿子拿给她看，证明这些事的真实性。结果她偷走了稿子。"我丢失了自己的灵魂！"哈里斯恸哭道。斯密呻吟道："全完了！"露西·哈里斯反驳说："如果这真的是与神的交流，把它交给你的那一位很容易就能给你一份新的。"

摩罗乃肯定对先知丢了新《圣经》的事不怎么满意。不管怎么说，加百利跟穆罕默德可从来没发生过这种问题。摩罗乃一赌气便收回了乌陵和土明，而且他也没有重新来过，而是坚持用另一份叙述教会历史的文本"尼腓页片"来代替丢失的稿子。当然啦，区别肯定是稍微有一些的，不过幸好没有什么实质性的分歧。

---

① 1842—1909年，摩门教作家。

露西·哈里斯偷走的稿子再没有被找到过。而且，考虑到19世纪30年代反摩门宣传兴起，如果她能拿出这份启示录的第一个版本，肯定已经这样做了。即使会有人警告说这份稿子另有来历，但任何不一致的地方都会很难解释清楚，这可能会给这个新生宗教的可信度带来重创。猜测是她已经销毁了这份手稿；不过，还有那么一丁点可能性，也许它，这样一叠可以推翻一个宗教的手稿，仍然存在于某个地方。除非，它已经被安全锁在盐湖城的大档案库里了。

尼古拉·果戈理（Nikolai Gogol）

（1809—1852）

1845年，果戈理第一次烧掉了《死魂灵》第二卷的手稿。"烧掉五年的心血是很艰难的，我是在极大的精神压力下完成它的，每一行字都要让我精神错乱一次，"他写道，"当火苗吞噬了书稿的最后一页时，它的内容获得了新生，光辉而纯净，就像凤凰自灰烬中涅槃，我突然意识到，我原以为条理清晰和谐的内容其实是多么混乱。"

退一步说，即便在这次激烈行为之前，果戈理也已经对继续创作这部书稿的事讳莫如深。他勉强向一位朋友亚历山大·斯米尔诺夫（Alexandra Smirnov）读了其中一部分，第一声雷响起之时，他突然停了下来。他说："上帝也不想让我朗读尚未完成的作品。"很多朋友都知道他在《死魂灵》第二卷上押了很大赌注。他曾对瓦西里·茹科夫斯基（Vassily Zhukovsky）①和彼得·普列特尼奥夫（Pyotr Pletnyev）说，第一卷是一部空前重要的作品的序曲，只不过"是我体内屹立起的一座宫殿的门廊"。

在《死魂灵》第一卷中，乞乞科夫出场，他是一个快活、时髦又

---

① 1783—1852年，俄罗斯第一位浪漫主义诗人。

有些让人讨厌的生意人。他来到 N 城。很快就结识了当地所有的官员和地主，还混进了他们的交际圈子和地方社会中。随后，他遍访地主，向他们提出一个古怪的建议。政府为向地主征税，要根据他们拥有的农奴数目，或者说魂灵数目，来计算他们的财产，要通过人口普查来确定这个数目。乞乞科夫的提议便是买下已经死去但名字仍然保留在户口上的农奴。这样可以减轻地主的税，而他又能从中获益——至于他为什么需要死魂灵，他对不同的人有一套不同的说辞。这是非法的吗？没人知道。就算这是犯罪，那也是拜占庭官僚制度和封建压迫的结果。归根结底，就连贩卖活人都是完全可以接受的。

人们渐渐开始怀疑了，但这种怀疑主要是因为乞乞科夫向每个地主收购死魂灵的价格并不相同而造成的焦虑，而绝非因为那邪恶的契约。不过，乞乞科夫平安脱逃，他的马车从 N 城飞驰而过，果戈理为三套马车谱写了一首赞歌。最后一段直接说给读者的话是在向热爱速度和在疾驰马车上痛饮的典型俄国人致敬："让这一切都见鬼去吧！"编辑米哈伊尔·波戈金（Mikhail Pogodin）感受到了其中的一些阴郁力量，他将其描述为就像是"果戈理拖着读者和他的主人公乞乞科夫走过一条长长的走廊，接连打开左右两侧的每一扇门，发现每个房间里都有一头怪物"。

1842 年《死魂灵》出版（审查机构把标题改为《乞乞科夫的冒险，或死魂灵》，因为灵魂是不死的，果戈理在第二卷中大大地嘲讽了这一点），并获得了巨大成功。普列特尼奥夫（Pletnyev）用假名在《当代》(*The Contemporary*) 上写了一篇热情洋溢的评论，附和了果戈理对第一卷的构想。这是"一部暖场戏，意欲阐明主人公的奇特发展"。崭露头角的激进评论家别林斯基（Vossarion Belinsky）称这部作品是"俄国文学的骄傲和荣誉"。果戈理离开俄国前往欧洲，声称下一卷将与某种朝圣有关。

尽管果戈理的朋友们都赞同他的艺术志向，却也愈发意识到第二卷带有某种癫狂的成分。果戈理认为俄国正在"等待着我，仿佛我是某种救世主"。他所构思的《死魂灵》三部曲包含罪孽、惩罚、救赎三大主题：用亨利·特罗亚（Henri Troyat）①的话来说，这简直就是西伯利亚平原的《神曲》。果戈理则将之称为"我灵魂的历史"，还给出一些古怪的暗示，表示他如今已经"获得踏上神圣旅途的力量……只有到那时，我的生命之谜才会解开"。

第一卷的某些章节的确暗示了之后会有更重大的情节发展。他在第七章开头对比了两种作家。一种作家"去接近一些显示人的崇高品德的性格"，因为他，"一颗颗年轻的热情的心会发生一阵战栗"，"一双双眼睛会闪烁着激动的泪花……在力量上是没有人可以和他匹敌的——他就是神明"；另一种作家则不得不展示"可怕的、惊心动魄的、湮埋着我们生活的琐事的泥淖"，而公众将会剥夺"他的心灵，他的良知"②。果戈理会成为哪种作家呢？

果戈理对于朋友一直都不太可靠，也不够诚实，还要经常依靠朋友把他从经济危机中解救出来。现在，他的行为激怒了他们。久经折磨、常被果戈理揩油的普列特尼奥夫说果戈理是个"狡猾、自私、傲慢而又多疑的家伙"。果戈理对《死魂灵》第一卷的真正含义给出了更多的神秘暗示。"目前这仍然是一个秘密，等到揭晓的时候所有人都会大吃一惊的（因为竟然没有一个读者猜出来！）。""如果需要的话，我可以饿死，"他写信给斯特潘·舍维廖夫（Stepan Shevyrev）时说道，"但我绝不会写一本肤浅的未完成作品。"

第二卷的几章书稿得以幸存。其中有对古怪改革者、极度贪吃

---

① 法国 20 世纪著名小说家、传记作家、历史学家。
② 译文摘自《死魂灵》，满涛、许庆道译，人民文学出版社，1983 年出版。

者和厌世闲人的讽刺描述，还有一些令人难以相信的模范人物：地主科斯塔约格洛、政府官员穆拉佐夫以及既是"无情的正义工具"又是"大家的仲裁人"的太子。从这些段落中，我们很难看出乞乞科夫的道德转变是怎么发生的。据暗示，第三卷中乞乞科夫将作为一个忏悔者到西伯利亚去。完整版的《死魂灵》大概可以让俄国加速完成彻底的宗教变革。

在烧掉第二卷的第一稿之后，果戈理的狂热加剧了。他本想去耶路撒冷就第二卷表示感谢，现在则要去那里祈求灵感。1847年，他在动身之前还发表了欠考虑的《与友人书简选》(Selected Passages from Correspondence with Friends)。其中对于专制主义的辩护，比如"没有君主专制的国家就像没有指挥的乐团"以及"农民根本就不应该知道除了《圣经》以外还有其他的书"，使得别林斯基变成他的敌人，还使他的朋友陷入尴尬之中。谢尔盖·阿斯卡科夫（Sergei Askakov）哀叹道："如今最好的选择便是说他疯了。"别林斯基则更加愤怒，他的口才也更好，他怒斥这位"无知的使徒"说："必须竭尽全力保护人民远离失去心智的人，哪怕他是荷马本人。"

耶路撒冷并没向果戈理提供上帝的任何修改建议，他带着手稿返回俄国，与同样心智不清的马修·康斯坦丁诺夫斯基神父（Father Matthew Konstantinovsky）交往甚密。这位神父认为，除了俄国东正教会，其他一切都是源自撒旦。他鼓励果戈理进入修道院，放弃文学的异教。上帝的愿望是很明确的，第一卷已经出版，作为忏悔，就应该焚毁第二卷。

1852年2月24日大约凌晨3点时，果戈理叫来一个仆人，命令他点火。他把手稿一张张丢进火里。仆人请求果戈理不要这样做，他大吼道："这跟你无关——你还是祈祷吧！"他把稿纸全都丢进火里，导致火熄灭了，只得把包括第二卷甚至第三卷的一摞焦纸取出来，再一张一张重新烧掉。全部烧完之后,他画了个十字,吻了仆人,大哭起来。

然后他便停止了进食。主持神父问他:"你想让我念哪段祈祷词?"他说:"都可以。"经过九天绝食之后,他去世了。

查尔斯·狄更斯(Charles Dickens)
(1812—1870)

　　1870年3月9日，查尔斯·狄更斯给维多利亚女王朗读了他的新作《艾德温·德鲁德之谜》(The Mystery of Edwin Drood)。这部小说的背景设定在坐落着大教堂但死气沉沉的小镇克洛伊斯特汉姆(Cloisterham)，主人公是嗜鸦片的唱诗班指挥约翰·加斯珀，他偷偷迷恋着自己所监护的侄子、与小说同名的艾德温·德鲁德的未婚妻。这位姑娘罗莎还吸引了另一个孤儿的注意，那便是急性子的奈维尔·兰德莱斯。德鲁德突然失踪，有人在河里发现了他的手表和衬衫别针，加斯珀便立刻指控奈维尔谋杀了德鲁德。

　　狄更斯本想给女王提供一个良机，让她比她的子民先知道故事的结局。不知道维多利亚是没有兴趣还是不想被剧透，她拒绝了。不出三个月，狄更斯去世了，《艾德温·德鲁德之谜》才写了不到一半。小说的题目变得出奇贴切：狄更斯没有留下任何关于结局的笔记、提纲或线索。

　　他本该更谨慎些的。不过六年前，狄更斯坐火车时，列车在斯泰普尔赫斯特(Staplehurst)脱轨了，只有他乘坐的那节车厢还在铁轨上。他帮助两位女士下了车，又回去抢救他留在车上的《我们共同的朋友》(Our Mutual Friend)的手稿和一小瓶白兰地。那次与死亡擦肩而过的经历并没有改变他的工作方式。

失望的公众对这部小说的命运议论纷纷：或许会由威尔基·柯林斯（Wilkie Collins）①为小说续写结局？狄更斯的出版商查普曼（Chapman）和霍尔（Hall）急于阻止流言传播，写信给《泰晤士报》声明说："我们不会允许其他任何作家来完成狄更斯先生的遗作。"尽管如此，柯林斯于1878年却披露说，曾经有人请他续写这部小说，但他"断然拒绝了"。不过，柯林斯自己的出版商可没有被如此坚定的原则性声明束住手脚，他们十年后请沃尔特·贝桑特爵士（Sir Walter Besant）②续写了《盲目的爱》(Blind Love)③。

其他人就更没有什么顾虑了。一位纽约的俄耳浦斯·C.科尔改编并嘲讽了《艾德温·德鲁德》的情节，题为《恶魔的标志》(The Clover Hoof)，1871年在英国出版时题为《E.德鲁德先生之谜》。美国市场完全不受英国版权法的严格解释的限制，于1872年出版了《约翰·加斯珀的秘密》(John Jasper's Secret)。1878年，英格兰北部的一位女作家以吉兰·维斯（Gillan Vase）的化名又续写了一个版本，题为《巨大谜团的解开》(The Great Mystery Solved)。最诡异的是，查尔斯·狄更斯本人通过佛蒙特州布拉托博洛（Brattleborough）的一个灵媒也完成了这部小说，甚至还吹嘘他的下一部遗作将是《伯克利·温克希普的生平与冒险》(The Life and Adventures of Bockley Winkleheep)。

尽管《艾德温·德鲁德之谜》的完整版伪作和续写渐渐减少，但相关猜测却没有减少。埃德加·艾伦·坡曾推断出《巴纳比·鲁吉》

---

① 1824—1889年，英国作家，代表作有《白衣女人》(1860)和《月亮宝石》(1868)。
② 1836—1901年，英国小说家。
③ 这部作品本为威尔基·柯林斯所作，但未完成。

(*Barnaby Rudge*)①的结局,这一成功声名远扬,也让狄更斯颇为懊恼,无数书迷侦探因而受到激励,试图解开谜题。博学的诗人、翻译家、童话作家、传记作家、神话学家和编辑安德鲁·朗(Andrew Lang,此人的天分实在多种多样,甚至有传言说他其实是一个委员会)以及杰出的英国鬼故事作家 M. R. 詹姆斯都为揭开德鲁德之谜做出了努力。

这个谜题,简单说来是这样的:我们知道罪犯是谁,但却不知道犯罪过程。狄更斯在手稿中列出一些草拟的题目,包括"艾德温·德鲁德的损失""艾德温·德鲁德的失踪""艾德温·德鲁德的出逃"以及"艾德温·德鲁德之谜"。他还考虑过"藏匿中的艾德温·德鲁德死了吗?或是还活着?"狄更斯的传记作者约翰·福斯特(John Forster)就此指出,狄更斯曾对他说:"这个故事讲的是一个侄子被叔叔谋杀了。"第一章中,约翰·加斯珀离开鸦片馆,径直走进大教堂,"吟诵之声即刻响起:'倘若恶人。'"加斯珀是恶人,而德鲁德可能死了,也可能没死。

狄更斯对于作品封面设计总是颇费心思。由卢克·法尔兹(Luke Fildes)②操刀的《艾德温·德鲁德之谜》的封面也不例外。画面右侧,加斯珀似乎正带领众人搜索谋杀犯,同时手指却漫不经心地指向另一幅画中身处修道院的他自己。

在小说中,罗莎似乎认为加斯珀具有近乎超自然的操纵他人的力量,她向奈维尔的妹妹海伦娜吐露说,她觉得"别人谈到加斯珀时,他仿佛会穿墙径直走进来"。此外,读者还得知,加斯珀对墓地有着病态的兴趣。他甚至曾经给石匠杜尔德斯下药,以便拿到他的钥匙。杜尔德斯还告诉他,有个石灰坑"可以很快吞掉你的骨头"。如果这些还

---

① 狄更斯的一部小说。
② 1843—1927 年,19 世纪末英国写实派画家。

不足以给加斯珀罩上不祥光环的话，还可以补充的是，加斯珀曾对珠宝商提过，艾德温佩戴的饰物只有手表和衬衫别针，这也正是在河里发现的东西。读者还从加斯珀抽鸦片时的迷乱状态中得知，他幻想过扼死人。

显然，加斯珀就是罪犯。可罪行是什么呢？他真的成功杀害了德鲁德吗？或者，艾德温仍然活着，正在努力揭发他那不义的叔叔？

M. R. 詹姆斯和安德鲁·朗都认为德鲁德仍然活着。第十四章讲述了一系列事件，随后导致德鲁德与兰德莱斯在加斯珀家和解并共进晚餐，此后，艾德温便失踪了。这一章的标题是："这三人何时再见？"说明他们之后还会再见（不过再见时也有可能是两个对头加一具尸体）。此外，罗莎慷慨的叔叔希拉姆·格鲁吉斯突然开始与加斯珀作对，因为（据推测）德鲁德偷偷告诉了他加斯珀有意杀害自己。

另一个转折发生在第十八章。开篇便出现一个新角色，"一个白发黑眉毛的人物"。他名为迪克·达奇利，对于约翰·加斯珀的习惯有着特别的兴趣。他出场时让侍者往他的帽子里瞧，在所有关于他的描述中，这顶帽子和他那一头令人震惊的白发都十分重要。当他和自负的赛普西先生走在一起时，他"有一瞬间显得十分古怪，好像忘记了他的帽子……他抬手拍头顶上方，似乎有些期待在头上找到另一顶帽子"。看来，迪克·达奇利似乎是伪装的。

如果你喜欢谋杀受害者其实没有死的故事，那么，达奇利其实就是伪装的德鲁德。这个观点的一种变体认为，加斯珀打昏德鲁德，然后把他丢进了石灰坑：德鲁德活下来了，但头发漂白了，皮肤也烧伤了（法医学并非狄更斯的强项）。不过这种说法仍然有些小问题。比如，达奇利曾经询问怎么去加斯珀家，如果他是德鲁德，他肯定很清楚自己家在哪里。但或许这也是复杂的双重伪装，为了让人相信他确实是个陌生人？

另一方面，假设德鲁德已经死了。加斯珀并不知道德鲁德当时身上带着准备还给格鲁吉斯的钻石订婚戒指。如果他的尸体在石灰坑或赛普西纪念碑那里，戒指就会成为指认身份的证物。他当时本要把戒指还给罗莎的监护人，因为他们已经同意友好分手了。加斯珀听说这件事的时候立刻发狂了，因为他实施谋杀就是出于嫉妒，可他其实根本没必要犯下这桩罪行。

但如果德鲁德死了，达奇利又是谁呢？这个故事中的很多其他角色都有可能是伪装的。

我们知道，奈维尔·兰德莱斯和双胞胎妹妹海伦娜在锡兰度过了糟糕的童年。他们经常逃离监护人，"她每次都穿成男孩的样子，也表现出了男人的勇敢"。海伦娜是否在利用男装扮相为哥哥洗清罪名呢？

格鲁吉斯有一个雇员，名叫巴扎德，是个失败的悲剧作家。他熟悉剧院，这可能意味着他是穿上伪装、在镇上替格鲁吉斯四处打听的完美人选。他会是达奇利吗？

此外，还有鞑靼中尉。他和达奇利都有晒黑的肤色和军人气质。而且他们之间还有一种古怪的呼应：鞑靼声称自己是"一个游手好闲的家伙"；而达奇利则说自己是"一个生活拮据的闲人"。鞑靼会不会是达奇利呢？

格鲁吉斯会不会是达奇利？谁都有可能是达奇利？越来越混乱了！

也许达奇利不过就是达奇利，故事中的一个全新角色而已。有人说，也许他是职业侦探，是格鲁吉斯雇来监视加斯珀的。达奇利无处不在，但没有一个线索可以说明他到底是谁。

在小说现有部分的结尾，达奇利将加斯珀与"河豚公主"联系了起来。她是一个干瘪的老太婆，给加斯珀提供鸦片，并见到过他抽了鸦片之后精神错乱的状态。狄更斯已经设定了人格分裂的构思："就像有时酒醉之后，"他写道，"就会出现两种从不彼此冲突的意识，它们各自独立，仿佛始终持续存在、从未被打断过一样（因此，如果我喝醉之后把自己的手表藏起来，要想记起它的下落，就得先再喝醉一次）。"有人猜测，毒品可以让加斯珀把理智时隐瞒的谋杀真相交待出来。真相逼近了，这一点毫无疑问，但读者对结局依然没有头绪。就此而言，《艾德温·德鲁德之谜》是一部完美至极的凶杀小说。

令人遗憾的不是缺乏简明扼要的故事梗概，而是我们不知道故事中扣人心弦的暗线究竟是如何推进的。小说中除了古朴的英国风情，还充满东方情调：艾德温打算去埃及当工程师，兰德莱斯兄妹被评论为"血液中带有老虎的残忍"，印度和中国移民在伦敦东区的鸦片烟中穿梭往来。加斯珀戴的"黑色密织丝绸大围巾"甚至被视作他是印度暗杀团成员的证据。

约翰·福斯特称，小说将结束在加斯珀身上。"这部小说的创造性……在于结尾将由谋杀犯本人来评价他的一生……最后几章中，他的邪恶把他送进了监狱牢房，他将被巧妙引诱着，有如旁观者一般交待出自己的邪恶罪行。"

就像简·奥斯丁的《桑底顿》一样，《艾德温·德鲁德之谜》显示了小说家是如何热切扩展作品题材的。在这部小说的第一章，狄更斯以电影镜头般的精准，想象着自己进入瘾君子一般昏昏然的状态：这个尚未交代身份的人物醒来时似乎看到大教堂的尖塔渐渐与床柱合二为一。孪生子，鬼魂，异国来客，压抑的小镇居民；毒品，谋杀，精神性欲操纵，还有一些稍纵即逝而难以言传的善良——狄更斯在最后一部作品中创造的一系列联想与暧昧简直可以媲美大卫·林奇的电影。

赫尔曼·梅尔维尔（Herman Melville）
（1819—1891）

许多小说都没能问世，或许是因为灵感的火花没能点燃，或许是作品尚处于雏形，又或许是死亡折断了创作的笔尖。不过，《阿加莎》（*Agatha*）是独一无二的，因为有两个天才都曾创作这部小说而未能成功。一位来自新贝德福德（New Bedford）的年迈律师首先发现原姓海奇的阿加莎·罗伯森太太的生平值得写成小说，而赫尔曼·梅尔维尔则于1852年7月在马萨诸塞州南部的南塔基特岛上结识了这位老先生。

阿加莎·海奇（梅尔维尔在给纳撒尼尔·霍桑的信中说"不过一定得给她换个名字"）的故事包括一个极富戏剧性的瞬间，多年的耐心、痛苦和折磨，以及一个勉强算是结局的结局。让我们暂且抛开时间顺序，这整个故事的导火索是一位来自密苏里州的詹尼先生，他是其岳母的第二任丈夫詹姆斯·罗伯森的两万美金遗产的遗嘱执行人。他试图找到詹姆斯·罗伯森的后代的下落，在此期间发现了他的真名是希恩。不过，这些努力调查的收获还比不上突然寄来的一封给死者的信，寄信人名叫丽贝卡·吉福德，来自马萨诸塞州的法尔茅斯，她在信中称死者为"父亲"。

二十年前，詹姆斯·罗伯森在一次风暴中遭遇海难，被冲到马萨诸塞州的彭布罗克海岸，一个名叫阿加莎·海奇的当地姑娘将他带回家，照料他直至康复。体贴、安慰以及与死亡擦肩的体验交织，渐渐化为类似爱情的感觉，于是阿加莎和詹姆斯结婚了。詹姆斯又出海两次，他们有了个女儿，名叫丽贝卡。罗伯森再次离家去找工作，自此再没有回来。

接下来的十七年中，阿加莎被遗弃在地狱般的生活中。她没有再婚，或许说明她相信丈夫仍然在世；她肯定没有得到过任何确认他死亡的消息。大海为了抓住那些曾经逃脱海难厄运的人，恐怕可以等上很久。要让希望褪变为放弃，默默守候至心灰意冷，究竟需要多长时间？能够释放悲伤的事实被无尽推迟。她靠做看护工作维生，咬牙送丽贝卡去了最负盛名的桂格派（Quaker）学校。然后，他回来了。

他通过阿加莎的父亲给她捎了个消息，说如果她不想见他，他也可以理解，但希望能让他见见自己的女儿。他对于自己去了哪里闭口不谈，还以某种方式让她们相信，跟踪或探查他的下落是不明智的，甚至可能带来危险。他许诺说一年之内就会回来，再也不走了，还会给她们带回一大笔钱。

罗伯森的确回来了，是在丽贝卡婚礼的前一天。但他又消失了，还写信来要全家搬到密苏里州去。他寄来一些披肩，但看起来好像是别人戴过的。最后，他向丽贝卡的丈夫坦白了究竟为何自己不能回来和阿加莎以及丽贝卡一起生活。一位名叫欧文太太的寡妇成了第二任罗伯森太太，他们的女儿则嫁给了詹尼先生。后来，詹尼提到继任岳父很可疑，每次同意与来访者会面之前必要先查明客人的身份。阿加莎表示，她"并不想让两人中的任何一个不幸福"，揭发他的重婚行为只会让他离家更远。无论阿加莎还是丽贝卡都没有要求他抛弃詹尼一家。

梅尔维尔给霍桑写信说，他本考虑由自己来写这个故事，"但是，转念一想，我觉得你很熟悉这类故事。说实话，我觉得如果由你来写，肯定会比我写得好。"鉴于霍桑1850年研究清教徒虚伪的作品《红字》（The Scarlet Letter）广受好评，而且他细致入微地刻画了具有自我牺牲精神和极富耐心的海斯特·白兰这一人物，我们可以理解梅尔维尔为何会认为应该由霍桑来写《阿加莎》。

此外，梅尔维尔很可能仍然对他1851年的小说《白鲸》（Moby-Dick）获得的负面评论耿耿于怀。"这种垃圾只能算是末流的疯人院文学。"《雅典娜神庙》（Athenaeum）如是评论。"完全是神经错乱的疯话"——《伦敦晨报》（London Morning Chronicle）。"梅尔维尔先生显然是在尝试确定公众的承受力到底有多强……极其糟糕……差劲的修辞，混乱的句法，做作的感情以及毫无条理的英语"——《纽约美国杂志及民主评论》（New York United States Magazine and Democratic Review）。看来，梅尔维尔关于捕鲸、偏执和男人间的友情的形而上冒险题材遭遇了惨烈失败，隐忍女性的家庭悲剧当然是一个新起点。

梅尔维尔给霍桑的信透露了他正在认真创作自己的《阿加莎》的进展程度：他将阿加莎的父亲设定为水手和灯塔看守，这使得她发誓说绝不嫁给水手；阿加莎每天去查看的信箱被描述为一串腐朽和发霉的定格画面；一个长镜头扫过陆地与海景，还有悬崖，她将不会因为绝望而从那里纵身跃下。他还以移情方式来处理她那不忠的丈夫："这整桩罪孽不知不觉教唆了他，因此，可能他并不能确定，从哪一天开始，他可以对自己说：'现在我已经抛弃了妻子。'"不过，应该由霍桑来使"这个现实的骨架"变得"完整、细腻、动人"："要是我觉得自己能写得像你那么好的话，我就不会把这故事给你了。"

霍桑开始动笔写《阿加莎》，但很快就厌倦了。1852年10月，梅尔维尔又给他写信，建议了一些故事情节，特别是罗伯森的重婚或许"可以归咎为奇特的宗教自由主义观念，大多数水手年轻时都犯过这种错误"，梅尔维尔确信霍桑肯定已经考虑过这个构思了。

11月时,霍桑决定放弃《阿加莎》,并鼓励梅尔维尔自己来写这部小说。梅尔维尔答应了,并请求霍桑允许他使用霍桑在自己的草稿中构思的"浩劫之岛"这个名字,还宣称说他"一到家就立刻动笔,一定会竭尽全力还原这个如此有趣的真实故事"。此后,《阿加莎》便从文学史中消失了。

霍桑和梅尔维尔的友谊在1856年前后淡了下来。"我恰好下定决心要退出文坛。"梅尔维尔写道。尽管他又活了三十年,却再也没有发表过虚构故事。1857年,他发表了以幻象与诈骗为题材的《欺诈者》(*The Confidence Man*),一部精彩而阴郁的讽刺作品,此后,小说家梅尔维尔便像詹姆斯·希恩·罗伯森·鲁滨逊一样彻底消失了。他去世后,人们在他的文件中发现了尚未完成的《水手比利·巴德》(*Billy Budd, Sailor*)的手稿,却没有发现《阿加莎》的手稿。

古斯塔夫·福楼拜（Gustave Flaubert）
（1821—1880）

如果古斯塔夫·福楼拜曾经想要销毁作品的心愿得以实现，关于他就没什么好说的了。1851年，他30岁，和坏脾气的母亲住在一起，家里有个食橱，装满了他的笔记、草稿和年少时的作品。此前，他唯一一次比较严肃而持久的文学尝试是一部极具浪漫主义色彩的幻想作品——《圣安东尼的诱惑》（*La Tentation de Saint-Antoine*），灵感来自他几年前在热那亚看过的尼德兰画家勃鲁盖尔的一幅画。这部充满痛苦的散文诗是从他最初关于那幅画的笔记中开出的花朵："赤裸的女人躺着，爱神在一个角落。"

福楼拜把这部作品读给朋友路易·布耶（Louis Bouilhet）[①]听，布耶的评论简明扼要："我觉得你应该把它烧了，一个字也别再提。"但福楼拜没有这样做。

福楼拜灰心丧气地离开家，百无聊赖地环游北非，参观了斯芬克斯，见识了手臂饰有伊斯兰文身的舞女的曼妙身姿。他辗转回到法国，

[①] 法国诗人、剧作家。福楼拜的挚友。他曾给福楼拜当调研员，负责调查提供小说中真实细节的各种信息。

十分迷茫,但知道自己得做点什么。他应该按照布耶的建议迈出第一步:"一个现实的主题,资产阶级生活中的一件小事。"不仅如此,布耶还提供了一个题材,即"黛尔菲·德拉马尔(Delphine Delamare)的故事",她是当地人,和人通奸败露后被迫自杀。这个想法显然让福楼拜跃跃欲试:在阿布西尔山顶,在沸腾的尼罗河上,他大喊:"有了!我要叫她爱玛·包法利!"

可一回到家和他母亲一起生活时,事情就没有那么顺利了。福楼拜最犯怵的就是开头;点子或许突如其来,令人振奋不已,可一到下笔的时候便有如分娩一般痛苦。这位身材富态的作者艰难地爬上椅子,面前的空白稿纸都在嘲笑他。他放任自己沉浸在眼泪与自慰中。写作让他感到恶心,就像是"喝下一整片海洋,再全都尿出来",作品出版是可怕的失态,"就像让人看到你的屁股"。最严重的时候,他梦想最好能被"埋在一个巨大的坟墓里,周围放满从未发表过的手稿,就像野蛮人和自己的马葬在一起一样"。如果他如愿了,福楼拜所有的作品如今都要遗失在某个路旁墓穴中了。

终于,经过五年的写作和修改,《包法利夫人:一个外省教育的故事》(*Madame Bovary:The Story of a Provincial Education*,1857)在《巴黎杂志》(*La Revue de Paris*)上发表了,最初作者署名为 G. 福楼拜先生。编辑是他昔日的朋友马克西姆·杜坎(Maxime Du Camp),他要求再做一些删改。即便如此,发表的版本仍然充斥着严肃的删除符号,以免易受冒犯的读者看到低俗词汇。这些删掉的词就是《包法利夫人》后来受到审判的证据,狡猾的辩护律师塞纳(Sénard)坚称,这些考虑周到的空白只是引起了思想下流的原告的怀疑,显然,原告对于下流词汇的了解远远超过了这些空白。

这次丑闻带来了作品的畅销。这位深居简出、体重超标的萨德爱好者开启了他的职业生涯,他甚至将因此成为皇室的座上宾。《包法利夫人》之后，他写了一部关于放纵的迦太基人的作品《萨朗波》（Salammbô，1862），随后是"我这一代人的道德史"《情感教育》（L'Education sentimentale，1867），一直帮他的杜坎认为这部作品应该改名为《平庸者》，再之后是经过三次修改的《圣安东尼》（1874），以及他光芒四射的遗作《三故事》（Trois contes，1877）。对于一头自省的巨兽而言，这些作品并不算多。但还有其他手稿，构思中的小说，半途而废的计划，未完成的史诗……

福楼拜自幼开始写作。他曾给一本插图版《堂吉诃德》涂上颜色，还曾让保姆将他讲的故事誊写下来。他还在上学的时候，朋友们便把他年少时的一些习作收录成集，其中包括一部名为《守财奴》（The Miser）的喜剧，一首写给当地一条狗的挽歌以及一篇充满顽童恶作剧的论述文章——《著名便秘的绝妙解释》（"The Splendid Explanation of the Famous Constipation"）。他在学生时代曾写信给一个老师，声称自己正在写三个故事，而《三故事》在他去世后才出版。在被勃鲁盖尔那幅油画梦魇般的场面震撼的时候，他正在构思一部《唐璜》。

众所周知，福楼拜喜欢秘藏自己的手稿，连张字纸片也舍不得扔。1871年普鲁士军队横扫法国，谨慎的福楼拜在花园里埋了满满一盒信件，或许还有其他文件。是否有他打算创作的社会主义题材的讽刺作品，或是关于欧洲人退化而阿拉伯人进步的当代东方题材的《哈勒贝》（Harel-Bey）？他去世后第二年，克鲁瓦赛的房子被拆毁了。那盒子应该还埋在地下。有位传记作者猜测，鲁昂的港口建筑群下方可能埋藏着一盒福楼拜的宝藏。

更撩人的是，福楼拜为创作一部第二帝国时期法国社会的小说做了大量笔记，而且第二帝国的最高阶级是如此全心全意地接纳了他。这部作品是福楼拜在1870—1871年的政治剧变之后构思的，现存的注释表现出一种扭曲的后见之明：腐化的巴黎映射出巴比伦。这部作品本会成为同样不满的《情感教育》的姊妹篇，揭示"我们生活的巨大谎言"，小说中充斥着"假军队、假政治、假文学、假信用，甚至假妓女"。如果《包法利夫人》的非人格心理学预示着现代主义的到来，那么这部未诞生的第二帝国小说，是否会充满幻象和错觉，预示着现代主义之后的思潮呢？当然了，据说将有另一部作品来完成此举。

《布瓦尔和佩居榭》（*Bouvard et Pécuchet*）占据了福楼拜余生的大部分时间；这是一部苦乐参半、百科全书式的作品，最终并未完成，大概也不可能完成。两个收入颇丰的书记员浏览了人类的全部知识。福楼拜的《庸见词典》（*Dictionnaire des idées reçues*）将资产阶级各种愚蠢空虚的观点加以分类整理。在《布瓦尔和佩居榭》中，福楼拜以狂热的冲动成功描绘了这个世界。

这两个偏执又老实的虚构怪人试图给宇宙分类，和18世纪的哲学家差不多。他们的合作就像变装双人戏，两人在每一个岔口都会产生分歧，无法分辨冒充真知的老妪闲谈与珍贵的谚语。

福楼拜多次放弃这部作品，又多次重新开始，为了这本书的研究而读了一千五百多本书。他声称这部作品就像是"试图把海洋装进一个瓶子"。这个计划是否从一开始就是堂吉诃德式的冒险？也许如此，不过他似乎在开始每一场冒险时都无比害怕它的结束：他艰难创作《情感教育》的开头几章时曾抱怨说，这就像是"把大海装进长颈大肚瓶"一样困难。福楼拜在笔记中想象了一种可能的结局：两位前书记员穷尽人类知识的所有领域之后，快活地采购"登记簿和各种工具、橡皮、香松树胶等等"，还定做了一张两头都可以使用的书桌。他们重返书记员身份，摆脱了"想要总结归纳的可怕欲望"。他们甚至尝试补偿梅丽，一个被卷入他们异想天开的计划的年轻姑娘。

福楼拜可能说过："包法利夫人就是我。"但他一直没有动笔写下可能触及自己生活阴暗面的小说。他将《螺旋》（*La Spirale*）描述为一部"喋喋不休的形而上空想巨著"，推出了"幸福存在于想象之中"的说法——这是一种奇怪的省略：他是否想说幸福是通过想象以浪漫主义诗歌的方式实现的？抑或所有幸福都不过是幻想臆造出来的？尽管小说的最初灵感来自他 1852 年阅读的但丁的《地狱》，以及他所幻想的与反复无常又不太忠贞的路易丝·科莱（Louise Colet）的关系，但源头还在于福楼拜自身，但这个源头埋藏得更深也更久远。

福楼拜二十出头时，一次与较受尊敬的哥哥阿希尔（Achille）一起回家途中，他突然急病发作，身体虚弱，病因不明。似乎是远方客栈中一盏固定不动的灯光与一辆迎面而来的马车上的摇曳灯笼之间的复杂关系触发的。这些光点与福楼拜脑海中的某样东西组合成一个含混的三角。这次事件引发了一场精神错乱，就像是福楼拜过分努力将注意力集中于那些情景，结果扭伤了，只不过扭伤的不是肌肉，而是大脑。他小时候就经常半途中止对话，这次更严重了。"金色的火"，"记忆中断"，"黄色的云"，"一千束焰火"，"信号烟火"。他体力不支，口吐白沫，胡言乱语。如今回想起来，福楼拜可能患有某种癫痫。

《螺旋》这部小说的主题是"疯狂，或者说是如何发疯"。作者的父亲阿希尔－克莱奥法斯·福楼拜（Achille-Cléophas Flaubert）是鲁昂医院的创建者，年轻的福楼拜曾多次目睹尸体解剖和手术，在智力障碍者和精神病患者之间走来走去。他比许多人更加了解这个题材，足以创作出一个在科学上十分精确的疾病故事。不过，正如他所说："这个主题让我感到害怕。"

《螺旋》一直封存在福楼拜体内，从未付诸纸面。崩溃，疯癫，有预兆表明这些问题不仅存在于个人的自我中，还渗透至社会，创伤广为扩散——但福楼拜不敢着手对此进行研究。他怎么可能这样做呢？他笃信的"作者无人格"要求作者必须要爱，要战斗，要喝酒，但不能成为恋人、战士或酒鬼。在这样的限制下，受折磨的人又如何能将折磨阐述清楚？在每一部已经完成的作品和下一部作品的可怕开始之间的可恨缝隙中，《螺旋》的构思在那里闪闪发光，嘲笑着他，并被拖延下去。"我要等到我离那段经历足够远的时候。"他写道。他始终没有达到那个距离。

费奥多尔·陀思妥耶夫斯基
(Fyodor Dostoyevsky)
(1821—1881)

"像只耗子一般,在仇恨中前行。"这是 D. H. 劳伦斯对小说家费奥多尔·陀思妥耶夫斯基的评价。仇恨的确驱动着这位作家:对社会主义者,对无政府主义者,对腐化的贵族阶级,对软弱的农民,对德国人,对犹太人,对法国人("他们让我恶心"),对自己,对巴登巴登的赌桌,对伦敦的"巴尔"(Baal)①,对屠格涅夫,对出版商,对评论家,对自满者,对激进派。"让虚无主义者和西方人高喊我是反动派吧!"19 世纪 70 年代,他这样夸口说道。

不过,1849 年,他站在行刑队面前,满心以为自己会因煽动罪被枪决。刑罚被减为西伯利亚的四年监禁,随后是四年列兵生涯。蒙上眼等待的整个过程是一种精心设计的国家仪式,目的是让死刑犯体验一下即将被处决的感觉,随后,沙皇将仁慈地把他们流放到鄂木斯克(Omsk)这个蛮荒之地。

在那次死刑游戏时,陀思妥耶夫斯基还只是个小作家,但并非不

---

① 《旧约》中的伪神,陀思妥耶夫斯基在关于欧洲旅行见闻的《冬天里的夏日印象》中借指西方文明崇拜的现代物质主义。

重要。他的处女作《穷人》（*Poor Folk*，1846）便引起一阵不小的风波。诗人尼古拉·涅克拉索夫（Nikolai Nekrasov）读过手稿，立刻去找著名评论家别林斯基。别林斯基的认可能够保证一本书的成功。涅克拉索夫称赞他是"新的果戈理"，别林斯基却反驳说："在你的脑海中，果戈理就像雨后春笋一样不断涌现。"不过，这位文坛巨擘还是被打动了，并赞许地说，这位年轻的小说家向奢靡的资产阶级展示了栖身阁楼的下层人民生活，并告诉他们："这些人也是你们的兄弟。"

别林斯基与陀思妥耶夫斯基被流放西伯利亚有些许关联。1847年，越来越不稳定的尼古拉·果戈理以一本几近疯狂的维护沙皇专制的作品《与友人书简选》震惊了朋友和崇拜者。别林斯基以一封所谓的给果戈理的信作为回应，指责这部作品是"夸张而放肆的废话"。审查机构动作很快，传播这封"罪大恶极的信件"成了犯罪。

在人生的这一转折点，陀思妥耶夫斯基是别林斯基社会主义的狂热拥护者及其无神论的自由观察者；他还参与了傅立叶空想社会主义的"彼得舍夫斯基小组"。他以"口头散布"和"没有汇报他人散布"别林斯基信件的罪名被逮捕。在西伯利亚服刑的艰苦条件下，陀思妥耶夫斯基的观点发生了与果戈理类似的巨大转变。他放弃了自己从前的政治忠诚，开始批判从前的朋友。别林斯基就是"一只屎壳郎……是大粪"，"是俄国生活中最臭不可闻、愚蠢和令人羞耻的现象"。这个全新的极端保守的陀思妥耶夫斯基写出了《罪与罚》（1866）、《白痴》（1868）、《群魔》（1872）和《卡拉马佐夫兄弟》（1880）。

陀思妥耶夫斯基获释后试图重归文坛，却时常债务缠身。他和哥哥米哈伊尔（Mikhail）一起创办了《时代》（*Vremya*）杂志，其中连载了他根据西伯利亚的经历创作的小说《死屋手记》。与审查者的争执迫使《时代》停刊，兄弟二人又创办了《时世》（*Epokha*）杂志。1864年米哈伊尔去世，这不但使杂志失去经济保障，养活米哈伊尔妻小的重担也落在了弟弟肩上。虽然帮助困难作家和学者的协会提供了一份津贴，但陀思妥耶夫斯基还是落入了无耻的出版商斯捷洛夫斯基（Stellovsky）的圈套。斯捷洛夫斯基买下了他所有尚未偿还的借款借据，强迫他签了一份毫无公平可言的合同。

斯捷洛夫斯基要求他到 1866 年 11 月写出一部至少一百六十页的新作品，如果他没有交稿，就要放弃过去、现在和未来所有作品的版权。陀思妥耶夫斯基不想把正在创作的《罪与罚》交出去，便雇了一个秘书根据他的口述记录作品，这便是后来交给斯捷洛夫斯基的《赌徒》。与此同时，他还试图筹集足够资金离开俄国，于是便向《祖国纪事》和《俄国先驱报》的编辑推销新小说《酒鬼》，开价三千卢布。不过这两家都没有兴趣。或许是西伯利亚军营的艰苦条件教会了陀思妥耶夫斯基，哪怕是灵感也可以拆了再用，循环回收——《酒鬼》和其中的主要反面人物马梅拉朵夫又被写入《罪与罚》。陀思妥耶夫斯基和自己的速记员安娜相爱了，完成《赌徒》和《罪与罚》之后，他准备带她一起逃离圣彼得堡。

他们在欧洲大陆的婚后生活就像是在轮盘上的数字之间弹跳的小球，在一个个城市颠沛流离。陀思妥耶夫斯基在写一篇关于别林斯基的文章，但最终也没有公之于世，此外，他一直在构思一部长篇小说，这部作品将清算他与敌对者和从前的自己的旧账。1868 年，这部作品被命名为《无神论》（Atheism），内容是一个四十五岁的公务员不再信仰上帝。"他开始和年轻一代来往，他们是无神论者，崇拜斯拉夫文化，还有欧洲人、俄国宗教狂热分子、僧侣和牧师；他还同一个波兰的耶稣会传教士交往密切；他甚至沦为苦修者，最终重拾对耶稣和俄国的信仰。"他给诗人梅伊科夫（A. N. Maykov）写信说："看在上帝的份儿上，不要对任何人提起这部作品。至于我自己，哪怕搭上性命，我也要写出这最后一部小说。"《无神论》的元素最终被移植到《群魔》

的斯塔夫罗金这一人物中。但他告诉他的侄女，他不能在欧洲写《无神论》。

到 1870 年，这部巨著将被命名为《一个伟大罪人的一生》(The Life of a Great Sinner)，而且将"和《战争与和平》的长度一样"。陀思妥耶夫斯基打算将这部作品写成三部中篇，各自独立但又彼此内在联系，后来又改为五部中篇。罪人是私生子，由祖父母带大。这个贵族家庭"堕落到了卑鄙的程度"，他憎恶亲人的道德堕落，被另外两个人所吸引：一个是快活的跛脚姑娘，名叫卡佳，他强迫她崇拜他；另一个则是管家库里科夫，是鞭笞自己的克利斯提教派成员。第一卷的结尾是这个"狼孩和虚无主义者"谋杀了一个臭名昭著的匪徒。

第二卷的场景设定在修道院学校中，主人公忏悔之后。他在那里结识了阿尔伯特，和他一起亵渎圣像，又因此鞭笞阿尔伯特。他还结识了行为不检的朗伯特，陀思妥耶夫斯基又将这一人物用在《少年》中。主人公还受到一个以俄国神秘主义者吉洪·扎东斯基（Tikhon Zadonsky）为原型的人物影响，这个人物后来又化作《卡拉马佐夫兄弟》中的佐西玛长老。在最后几卷中，罪人将变成禁欲者，考虑自杀，并创办了一个孤儿院。

《一个伟大罪人的一生》曾多次改名：《四十年代》《俄国的老实人》《基督之书》《混乱》。

> 这部小说的主旨是展现如今社会各处、社会事务、主流观点、信仰和家庭生活的解体中的普遍混乱（不过以此说来，无论是主流观点还是信仰其实都不存在）。如果的确存在热忱的信仰，也只有摧毁性的信仰（社会主义）。再也没有什么道德观点了。

所有这些假设的小说都将被整合进《卡拉马佐夫兄弟》，这部作品同样来自陀思妥耶夫斯基在西伯利亚遇见的被错定罪的弑亲者。不过,这部作品也只是他试图创作的作品的一个不完整版本。

《卡拉马佐夫兄弟》的前言向我们交代了一种新型小说主人公的广阔背景及其先天和后天的特征。"问题在于,"他写道,

> 我在创作一个人物,但手头却有两部小说。主要的小说是第二部,它讲述的是主人公在我们这个时代的活动……另一方面,第一部小说的故事发生在十三年前,其实算不上是小说,只是主人公青少年时期的一个片段。对我来说,放弃第一部小说是不太可能的,如果没有它,第二部小说的许多内容便会变得难以理解。

亚历山大·米哈伊洛维奇大公(The Great Duke Alexander Mikhailovich)记录下记者阿列克谢·苏沃林(Alexei Suvorin)讲述的第二卷将要涉及的内容。中心人物是圣人般的阿辽沙·卡拉马佐夫,他的几位哥哥分别是无神论作家伊万、风流但惹人喜爱的德米特里,还有同父异母的兄弟、谋杀犯斯麦尔佳科夫。"你们认为我的上一部小说《卡拉马佐夫兄弟》中有很多预言。但请期待下一部吧。阿辽沙将会离开修道院,变成无政府主义者。我纯洁的阿辽沙将要刺杀沙皇!"

陀思妥耶夫斯基1881年1月28日去世。1881年2月底,沙皇亚历山大二世遇刺。

理查德·伯顿爵士（Sir Richard Burton）
（1821—1890）

理查德·伯顿爵士只有少数几个宏愿没能实现，目睹食人现象是其中之一。作为探险家、作家、情报人员和外交官，他有许多前所未有的成就，离奇的死里逃生的次数也同样惊人。他伪装成信教的穆斯林，成为首个从麦地那前往麦加朝圣的欧洲人。他在非洲内陆发现了大湖地区，不过，他因为生病没有成功找到尼罗河的源头。他在盐湖城研究了摩门教，还见到了这个教派的"圣保罗"杨百翰（Brigham Young）。弗朗西斯科·洛佩兹（Francisco López）及其情妇伊莉莎·林奇（Eliza Lynch）在巴拉圭发动的可怕战争结束后，他去游览了战场。

他是进入埃塞俄比亚的哈拉雷伊斯兰要塞的第一个基督徒，这个要塞是不对外人开放的。他还与其可敬的妻子伊莎贝尔一起去了帕尔迈拉（Palmyra）①，而且是在控制路线的贝都因人没有提供帮助的情况下。在索马里兰的一次伏击中，一支长矛穿透了他的双颊。他在米甸寻找黄金失败，可惜他找的不是石油，否则他就发财了。与此类似的

---

① 叙利亚中部古城，位于大马士革东北，据说是所罗门所建。

是，他在西非担任领事时没能发掘出某种"极甜"饮料的商业潜力，这种饮料是水和可乐果的混合物，不过他倒是自己发明了一种饮料，名为"伯顿上校的苦汤力"。

他既勇敢又睿智，本应是硬汉派的英雄，可背后的暗讽和流言就像胶带一样粘住他的名誉不放，而且这也不是空穴来风。伯顿从来都无法心甘情愿地忍受傻瓜，他还贸然批评帝国在印度次大陆和非洲的政策，惹恼了上司。他傲慢，野心十足，喜欢发出刻薄讽刺的指责。不过，对他的晋升希望打击最大的，大概是他将永无止境的好奇心延伸到了色情领域。

他年轻时在卡拉奇当兵，由于具有公认的语言天赋，扮成当地人的本领也无人可以匹敌，于是查尔斯·纳皮尔爵士（Sir Charles Napier）要求他撰写一份秘密报告，内容是据称存在的同性妓院。他交出的报告具有令人震惊的权威性，充满阉人、鸡奸和娈童的细节。尽管这份报告应当被销毁，但还是让接替纳皮尔担任信德（Sindh）[①]总督的文职官员 R. K. 普林格尔（Pringle）看到了。他大为震惊，将报告转给了当局，建议立即开除伯顿。

这份报告并未在政府档案中出现过，但伯顿生活放荡不羁的恶名却就此传开。此外，由于他曾成功伪装成穆斯林朝圣者，还传出流言说他确实皈依了伊斯兰教，而且对传教士甚至基督教都怀有深仇大恨。

后来，伯顿半开玩笑地宣称自己已经违反十诫的所有戒条。维多利亚时代任何一个体面的姑娘大概都不会嫁给臭名昭著的伯顿，却有一个笃信罗马天主教的贵族姑娘主动这样做，这就更加令人惊讶了。19 岁的伊莎贝尔·阿伦岱尔（Isabel Arundell）对伯顿一见钟情。有个吉卜赛占卜师预言说，她会嫁给一个姓伯顿的男人，于是，她拒绝了

---

① 巴基斯坦一省名。

无数追求者，不顾母亲的抗议，和伯顿私奔了。

伊莎贝尔在许多方面都是理想的伴侣。她完美地结合了自我意志和顺从态度。她一心一意赢得伯顿后，给其他准新娘的忠告是忍受一切。她建议她们要允许丈夫在家抽烟，因为，如果拒绝的话，他们肯定会另外找个抽烟场所。这条建议充满可以多种方式解读的隐喻。她穿长裤，令访客大为震惊，还陪同丈夫进行了几次极其危险的探险。她无限忠诚，担任了他的文学经纪人，大骂那些冷淡的评论者。伯顿去世后，从前的那些毕生挚友才开始对她产生敌意。她本人去世后，许多传记作者都想把她描述成一个不称职且地位卑微的妻子。

理查德·伯顿去世那年指定伊莎贝尔为他的遗嘱执行人。那时他已经出版了他翻译的《爱经》（Kama Sutra）以及为《一千零一夜》所作的关于性行为的详尽评注。这两部作品都很清楚维多利亚时代末期审查机构谈性色变的程度。《爱丁堡评论》在介绍伯顿的《一千零一夜》时，将他的译本和其他几种译本做了比较，宣称："加兰（Galland）的版本适合托儿所，雷恩（Lane）的版本适合研究所，而伯顿的版本则适合下水道。"

伯顿的态度越挫越勇。如果他被判有伤风化罪，他打算把《圣经》、莎士比亚和拉伯雷的作品带上法庭，质问这些作品中的哪些部分应该被删掉。他的一些书信中充斥着极度邪恶的内容，在研究能够接受鸡奸的地域范围时，他希望代表19世纪清教徒形象的"大屁股格伦蒂太太（Mrs. Grundy）[①]会号啕大哭"。

伊莎贝尔一直比较谨慎。她准备了一个洁版《一千零一夜》，献给"英格兰的妇女"，她经常维护伯顿的观点，这被开心而恶毒的评论家当成了靶子。不过，伯顿去世前把现存的手稿都交给伊莎贝尔，还

[①] 原为18世纪英国戏剧中的人物，比喻过分重规矩、拘泥礼节的人。

写了一份清单说明应当烧掉哪些。

多年以后，伯顿太太痛苦而愚昧的焚稿之谜才被确认为事实。诗人斯温伯恩曾对伊莎贝尔的妻子角色十分钦佩，但认为她在丈夫去世后变得像女妖一般残忍贪婪。不过，不可知论的伯顿陷入昏迷时，她为他安排了临终涂油礼，这一事实驳倒了斯温伯恩的尖刻批评。伊莎贝尔的确烧掉了一些手稿，其中最出名的是整整一千二百页的阿拉伯情色经典《芳香园》(*The Perfumed Garden*)。伯顿曾根据法文译本出过一个英文版本，题为《芬芳园》，去世前他正在根据原文翻译一个新版本。

不过，伊莎贝尔还是准备将伯顿的一些遗作出版。《芳香园》被销毁的消息一经传出，便有流言说伊莎贝尔其实将手稿都藏进了丈夫的墓穴。无耻的出版商暗示说他们已经搞到了另一个版本，很快便会和伯顿"创作"的其他作品一起出版。由于打理财产和打击盗版或伪作都十分艰难，伊莎贝尔自己的遗嘱要求烧掉所有东西：她的文件、她的手稿、他未出版的作品、他的遗体。不过这个要求没有完全执行：伯顿本想烧掉的一篇文章在伊莎贝尔去世后发表了，内容是一个神秘的阿拉伯犹太人教派，据说他们实行人祭。

直到伊莎贝尔去世——而不是理查德·伯顿去世——后，才进行了真正的焚稿。伯顿1872—1890年的日记，伊莎贝尔自己年少时的日记，他们的信件，他关于巴西低地、北美、中美和南美的未完成手稿，叙利亚谚语，关于贩卖阉人的笔记，奥维德、奥索尼乌斯（Ausonius）①和亚里士多德的作品的译文，关于一夫多妻制的研究——这一切都被销毁了。伊莎贝尔已经销毁了她自己的书稿《第六感》(*The Sixth Sense*)。她销毁这些东西都不是出于恶意，而是出于

---

① 4世纪的拉丁抒情诗人。

爱。要是他们的通信能够幸存下来，就能立刻平息关于这对著名夫妇的恩爱关系的流言。

不过，伊莎贝尔的诋毁者相当称职。后来的多部传记都会将焚稿归咎于伊莎贝尔。但很少有人提到，伯顿其实在1860年的一场仓库火灾中已经丢失了许多没有发表的手稿。其中有一份研究可能比任何性学调查都有意思。伯顿在卡拉奇当兵时养了四十只猴子，并试图用他高超的语言天赋来学习它们的语言。他学会了六十个单词，但这项试验成果在更为人所知的焚稿事件发生的三十六年前便已遗失。

阿杰诺·查尔斯·斯温伯恩
(Algernon Charles Swinburne)
(1837—1909)

维多利亚女王说:"我听说斯温伯恩先生是我治下最好的诗人。"然而,他的大量作品获得的这种高度评价甚至没能持续到女王统治结束。

这位不幸的诗人长着一个超出常人的大脑袋和一头扎眼的红发,是所谓颓废时期过分追求唯美和性怪癖的代表。他对打屁股的热忱和对古典神话的卖弄都显得过时了,而且,说实话,也很幼稚,即使是在"一战"前。他十分向往成为"受到诅咒的诗人"(un poète maudit),像波德莱尔或维庸那样的叛逆浪子,不过,他受到的折磨至多不过是些晦涩难懂的语法和偶尔的桦条鞭笞。

要想认真看待这些摘自《悲伤》(*Dolores*)的诗句确实比较困难:

> 哦,充满欲望和欢笑的嘴唇,
> 用我的胸脯喂养的蜷曲的蛇,
> 使劲地咬,以防怀念随之而来
> 用新的嘴唇压上你压过的地方。
> 我的心也在这一压下弹起,
> 我的眼皮也湿润和点燃了;

啊，用享乐喂我，填满我吧，
趁痛苦还未到来。

斯温伯恩本人承认，他很警惕自己"对于悦耳甜美的冗长表达的喜好"，甚至还会写些尚可一读的自嘲作品，模仿他的头韵体迂回诗句，比如：

人生有如灯火对暗光之欲，直至天明，我们死去。

遗憾的是，他的才智很少出现在他的诗歌里。大学时代，他曾用讽刺短文娱乐朋友，以雨果的口吻把当代时事演绎成了历史剧的风格。一个朋友——马洛克（W. H. Mallock）——回忆起其中一篇，内容是维多利亚女王被卷入约翰·罗素爵士和罗伯特·皮尔爵士这两位政客之间的爱情幽会。斯温伯恩大概还在这出喜剧中杜撰了维多利亚女王痛苦坦白曾被年迈的威廉·华兹华斯引诱的事。

接着，这出维多利亚时代上流政界大戏将焦点转移到女王与罗素爵士的私生女身上，她成为高级妓女，人称"咪咪小姐"，迷住了很多王公贵族和议员政要。"她做过的一切大概会让麦瑟琳娜（Messalina）①也脸红心跳，但每当她抬头仰望天空时，都会低声说'主啊'，而当她看到一朵鲜花时，她又会低声说'母亲啊'。"她的一位追求者如是赞美道。

马洛克回忆说，斯温伯恩讲完之后，饮尽又一杯波尔图葡萄酒，随即醉倒，陷入昏睡。

幼稚，没错，而且从某种程度上来说就是无聊。不过，如果斯温

---

① 罗马皇帝克劳狄一世的第三任妻子，以"淫荡和滥交"著称。

伯恩放弃贪杯，把这些讽刺作品一口气写下来分送友人，我们如今对他的评价或许就不是极易被遗忘的 19 世纪 60 年代古怪诗人，而是 20 世纪 60 年代另类嘲讽喜剧的先驱者。

爱弥尔·左拉（Emile Zola）
（1840—1902）

1893年9月22日，星期五，当时最富争议的法国小说家爱弥尔·左拉在伦敦林肯律师学院大厅对英国记者学会发表了一场演讲。这次集会影响重大，也是对左拉难得的赞颂。他刚刚完成他的巨著——二十卷系列小说《第二帝国时代一个家族的自然史和社会史》（*L'Histoire naturelle et sociale d'une famille sous le Second Empire*），又称《卢贡-马卡尔家族》（*Les Rougon-Macquart*）。

左拉受邀演讲的题目古怪而贴切：无名。尽管左拉的确臭名远扬（评论家赋予他各式各样的称呼，从"歇斯底里的色情作家"到"文坛的淘粪工人"），但他仍然毫不妥协地保持神秘，甚至让人无法了解。从这种自我强加的距离感来看，左拉似乎更像超人，或者说，更不像人类。他就是一个工厂，将这个世界的原材料加工为一部部小说。

一直笔耕不辍的左拉对深不可测的法国上流社会进行了分类，严格遵守他的"没有一天不写作"的信条。其论著后来对布鲁姆斯伯利团体① 产生巨大影响的哲学家乔治·穆尔（GeorgeMoore）在《画报杂

---

① 英国伦敦中北部的住宅区，因在20世纪初期与伍尔芙、福斯特及凯恩斯等知识界名人的关系而闻名于世。

志》(*Illustrated Magazine*)中描述了记者学会的这次会议,他还哀叹说,尽管《卢贡-马卡尔家族》系列已经完结,但读者"即将读到一本关于卢尔德的小说,预计七个月后写完;还有一本关于罗马的小说,还有一本写的则是俄国同盟",这多少说明了左拉有多么高产。前两部作品按时出版了,后来又出版了《巴黎》(*Paris*,1897),完成了《三城记》(*Trois Villes*)三部曲。有关俄国同盟的那部虚构作品罕见地偏离了左拉的计划,就此销声匿迹了。

左拉并非一直如此前卫。年轻时,他是个热情的浪漫派,觉得自己是个诗人。他写道:"在这个唯物主义的年代,商业吸引了所有人,变得强大的科学让人过于自负而忘记了上帝。一个神圣的使命有待诗人来完成:随时随地向只考虑肉体的人展现灵魂的存在,向追求科学而失去信仰的人展现上帝的存在。"

不过,事实证明,上帝无法与文学评论家希波利特·泰纳(Hippolyte Taine)[①]和科学家普罗斯佩·卢卡斯(Prosper Lucas)匹敌。左拉读了泰纳以"种族、环境、时机"为信条的《英国文学史》(*Histoire de la litté-rature anglaise*),又从卢卡斯的《自然遗传论文》(*Traitéde l'hérédité naturelle*)中发现了基因决定论,便抛弃了他的梦幻使命,将自己重塑为文坛的科学家。经过对遗传特征和环境适应性的研究,便可以从看似不可捉摸的人性中提炼出完美的规律。不可预测的事也可以加以分析了。悲剧无法避免,但可以参透其原因了。左拉认为,人类会逐渐调整不良习性。他没有料想到,人类的子孙后代将产自这门尚未完全理解的学科——优生学。

《泰蕾兹·拉甘》(*Thérèse Roquin*,1867)探索了如何将这种机械化的美学放进小说。评论家厌恶这部作品,面对他们的惊骇与批评,

---

[①] 1828—1893年,法国哲学家和历史学家,是实证主义的重要支持者。

左拉将自己描述为一个没有感情的医生，他只是"把外科医生用在尸体上的分析方法用于活人"。不过，对于他的野心来说，仅仅使文坛震惊一次还算不上是成功。从一开始，他就向往着庞大的计划。他放弃了一个英雄主义三部曲的构思，觉得这个主题太没分量。几年前，他对着一面白墙，突然想到要写《人类链》（*La Chaîne des êtres*），这是一首分为三篇的长诗，分别为"过去""现在""未来"，将人类历史从石器时代一直书写至"壮阔的漫游"，同时全面审视"关于人类肉体的生理学知识以及关于人类精神的哲学知识"。他只来得及匆匆写下八行诗句。

对多卷小说的执着可能和左拉的一个怪癖有关，心理学称之为计算癖——他必须不停数数。在街上一路走下来，他会数遍路灯柱、树木和门廊。出租车编号就好像是深奥的个人资料命运微积分，能够泄露人们是幸运还是不幸。当他确定《一个家庭的故事》将超出他原本计划的十卷小说时，数量就变了，不是十一卷或十二卷，而是二十卷。家谱中增加了一些古怪的分支：在《衣冠禽兽》（*La Bête Humaine*）中一位兄弟突然登场，但在《小酒馆》（*L'Assommoir*）、《萌芽》（*Germinal*）和《作品》（*L'Oeuvre*）中，几个兄弟都对他一无所知；而在《猎物》（*La Curée*）中，没有子女的皮条客西多尼·卢贡却突然似乎有了个神秘的孩子安吉莉可，她是《梦》（*Le Rêve*）的女主人公（不过整部《卢贡-马卡尔家族》都没告诉这个可怜的姑娘她的身世）。然而，早在这部巨作完成的二十五年前，左拉就已经确定了整个系列的架构。

从《卢贡家族的命运》（*La Fortune des Rougon*，1871）到《帕斯卡医生》（*Le Docteur Pascal*，1893），左拉"仅仅是陈列了一个家族的事实，展示了其内在驱动机制"；这是一幅全景画卷，描绘了百货商店、捕兽陷阱、火车引擎、秘密花园、农民、政客、苦难的艺术家和高级妓女；总之，"这幅画卷展现了一个已死的年代，一个奇怪的年代，充满疯狂和羞耻"。它给他带来了中伤和声誉。它让他变成了一个不停创作的装置，一部不知疲倦、批量生产的机器。尽管在伦敦时，他对今后的计划泄露了只言片语，但谁也不会想到占据他生命最后十年的事件会是德雷福斯事件。

1894年，炮兵上尉阿尔弗雷德·德雷福斯（Alfred Dreyfus）被捕，并被军事法庭认定犯有叛国罪。据原告称，德雷福斯把军事位置和武器规格的机密情报卖给了德国人。第二年他被流放到魔鬼岛。后来才发现，他其实是无辜的。德雷福斯是犹太人，这一点对他自己无足轻重，但对他的控告者却有着重大意义。1896年，情报主管皮卡尔上校怀疑判决所用的证据并不确凿，经调查发现埃斯特拉齐少校才是真正的间谍。他向上级做了汇报，结果很快被调到北非去了。

随后，在争取公道的过程中，反犹主义兴起了，这种邪恶的趋势强烈震撼了媒体和全国。媒体传言说，犹太人联合起来，要资助德雷福斯上诉。他们从冲突双方都有利可图。左拉的大多数朋友都毫不遮掩地表示，不相信"这些流窜各国的寄生虫……这个民族受了诅咒，再也不会拥有自己的国家"［巧合的是，这话恰恰出自左拉笔下：是《金钱》(*L'Argent*)中的萨卡德谈到自己所处的时代时说的话］。德雷福斯的哥哥和参议院副议长向左拉寻求支持以及和媒体打交道的经验，左拉也确实伸出了援助之手。他在《费加罗报》上发表了关于德雷福斯事件的第三篇文章后，立刻受到了攻击。所谓的"忠诚派"报纸上开始出现左拉的漫画，他在漫画中被画成一个胖子，身上文着猪和六角星的图案。

如今的我们已经习惯于千篇一律的揭秘报道，因此很难重现1898年1月13日《震旦报》(*L'Aurore*)头版的巨大震撼力。巨大的标题"我控诉……！"之下，左拉指明了在他看来陷害德雷福斯的阴谋者，还点出了因无能、冷漠或愚蠢而沦为帮凶的人。他在这篇猛烈抨击的檄文结尾发出挑战:"若有胆子,就将我告上巡回法院,在光天化日之下公开审判我吧!我等着。"他们的确这样做了,还判他有罪。六个月后,左拉上诉失败,他评估了一下形势,权衡利弊后逃往伦敦,因为巴黎的暴民高喊着要将左拉处以私刑,以他们自己的方式伸张正义。他写道:"世界上还存在着反犹青年这样一种事物……愚蠢的毒药扰乱了这些年轻的头脑和灵魂!这对于即将到来的20世纪是多么可悲而又不祥啊!"

左拉以"雅克·博尚先生"(M. Jacques Beauchamp)的假名安顿在苏塞克斯的一个逃亡者居住地。他试图借助英语字典阅读《每日电讯报》(*Daily Telegraph*),看一点板球比赛,一如既往地笔耕不辍。左拉的一个长期支持者欧内斯特·威兹泰利(Ernest Vizetelly)在《雅典娜神庙》中描述了左拉的英国生活,差点导致他的假身份穿帮。

> 他当然打算适时推出一本关于此事(德雷福斯事件)的书,并就这一主题做了很多笔记,与此同时,他还在写新小说《繁殖》(*Fécondité*),这是他的四部曲《四福音书》(*The Four Evangelists*)的第一部。左拉先生一直在构思一部作品,其中叙述了他在流亡期间的历险、经历和想法。全书将配有大量照片和素描。

只有一个无聊的鬼故事发表在《短篇小说集》(*Contes et nouvelles*)中,原型来自佩恩的一栋鬼屋,但在故事中被改为梅塘。除此之外,英国逸事集的其他篇目都没有写成(太可惜了,因为左拉摄影很出色)。

左拉最初想要了解德雷福斯冤案的全部细节,因为这正是写作的绝佳素材。他想将此事作为小说的暗线,他在《真理》(*Vérité*)中也的确使用了这一事件的一些要素。《真理》是《四福音书》的第三部,故事主线是一个凶残的性变态天主教牧师的恐怖故事。他还默默考虑，这个事件或许还可以写成剧本。但除了这个故事本身的历史，没有一部作品能够真正表现出这个事件的张力、震撼力和重大意义。亨利·詹姆斯（Henry James）曾带着些许怨恨说，左拉的狂热是因为他"想对自己的经历做些弥补"。他一生都致力于疏离地剖析世界，如今，他需要的不是写作，而是行动。对于詹姆斯而言，左拉是"最后给自己一次体验生活的奢侈"。

1899年，德雷福斯平反昭雪，左拉也可以返回法国了；但法国反犹情绪仍然高涨，几乎不加掩饰。他继续工作，也没有别的事可做。他已经完成《四福音书》的三部，开始构思一系列剧本，这些剧本"将会对第三共和国产生我曾对第二帝国产生过的作用"。不过这次，不知疲倦的作家也只得屈服于不可避免的熵。评论家的反应不再是震惊，而是厌倦。左拉伤感地表示想在地中海的巴利阿里群岛（Balearics）度过退休生活。

四部曲的最后一部，《正义》没有写完。在《四福音书》中，左拉写到了《三城记》中皮埃尔·弗洛芒的子女的生活。四个孩子的名字都很吉利，分别为马太、马可、路加和约翰，他们象征着新的品德：高尚的家庭，诚实与能够得到良好回报的劳动，坚持真理，以及对正义的信念。有个评论家半开玩笑地指出：在这些新"福音书"小说中，弗洛芒家族就像卢贡家族一样征服了世界。左拉将最后这几部小说描述为"一首出色的散文诗，充满生机和甜蜜"，又悲伤地补充说："这样他们或许就不会再指责我侮辱人类了。"他努力试图打造自己构思的世俗天堂时，是否想起了他那没有写成的诗作"未来"？"我剖析社会已经四十年了……晚年时，请允许我做些梦吧。"这部作品将构想一个欧洲的美国，所有国家结成联盟，在新耶路撒冷团结友爱。

更富争议的是，左拉的朋友莫里斯·勒·布隆（Maurice le

Blond）说《正义》"将以犹太复国主义为主题"。还有多少人知道这件事？还有多少人猜测，德雷福斯的素材，即各式各样的反犹主义会被写进这部小说？鉴于他的才能已经衰落，非凡的效率也在下降，就让真相保留为永恒的假说，这或许好过奄奄一息时留下的未完成的冗长文字。而且，无法披露真相的理由也说明，世界暂且还无法接受他的宽容观点。

左拉没有写完《正义》就去世了，《真理》出版时封面上有一条黑边。验尸官的记录称左拉死于一氧化碳中毒。1902年9月29日凌晨3点，他抱怨感到恶心、头痛和晕眩。他打开一扇窗户，跌倒了，随后因窒息而死。他卧室壁炉的翻修和烟道的损坏无法解释足以致命的大量煤气的来源；同一个房间中的几只豚鼠在类似条件下安然无恙地度过了一夜。验尸官担心对左拉死因的怀疑会引起群众骚动，于是将死因记录为意外死亡。

1953年，《解放报》的一名读者，年迈的阿甘先生（M. Haquin）对关于左拉之死的一篇文章做出回应。他的一个朋友是烟囱清扫工，此人和许多反德雷福斯派一样，认为左拉就是个卖国贼。"我和我的手下在修理旁边一户人家的门时堵上了烟囱。附近人来人往，于是我们趁乱找到了左拉家的烟囱，把它给堵上了。第二天一大早我们又将烟囱重新打通了。没有人注意到我们。"

阿瑟·兰波（Arthur Rimbaud）
（1854—1891）

1886年5月和6月，法国文学杂志《浪潮》（*Vogue*）发表了一部名为《彩画集》（*Les Illuminations*）的作品，是一系列让人过目难忘的散文诗，其效果令人震惊。评论界立刻赞不绝口：用一位热情评论者的话来说，这位作者是个"传奇人物"，年轻诗人已将他"誉为他们的大师"。他那致幻而通感的文字充满炼金术、社会主义、醉意和青春感。他是文学的堕落天使。他的诗歌几乎全都是在20岁之前写的。据《浪潮》称，这位伟大的天才是"已故的阿瑟·兰波"。

其实兰波没有死。他1880年离开法国，去了非洲，目前住在吉布提的塔朱拉（Tadjourah），正在等待一批枪支运抵，并打算卖给埃塞俄比亚的孟尼利克王（King Menelik）。兰波变成了一个身材健壮、皮肤黝黑的探险者，就像是一个波德莱尔式的诗人变身为理查德·伯顿的伙伴。次年，他的生意搭档皮埃尔·拉巴图（Pierre Labatut）猝死，此时便可看出，他对写作的态度已经发生了转变。兰波不顾拉巴图妻子的恳求，当着她的面烧掉了拉巴图全部三十四卷的回忆录。他说："非常不幸的是，我后来才知道，这一摞忏悔录中还夹有几张地契。"

他从来也没对手稿有过什么特别的敬意。《彩画集》来自兰波

1875年交给前任恋人——诗人保罗·魏尔伦（Paul Verlaine）——的一叠手稿。而几乎所有印毕的《地狱一季》（Une Saison en enfer）都在布鲁塞尔的一个货仓里发霉，直到兰波真正去世十年后才被重新发现。七星版的编辑描述道："阿瑟·兰波的作品寥寥，但十分耀眼，他在19世纪末以不屑的态度将这些作品留给我们，而且几乎没有费心发表过其中的任何内容。"

兰波的作品虽少，但有如匕首一般尖锐锋利。如果魏尔伦在一次嫉妒的狂怒下扔掉那叠手稿，兰波的名声可能就会沦为一些可怕的回忆，不过是魏尔伦身边一名故作无礼的任性青年，再便是散落在各本文学杂志上的几篇作品。他的作品题材可能涉及学校课本，比如其中会出现这样的句子——"阿瑟／无限小"，旁边是他对拉丁文的痛骂（"可能是某种人造语言"）；还有算术笔记（"如果2立方米木头的价格是32法郎，那么7分米的价格是多少？"）；也有关于非洲的叙述（"35个阿比西尼亚人旅行花费35银元，两个月后回来支付3银元，承诺一经抵达立刻偿付，34×21……714银元"），中间毫无过渡。

勤奋的学者和机会主义的朋友们曾想扩大对这位天才仅有的些许了解。比如，魏尔伦就曾在他的诗《被遗忘的小咏叹调》（Ariettes oubliées）中引用了一句兰波的诗——"雨柔软地落在城市上"——这句诗在兰波的任何作品中都没有出现过。兰波学生时代的朋友欧内斯特·德拉海耶（Ernest Delahaye）记得两首相当低俗的十四行诗，它们1923年发表了。他可能还回忆起一首批评保皇派杂货商的讽刺诗的片段，不过毫无疑问，这些文字应该是被收到稿件的报社扔进了废纸篓。

另一位学生时代的好友保罗·拉巴利耶（Paul Labarrière）直到1933年才承认，他在1885年搬家时遗失了一个笔记本，其中有五六十首兰波的诗作，除了一首有关"鹅和鸭在池塘中戏水"的诗以外，他能想起的差不多就只有一句，充满了典型的兰波式虚张声势：

"喝醉的诗人指责宇宙。"

学者们无比渴望能再多发现一张小纸片,因此,听到兰波在非洲的同事乌戈·费兰迪(Ugo Ferrandi)的话,不知有多少学者感到痛心疾首!"他给了我一些文章,其中关于塔朱拉的印象准确而清晰,我本打算连同自己的一些笔记一起发表,然而命运弄人。我还留有兰波的其中几页笔记呢。"线索到此为止。

兰波的心中有一块空白。他曾经是同性恋天才诗人,渎神又酗酒,他是如何变身为以性格温和著称的商人,和当地穆斯林讨论《可兰经》的呢?他的诗作中是否蕴藏着某种密码,能够解释或触发这种变化?是否他的全部作品都蕴藏着什么特别含义?答案是否失落在某一本遗失的笔记本中?

1882年,他给家人写道:"如果我再也不给你们写信了,那是因为我很累,而且,关于我,和你们,都没什么新东西可写。"两年后:"终于,就像那些穆斯林所说的,命定如此!这就是生活,没什么有意思的。"

弗兰克·诺里斯（Frank Norris）

（1870—1902）

弗兰克·诺里斯去世十二年后，他的一本小说被发现了，人们原以为这部小说已经毁于1906年旧金山地震。《凡陀弗与兽性》(*Vandover and the Brute*)是他对道德沦丧和兽化的研究，是他的第二本遗作。文学作品一旦遗失很难再被找到，因此，《凡陀弗与兽性》的发现确实值得庆祝。但另一本或许更加重要的作品却再也找不回来了，这又冲淡了《凡陀弗与兽性》所带来的喜悦。

诺里斯1899年凭借《麦克提格》(*McTeague*)成名，这本小说十分猛烈，讲述了人类的贪欲和缺乏人性的欲望。其中离经叛道的心理活动以及对粗野性爱的直接描述使评论家立即将他与左拉联系起来。诺里斯对于这种类比津津乐道，他甚至自诩为"少年左拉"，并以此给书信和作品签名。左拉以令人震惊的《衣冠禽兽》出道，随后又朝着更具雄心的计划前进，诺里斯亦是如此。

甚至早在《麦克提格》之前，他便已经定下了自己的重大文学目标。1897年，在一封写给《旧金山观察家报》(*San Francisco Examiner*)文学编辑的信中，他说："'伟大的美国小说'这个命题有两种考虑方式，一种是美国作者创作的最好的小说，另一种是使用最纯粹的美国语气并且最贴切地诠释美国生活的方方面面的小说。"诺里斯的目标是写出后者。

1899 年,他有了点子,这个点子突如其来,无比宏大,于是他凌晨 5 点叫醒朋友布鲁斯·波特(Bruce Porter),将这个点子讲给他听。诺里斯在给小说家兼评论家威廉·迪恩·豪威尔斯(William Dean Howells)①的信中详细说明了他的构思。它是"纯粹的美国故事",以加州为背景:

> 我的想法是围绕小麦的主题写三部小说。第一部是关于加州的故事(生产者),第二部是关于芝加哥的故事(经销者),第三部则是关于欧洲的故事(消费者)。每一部都贯穿着大量小麦有如尼亚加拉河一般从西部流向东部的意象。

"美国的正题就是贸易。"诺里斯在卡尔文·柯立芝(Calvin Coolidge)②的这句名言之前便以经济过程作为他的史诗三部曲的结构基础。虽然这一系列作品是"我注入极大勇气的直率的自然主义",但诺里斯呈现出的视角与左拉相去甚远。左拉的人物的驱动力是先天条件,而诺里斯探讨的则是经济条件。正如西达奎斯特(Cedarquist)在《章鱼》(*The Octopus*)开篇具有先见之明的说法:"19 世纪的关键词是生产。而 20 世纪的关键词将是,听好了,你们这些年轻人,是市场。"

《章鱼》于 1901 年问世。这部小说讲述了加州农民和太平洋以及西南铁路信托公司之间的冲突。农民租赁土地,进行灌溉和种植,预计可以每英亩五美元的价格买下土地。但铁路公司改了价格,升至每

---

① 1837—1920 年,曾任《美国作家》及《大西洋月刊》的主编(1871—1881)。
② 1872—1933 年,美国第三十任总统,1923—1929 年在任。

英亩四十美元。政治诡计和官僚腐败导致了武装反抗和内部冲突。这是典型的美式冲突：个人拓荒者对抗资本主义垄断势力。诺里斯做了深入研究，尽管《章鱼》具有新闻式的客观和纪实风格（虽然有人说这是揭露黑幕），但它仍是具有美国性的美国小说的新标杆。

第二部《交易所》（The Pit）写的是芝加哥的小麦交易业务中的回扣。这部作品出版时，诺里斯已经因腹膜炎去世了，年仅三十二岁。不过，这部作品的前言按照他的计划发表了。它宣告了一本他再也无法写成的著作。

小麦史诗三部曲（The Trilogy of The Epic of the Wheat）包括下列小说：

《章鱼》（The Octopus），加利福尼亚的故事。
《交易所》（The Pit），芝加哥的故事。
《狼》（The Wolf），欧洲的故事。

我们得知，《狼》"的主要内容很可能是一个旧大陆群体摆脱饥荒的故事"。诺里斯在去世前几天还在计划欧洲之旅以及另一部关于葛底斯堡战役的三部曲。尽管《凡陀弗与兽性》很受欢迎，但如果《狼》能够问世，诺里斯的声望可能会比现在高得多。威廉·迪恩·豪威尔斯准确地描述了这部未完成的史诗中的哀伤：

他留下的两部小说足以使他留名于世，但是，尽管它们各自构成一个完整和充分的故事，我们还是会情不自禁地想到可与之媲美的系列作品，而如今，我们已经永远失去它们了。这是阿拉丁的宫殿，然而，"阿拉丁宫殿那未完工的窗子/永远无法完工了"，而我们对它的注视也只得一直怀有渴望与遗憾。

弗兰茨·卡夫卡（Franz Kafka）
（1883—1924）

弗兰茨·卡夫卡非常清楚应当如何处理他留下的文学作品。1921年，他对朋友马克斯·布劳德（Marx Brod）[①]说："我的遗嘱很简单，请你把所有东西都烧掉。"布劳德拒绝了，于是卡夫卡再也没有留下遗嘱，但在他的文稿中找到了两张便条。

> 最亲爱的马克斯，我最后的请求：我留下的所有东西（也就是说，家里和办公室的书柜、抽屉、写字台中的所有东西，或者散落在其他地方的，你能找到的任何东西），包括笔记本、手稿、我自己和他人的信件、草稿等，以及我所有的作品，还有你或其他人手里的便条（你可能需要以我的名义请人把便条交给你），在不经阅读的情况下全部烧掉，一页也别留。如果是没有交给你的信件，至少要确保由持有者烧掉。

另一张以铅笔而非墨水写成，应该是前一张的草稿：

[①] 1884—1968年，捷克人，德语文学家，弗兰茨·卡夫卡的终生密友。

亲爱的马克斯，这次我可能不会康复了，肺病导致发烧一个月了，我很有可能患了肺炎，把它写下来也无法摆脱它，虽然写作确实给了我一些力量。那么，以防万一，这是我对我写过的所有东西的最后一个心愿。

在我所有的作品中，只有这几部书有重要意义：《审判》(*The Judgement*)、《司炉》(*The Stoker*)、《变形记》(*Metamorphosis*)、《在流放地》(*Penal Colony*)、《乡村医生》(*Country Doctor*)和短篇小说《饥饿艺术家》(*Hunger-Artists*)。〔《沉思》(*Meditation*)现存的少量副本不必管它。我不想麻烦任何人去销毁它们了，但不可以重印。〕我说这五本书和一个短篇重要，不是说要重印或传给后代；恰恰相反，如果它们能全部消失就最好了。只是，既然它们已经存在，如果有人想保留它们，我并不介意。

但我写的所有其他东西（发表在报纸或杂志上的以及手稿或书信），只要你能拿到，或是从他人那里讨来，都要无一例外地烧掉，最好不要让别人读到（我不介意你读它们，但我宁愿你不读，而且其他人无论如何都不能读）。一切都要烧掉，无一例外，你要尽快处理这件事情，这就是我对你的请求。

对古斯塔夫·雅努克（Gustav Janouch），一个才华横溢的诗人，他同事的儿子，卡夫卡也同样坚决。雅努克将一些故事装订成册，配上了皮封面，但卡夫卡坚持"他的可怕化身……应该烧掉"。

卡夫卡并非没有勇气烧掉自己的作品。1923 年，他和他最后的恋人朵拉·狄曼特（Dora Diamant）将很多材料付之一炬，包括书信、短篇小说《地洞》(*The Burrow*)的最后几页、一部剧本以及一个关于敖德萨的人祭的故事。他曾经烧掉手稿取暖，整夜写然后立即烧掉成果，还经常对他所剩不多的作品进行极大的修改。

布劳德拒绝尊重朋友的意愿。他将自己的决定合理化的解释是，卡夫卡一直都知道他会拒绝执行，但仍然向他提出这些要求，实际上是将自己的作品托付给他所知的唯一一个会保存它们的人。因此，这些信件的表面含义，往好了说是他幼稚地摆架子，往坏了说，则证明他在写信时头脑已经不太正常。于是，1925年，《审判》问世，随即是《城堡》（1926），《美国》（*Amerika*，1927），《中国长城及其他故事》（*The Great Wall of China and Other Stories*，1931）以及《1910—1923年的日记》（*Diaries 1910—1923*，1951）。卡夫卡与恋人——捷克翻译家米莱娜·杰森卡（Milena Jesenká）——之间心烦意乱而自我折磨的通信于次年公开；十五年后的1967年，他和两次与其订婚的菲莉丝·鲍尔（Félice Bauer）的七百页类似信件也公开了。

马克斯·布劳德是否做对了呢？卡夫卡死后名声大涨，以致成为20世纪现代主义的核心人物之一，这一事实似乎表明布劳德的背叛是完全可以原谅的。但是，一些具有讽刺意味的事使这位被埋没的天才的形象复杂起来。

卡夫卡没有完成任何一部小说，《美国》和《城堡》都没有写完。如果他为《美国》做好发表的准备，一些反常的问题或许便会得以解决。主人公卡尔·罗斯曼在结尾邂逅了"俄克拉何马自然剧场"〔Nature Theatre of Oklahama，阿图尔·霍利切尔（Arthur Holitscher）[①]在《今天和明天的美国》（*Amerika heute und morgen*）中保留了这一错误拼写〕——这个古怪而商业化的伪天堂是傻瓜的极乐世界抑或是真正的救赎，我们不得而知。同样，关于《城堡》的主人公K的最终命运，我们也无从得知。布劳德声称，结局将是K筋疲力尽而死，而现

[①] 1869—1941年，匈牙利作家。他的游记《今天和明天的美国》是以卡夫卡在《美国》结尾的"俄克拉何马自然剧院"为灵感而创作的。

存版本中，K似乎到达了命运的最低点，他被弗丽达抛弃，对进入城堡的方案困惑不已，并意识到他永远也无法见到神秘而强大的克拉姆。但对于卡夫卡这样一个对人性堕落的极限无比敏感的作家而言，我们并不能确定如此明显的谷底之下没有埋藏更深的绝望。我们不能低估卡夫卡心目中的"最恶"。

《审判》则至少有个结局。有人在传播关于约瑟夫·K的谎言，他试图澄清所受指控的细节和审判的性质，却屡屡受挫，导致他把自己送到行刑者的手中。但我们所读到的《审判》的形式并不是毫无瑕疵的卡夫卡风格。手稿虽然以章节划分，每章都有标题，但布劳德不得不"靠自己的判断"来安排章节，依据是卡夫卡在创作过程中给他朗读的片段。他的编辑决策"的依据是真实的记忆"：这可不是多么牢靠的评论依据。布劳德承认："本应描述这场神秘审判的各种更为深入的阶段"，但又辩称，既然从最后一章可以得知约瑟夫·K始终没有到达最高法院，所以，这个折磨人的中间阶段"可以无限拖延下去"。他以一种近乎傲慢的自信断定，如果读者不了解书中缺少的部分，就几乎不会注意其中的问题，比如倒数第二章还是深秋，最后一章却跳到了春末。

《审判》中的审判缺失是现代主义美学的核心原则，但并不应当把这一点归因于作者的设计，而非文本残缺不全。正如卡夫卡还对布劳德说过的："我不打算收录这些小说。为什么要重提这些过往的尝试？只因为它们碰巧还没有被烧掉吗？"在一段典型的自毁式的文字中，卡夫卡认为，即便有人"希望从碎片中创造出一个整体，一部完整的作品"，但这"在我的作品中是不可能的，这对我毫无帮助。那么我该如何处置这些碎片呢？既然它们不能帮助我，鉴于我对它们的了解，它们一定会伤害我，我难道要对此无动于衷吗？"

很容易把卡夫卡塑造成20世纪的维吉尔，维吉尔认为，既然

《埃涅阿斯纪》是不完美的，那就应该烧掉。但卡夫卡坚持烧掉自己的书稿并非出于面对恶评的虚荣反应。在某种意义上，他的文字中潜伏着煽动性，这种转瞬即逝的性质至关重要。

在所有作家中，卡夫卡对权力滥用具有最为令人震惊的了解。随着他意识到自己内心蕴藏的冲动，这种自我认识使他对自己的无能产生了热切的抗议；他对米莱娜说，他"无比肮脏"。他知道写作无法有效抵御恐惧：他在一段令人胆寒的文字中提到，自己在批评一部戏剧时感到一种"痴迷"："你在说什么？怎么了？文学，这是什么？它来自何处？有什么用？"

他在某种深层次上了解强硬而不可逆转的判决，难以改变且不公正的规则，以及对最终将要到来的刀锋的懦弱屈服。虽然他完全不想表露自己的意愿或是施展他的力量，但他知道，写作是一种暴力行为，当人们谈论文本的"力量"时，它并非与暴君的权力毫无关系。他写道：

> 总而言之，我认为我们只应阅读那些刺痛我们的书。如果读书不能像晴天霹雳一样唤醒我们，那到底为什么要读它呢？像有人说的，是为了"让我们开心"吗？老天啊，我们没有书也会一样快乐的……我们需要的是像最痛苦的不幸一样打击我们的书……让我们觉得自己仿佛被逐进树林一般的书……书必须成为利斧，劈开我们心中的冰冻之海。

卡夫卡想要把他的手稿烧掉，因为它们存在的目的是刺痛人心。

埃兹拉·卢米斯·庞德
(Ezra Loomis Pound)
（1885—1972）

1909年7月的《读书人》(*The Bookman*)杂志宣布，刚刚发表《人物》(*Personae*)系列的埃兹拉·庞德销毁的作品已经远远超过他写过的作品，他的"自我批评能力"已经烧毁"两部小说和三百首十四行诗"。不过，庞德一贯的夸大掩盖了一个令人恼火的事实。除去一本薄薄的小册子《圣诞诗选》(*A Quinzaine for this Yule*)，他为英语读者留下的唯一作品是《熄灭的细烛》(*A Lume Spento*)，这本书是在威尼斯自费印刷的，如今在欧瑞吉（A. R. Orage）[①]的书店里无人问津。关于这位未来的20世纪诗歌改革者的早期作品，沃尔特·德拉梅尔（Walter de la Mare）后来的说法最为贴切："涂脂抹粉，华而不实。"

他对朋友说，自己每天清晨都要写一首彼得拉克体十四行诗，然后立即撕毁。通过这种定期的技巧练习，他达到了高超的格律水平，这在他后来的作品中十分明显。小说就比较麻烦了：两部短篇小说《总督太太的项链》(*La Dogesa's Necklace*)和《热那亚》(*Genoa*)曾投给美国杂志《灵巧集》(*Smart Set*)，但它们拒绝发表这两个故事，

---

① 1873—1934年，英国知识分子，曾担任《新时代》杂志的编辑。

唯一的手稿就此不知所终。庞德自称缺乏创造长篇小说所需的"女性耐力",却足以敏锐地意识到,他写的一部小说的前五章都只是"一个冗长的开头",而且"糟糕至极"。

庞德在和散文较劲的时候的确没有什么可写的。他知道自己是个伟大的诗人,只不过还没写出任何伟大的诗作。他是身处欧洲的美国人,有天赋,但可能也有些傲慢,在大学曾受到欺凌,无精打采地工作了几回,又丢了印第安纳州沃巴什学院(Wabash College)的教职,因为他对一名巡回杂耍表演者表现出不羁的好意。作为一个没有作品的公众人物,他在自我推销方面相当成功,他积极与伦敦名流来往,靠发型而非新作品扩大自己的影响力。埃兹拉是个不折不扣的冒牌货,他将会反复获得这一评价。

他耐心的母亲好意劝他不妨写一部关于美国西部的比利小子[①]的史诗,但庞德已经开始对美国的一切感到厌烦和不屑。不过他的确打算写一部史诗。早在1904年,他的老师约瑟夫·伊博森(Joseph Ibbotson)谈及本特利版的弥尔顿以及"四十年史诗"的构想时,他便颇为震动。当时,庞德更想写一部剧本三部曲,题材是10世纪那位结过三次婚但身世极为神秘的玛洛齐娅夫人(Lady Marozia)。他是否动笔无从得知,但意大利历史的晦涩片段还是会在他后来的史诗中占据一席之地。玛洛齐娅夫人本人也在《诗章》第二十章中有所提及,虽然是一带而过。

庞德一离开英格兰,第一部分《诗章三十章草稿》终于在1930年出版问世。他的余生一直在创作这部作品,其结局至今仍然不为人知,如果有结局的话。《诗章》与他创作短篇的方法类似,他向父亲描述说:"我用我能想到的任何人物的第一视角写作,讲出任何我觉得可能

---

① 1859—1881年,美国西部的法外之徒和枪手。

畅销的话。"尽管个人经济利益并不算是这部作品存在的理由,但金钱确实是一个重要主题。

起初,庞德似乎对《诗章》不定的开放结构感到心安理得。他告诉詹姆斯·乔伊斯(James Joyce),这是"一首无尽的诗,不属于任何已知的类别、意象①或其他什么,而是关于一切事物的所有内容"。主题同样无所不包:马拉泰斯塔(Sigismundo Malatesta,"一位可与当时所有成功者比肩的失败者")②,孔子,高利贷在作为地狱的现代伦敦兴起,讲述酒神之旅的阿科忒斯船长(Captain Acoetes,庞德一度想让他来担任《诗章》的叙述者,"只是我想不出怎么让他出现在伦敦街头"),庞德的祖父赛迪斯(Thaddeus)和他的铁路计划,以及埃兹拉着迷的一切,比如游吟诗人,伊洛西斯密仪,益格鲁-撒克逊人,社会信用。言语间充满博学的引言、几近神秘的变形和各色历史。读者像是在听广播,只能"从发言者发出的噪声中判断谁在说话":就像是电台没有调准,仅有只言片语能从嘶嘶的干扰声之间传出来。

如果《诗章》存在一个主题,那大概便是作品标题所指明的。但丁曾以"诗章"划分《神曲》,而庞德的《诗章》更像一部没有神、没有欢笑、没有宽恕的终极审判。T. S. 艾略特发现,庞德的地狱"是由他人组成的"。他本人并不在受到诅咒和审判之列,他不是难友,而是无情的审判者。《诗章》同《神曲》一样,以堕入地狱开篇,不过,这个地狱的特点是自由主义、资本主义、战争贩子和文化枯竭。随着庞德写下更多诗章,从地狱到天堂的暗流也逐渐汹涌起来:后来一卷题为《宝座》(Thrones),模仿的是但丁笔下受到祝福的灵魂,是向天堂更近一步的标志。他宣称:"我已经到了有一阵子了,看到天堂时我便

---

① 庞德认为诗歌中存在三类要素:音韵、意象和措辞(又称音象、形象和义象)。其中意象是将画面投射为视觉想象,是唯一可以通过翻译传达的诗歌内容。
② 1417—1468年,意大利贵族和雇佣兵,被认为是当时意大利最勇猛的军事将领。

会认出它的。"

不幸的是,他的天堂是在法西斯主义中看到的。庞德1925年搬到意大利,并认为墨索里尼是一位冉冉升起的文化超人,可以根治他深恶痛绝的许多恶疾。他关于货币供给、经济停滞和文化复苏的理论比从前更加缺乏连贯,这使他很容易从法西斯的花言巧语中找到慰藉。他在对高利贷宣战的同时无缝转向反犹主义。他开始为意大利政府唱赞歌,吹捧墨索里尼,怒斥恶劣的美国人。

《诗章》本身反映出一个观点:钞票仅仅是财富的象征,正如庞德自己创造的短命流派"意象主义"(Imagism)摒弃了诗歌中的偷懒暗喻和轻松明喻,如今,他开始谴责钞票的虚假。货币哲学和财政形而上学成了诗歌的通货。他的诗作变得极其晦涩和自我,就连法西斯政府收到含有他钟爱的理论和诗歌的信件后,也倾向于将他的乌托邦视为"不清醒的头脑构思的混乱计划,毫无现实意义"。不过,他们还是允许他宣扬自己的观点。当时,他的观点之一是美国应当将关岛割让给日本,以换取三百部能剧胶片。

随着同盟军的挺进,庞德投降了。他被囚禁在比萨附近的一处兵营,关在笼子里承受风吹日晒,四周都是带刺的铁丝网。他渐渐积累了不少关于那段时期的诗章。他在第八十一章中写道:"摧毁汝之虚荣。"但读者不确定这话指的是俘获者,抑或表达了他突如其来的懊悔。他被送往美国,以叛国罪接受审判。他以精神失常为由进行辩护,于是在圣伊丽莎白精神病院度过了十二年,在那里,将有不少备受推崇的诗人和幻想破灭的种族主义者拜倒在他的脚下。

就是在那里,他的《比萨诗章》(以莫斯科电台的话说,"一个忏悔的疯子经过核实的疯言疯语")在1949年获得了伯林根诗歌奖(Bollingen Poetry Prize)。虽然《诗章》内容广泛,但至少庞德为了和斯大林交谈而学习格鲁吉亚语的打算被删掉了。他写得不多,在思考这部长度不断增加的史诗究竟意义何在。他已经偏离了对但丁的模仿，但并未改变。第一至第五十章是"一部侦探小说，四下观察，寻找着异常之处"；其余篇章则是他对理想城市的些许展望，一种完美的秩序——可一旦付诸纸面，这些想法便大多化为荒诞无序的碎片。

庞德1958年获释时，在学术界对《诗章》现象以及其中关于政治的炙热支线的兴趣和尊崇中，他已经成了中心人物。一方面，剧作家阿瑟·米勒（Arthur Miller）批评他的作品"非常低级"；另一方面，休·肯纳（Hugh Kenner）[①]则嘱咐他的试读读者不要修改庞德经常出现的拼写错误，因为这样可能会破坏有待发现的笑话。

学者们将《诗章》的碎片化视为对其时代的映照，也是对他的思想的映照。庞德自己在"秩序的原则与分裂的原子"之间取得了平衡，而各种解释则将混沌的堕落、但丁式的旅行以及自传式的忏悔假定为阅读《诗章》的方法，即使《诗章》并未写完。然而，这部诗作并没有走向一个荣耀的结局。结尾在末日决战与乌托邦之间摇摆不定。当时的庞德精疲力尽，精神萎靡，身患疾病，他在迎接诗人和评论家唐纳德·霍尔（Donald Hall）时说："你见到的我已经支离破碎。"

对于已完成的《诗章》的一些构想，其片段被草草记下："愿神宽恕我/所创造的"，"成为人而非毁灭者"。他通过"她的名字是勇气/写为奥尔嘉（Olga）"这句话，将他的情人加以升华，"这些诗行是为/终极诗章而写/不管在此期间/我写了什么"。这部诗作有多种不同结局，取决于编辑如何处理这些最后的文字。《诗章》最后的喷发，在某种程度上应和了马拉泰斯塔的箴言："tempus loquendi, tempus tacendi"——诉说的时代，缄默的时代。

《诗章》始终是当代诗歌的一大挑战，一座含义和方法的迷宫，

[①] 1923—2003年，加拿大文学学者、批评家和教授。

一部抛给认为诗歌很容易的人的战书。难点并不仅仅是庞德以独特方式堆砌知识而带来的问题,还在于面对那个时代的厚重与含混。无论庞德虚假而愚蠢的信仰为何,都无法为他的诗歌找到一个最终答案。

艾伦·金斯堡发现了庞德取消了自己反犹和反民主的偏见,他最后的几封信证实了这种变化,他在信中尖锐地意识到,吝啬鬼才是原罪,而非高利贷,并认为他充满仇恨的宣传正是他自己一直宣称厌恶的狭隘思想。然而,对于《诗章》而言,这种真诚的爆发来得太迟,他残存的力气已无法将其表达出来。他对于这部无法终结也无法完成的《诗章》的最后评价只有一个词:一塌糊涂。

托马斯·斯特恩斯·艾略特
(Thomas Stearns Eliot)
（1888—1965）

对于艾略特而言，1924年似乎并不会比1923年、1922年或1921年要好。尽管他的诗作《荒原》(The Waste Lands) 1922年发表，并成为当年的日晷奖（Dial Prize）最佳发表作品，但评论者仍然倾向于强调这部作品晦涩难懂，称它为"施了法术的迷宫"，"完全没有方向"。在埃兹拉·庞德的帮助下，艾略特从1921年的精神崩溃中恢复之后，从一份长得多的草稿中提炼出了这首诗，原题为《他将案件报道读得有声有色》(He Do the Police in Different Voices)。1922年他险些再度陷入精神危机。次年，他妻子薇薇安与死亡擦肩而过。她的身心疾病在某种程度上也加剧了他自己的病情。

1924年，艾略特已经为劳埃德银行工作了七年，他的语言天赋用来阅读的不是儒勒·拉弗格（Jules Laforgue）的象征主义诗歌，而是欧洲大陆的金融经济报告。获得偿付能力是需要付出代价的，庞德发动赞助人和朋友筹集足够资金，好让艾略特离开银行。在日常的金融业务之余，他还承担了编辑《准则》(Criterion) 杂志的繁重工作。仅仅一年后，他将在费伯与格韦尔出版公司谋得一个职位，这个前景在当时看起来似乎无比遥远。艾略特当时写得很少，但他1925年发表了诗作《空心人》(*The Hollow Men*)，这个标题足以让任何一个对传记有兴趣的评论者推断出他对在劳埃德的工作经历的看法。

如果《哈佛学院1910届学生十五年报告》(*Harvard College Class of 1910 Quindecennial Report*，1925)的读者认为艾略特在前卫诗歌与货币汇率之间实现了某种调和，那也是可以原谅的，因为在他发表的作品列表中，他们会看到《文学与出口贸易》(*Literature and Export Trade*)。艾略特1936年在写给其作品目录编制者的信中表示，这个标题要么是"针对他自己的恶作剧"，要么是校友报告的编辑产生了某种误解。他当时在为银行内部月刊《劳埃德银行经济评论》(*Lloyds Bank Economic Review*)撰写外国货币动态方面的文章。杂志上的文章都是匿名的，艾略特开玩笑说，只有"内部证据"或许能将他自己的文章与他的前任者和后任者的文章区分开来。无论在经济理论还是在诗歌中，消除自我似乎都是至关重要的。值得一提的是，迄今为止，并没有人在关于德国马克通货膨胀的劳埃德报告中发现任何类似下文的句子："当前支出和以往投资可能都取决于今后的预计汇率，以使其风险得到充分评估。"或是："在开支与回报之间，我们可以看到尚未从近期战争影响中恢复的不稳定的国际市场的阴影。"

看来，既然《文学与出口贸易》根本不可能存在，我们还需为它的失落而感到遗憾吗？庞德匆忙构思的经济理念使他自己陷入当时最糟糕的过剩现象，而艾略特更为慎重的知识显然使他早早避免了对社会信用或注定短命的法定货币充满热情。同样，如果《文学与出口贸易》探讨了美国与英国的不同文学市场的运作方式，或引进外国实验文学对作家的影响如何对原文化产生逆向影响，那一定很有意思。

然而，事实是，《文学与出口贸易》很可能是一位百无聊赖的抑郁作家在面对自己勉强接受的无比平庸的职业时，突然冒出的灵光一现。仅仅一个标题的存在提供了少许洞见和许多可能性。

托马斯·爱德华·劳伦斯
(Thomas Edward Lawrence)
(1888—1935)

("阿拉伯的") T. E. 劳伦斯本人经常会被他的传奇所取代。在电影中扮演劳伦斯的彼得·奥图尔(Peter O'Toole)清瘦帅气的模样悄悄覆盖了真实的劳伦斯突出的下巴。事实上,劳伦斯可以想象出自己的银幕形象,不过只能是作为沃特·迪士尼的作品。关于他的各种说法和花样越来越多:有人发现一名精神病患者在模仿他。他自己精神崩溃后通过单方契据改了名字。一个朋友认为他映照出了所有的人;另一个朋友则认为,英国的唯一希望是让劳伦斯与希特勒订立契约。一个传记作者说他变成了"真正的强者";另一个传记作者却说他是"无耻的说谎成瘾者"和没有公开的同性恋者,而且容易陷入焦虑。为他编造的形象与他投射出的形象彼此矛盾。他是个私生子,但用他自己的话说,却成了"美化版的阿拉丁,第一千零二个骑士"。他秘密策划了自己的人格,却又让自己远离它。在《智慧七柱》(*The Seven Pillars of Wisdom*)中,他自称在阿拉伯起义期间亲自摧毁了七十九座桥。事实上,他炸毁了二十三座。

他的性格中具有重重矛盾、逃避、自夸和故弄玄虚,与之一致的是,他最著名的作品《智慧七柱》手稿的经历沾染上了这些特点。劳伦斯或许确曾帮助中东脱离土耳其的统治，但他的志向是现代主义诗歌的小出版商。我们如今所见的版本最早出版于1922年，即牛津版，一共印了六册。1926年发行了一个预订版，用前卫的色板配上华丽插图，定价高达三十基尼。劳伦斯对印数很是遮掩：一百二十八册售给预订者，还有若干册分送友人。乔治·多兰（George Doran）在美国印了二十二册，其中十册卖到两万美元一本。虽然市面有一个删减版本，但公众直到劳伦斯死后才得以见到完整版。始终神秘莫测的劳伦斯写了一部自认为堪比《战争与和平》或《白鲸》的作品，却试图控制其阅读人数——不过当然，如果这是一次精心策划的促销活动，那就另当别论了。

关于劳伦斯在1916—1918年阿拉伯起义中发挥的作用，他一开始是以游记形式来讲述的。根据罗伯特·格雷夫斯的说法，劳伦斯1910年开始写一部书，内容涉及十字军以及开罗、士麦那、君士坦丁堡、贝鲁特、阿勒颇（Aleppo）、大马士革和麦地那，但他毁掉了手稿。只有标题被保留下来，又被用于他的战时回忆录。劳伦斯还烧掉了他称之为这部作品的第二稿，他将这一稿称为"独具创新，必须保密"，又重写了最终得以出版的版本。这种有问题的写作方法在《智慧七柱》出版后仍然延续下来；他在以笔名352087 A/c Ross发表的关于英国皇家空军生涯的作品《铸造》(The Mint)中，劳伦斯为爱德华·加内特（Edward Garnett）①写了如下致辞："你梦到我带着这本书，在某个夜晚降临，我大喊：'这是部杰作。烧了它。'那么——请便吧。"

这本书的初稿在雷丁（Reading）车站丢失。1919年秋天，劳伦斯从伦敦前往牛津途中，他在休息室将装有手稿的黑色旅行包放在桌

---

① 1868—1937年，英国作家、评论家和文学编辑。

下。虽然他宣称包被偷了，但他还向另一位传记作者利德尔·哈特（Liddell Hart）透露说，他或许是"不小心"让它遗失的。后来的版本"更短，更精炼，更具真实性"；不过，鉴于他素有扭曲和美化事实的倾向，这个说法也不足为信。

著名的德拉（Der 'a）①事件亦属此例。在牛津版中，劳伦斯隐晦又明确地提到，他被一名土耳其省长俘虏时曾受到某种性侵害。虽然他生动描述了受到的折磨，但还是逃脱了，并且很快恢复现役。有一封信被广泛视为暗示劳伦斯当时在一定程度上是自愿接受的，但其中也提到，他甚至觉得写下那段经历也会让他感到难受。大批传记作者一定在做白日梦：在雷丁遗失的手稿不仅明确讲述了当时发生的事，而且还有他对此事的感受。如此痛苦的经历竟然能够迅速而明确地诉诸文字，这在心理学上多少有些不合情理。

可以肯定的是，如果初稿被窃，那小偷便得到了一包比钞票和金条更值钱的纸，只要他或她能耐心等到包中物的价值升到最高点。这部作品的印本在拍卖会上易手时的价格在两万到三万英镑之间，劳伦斯的一封署名信也能达到两千英镑，一份近乎完整的初稿将是极为珍贵的商品——的确，大多数拍卖行只要吆喝一声，再喊几声"××万"足矣。劳伦斯的私人痛苦的价格大幅增长，因为收藏者和传记作者都认为，在一系列自己打造和他人强加的形象背后，一定存在一份自白书，闪耀着无可置疑的真实的光芒。

---

① 叙利亚西南部城市。

布鲁诺·舒尔茨(Bruno Schulz)

(1892—1942)

  我简单明了地称其为书,不加任何修饰或限定语。这份节制之中蕴含着无奈的悲叹、沉默的妥协,因为在恢宏的超验世界面前,没有哪个词藻、哪个暗喻,可以闪闪发光,气味弥漫,可以恰如其分地表现那种由恐惧引发的战栗,及指向无名之物的不祥预感,而后者在舌尖留下的第一道滋味,已然超越了我们狂喜的极限。[1]

这便是《书》(The Book)的开头。《书》是布鲁诺·舒尔茨第二本作品集《沙漏做招牌的疗养院》(Sanatorium Under the Sign of the Hourglass)中的第一篇。与前一部作品集《肉桂色铺子》〔Cinnamon Shops,英译将标题改为《鳄鱼街》(The Street of Crocodiles)〕一样,这部集子收录了一系列互相关联的短篇小说,其中,加利西亚小镇德罗霍贝奇(Drohobycz)通过叙述者约瑟夫·N的视角发生巨大的变化。在《书》中,那本书是童年时瞥见的令人顿悟的卷册;后来,他

---

[1] 引自《沙漏做招牌的疗养院》,陆源译,林洪亮校订,四川人民出版社,2019年6月版。

父亲试图用《圣经》充当那本书；另一人却说他们一直在用那本书的书页来裹三明治和生肉。重新找回这部失落的书是舒尔茨的秘密主题。不幸的是，这也映射了他自己作品的命运。

◆

布鲁诺·舒尔茨是个安静而胆怯的人，他在亲爱的德罗霍贝奇的瓦迪斯瓦夫·雅盖沃国王省立高级中学（King Wadysaw Jagieo State Gymnasium）教美术。他的画描绘了狰狞的矮胖男人，像是夏加尔和泥人的混合体，还有优雅得不可思议的女子，这些画渐渐赢得了赞誉，但几乎没有换得他的收入。他还和朋友弗瓦迪斯瓦夫·里夫（Wadysaw Riff）一起尝试创作诗歌。里夫 1927 年辞世后，舒尔茨不仅失去了一个挚友，也失去了创作的动力。直到六年后，他才将自己的短篇故事交给一个出版商。里夫死于肺结核，负责给他的住宅消毒的卫生官员不知是害怕传染还是纯属粗心，烧掉了里夫的全部手稿和舒尔茨给他的信件！他一度和约瑟芬娜·塞林斯卡（Józefina Szelińska）订婚，他曾帮她将卡夫卡的《审判》译为波兰语，但标题页上误印了他的名字，而不是她的。

德罗霍贝奇就是舒尔茨的整个宇宙。这个小镇既是它本身，也是代表一切地方的神秘象征；与其说是宇宙缩影，不如说是一种隐喻。尽管他在巴黎度过一次假，却像条逆流而上的幼鲑一样溜回乡下，回到曾属于奥地利加利西亚的那片波兰土地，这片土地即将在德国与苏联之间飘摇。如今，这里属于乌克兰。

舒尔茨知道自己必须离开。不过毫无疑问，他希望有朝一日会回来。他确保自己的手稿得到安全保管。舒尔茨的一个朋友兹比格涅夫·莫隆（Zbigniew Moroń）记得，舒尔茨说将作品托付给了"另外一个人，我不认识，他告诉过我名字，不幸的是我完全想不起来了"。伊西多尔·弗里德曼（Izydor Friedman）和舒尔茨一起为当地的盖世太保军官菲利克斯·兰道（Felix Landau）整理掠夺来的大量书籍，舒尔茨对他透露说，"一个来自犹太人聚居区之外的天主教徒"在为他保管书稿。

早在1934年，舒尔茨就提到过一部创作中的小说，题为《弥赛亚》（Messiah）。这部作品的写作过程十分艰辛，经常被推迟或搁置，他有时对此缄口不提，还有时只说他写不出来。曾听过他朗读片段的人声称，故事开头是约瑟夫·N被母亲叫醒，她兴奋地告诉他，有人在离德罗霍贝奇仅三十公里的村子见到了弥赛亚。除此以外，没有人了解更详细的情况。舒尔茨在一封信中形容这本书是向"圆满和无限"的时代的"回归"，"我的理想是实现迈向童年的成熟"。他在创作《弥赛亚》时，一定觉得往昔愈发有如伊甸园般美好。

他在打算离开的那天被枪杀了。好心的朋友为他搞来了伪造的旅行证件和雅利安人身份证明。他为菲利克斯·兰道的子女育婴室绘制壁画，对他掠夺来的书籍进行整理，甚至为他绘制了一幅肖像，于是他在兰道的庇护下平安活过了德国占领时期。不过，兰道并非纳粹党卫军的辛德勒。他杀了一名犹太理发师，此人被附近的盖世太保卡尔·冈瑟（Karl Gunther）指定为"必要的犹太劳动者"。于是冈瑟以牙还牙，杀掉了舒尔茨，后来还对兰道吹嘘说："你杀了我的犹太人，那我就杀了你的。"

1987年，波兰诗人和知名的舒尔茨学者泽尔希·菲考斯基（Jerzy Ficowski）接到一名男子的电话，此人自称是舒尔茨的哥哥伊西多尔的私生子。阿列克斯·舒尔茨（Alex Schulz）在加州遇见一个纽约人，他自称来自距离德罗霍贝奇不远的罗乌（Lwów）。这个没有告知姓名的神秘人见过一个包裹，重约两公斤，里面有八幅画，还有用波兰语书写的手稿。两公斤大约是一千五百页平装本书页。他说手稿是布鲁诺·舒尔茨的，他估计价值一万美元。

过了一段时间，阿列克斯·舒尔茨联系菲考斯基说神秘卖家又联系了他一次，但随后便没了音讯。菲考斯基后来得知，阿列克斯遭遇了脑溢血。他从未透露过联络者的姓名。倘若故事就此结束，人们会以为，有人打算编个蹩脚故事来诈骗一个教授和一名亲属，但一个意外使骗局不了了之。

但在1990年，瑞典驻波兰大使让·克里斯托弗·奥伯格（Jean Christophe Oberg）联系了菲考斯基。在一次外交会议上，一名苏联公务员告诉他，发现一包文件被错放在克格勃的盖世太保档案库中。最顶上的一张纸表明，这正是小说《弥赛亚》。

当时的苏联已经摇摇欲坠。签证申请以各种虚假后来变为妄想的理由而遭到拒绝。奥伯格因癌症去世了。谨慎的他从未透露过档案库的消息来源者的名字。苏联解体了。希望这位"弥赛亚"的首次降临还在某个前苏联小官员的待办事务架上。

欧内斯特·海明威（Ernest Hemingway）

（1899—1961）

如果存在一个"最易遭遇事故奖"，海明威一定早在拿到普利策奖和诺贝尔奖之前就拿了这个奖。他在数次车祸中骨折，从一次飞机坠毁中死里逃生，感染过炭疽，子弹多次擦身而过并且中过几次弹，眼睛被划伤，患有肾瘀血和肝病，拽天窗时砸到自己，还遭遇过不计其数的殴打、刮擦、碰撞、跌倒、磕绊。

可有一次事故让这位作家中的头号硬汉也哑口无言。1922年，哈德莉·海明威（Hadley Hemingway，他四任妻子中的第一任）带着丈夫的物品前往瑞士。在当时，海明威写了很多，但出版很少。他写了"六个完美的句子"，还有一部关于他的"一战"经历的小说已经颇有进展。哈德莉携带的各色行李中有一只小箱子，里面装有海明威截至当时的全部创作。不知怎么的，它被偷了。

他有一个理论，即便从一件艺术品中删掉一些东西，它也仍然会留下痕迹。可如今，他不得不面对这种观点经过逆证的全部后果。埃兹拉·庞德和格特鲁德·斯泰因（Gertrude Stein）都曾劝他把写过的东西都扔掉，从头来过，但这大概并没有什么安慰作用。每个作家都有年少时的幼稚作品。多数人选择把它销毁。海明威的手稿被盗把这整个过程简化了。如果他用接下来的十年试图修改自己的幼稚文稿，我们或许也无缘得见他能写出多么优秀的小说了。

"老爹"、拳击手、渔夫、猎人、打手——海明威的这些形象几乎抹杀了1922年那个没发表过什么作品、稚嫩又紧张的小伙子。当然，他内心埋藏着好斗的种子：两年后，海明威在《跨大西洋评论》（*Transatlantic Review*）中就约瑟夫·康拉德（Joseph Conrad）的去世写道：如果"把艾略特先生研磨成细细的干粉，撒在康拉德的坟墓上"，或许能令他复活，并且"第二天一大早就会带着绞肉机"奔赴伦敦。不过他的硬汉形象还在打造中，还没有成形。心烦意乱的哈德莉虽然抵达，但丢了重要的行李，海明威第二天赶去确认，是否所有一切，包括每一页纸、每一个本子、每一份复写本，都确实丢了。确实如此。

"我记得那一晚我到家确认事情属实之后做了什么。"他这样写道，但从未透露他的反应究竟是大发雷霆，借酒浇愁，抑或号啕大哭。虽然海明威枪法高超和痴迷钓鱼是人尽皆知的，却没人知道年迈的老海明威对那些失落的书稿究竟有何感受。不过他后来曾说，如果能够做手术抹去遗失手稿的记忆，他会选择这样做。他的座右铭是"il faut（d'abord）durer"——忍字当先，这句话不仅在非洲草原和辽阔大海上饱经考验，在纸面笔头也没有逃脱同样的命运。

狄伦·马莱士·托马斯
(Dylan Marlais Thomas)
(1914—1953)

狄伦·托马斯至少在许多人眼中是"现代诗人"的代表。他结合了名望与贫穷，在纽约游荡，在斯旺西（Swansea）厮混，一个大腹便便的天才，一个热衷于表达自己的酒鬼，嘴角总是斜叼着一根香烟。他满口甜言蜜语和冲天酒气，就这样奔向坟墓与不朽。不仅如此，他的诗歌恐怕没有人能看懂。评论家肯尼思·霍普金斯（Kenneth Hopkins）称之为"嘲弄者与理解者"之间的战争，研究者则给学生设下考验，让他们分辨字里行间的微妙含义。"一悲之前"（a grief ago）或"花儿了的锚"（flowered anchor）到底是什么意思？

托马斯十分反感认为他的诗歌毫无意义的观点。他痛恨超现实主义，并开玩笑说：在地狱，某些罪人〔比如《诗歌》（Verse）的编辑〕将"永远为暴烈的魔鬼朗读埃兹拉·庞德的诗章"。他的诗作拐弯抹角，甚至晦涩难懂，但并非不成熟的废话连篇。谜语都有谜底，密码可以破解，正如他对出版商所说："每一行都是为了被读懂的。"诗歌自有其真相，尽管它很可能源自酒精，也只能透过酒精才能再次被领会。

托马斯究竟糟蹋过多少好点子？ BBC请他翻译易卜生（Ibsen）的《培尔·金特》（Peer Gynt），但托马斯太不可靠，又漫天要价，加之私生活混乱,以至于我们永远也无从得知他会如何处理那个无法抑制、不负责任而又浮夸招摇的失败的故事。1940年7月,他向替代他的常规经纪人戴维·希格曼(David Higman)的劳伦斯·鲍林格尔(Laurence Pollinger)保证,出版商将会拿到一部短篇小说《奴隶贸易历险记》(*Adventures in the Skin Trade*),而且是"很快";1953年9月,他告诉J. M.丹特出版社的波茨曼(E. F. Bozman),他"非常高兴"他们愿意考虑接受同一本书,并且"等我从美国回来,我打算安定下来完成它"。同年11月9日,托马斯死于纽约。

托马斯的诗歌创作复杂艰深,但他居然会爽快答应参与广播节目,实在是令人惊讶。他遵从了这种形式所要求的速度,完成了一部题为《牛奶树下》(*Under Milk Wood*)的作品,这也是他至今最受欢迎的代表作,尽管直到他死前才得以上演。《牛奶树下》的诞生是若干失败项目的偶然组合,甚至最初并没打算将它写成"广播剧"。

1948年3月,托马斯向《图画邮报》(*Picture Post*)推销说,他想写篇关于拉恩镇(Laugharne)的文章,他曾在那里短暂居住,并且打算第二年搬到那里定居下来。在提出这个建议的同时,他顺便提到他正在写一部以该镇为背景的广播剧。这个项目又被称作"疯镇里的一群物废"(作为典型的托马斯风格,最后这个词得倒着读才能明白其中的幽默。《图画邮报》拒绝向他提出委托,另一个尝试反映威尔士乡村节奏与事件的项目则搁置下来。

十年前,托马斯还尝试过另一种思路。他写信给如日中天的诗人梅里格·沃特斯(Meurig Walters),概述了他声称已经寄给《威尔士》(*Wales*)杂志编辑凯德里奇·莱斯(Keidrych Rhys)的概念:"群诗"。在群体观察的基础上,概念诗歌《威尔士》包括杂志的所有撰稿人各写一份"关于自己的镇、村或区的诗体报告";再将这些稿件进行随机组合,而非编辑决策,组成一整部诗作。托马斯很想邀请沃特斯作为朗德的作者。然而，从未出现过任何写给凯德里奇·莱斯的信，托马斯可能是在酒后错把自己打算做的事当成了实际做过的事。

虽然托马斯曾经创作并朗读了《牛奶树下》，但他的习惯和癖好破坏了这部作品公之于众的机会。1953年，他写信给卡迪夫（Cardiff）大学学院的查尔斯·艾略特（Charles Elliott），请求帮助：

> 你可记得我有一只手提箱和一只公文包，我在晚上某时，将公文包中的某物放到了手提箱里面？不管怎样，我把公文包落在了某个地方。我想应该是公园酒店。我已经给经理去信，不过，假使你路过那里，你是否可以看看它是否在那里？这对我十分紧急，我某部戏剧存世的唯一书稿（我曾朗读过其中片段），就放在那个没有带子的破烂公文包里，手柄上系了根绳子。
>
> 如果那东西不在那里，你觉得你是否能够找出我究竟把它丢在了哪个鸟地方？

正如托马斯《书信集》（*Collected Letters*）的编辑保罗·费里斯（Paul Ferris）所说，的确是太紧急了，以至于他后来在美国把这份稿子又搞丢了一次；再后来在伦敦还丢过一次，稿子在一间酒吧里找到了。幸运之神一度多么眷顾托马斯。在他一次次乱放《牛奶树下》的尝试中，它都拒绝丢失。然而，真正丢失的是诗人自己。这位自诩的"枯木当金街兰波"①，只比他的偶像多活了三年。

---

① "枯木当金街"为托马斯在西斯旺的住址。

威廉·S. 巴勒斯（William S. Burroughs）

(1914—1997)

阅读《裸体午餐》(*The Naked Lunch*)是一种令人迷失的体验。这不仅仅是由于其主题：毒品导致的幻觉，令人费解的括约肌，对迫近灾难的偏执暗示，引发超自然启示的性欲倒错；也不仅仅因为这部作品来自变幻的感官、合并的角色和恼人的幻象。文本本身散发出某种不安定，具有某种超常变异的可怕能力，仿佛读完之后，读者还可以从头读起，并发现手中又是一本截然不同的书。《裸体午餐》是一部醉人又多变的作品。

如果三个读者阅读三个版本，分别是法国奥林匹亚出版社的第一版，美国版，以及约翰·卡尔德（John Calder）的英国版，那么他们便会发现自己陷入矛盾之中。这本书的标题是 *The Naked Lunch*、*Naked Lunch* 还是 *Dead Fingers Talk*[①]？每个人是否都体验到了可怕的似曾相识感，第一段的文字在第170页又出现了？甚至在书稿交给出版商之前，艾伦·金斯堡便已将其称为"永不完结的小说，能把所有

[①]《死手指讲话》，巴勒斯的另一部作品，出版于1963年，由《裸体午餐》《软机器》和《爆炸的车票》的选段编辑而成。

人逼疯",他无意间描述出了许多书目编制者试图理清这部作品的出版史时的经历。

关于这本书的各种说法经久不衰。就拿书名来说,巴勒斯曾解释说"裸体午餐"是指"每一个人看到每一个叉子尖上的东西时凝固的瞬间",一种意识到消费和贪婪同样显而易见的顿悟。最早出版这本书的是特立独行的天才色情作家莫里斯·基罗迪亚(Maurice Girodias),就他所知,书名指的是下班后到晚餐前的偷情时间,也就是法国人所说的"5点到7点"。然而,还有一种解释认为,巴勒斯首次尝试小说创作时,他和杰克·凯鲁亚克(Jack Kerouac)轮流执笔写了一部侦探小说,即至今尚未出版的《而河马被煮死在水槽里》(And the Hippos Were Boiled in Their Tanks),据说巴勒斯错将"裸体情欲"敲成了"裸体午餐"。哪种说法是真实的?在混乱而碎片化的巴勒斯的世界中,这些说法都有那么一点,或者说一克的真实。

这本书源自巴勒斯此前的作品《瘾君子》(Junkie)和《酷儿》(Queer)以及他从墨西哥寄回的所谓的《死藤水书信集》(Yage Letters)。考虑到他居无定所的生活方式和工作状态,任何类似手稿的东西最后能被收集起来都是一大奇迹。基罗迪亚记得巴勒斯在巴黎时就像一个"人的灰色幽灵,穿着幽灵的袍子,戴着古旧褪色的幽灵帽子,和他那些发了霉的手稿一样",并坚称打字机敲出的手稿已经被耗子啃得残缺不全,尽管巴勒斯的朋友给出了相反的证词。

巴勒斯的合作者布赖恩·基辛(Brion Gysin)帮他搬离伦敦,整理了他的二十箱文件,其中十七箱都标着"杂项"。保罗·鲍尔斯(Paul Bowls)描述了巴勒斯在丹吉尔(Tangiers)狂热工作的情景:他一般会打字,如果为了买毒品把打字机卖掉了,就改为手写,每写完一张纸就丢在地上,地上的一摞稿纸上盖满鞋印和三明治,像史前垃圾堆一样腐烂着,偶尔飘出窗外。

威廉·S.巴勒斯(William S. Burroughs)

这些稿纸被收集起来之后，其完整内容并未提炼成《裸体午餐》的各种版本。原始文本大概有一千页。据布赖恩·基辛称，有些手稿后来被阿尔及利亚的街头混混以一美元一张的价格卖掉了，他们是从巴勒斯匆忙丢弃的一箱纸张中抢救出来的。不过，变作《裸体午餐》的原始文本并未化为乌有。巴勒斯和基辛一起开发了他的"剪裁法"：把稿纸撕开、折叠，再重新拼贴成新的作品。他认为这种仪式性的剪裁能让文字显露出其真实含义。他像萨满一样，将成堆的稿纸屠杀和献祭。残存的文字被覆盖、重塑、变形，编辑成了《软机器》(The Soft Machine) 和《爆炸的车票》(The Ticket That Exploded)。

"我的作品的碎片性是与生俱来的。"巴勒斯对艾伦·金斯堡如是说。世界本就支离破碎，残破不堪，但又充满了隐藏的含义和深层的寓意：眯眼看向洪流或许能让人意识到自己处于睡梦之中，一切都是神秘的间谍预先安排好的，随机，他便可以逃离他们的影响。除了污垢，一切都被污染了；除了双面间谍，所有人都是虚伪的。如果能专注于起伏的模糊景象，而非试图让海市蜃楼变得清晰，或许便能瞥得超越幻象破灭的东西。

如果巴勒斯只是创作了大量初稿，那他的手稿不过算是玩物，倒是为热切的研究生提供了丰富素材。但他的写作方法能够带来千变万化的作品，无穷无尽的组合，从理论上说，每一部作品都能讲述一个崭新的故事。他的发表作品之所以能够存在，完全仰赖于与之伴随的无数不存在的作品，这些假想的作品在我们的维度中若隐若现。

罗伯特·特雷尔·斯彭斯·洛厄尔四世
(Robert Traill Spence Lowell IV)
(1917—1977)

罗伯特·洛厄尔15岁时已经赢得了"卡尔"〔Carl,即卡里古拉(Caligula)①的简称〕这个绰号,那一年,诗人哈特·克莱恩(Hart Crane)跳海身亡。二者之间没有什么因果关系,却有种令人不安的相似。

生于1899年的克莱恩过于年轻,没能成为现代主义实验诗歌的先锋。他试遍文体创新,一度热衷于模仿庞德茁壮的意象主义和艾略特透明的厌世,随后意识到这两个样板都不适合他的雄心,也无法充分表达他的经历和激情。艾略特厌恶飞速发展的大都会,庞德则强烈渴求中世纪、古代和晦涩,他们其实具有同样的悲观和精英主义。与这些鞭笞美国式庸俗的自我放逐者不同,克莱恩想要创作的是"美国的神秘集合",一部现代史诗,内容是对卓别林和布鲁克林大桥的赞美,形式则刻意避开严谨、精巧的传统四行诗体。克莱恩知道现代主义者开辟了全新的表达领域,但他想要一个能够"穿透"其间的声音,以另一种方式参与当下。

---

① 古罗马著名暴君,参见本书"古罗马早期诸帝"一篇。

作为自封的美国桂冠诗人中的一员，克莱恩内心对这一角色怀有强烈反对。尽管他一副俊俏的浪子模样，但实在配不上美利坚众缪斯中的返校节女王：高中辍学，同性恋，酗酒，不撰写广告文案时就在父亲的糖果店里干活。他终于获准前往纽约，卷入一系列危险事件和问题百出的朋友关系，逐渐积累了将会成为《桥》（The Bridge）的素材。如果他一直待在家中，那只会是另一出小小的郊区悲剧，而非他为自己塑造的歌剧式灾难。

1930年发表的《桥》是一部现代主义史诗，可评论家们拒绝承认它是史诗。这部满是碎片和典故的书中有孤独，有人群，但是哪里有英雄？哪里有叙事？获得古根海姆奖之后，克莱恩前往墨西哥，想写一部关于欧美两大洲首次交锋的史诗：蒙特祖玛（Montezuma）在科尔特斯（Hernán Cortés）面前一败涂地①。简而言之，它将填补传统史诗与现代诗歌之间的公认空白。不过他没能写出这部大作，而是沉浸在酗酒、打架和滥交之中，疏远了朋友，花光了钱。在回国的船上，他对佩吉·考利（Peggy Cowley）说："我不会成功的，亲爱的，我已经丢尽了脸。"随即倾身翻出了"欧瑞扎巴号"的甲板……

罗伯特·洛厄尔也曾尝试创作史诗，当时他还在哈佛，那是克莱恩去世几年之后。他的史诗主题是十字军，却遭到诗人罗伯特·弗罗斯特（Robert Frost）的奚落，称该诗"确实似乎有一丁点进展"。但作为诗人、男子汉和象征符号的克莱恩的低语始终在洛厄尔脑中盘桓：克莱恩的朋友、洛厄尔的老师艾伦·泰特（Allen Tate）写了一首《联盟军烈士颂》（Ode to the Confederate Dead），出身波士顿名门世家的洛厄尔则写了一首《合众军烈士颂》（For the Union Dead）予以回应。

---

① 蒙特祖玛为1502—1520年间墨西哥阿兹特克文明的君主，与科尔特斯率领的西班牙探险者发生冲突，从此开始了美洲本土文明与欧洲现代文明间的抗争。

洛厄尔为克莱恩作了一首极为阴郁的挽歌，其中含混地称赞克莱恩为"我们这个时代的雪莱"，说他"粉碎了山姆大叔／装腔作势的金冠"。到了1960年，洛厄尔会以贵族式的傲慢承认克莱恩不像他的同代人那么"狭隘"。最能说明问题的是，洛厄尔的一位朋友写道，每当他那频繁的精神崩溃发作时，他都会"把自己比作阿喀琉斯、亚历山大、哈特·克莱恩、希特勒和基督"。

洛厄尔念书时写过一篇论文，题目是"战争的正当理由"，预示了他后来对好斗、暴力和抗争一再表现出的兴趣。同样，十字军的选题为他提供了一个舞台，使他得以释放对于宗教的困扰，特别是激进天主教。和克莱恩一样，洛厄尔很关心如何能够完美应对前人在美学技巧中开辟的新道路，以及如何将美国的历史和景观融入现代诗歌。起初，他写的都是对新英格兰主题所进行的繁复而局促的思考，其中充满了天主教象征主义与他本人的清教徒传统之间的矛盾，令人回想起玄学派诗人。然而史诗的诱惑并未完全消失，当他开始创作"长诗"时，内容已和五月花号、阿兹特克或耶路撒冷陷落没有半点关系了。

洛厄尔将他的作品集《生活研究》(Life Studies)设想成"一个小型前言"，一段有韵律的自传，"以许多不同风格写成，并且时常离题"。"续集"则成为《笔记》(Notebook)的自由体十四行诗，在此基础上又修订成为《历史》(History)、《致莉兹和哈丽特》(For Lizzie and Harriet)与《海豚》(The Dolphin)。洛厄尔像爱收集东西的喜鹊一般，把写作形式拓展到了剪报、自己作品的评论文章甚至前妻极度痛苦的书信和电话。正如他在《厌世者与画家》(The Misanthrope and the Painter)中所说："我从垃圾堆中找寻诗句。"而在诗人艾德丽安·里奇（Adrienne Rich）眼中，洛厄尔身上始终萦绕着垃圾的臭气。她在《海豚》的评论中指责他放入"私人"材料，并对他那"胡扯的修辞"大加指责，称他的诗歌充斥着"夸大而无情的雄性色彩"。尽管里奇的话是为了伤害和侮辱，但这种近乎荷马风格的色调和激情又与这个 20 世纪晚期的抑郁男子出奇地相称。"历史必须与曾经的存在共存……我们的死法是如此无聊和可怕，/ 与写作不同，生命永不结束"……这些句子虽然不如阿喀琉斯的愤怒来得振奋人心，却捕捉到了一丝严肃与共鸣，或许正有资格被称作"史诗"。

洛厄尔虽然行为十分放浪，却从未像克莱恩那样产生难以自拔的羞耻心。据说他疯病发作时，曾一边背诵《联盟军烈士颂》，一边将艾伦·泰特抱出二楼窗外。他在精神病院时曾对一块金属产生极大兴趣，将其称为"死亡之舞"，是希特勒用来执行"最终解决"方案的工具。他接受了锂治疗和电痉挛治疗，但仍然反复多次入院，备受伤害，痛哭流涕。

有段逸事可以看出洛厄尔的创造力、雄心壮志和可怜的狂妄自大：1975 年，他从格林维斯（Greenways）疗养院逃走，出现在时髦的蜗牛餐馆，胁迫用餐者帮他写一部《世界诗歌集》(*Anthology of World Poetry*)。他对他们说，他是苏格兰国王。

西尔维娅·普拉斯（Sylvia Plath）

（1923—1963）

普拉斯在生前未发表的诗歌《占卜板的对话》（*Dialogue over a Ouija Board*）中描述了一块奇特的玻璃，上面写有"满身生虫"。任何作者如果想要理解她的生平、死亡、艺术和名声，都必须面对一批同样爬满蠕虫的文献。

西尔维娅·普拉斯 1963 年 2 月 11 日自杀身亡。她没有留下遗嘱。虽然她与同为诗人的丈夫特德·休斯（Ted Hughes）已经分居，但离婚程序尚未启动。因而休斯成了她的遗稿执行人，掌握着她已发表和未发表的全部作品的版权。遗产的管理权交给了休斯的姐姐奥尔文（Olwyn），这个决定虽然很实际，但也具有高度争议性。西尔维娅生前并不喜欢奥尔文，例证之一便是后来发表的西尔维娅与母亲的书信中对奥尔文只字未提；奥尔文同样也不喜欢西尔维娅，她曾对一位传记作者说，西尔维娅具备"恐怖分子的特质"。当休斯将普拉斯未寄出的最后一封信拿给她母亲时，普拉斯的母亲选择不读这封信：其中的最终要求、指控或遗赠随之成谜。普拉斯也没有留下自杀遗言。

普拉斯去世时只出版了一部诗集《巨神像》（*The Colossus*）和一部以假名发表的半自传体小说《钟形罩》（*The Bell Jar*）。但她其实在进行若干创作，而且从未中断记录详尽的日记。1965年，休斯根据她死前接近完成的作品编辑了一部新的选集。然而，休斯的《爱丽尔》（*Ariel*）与普拉斯的《爱丽尔》大为不同。在发表的四十首诗中，只有二十七首属于普拉斯原先收录四十一首的作品集，其标题先后从《对手》（*The Rival*）改为《生日礼物》（*A Birthday Present*），又改为《爹爹》（*Daddy*），最终定为《爱丽尔》。有些诗歌总算出现在她的另一部遗作诗集《冬天的树》（*Winter Trees*）中。休斯在1981年版的普拉斯《诗选》（*Collected Poems*）序言中坦言，《爱丽尔》这部选集"与她原本计划的有些许不同"，他"去掉了一些带有个人攻击性的诗歌"。在她的散文选集《约翰尼·派尼克与梦经》（*Johnny Panic and the Bible of Dreams*，1977）的序言中，他声称已决定烧掉她生前最后几个月的日记，因为他不希望"她的"孩子们读到。

对精神失常并不陌生的罗伯特·洛厄尔形容她的诗歌就像"装上六发子弹玩俄罗斯轮盘赌"。不过，阅读她的作品的效果并没有无法读到她的作品的后果那么戏剧性。《爱丽尔》的文本和日记之事一经公开，就像打开了舆论的闸门：有关审查和压制的指责很快演变成一场典型心理剧，已经离世的普拉斯和尚在人世的休斯分别被贴上萨福式自我毁灭和大男子主义操控的标签。烧掉的手稿带来了种种后果，其中便包括名声受损。关于随后的普拉斯传记的争议又使情况恶化，休斯20世纪90年代初成为桂冠诗人时，这股热潮已经发展出了自己的批判文学。1998年，休斯将两人的关系写成长诗《生日信札》（*Birthday Letters*），就像一个镜像神话，间杂着充满委屈的"我记得"。他们的生平又在其他书中多次重现，还被搬上了大银幕。

在这片矛盾和各执一词的混乱中，仍然有一部失落的作品。1962—1963年间，普拉斯正在创作第二本小说，题目暂定为《双重曝光》（*Double Exposure*）或《双重印象》（*Double Take*）。她告诉母亲，她打算使用自己最近的痛苦经历（和《钟形罩》一样），并且显然已经写了一百三十页。按照休斯的说法，手稿在1970年前的某个时候已经不见了。但这个说法实在过于含混：丢了？撕了？还是烧了？评论家朱迪斯·克罗尔（Judith Kroll）曾见过这本小说的提纲，内容大致是关于丈夫、妻子和第三者的。这部手稿似乎有它自己的幽灵：史密斯学院珍本部的图书馆员不得不采取史无前例的行动：他们明确宣布，手稿不在他们手中，也没有为避免过早公布其内容而将手稿封存在图书馆内。

虽然形形色色的传记作者、狂热诗迷和忠实信徒非常乐意为特德和西尔维娅的丰富生活增加一重维度，但我们不妨停下来想想这部作品的假定文学价值和可能揭露的内容。在两个暂定的题目中，"双重"一词本身就具备两层含义：情人对妻子的复制，以及从丈夫到通奸者的分裂。普拉斯的作品中总是具有哥特式小说的某些元素。标题本身已经表明，这部小说可能是《化身博士》(*The Strange Case of Dr. Jekyll and Mr. Hyde*)和《分身》(*Doppelgäger*)的糅合。

一部分自我割裂（self shattering）为相竞性要素（competing elements）的感觉，被视为某些精神病和抑郁症状态的典型表现，而自杀可以被视为一个要素企图消灭其他要素的理性努力。普拉斯的小说中是否包含这些多重冲动？她的医生曾担心，如果给她开抗抑郁药来消除冷淡，可能会释放自信，从而伤害到她自己。休斯也参与到这种悲剧的分裂状态中：他后来描述她在最后时日创作的作品时，他被分裂为"我""她的丈夫"和"TH"。《双重曝光》或许便是一份自杀遗言，写下它的实际行动推迟了一项比用舌头舔舐信封封口更为决绝的行动。她是否也像尼采一样，通过对自我毁灭的完美想象来使自己活下去？

《双重印象》则暗示着一种困惑与觉醒的弗洛伊德式瞬间，仿佛世界在顺利运转中突然出现了一个小故障。《双重曝光》指的是摄影中的一种异常现象：两个影像彼此叠加，就像妻子和情人之间的界限变得模糊。她将被拍摄，然后曝光。书名本身已经令人想象出比前一本自传体小说更加微妙的质感和更像小说的复杂层次。

休斯本人如今也已离开人世：普拉斯-休斯的遗产使两位伟大诗人的火焰继续燃烧。这种火焰所蕴含的潜在吞噬力从未如此鲜明。

乔治·佩雷克（Georges Perec）
(1936—1982)

所有文学运动中最难懂、矛盾、隐晦的便是后现代主义，它是否能够创作出史诗级的作品？读读乔治·佩雷克的作品，再想想他那些未完的计划，人们会不禁回答：绝对可以！佩雷克的作品是各种风格的豪华大餐：杂耍与祈祷混合，室内游戏也具有非凡奥义。他所创造的世界和人类一样复杂，和语言一样丰富。

佩雷克崭露头角是在1965年，他的首部小说《物》(*Things*) 荣获雷诺多奖（Renaudot Prize）。佩雷克是个孤儿，在第二次世界大战中失去双亲（父亲战死疆场，母亲则死在奥斯威辛）。年轻的他在一间科学研究机构做档案管理员，终日编制繁复的目录，与沉闷的官僚系统打交道。但这份工作却没有使他消沉，反而为他提供了重要的见习机会，使他日后得以开创一场复杂的新文学运动——乌力波（OuLiPo），即"潜在文学工坊"。

乌力波的成员包括哈里·马修斯（Harry Matthews）、雷蒙·格诺（Raymond Queneau）和伊塔洛·卡尔维诺（Italo Calvino）等人。这一运动的宗旨是发展新的文学形式：在极为严苛的数学限制中实现表达自由。广播剧《机器》(*The Machine*) 即为佩雷克的早期尝试之一，其中对歌德的一首诗进行了伪科学的分析和重新排列组合。其中一个例子是算术替换游戏 S+7，即每个名词都被替换为字典中该名词后的第七个名词。这部作品试图通过无休止的阅读和数字占卜仪式来捕捉这首诗的精髓，从令人费解的句子退回到沉默与神秘。

《消失》(La Disparition，1969) 则达到了几乎不可思议的境地。这部作品复活了漏字文。佩雷克在整部小说中一次也没有用到字母 e。这是一部关于安东·沃勒 (Anton Vowl) 失踪的惊险小说。佩雷克的天才的证据之一是，评论家最初甚至没有注意到这部小说中根本没有字母 e。他的名著《生活使用说明》①(Life: A User's Manual, 1978) 集合了各种错综复杂的新形式：故事发生在巴黎的一座公寓楼里。整栋楼被设置成一个 10×10 的矩阵，关注焦点逐步转移，逐章推进，移动规则遵照"骑士巡逻"的国际象棋谜题（一枚骑士必须依其规定走法经过棋盘的每一格，且每格只能经过一次）。从住在底层的古董商马西亚到住在阁楼的斯莫特夫，这部小说既是快照也是历史，俨然一部薄伽丘式的故事集，有精灵、圣杯和拼图。佩雷克对自己的要求令人惊叹。必须列入一份词汇表，要抄袭一大批书籍。这是属于他的《白鲸》，是他最后一次尝试实现"想要成为福楼拜"的愿望。古怪的策略，罕见的角度，理性的轨道——细小的观察令每一个缜密的策略生动起来，尽管只是偶尔。

这些故事不是无关痛痒的小事，也不是无趣乏味的谜语，而是关于思想、故事和生活如何构建的深入考察，是秩序与凌乱的整合。《生活使用说明》以其尖锐、冒险和暗藏的喜剧性，在生活的刻画方面胜过其他任何书。

佩雷克的最后一部小说《53 天》(53 Days) 是对他钟爱的市井侦

---

① 中译引进版书名为《人生拼图版》。

探小说的致敬。就像狄更斯的《艾德温·德鲁德之谜》一样，这本书没有写完，因而迫使读者成为更加积极的侦探搭档。故事开始于一个北非港口，作为第一人称主角的数学教师被领事告知，侨居此地的侦探小说家罗伯特·瑟瓦尔失踪了，笔名史蒂芬·雷亚尔的瑟瓦尔曾交代：一旦发生意外，要将他未完成的手稿《地穴》交给主角。

《地穴》的场景设置在遥远北方的雾气和冰雹之中，内容是一名海军武官被谋杀，他的车开出公路后爆炸。侦探相信另一部侦探小说《法官是凶手》中藏有解开这一工业间谍之谜的关键线索。

当主角维罗在这片闷热而独裁的前殖民地，在猎人的象牙和巨型龟壳之间啜饮雪葩和廉价红酒时，不得不判断这块北欧碎片是否是对瑟瓦尔的失踪做出解释的晦涩隐喻。《地穴》中或许藏有当地的细节？妓院或恶棍警察是否有所对应或比喻？随着他发现，或自以为发现领事和一件季诺碧娅女王雕塑的盗窃案有关，他发现自己在步步妥协。嫌疑最终指向了他，尽管他确定自己是唯一清白的人。

佩雷克只写完了前十一章，但留下了大量关于谜团将如何解开的笔记。主角意识到这本书简直就是他自己的坟墓。接着，故事突然切到另一个声音。一部题为"53 天"的手稿，其中讲述一名数学教师认为一部关于武官在车中被害的未发表小说中藏有某种秘密线索，随后，他被发现在一辆车中，车主是个商人，也是马基组织（Maquis）①前成员，此人已经失踪。他的名字叫罗伯特·瑟瓦尔。

于是疯狂再次上演，边界被一系列嵌套盒子和指数级增长的解读所打破。从佩雷克的草稿中可以看到他最后的玩笑。故事的最后一幕发生在摩洛哥的赭石色沙漠里，结局原来是一个名为 GP 的作家因为接受挑战而写了这本书。最后这只盒子不是装满战争苦难和仇恨

---

① "二战"中法国被纳粹占领期间，法国抵抗运动战士组成的农村游击队。

的潘多拉魔盒，而是恶作剧的玩偶盒。《53天》的书名来自司汤达用五十三天写成《帕尔马修道院》（*The Charterhouse of Parma*），书中有不少绝妙的典故、与司汤达有关的格式限制，以及整个精巧谜题的隐晦线索。

然而我们所能看到的仅仅是一片四散的可能性，梗概无法传达出阅读佩雷克的精致体验。他的酒友哈里·马修斯不让别人告诉他书中埋有多少花样和把戏，为的是亲身感受偶然撞见这些隐秘的文字宝藏的乐趣。而我们在这些如今令人忧伤的草稿中几乎无法领略完稿的精妙。

佩雷克未完成的作品不止这一部：他一年中吃下的所有食物的清单，《我睡过的床》（*Beds I Have Slept In*），动用五千名柯尔克孜族骑兵的"冒险电影"剧本。不过最吊人胃口的还是他终其一生都在构思的《树》（*L'Arbre*）。

佩雷克一直打算写一部族谱，就像一粒沙子在牡蛎中不断刺激积累，却未见产出珍珠。喜欢制造谜题的他即便在最理想的情况下也十分谦逊，就连他自己在《53天》惊天结局中的出场也未曾付诸笔端。他写过若干思路，关于家族中佩雷茨（Peretz）和贝南菲尔德（Beinenfeld）这两支，关于他的富翁叔叔倒卖珍珠的生意，关于家族中的古怪关联。双亲皆死于希特勒之手的佩雷克是否有勇气直面20世纪最糟糕的一面呢？

后　记

有什么能比光盘那旋转的镜面更能代表20世纪80年代的轻松乐观主义？

光盘的出现有如神助，解决了声音的存储问题。磁带总免不了卷带；唱片从播放的第一刻起就开始磨损，因为唱针粗暴摩擦着应当奏响的材质。它们的脆弱并不比最古老的泥制圆筒印章①强多少。

光盘则不同：具有未来感的锃亮圆环，数字存储技术，轻柔的激光播放方式。广告中的光盘被涂上果酱，浸入污水，而刻入的信息仍然完好无损。当然，要当心灰尘、磁铁和划痕，但只需稍加保养和注意。光盘实现了人类千年来的梦想：完美的永恒。

至少我们听到的是这样。21世纪的最初几年，光盘使用者开始抱怨碟片变得不稳定。而且光盘在逐渐变色，从银色变成金色：即所谓的"金属化"现象，或更通俗地说，"光盘腐化"。起初，生产商反驳说广告上演示的各种噱头不能当真，而且，关于潮湿、高温、电场的

---

① 古代美索不达米亚地区流行的一种书写记录工具：先将文字刻在圆筒上，再放到泥板上一滚，就得到了一份平面的文书。

明确指示和禁止触摸光盘表面的要求显然也说明，使用光盘是需要一点注意的。

然而，从购买后就保存在包装里的光盘也出现了腐化迹象，人们不得不寻求新的解释。在光盘上加一层保护漆将其封住，还有些情况下，有人说离心力没有充分包裹碟片，于是导致氧气等气体侵入载有数据的铝层，发生氧化，就像铜出现铜锈。简而言之，光盘慢慢氧化了。我们又一次失去了永恒。

就在人们忙于推广光盘的同时，在赫库兰尼姆（Herculaneum），这个公元前79年维苏威火山爆发时被掩埋的城市，有了一个惊人的发现。在后来被称为"纸草屋"（Villa dei Papiri）的建筑的发掘中，考古学家意识到，他们原本以为其中一捆一捆烧焦的东西是粮食袋子，但其实是古代手稿。火山碎屑爆炸的力量使它们整个炭化了。

正常情况下，纸草中的有机元素会导致其渐渐腐烂。但维苏威火山爆发的巨大热量将这些化合物消灭掉。这些漆黑的卷纸经过了消毒。正是这场毁灭城市的灾难保住了这些手稿。

然而，阅读它们却是一项艰苦卓绝的工作。热量令纸草变得松脆易碎，仅仅展开手稿都会使其化作灰尘。它们在防腐液中被慢慢展开。X光和数字摄影逐渐显现出墨水的黑色与烧焦纸草的黑色之间的区别。计算机增强使图片变得清晰，我们便读到了本以为已经永远失落的文本。

目前，赫库兰尼姆的图书馆还没有向我们提供《马尔吉特斯》、阿加松戏剧或加卢斯诗集。许多文本都是已知的：如果这样一座图书馆中竟然没有《伊利亚特》或《奥德赛》，那么由此引发的谜团可比解决的还要多。许多此前未知的伊壁鸠鲁文章获得拯救，还有很多卷纸草有待解读。同样，在英格兰东北部，诺森伯兰郡（Northumberland）的哈德良长城（Hadrian's Wall）的文德兰达（Vindolanda）遗址，有一个废弃洞穴。以前几代考古学家曾在这里热切地发掘梳子、胸针或小雕像。如今人们发现，洞穴的泥炭土壤中保存有写了字的木板。它们很难与泥土区分。已经辨认出若干信件、申请书和维吉尔的作品抄本，但目前尚未发现全新的古典作品。

纸草与光盘，手抄本与网页，人类智慧不仅努力为其文化寻求永恒的媒介，还要找回以更为脆弱的形式记录的内容。这是一场无法胜利的抗争。

热力学第二定律（即熵定律）证明，没有完美途径能使能量从一种形态转换为另一种形态。在任何一种转换中都会发生损耗。两个台球相碰时，动量从一个球传递到另一个，但在碰撞、发热或两球摩擦的瞬间，总有一点能量流失。如果我们从自己所处的宇宙历史的狭小一隅望向远方，就会发现形式颇为黯淡。

我们的太阳的光球层终将向外扩展，吞噬水星，烧焦金星。几千年以后，地球将会像一张微不足道的纸张一样被烧焦。如《圣经》所言，天空将像羊皮纸一般卷起。也许到那时，未来的人类会像失落已久的科幻小说中讲的那样，早就乘坐着知识的诺亚方舟，飞向一个更加安全、气候湿润的岩石星球。不过这也仅仅是推迟不可避免的结局。最终，一切物质都将散落为细碎星尘，或被黑洞吞噬而聚集。失落不是异常，不是背离，也不是特例；而是常态，是规律，是不可逃脱的必然。

那么我们为什么还要努力？在试图保存使我们成为人的事物之时，我们证明了自己的人性。德国有句谚语说："一次即是没有。"（einmal ist keinmal）其实不然。有些事物并不会因为停止存在而失去内涵或意义。正如在死后依然在我们的思想与感情中产生回响、改变和影响的人类生命，我们汇聚了无数失落生命的文化也同样如此。我们不断徒劳无功地与遗忘抗争，而抗争本身即是我们的成功。

在那石座上，刻着这样的铭文：
"我是奥西曼德斯，众王之王，
看看我的杰作，强者啊，绝望吧！"
除此再无其他。在那巨大的
废墟周围，无边无际，寸草不生，
只见一片寂寥、苍茫的平沙。

——珀西·雪莱，《奥西曼德斯》（*Ozymandias*）

新知文库

01 《证据：历史上最具争议的法医学案例》[美]科林·埃文斯 著　毕小青 译
02 《香料传奇：一部由诱惑衍生的历史》[澳]杰克·特纳 著　周子平 译
03 《查理曼大帝的桌布：一部开胃的宴会史》[英]尼科拉·弗莱彻 著　李响 译
04 《改变西方世界的26个字母》[英]约翰·曼 著　江正文 译
05 《破解古埃及：一场激烈的智力竞争》[英]莱斯利·罗伊·亚京斯 著　黄中宪 译
06 《狗智慧：它们在想什么》[加]斯坦利·科伦 著　江天帆、马云霏 译
07 《狗故事：人类历史上狗的爪印》[加]斯坦利·科伦 著　江天帆 译
08 《血液的故事》[美]比尔·海斯 著　郎可华 译　张铁梅 校
09 《君主制的历史》[美]布伦达·拉尔夫·刘易斯 著　荣予、方力维 译
10 《人类基因的历史地图》[美]史蒂夫·奥尔森 著　霍达文 译
11 《隐疾：名人与人格障碍》[德]博尔温·班德洛 著　麦湛雄 译
12 《逼近的瘟疫》[美]劳里·加勒特 著　杨岐鸣、杨宁 译
13 《颜色的故事》[英]维多利亚·芬利 著　姚芸竹 译
14 《我不是杀人犯》[法]弗雷德里克·肖索依 著　孟晖 译
15 《说谎：揭穿商业、政治与婚姻中的骗局》[美]保罗·埃克曼 著　邓伯宸 译　徐国强 校
16 《蛛丝马迹：犯罪现场专家讲述的故事》[美]康妮·弗莱彻 著　毕小青 译
17 《战争的果实：军事冲突如何加速科技创新》[美]迈克尔·怀特 著　卢欣渝 译
18 《最早发现北美洲的中国移民》[加]保罗·夏亚松 著　暴永宁 译
19 《私密的神话：梦之解析》[英]安东尼·史蒂文斯 著　薛绚 译
20 《生物武器：从国家赞助的研制计划到当代生物恐怖活动》[美]珍妮·吉耶曼 著　周子平 译
21 《疯狂实验史》[瑞士]雷托·U.施奈德 著　许阳 译
22 《智商测试：一段闪光的历史，一个失色的点子》[美]斯蒂芬·默多克 著　卢欣渝 译
23 《第三帝国的艺术博物馆：希特勒与"林茨特别任务"》[德]哈恩斯-克里斯蒂安·罗尔 著　孙书柱、刘英兰 译
24 《茶：嗜好、开拓与帝国》[英]罗伊·莫克塞姆 著　毕小青 译
25 《路西法效应：好人是如何变成恶魔的》[美]菲利普·津巴多 著　孙佩妏、陈雅馨 译

26 《阿司匹林传奇》[英]迪尔米德·杰弗里斯 著　暴永宁、王惠 译

27 《美味欺诈：食品造假与打假的历史》[英]比·威尔逊 著　周继岚 译

28 《英国人的言行潜规则》[英]凯特·福克斯 著　姚芸竹 译

29 《战争的文化》[以]马丁·范克勒韦尔德 著　李阳 译

30 《大背叛：科学中的欺诈》[美]霍勒斯·弗里兰·贾德森 著　张铁梅、徐国强 译

31 《多重宇宙：一个世界太少了？》[德]托比阿斯·胡阿特、马克斯·劳讷 著　车云 译

32 《现代医学的偶然发现》[美]默顿·迈耶斯 著　周子平 译

33 《咖啡机中的间谍：个人隐私的终结》[英]吉隆·奥哈拉、奈杰尔·沙德博尔特 著　毕小青 译

34 《洞穴奇案》[美]彼得·萨伯 著　陈福勇、张世泰 译

35 《权力的餐桌：从古希腊宴会到爱丽舍宫》[法]让－马克·阿尔贝 著　刘可有、刘惠杰 译

36 《致命元素：毒药的历史》[英]约翰·埃姆斯利 著　毕小青 译

37 《神祇、陵墓与学者：考古学传奇》[德]C.W.策拉姆 著　张芸、孟薇 译

38 《谋杀手段：用刑侦科学破解致命罪案》[德]马克·贝内克 著　李响 译

39 《为什么不杀光？种族大屠杀的反思》[美]丹尼尔·希罗、克拉克·麦考利 著　薛绚 译

40 《伊索尔德的魔汤：春药的文化史》[德]克劳迪娅·米勒－埃贝林、克里斯蒂安·拉奇 著　王泰智、沈惠珠 译

41 《错引耶稣：〈圣经〉传抄、更改的内幕》[美]巴特·埃尔曼 著　黄恩邻 译

42 《百变小红帽：一则童话中的性、道德及演变》[美]凯瑟琳·奥兰丝汀 著　杨淑智 译

43 《穆斯林发现欧洲：天下大国的视野转换》[英]伯纳德·刘易斯 著　李中文 译

44 《烟火撩人：香烟的历史》[法]迪迪埃·努里松 著　陈睿、李欣 译

45 《菜单中的秘密：爱丽舍宫的飨宴》[日]西川惠 著　尤可欣 译

46 《气候创造历史》[瑞士]许靖华 著　甘锡安 译

47 《特权：哈佛与统治阶层的教育》[美]罗斯·格雷戈里·多塞特 著　珍栎 译

48 《死亡晚餐派对：真实医学探案故事集》[美]乔纳森·埃德罗 著　江孟蓉 译

49 《重返人类演化现场》[美]奇普·沃尔特 著　蔡承志 译

50 《破窗效应：失序世界的关键影响力》[美]乔治·凯林、凯瑟琳·科尔斯 著　陈智文 译

51 《违童之愿：冷战时期美国儿童医学实验秘史》[美]艾伦·M.霍恩布鲁姆、朱迪斯·L.纽曼、格雷戈里·J.多贝尔 著　丁立松 译

52 《活着有多久：关于死亡的科学和哲学》[加]理查德·贝利沃、丹尼斯·金格拉斯 著　白紫阳 译

53 《疯狂实验史Ⅱ》[瑞士]雷托·U.施奈德 著　郭鑫、姚敏多 译

54 《猿形毕露：从猩猩看人类的权力、暴力、爱与性》[美]弗朗斯·德瓦尔 著　陈信宏 译

55 《正常的另一面：美貌、信任与养育的生物学》[美]乔丹·斯莫勒 著　郑嬿 译

56 《奇妙的尘埃》[美]汉娜·霍姆斯 著　陈芝仪 译

57 《卡路里与束身衣：跨越两千年的节食史》[英]路易丝·福克斯克罗夫特 著　王以勤 译

58 《哈希的故事：世界上最具暴利的毒品业内幕》[英]温斯利·克拉克森 著　珍栎 译

59 《黑色盛宴：嗜血动物的奇异生活》[美]比尔·舒特 著　帕特里曼·J.温 绘图　赵越 译

60 《城市的故事》[美]约翰·里德 著　郝笑丛 译

61 《树荫的温柔：亘古人类激情之源》[法]阿兰·科尔班 著　苜蓿 译

62 《水果猎人：关于自然、冒险、商业与痴迷的故事》[加]亚当·李斯·格尔纳 著　于是 译

63 《囚徒、情人与间谍：古今隐形墨水的故事》[美]克里斯蒂·马克拉奇斯 著　张哲、师小涵 译

64 《欧洲王室另类史》[美]迈克尔·法夸尔 著　康怡 译

65 《致命药瘾：让人沉迷的食品和药物》[美]辛西娅·库恩等 著　林慧珍、关莹 译

66 《拉丁文帝国》[法]弗朗索瓦·瓦克 著　陈绮文 译

67 《欲望之石：权力、谎言与爱情交织的钻石梦》[美]汤姆·佐尔纳 著　麦慧芬 译

68 《女人的起源》[英]伊莲·摩根 著　刘筠 译

69 《蒙娜丽莎传奇：新发现破解终极谜团》[美]让-皮埃尔·伊斯鲍茨、克里斯托弗·希斯·布朗 著　陈薇薇 译

70 《无人读过的书：哥白尼〈天体运行论〉追寻记》[美]欧文·金格里奇 著　王今、徐国强 译

71 《人类时代：被我们改变的世界》[美]黛安娜·阿克曼 著　伍秋玉、澄影、王丹 译

72 《大气：万物的起源》[英]加布里埃尔·沃克 著　蔡承志 译

73 《碳时代：文明与毁灭》[美]埃里克·罗斯顿 著　吴妍仪 译

74 《一念之差：关于风险的故事与数字》[英]迈克尔·布拉斯兰德、戴维·施皮格哈特 著　威治 译

75 《脂肪：文化与物质性》[美]克里斯托弗·E.福思、艾莉森·利奇 编著　李黎、丁立松 译

76 《笑的科学：解开笑与幽默感背后的大脑谜团》[美]斯科特·威姆斯 著　刘书维 译

77 《黑丝路：从里海到伦敦的石油溯源之旅》[英]詹姆斯·马里奥特、米卡·米尼奥-帕卢埃洛 著　黄煜文 译

78 《通向世界尽头：跨西伯利亚大铁路的故事》[英]克里斯蒂安·沃尔玛 著　李阳 译

79	《生命的关键决定：从医生做主到患者赋权》[美]彼得·于贝尔 著	张琼懿 译
80	《艺术侦探：找寻失踪艺术瑰宝的故事》[英]菲利普·莫尔德 著	李欣 译
81	《共病时代：动物疾病与人类健康的惊人联系》[美]芭芭拉·纳特森－霍洛威茨、凯瑟琳·鲍尔斯 著　陈筱婉 译	
82	《巴黎浪漫吗？——关于法国人的传闻与真相》[英]皮乌·玛丽·伊特韦尔 著	李阳 译
83	《时尚与恋物主义：紧身褡、束腰术及其他体形塑造法》[美]戴维·孔兹 著	珍栎 译
84	《上穹碧落：热气球的故事》[英]理查德·霍姆斯 著	暴永宁 译
85	《贵族：历史与传承》[法]埃里克·芒雄－里高 著	彭禄娴 译
86	《纸影寻踪：旷世发明的传奇之旅》[英]亚历山大·门罗 著	史先涛 译
87	《吃的大冒险：烹饪猎人笔记》[美]罗布·沃乐什 著	薛绚 译
88	《南极洲：一片神秘的大陆》[英]加布里埃尔·沃克 著	蒋功艳、岳玉庆 译
89	《民间传说与日本人的心灵》[日]河合隼雄 著	范作申 译
90	《象牙维京人：刘易斯棋中的北欧历史与神话》[美]南希·玛丽·布朗 著	赵越 译
91	《食物的心机：过敏的历史》[英]马修·史密斯 著	伊玉岩 译
92	《当世界又老又穷：全球老龄化大冲击》[美]泰德·菲什曼 著	黄煜文 译
93	《神话与日本人的心灵》[日]河合隼雄 著	王华 译
94	《度量世界：探索绝对度量衡体系的历史》[美]罗伯特·P.克里斯 著	卢欣渝 译
95	《绿色宝藏：英国皇家植物园史话》[英]凯茜·威利斯、卡罗琳·弗里 著	珍栎 译
96	《牛顿与伪币制造者：科学巨匠鲜为人知的侦探生涯》[美]托马斯·利文森 著	周子平 译
97	《音乐如何可能？》[法]弗朗西斯·沃尔夫 著	白紫阳 译
98	《改变世界的七种花》[英]詹妮弗·波特 著	赵丽洁、刘佳 译
99	《伦敦的崛起：五个人重塑一座城》[英]利奥·霍利斯 著	宋美莹 译
100	《来自中国的礼物：大熊猫与人类相遇的一百年》[英]亨利·尼科尔斯 著	黄建强 译
101	《筷子：饮食与文化》[美]王晴佳 著	汪精玲 译
102	《天生恶魔？：纽伦堡审判与罗夏墨迹测验》[美]乔尔·迪姆斯代尔 著	史先涛 译
103	《告别伊甸园：多偶制怎样改变了我们的生活》[美]戴维·巴拉什 著	吴宝沛 译
104	《第一口：饮食习惯的真相》[英]比·威尔逊 著	唐海娇 译
105	《蜂房：蜜蜂与人类的故事》[英]比·威尔逊 著	暴永宁 译
106	《过敏大流行：微生物的消失与免疫系统的永恒之战》[美]莫伊塞斯·贝拉斯克斯－曼诺夫 著　李黎、丁立松 译	

107	《饭局的起源:我们为什么喜欢分享食物》[英]马丁·琼斯 著　陈雪香 译　方辉 审校
108	《金钱的智慧》[法]帕斯卡尔·布吕克内 著　张叶　陈雪乔 译　张新木 校
109	《杀人执照:情报机构的暗杀行动》[德]埃格蒙特·科赫 著　张芸、孔令逊 译
110	《圣安布罗焦的修女们:一个真实的故事》[德]胡贝特·沃尔夫 著　徐逸群 译
111	《细菌》[德]汉诺·夏里修斯　里夏德·弗里贝 著　许嫚红 译
112	《千丝万缕:头发的隐秘生活》[英]爱玛·塔罗 著　郑嬛 译
113	《香水史诗》[法]伊丽莎白·德·费多 著　彭禄娴 译
114	《微生物改变命运:人类超级有机体的健康革命》[美]罗德尼·迪塔特 著　李秦川 译
115	《离开荒野:狗猫牛马的驯养史》[美]加文·艾林格 著　赵越 译
116	《不生不熟:发酵食物的文明史》[法]玛丽-克莱尔·弗雷德里克 著　冷碧莹 译
117	《好奇年代:英国科学浪漫史》[英]理查德·霍姆斯 著　暴永宁 译
118	《极度深寒:地球最冷地域的极限冒险》[英]雷纳夫·法恩斯 著　蒋功艳、岳玉庆 译
119	《时尚的精髓:法国路易十四时代的优雅品位及奢侈生活》[美]琼·德让 著　杨冀 译
120	《地狱与良伴:西班牙内战及其造就的世界》[美]理查德·罗兹 著　李阳 译
121	《骗局:历史上的骗子、赝品和诡计》[美]迈克尔·法夸尔 著　康怡 译
122	《丛林:澳大利亚内陆文明之旅》[澳]唐·沃森 著　李景艳 译
123	《书的大历史:六千年的演化与变迁》[英]基思·休斯敦 著　伊玉岩、邵慧敏 译
124	《战疫:传染病能否根除?》[美]南希·丽思·斯特潘 著　郭骏、赵谊 译
125	《伦敦的石头:十二座建筑塑名城》[英]利奥·霍利斯 著　罗隽、何晓昕、鲍捷 译
126	《自愈之路:开创癌症免疫疗法的科学家们》[美]尼尔·卡纳万 著　贾颐 译
127	《智能简史》[韩]李大烈 著　张之昊 译
128	《家的起源:西方居所五百年》[英]朱迪丝·弗兰德斯 著　珍栎 译
129	《深解地球》[英]马丁·拉德威克 著　史先涛 译
130	《丘吉尔的原子弹:一部科学、战争与政治的秘史》[英]格雷厄姆·法米罗 著　刘晓 译
131	《亲历纳粹:见证战争的孩子们》[英]尼古拉斯·斯塔加特 著　卢欣渝 译
132	《尼罗河:穿越埃及古今的旅程》[英]托比·威尔金森 著　罗静 译
133	《大侦探:福尔摩斯的惊人崛起和不朽生命》[美]扎克·邓达斯 著　肖洁茹 译
134	《世界新奇迹:在20座建筑中穿越历史》[德]贝恩德·英玛尔·古特贝勒特 著　孟薇、张芸 译
135	《毛奇家族:一部战争史》[德]奥拉夫·耶森 著　蔡玳燕、孟薇、张芸 译

136《万有感官:听觉塑造心智》[美]塞思·霍罗威茨 著 蒋雨蒙 译 葛鉴桥 审校

137《教堂音乐的历史》[德]约翰·欣里希·克劳森 著 王泰智 译

138《世界七大奇迹:西方现代意象的流变》[英]约翰·罗谟、伊丽莎白·罗谟 著 徐剑梅 译

139《茶的真实历史》[美]梅维恒、[瑞典]郝也麟 著 高文海 译 徐文堪 校译

140《谁是德古拉:吸血鬼小说的人物原型》[英]吉姆·斯塔迈尔 著 刘芳 译

141《童话的心理分析》[瑞士]维蕾娜·卡斯特 著 林敏雅 译 陈瑛 修订

142《海洋全球史》[德]米夏埃尔·诺尔特 著 夏嫱、魏子扬 译

143《病毒:是敌人,更是朋友》[德]卡琳·莫林 著 孙薇娜、孙娜薇、游辛田 译

144《疫苗:医学史上最伟大的救星及其争议》[美]阿瑟·艾伦 著 徐宵寒、邹梦廉 译 刘火雄 审校

145《为什么人们轻信奇谈怪论》[美]迈克尔·舍默 著 卢明君 译

146《肤色的迷局:生物机制、健康影响与社会后果》[美]尼娜·雅布隆斯基 著 李欣 译

147《走私:七个世纪的非法携运》[挪]西蒙·哈维 著 李阳 译

148《雨林里的消亡:一种语言和生活方式在巴布亚新几内亚的终结》[瑞典]唐·库里克 著 沈河西 译

149《如果不得不离开:关于衰老、死亡与安宁》[美]萨缪尔·哈灵顿 著 丁立松 译

150《跑步大历史》[挪威]托尔·戈塔斯 著 张翎 译

151《失落的书》[英]斯图尔特·凯利 著 卢葳、汪梅子 译